杭州师范大学

国学新知

丛书

马强才 著

中国古代诗歌
用事观念研究

中国社会科学出版社

图书在版编目（CIP）数据

中国古代诗歌用事观念研究／马强才著 . —北京：中国社会科学
出版社，2014.5
ISBN 978 - 7 - 5161 - 4362 - 9

Ⅰ.①中… Ⅱ.①马… Ⅲ.①古典诗歌—诗歌研究—中国
Ⅳ.①I207.22

中国版本图书馆 CIP 数据核字（2014）第 123026 号

出 版 人　赵剑英
选题策划　郭沂纹
责任编辑　丁玉灵
责任校对　周　昊
责任印制　李寡寡

出　　版　中国社会科学出版社
社　　址　北京鼓楼西大街甲 158 号（邮编 100720）
网　　址　http://www.csspw.cn
　　　　　中文域名:中国社科网　　　010 - 64070619
发 行 部　010 - 84083685
门 市 部　010 - 84029450
经　　销　新华书店及其他书店

印　　刷　北京君升印刷有限公司
装　　订　廊坊市广阳区广增装订厂
版　　次　2014 年 5 月第 1 版
印　　次　2014 年 5 月第 1 次印刷

开　　本　710×1000　1/16
印　　张　21
插　　页　2
字　　数　365 千字
定　　价　66.00 元

目　录

绪　论

第一节　被割断的诗歌传统

用事是中国古典诗歌古老的写作传统，正所谓"古今诗人，未有不用事"[1]者，它以包蕴丰富历史文化信息的精简文字，通过故事和今事产生的语义类比，实现语境跨越，赋予诗歌以典雅含蓄之美，扩大其互文性（intertextuality）内涵，增加其可读性，并凸显诗人的才学。[2] 同时，它也是中国古典诗歌区别于其他民族诗歌的重要标志，是汉语诗歌言少意丰、渊雅蕴藉审美趣味的重要构成因素。西方汉学家早就发现，汉语古代诗文用事所独具的文化信息和艺术魅力，具有不可替代和翻译的性质，如法国汉学家马如丹就指出："中国文化是最富于用典和隐喻的文化。"[3] 确然，环顾世界各国，中国文学的用事传统，源远流长而技艺发达。对用事的研

---

① 吴沆：《环溪诗话》，惠洪等：《冷斋夜话·风月堂诗话·环溪诗话》，中华书局1988年版，第137页。

② 互文性是20世纪60年代兴起的文学理论，其核心内容是强调两个或两个以上文本间发生的语义关系，强调同一语境下文学作品的关联。概念的提出者（coiner）克里斯蒂娃说："任何文本都是由引语镶嵌而成，任何文本都是对另一文本的吸收和改编。"（Julia Kristeva, *The Kristeva Reader*, Toril Moi ed., Oxford：Blackwell Publisher Ltd. 1986, p. 36）正如据蒂费纳·萨莫瓦约所言，用事是一种重要的互文手法。他说："引用、暗示、抄袭、参考都是把一段已有的文字放入当前的文本中。这些互文手法都属于两篇或几篇文本共存，即多多少少把已有的文本吸收到当前文本中，以建立甚至掩盖当前文本所汇集的典籍。"（蒂费纳·萨莫瓦约著：《互文性研究》，邵炜译，天津人民出版社2003年版，第36页）

③ 马如丹撰，孟华译：《〈诗经〉，从用典到隐喻：意义之自由度》，《法国汉学》第四辑，中华书局1999年版，第233页。

究必然有利于继承祖先的文明遗产，有助于更加深刻地理解中国古典诗歌，反之则意味着传统的丢失、民族性的抹杀和艺术经验的遗落。不仅如此，就诗学层面而言，用事是诗人风格和时代诗风形成的重要因素，如江西诗人与江湖诗人、唐型诗歌与宋型诗歌之间，就因对待用事的态度不类而具有各异的风格。由此，用事可以为中国文学史提供一种新的叙述模式，即以某种修辞手段或艺术方法为核心来建构文学体式和类别。

然而，由于胡适（1891—1962）等人所提倡的"五四新文学运动"以及新中国文论界对形式主义的长期批判，在现代汉语世界里中国古代诗文用事传统几乎被彻底割断。胡适在《文学改良刍议》（发表于1917年1月的《新青年》第2卷第5号）中，明确指出八条需要改革的文学传统，"不用典"列于第六位。① 他极力倡导有真情实感的"活文学"，反对通过用典来抒情达意的"死文学"。他在《答张效敏并追答李濂镗》中强烈指斥："用典的人只是懒于自己措词造语，故用典来含混过去。天下有不可代之毒物，无不可代之典，故不能相比也。"② 胡适的言论，在某些方面确乎击中了用事的软肋，自有其理论价值。在那个面对西方挑战，启蒙于强国成为主要社会目标的时代，社会生活和思想意识发生巨变，较之典雅含蓄，人们更需要的是直抒胸臆的热情洋溢，较之因陈守旧，更需要的是推倒传统迎接创新。因此，胡适的观点被多数人接受，人们不再津津有味地探讨文学作品的用事艺术，而是对其抱有先验的偏见，遑论深入考察用事诗文所具有的独特艺术魅力以及胡适论断的偏执弊端。流风所及，时至今日，带有西语诗歌特色的汉语现代诗歌，基本抛弃了传统诗文的许多用事技巧。新中国成立后，由于文艺学领域长期反对形式主义，更是鲜有人问津于此。迄今为止，若干文学史和文学批评史教材仍然对此忽略不计，甚至只字不提。如此，则只能导致我们与用事传统和先贤所创造的丰厚文化遗产渐行渐远，甚至最后完全忘记古代汉语诗坛曾经有过一套十分发达、完备的诗歌艺术技巧。

---

① 胡适：《胡适文集》卷三，人民文学出版社1998年版，第17页。他说："吾以为今日而言文学改良，须从八事入手。八事者何？一曰，须言之有物。二曰，不摹仿古人。三曰，须讲求文法。四曰，不作无病之呻吟。五曰，务去烂调套语。六曰，不用典。七曰，不讲对仗。八曰，不避俗字俗语。"

② 胡适：《胡适文集》卷三，第105页。

　　此外，由于特定时代思潮的影响，中国当代文学批评理论多借自西方，人们甚至以此批评中国古典诗歌。不可否认，虽然各国文学具有鲜明的民族表征，但也不乏其共同之处，"他山之石，可以攻玉"，西方文学批评当然值得我们借镜。然而，其流弊也显而易见，"他山之石"毕竟是他山之物，中国古典诗歌和西方古典诗歌所传承的诗学传统和文化品格迥然不同，完全挪用西方诗学来评价中国古典诗歌，无异于削足适履。因此，重新考察中国古典诗学的相关概念范畴和传统品格，并加以现代诠释，用之批评中国古典诗歌，方是最根本之途径，而欲深入探讨中国古典诗学传统，当然不能忽略对古典诗歌用事的求解。

　　在具体探讨之前，我们必须澄清中国古典诗学传统的概念。中国古典诗学传统包括两类："存在于历史中的"和"当下理解的"，两者呈现出交集的状态，于我们而言，前者既熟悉又陌生，陌生的部分则恰好是后者形成过程中过滤和丢失的。如同思想史的演进有"加法"和"减法"两类，诗学史的发展过程亦同样如此，怎样使未交集部分重新出现于今天的研究视野，怎样最大限度地接近"存在于历史中的"中国古典诗学传统，正是本书着力解决的问题。用事，作为中国古典诗歌语言的特有呈现方式，将为我们寻找遗失的传统提供一种全新的角度和模式，而特定时代的用事观念则让我们更加清楚地理解它们各自所从属的历史时空。

　　作为中国古典诗歌艺术技巧的用事，在文学史中经历了从自然到自觉的过程。追溯《诗经》、《楚辞》的时代，大部分篇什皆直抒胸臆之作，且限于文献也很难判断是否用事。降及汉魏，大量乐府民歌依然较少使用故事，逐渐兴起的文人诗歌中也鲜有用事者，然而它们毕竟为诗歌艺术技巧的自觉和演进带来了契机。从六朝末年的鲍照（385—433）、颜延之（384—456）等人开始，诗歌用事逐渐成为普遍现象，对用事进行理论探讨也肇始于此。刘勰（约441—约521）、钟嵘（约468—约518）、颜之推（531—约595）都对诗文用事的概念、原则、功用和源流等进行了积极的尝试性探索。

　　及至唐代，用事广泛出现在不同题材和体裁的诗歌中，王维（701—761）、杜甫（712—770）、韩愈（768—824）、白居易（772—846）、杜牧

（803—852）、李商隐（约813—约858）等诗人大量用事并取得了极高艺术成就。与之同步，王昌龄（约690—约756）、皎然（730—约799）等人编撰的诗格类著作也对用事的定义、功能和技巧作了探讨。遗憾的是，这类著作多数早已散佚，部分存留于日释遍照金刚（774—835）的《文镜秘府论》和宋代成书的《吟窗杂录》等书中，却也往往只是一鳞半爪而难见首尾。

逮至赵宋，诗歌用事远比唐代为甚。除却永嘉四灵、江湖诗派等少数诗人，用事几乎遍及整个诗坛，其中以苏轼（1037—1101）和黄庭坚（1045—1105）等人为核心的元祐诗人群与江西诗派诗人群最为典型。宋代的笔记小说、诗话、诗格等著作，亦多有言及用事者。就目前所见文献而言，古代诗学中有关用事的诸多命题，俱肇始于此时。

元、明、清三代，虽然诗歌创作的整体成就不及唐宋，但是近体诗用事同样非常普遍，甚至在某些方面形成艺术惯例。此时，诗学家对用事的关注主要分为两个方面：一是对唐、宋诗歌用事艺术经验的总结和反思；二是对当代诗歌用事的评论。前者为此时人们所谈论的主要内容。诸如陈绎曾（约1329年在世）、杨慎（1488—1559）、胡应麟（1551—1602）、胡震亨（1569—1645）、王夫之（1619—1692）、王士禛（1634—1711）、赵翼（1727—1814）、方东树（1772—1851）等通过检讨唐宋诗人用事的得失成败，总结出诸多用事标准和规律。不过，就总体而言多是对宋人开创的诸多命题的完善补证。

可见，从六朝迄于清末，与诗歌创作同步，古代诗学家们对用事进行了多层次、多角度的观照。这些内容和中国古典诗学的诸多方面紧密相连，对其索解，必然会触及中国古代诗学的玄机。这恰恰也是中国古代文论和比较诗学学者所梦寐以求的骊珠。故本书选取中国古典诗歌用事观念作为论题，希望能够在摸清其基本发展的脉络和理论走向的同时，抵达中国古典诗学的更深处。

第二节　国内外研究现状

虽然研究者长期轻视探讨中国古典诗歌的用事手法，也并不意味着这是一块完全无人涉足开垦的处女地，毕竟，要想读懂中国古代诗歌，总会应对大量的用事用典。自 20 世纪初期以来，人们对中国古典诗歌用事就有所关注。在现代研究者心目中，用事既是诗文或话语中常见的修辞手段，又是诗文创作的重要艺术特征，并和人们的诗学观念紧密相连。因此，他们的研究主要集中于两个领域：一是语言学或修辞学的研究；二是中国古典文学和古代文艺学的研究。

一　修辞学视野下的用事

　　20 世纪上半叶，现代修辞学著作中对用事或用典关注较多的是陈望道《修辞学发凡》、王易《修辞学通诠》和金兆梓《实用国文修辞学》等。在中国第一本现代修辞学专著——《修辞学发凡》中，陈望道认为古典诗文的"引用"隶属于积极修辞的第八种修辞方法。① 陈氏对其定义如次：

　　　　文中夹插古人成语或故事的部分，名叫引用辞。引用故事成语，约有两个方式：第一，说出它是何处成语故事的，是明引法；第二，并不说明，单将成语故事编入自己文中的是暗用法。两者的关系很像譬喻格中的明喻和借喻：一方明示哪是引用语；一方就用隐喻代本文。②

按照陈望道的理论，中国古典诗歌用事由于不能在文中标明出处，则只能列属于"引用辞"中的"暗用"之例。诚如后文将要辨别的，这种界定未能全面考核古代诗歌用事的特征，并不符合古代诗人的创作实际，也不符合古代修辞学和诗学对"暗用"的使用习惯。此外，他受胡适等人影

---

　　①　陈望道：《修辞学发凡》，中国文化服务社 1947 年版，第 193 页。按陈先生的定义，修辞"大体可以分为广狭两义：（甲）狭义，以为修当作修饰解，辞当作文辞讲，修辞就是修饰文辞；（乙）广义，以为修当作调整或适用解，辞当作语辞解，修辞就是调整或适用语辞。两者交互，共得四种用法：（1）修饰文辞；（2）调整或适用语辞；（3）调整或适用文辞；（4）修辞语辞"。

　　②　同上。

响，切要地指出了暗用容易导致繁复、生僻、浮泛、刻削、错用等弊端，① 但他对暗用的指责并不恰当，如"错用"当是诗人之过失，与技法本身无关。

王易先生的《修辞学通诠》则将用事隶属于"引喻法"。他说："引喻者，引古人之故事成语以饰其辞而增其信也。"② 用事虽然和比喻相关且有相似之处，却也有巨大的区别，将其命名为"引喻"值得商榷，毕竟中国古典诗歌用事的目的往往并不在"增其信"。

金兆梓先生的《实用国文修辞学》则直接用"用典"来概括这一修辞手法。③ 该定义极为笼统，没有区分语典和事典这一古人早就做过界定区别的两种相类修辞手段。此外，金先生虽然对用典的具体操作提出了一些建议，如不可用僻典、不可用不切之典、用典不可太多等，④ 但均承袭自中国古典诗歌的用事观念，并无多大发明。

新中国成立后，学者们从不同角度吸收了上述民国学者们的观点，如赵克勤《古汉语修辞简论》中将"用典"单列一章讨论。⑤ 他在总结明代高琦等人归类的基础上，将用典方法分为：明用、暗用、反用、借用、化用等。又如谭全基《修辞荟萃》将其定义为："修辞学上有引用手法（或称用典），而引用成语、言语、典故、故事等来提高语言的表达效果，

---

① 陈望道：《修辞学发凡》，中国文化服务社 1947 年版，第 145 页。读者必须注意的是，陈氏观点与胡适的观点一脉相承，参看《胡适文存》卷一，页 14 以下。陈先生对暗用的弊端论述说："这两类的引用法之中，第二类暗用法最与用典问题有关，最易发生流弊，十年前新文艺方才萌芽时文学革命所竭力攻击的就是它。所谓流弊，约有几项：（一）用典隐僻，使人不解；（二）用典拉杂，令人生厌；（三）用典浮泛，难知真意；（四）刻削成语，不合自然；至于（五）用典失照管，如《高斋诗话》所指摘的荆公桃源行'望夷宫中鹿为马，秦人半死长城下'，指鹿事既不在望夷宫，又不是筑长城的始皇事，而诗中却竟那样说，那就更不应该了。"

② 王易：《修辞学通诠》，神州国光社 1930 年版，第 64 页。他还说："其法与隐喻法同属隐藏本义喻义之区别，但有时亦如直喻法之显明称引，故名引喻法。其故事成语之所出，在西洋多由圣经及希腊文学，在中国则多由经史及名家诗文。批评家号之曰'古典派'，或反对之。然其引喻之处，实则助进文情，增加会得，亦重要之修辞法也。"

③ 金兆梓：《实用国文修辞学》，中华书局 1934 年版，第 157—158 页。他对用典的定义是："典，典制也，亦曰古典。今兹二名，故单命曰典。典也者，古籍之所记载，无论为事物，为言语，为设譬，为寓言，为地望，为时日，凡可比附以入吾文者，皆是也。"

④ 同上书，第 159 页。

⑤ 赵克勤：《古汉语修辞简论》，商务印书馆 1983 年版，第 63 页。

仅是'引用'的一个方面。"① 而专门研究中国古典诗歌修辞艺术的周亚生先生在《古代诗歌修辞》中，承袭"引用"的概念，并细致区分为两种类型：一是引用典故类；二是引用语句类。② 他同时指出："典故往往是历史上的一段故事，原文都比较长。诗歌语言引用典故不可能去引用原文，只能是将原意用新的诗句表现出来。"③ 中国古典诗学传统中"典故"，是语典和事典的结合体，而周先生却认为只是古代的故事，显然未能照顾到古代汉语中的使用习惯。

　　罗积勇的《用典研究》是目前研究汉语"用典"的第一本专著，其开拓意义自不待言。在继承前人研究成果的基础上，该书从多个角度、不同层次对用典进行探讨。作者认为："为了一定的修辞目的，在自己的言语作品中明引或暗引古代故事或有来历的现成话，这种修辞手法就是用典。"④ 罗氏对"用典"概念的外延还作了具体规定：（一）多少带进了典故原来的语境因素；（二）典故与自己所欲表达的意思之间多少存在一种对照关系，在意义上可以建立起由此及彼的联系，包括相关、相似、相近或相对等关系的言语表达。接着，他主要从四个方面对用典作了深入的研究：首先，考辨用典方式，讨论了明用与暗引、引言与引事之间的区别；其次，讨论了用典的语义实现和功能显现，将用典语义实现的方式主要分为同义、转义、衍义、反义、双关、别解等，而通过语义的实现，用典在诗文中完成四种功能：证言、衬言、代名、代言等；再次，他将用典的数量分为单引和迭引；最后，他认为用典主要实现三种效果：提升效果、曲折效果、反差性效果，这其实是对陈望道先生"积极"与"消极"二分效果的继承和发展，增加了一个中间状态——曲折效果。罗积勇在总结前人已有成果的基础上将汉语的用典研究推进了一大步，也为古典诗歌用典、用事研究提供了诸多参考。

　　虽然国内修辞学界对"引用"或"用典"的定义、功能、语义实现模式等进行了一定探讨，尤其是对于用事的语义功能的揭发，为理解中国

① 谭全基：《修辞荟萃》，安徽大学出版社2001年版，第414页。
② 周亚生：《古代诗歌修辞》，语文出版社1995年版，第163页。
③ 同上。
④ 罗积勇：《用典研究》，武汉大学出版社2005年版，第2页。

古典诗歌用事提供了不少借鉴和参考，但也有不少缺憾，其中最为突出者有三：第一，他们几乎不用"用事"这一概念，而是将其命名为"用典"或"引用"，忽略了中国古代典籍尤其是诗学著作曾经长时间使用"用事"一词的历史事实和几个常用概念间的微妙差别；第二，较少对诗歌用事进行专门研究，缺乏对其语义功能、语言效果与运用规则的系统探讨；第三，上述研究偏重于探讨"用事"在诗歌中的修辞功能，忽视了对相关文化背景和诗学背景的考察。后者最为致命，这导致了他们的研究与历史事实间出现了不少偏差，如往往更为偏重文中的"引用"故而忽略了用事与用典之间的差别。所以我们试图突破修辞学领域的研究，系统全面地总结古代文人的用事观念，厘清中国古典诗歌的用事传统。

二 文艺学研究中的用事

新中国成立之先，除却部分研究中国古典文学的先生偶尔会提到用事问题外，对此鲜有人问津。[①] 而20世纪后半叶文艺学领域对用事的研究，以周振甫《诗词例话》、葛兆光《汉字的魔方》、陈庆辉《中国诗学》和周裕锴《宋代诗学通论》、《中国古代阐释学研究》等最具代表性。

周振甫的《诗词例话》，吸收王国维先生《人间词话》的部分观念，在"隔与不隔"、"出处"、"情景相生"、"用事"等小节中集中探讨了用事在诗歌中的地位和作用，总结了用事和诗歌美学特征之间的关系。他认为"用事就是用典"[②]，根据其审美效果可分为两种：隔与不隔。[③] 知识不足的读者不能理解典故，是隔；知道用典，但不知典故在诗歌中的作用和意义，仍然是隔。他后来还说："好的用典，看不出用典的痕迹。"[④] 因此不隔者方是好诗，"不隔"的关键是如何巧妙地用故事来抒发诗人的感情，做到诗人和读者之间没有隔阂的审美境界。故周振甫先生认为，诗人用事而不隔，就是要做到"作者确实有丰富的感情需要来表达，否则就不用用事来表达比较复杂和丰富的感情，否则只能是卖弄学识、堆砌典

---

① 如闻一多先生在研究初唐诗时，对当时诗歌的"征集词藻"现象有所关注（闻一多：《唐诗杂论·类书与诗》，上海古籍出版社1998年版，第1—9页）。

② 周振甫：《诗词例话》，中国青年出版社1962年版，第279页。

③ 同上书，第29页。

④ 同上。

故，是有意而为之，这样用事就会造成审美的对象和审美主体的疏离"①。他的解释，只是看到了作者选择故事的重要性，没有看到读者知识积累的重要性，即忽视了阅读审美过程中作品与读者之间的互动性关系。其后，20 世纪 80 年代初期出现的《中国古典文艺理论例释》等著作都深受其影响而未能更多开掘。②

　　葛兆光的《汉字的魔方》，"从诗歌语言形式出发建立一个新的诗歌阅读规范"③，对中国古典诗歌用典（用事）作了较为有趣而重要的探求。在第五章"典故：中国古典诗歌中特殊词汇的剖析之一"，葛氏深入研究了典故的读解、使用方式、注解诠释和诗歌意境形成等方面的问题，将用事研究推向深入和细致。通过分析典故在读者和诗人之间的关系，他指出读者阅读活动和诗人创作间的知识文化对应问题。最终，他把研究者的目光导向用事的"知识考古"。④ 这些研究，颇有启发意义，不仅能纠补时人对于"典故"的轻视，也能启发我们探究诗歌用事所具艺术内涵。然而，他侧重于将"用典"看成语言现象，并着力于探讨"中国古典诗歌语言形式的美学意味"和"美感内涵"⑤，对用事所涉及的文化传统和创作传统未作细致深入的分析。

　　陈庆辉在《中国诗学》中探讨了诗歌意象与用事的关系。他认为"意象"是"一种主体化了的客体形象"，其特性是"意与象、情与景、形与神、心与物的有机统一，是审美创造的产物，是不同于主观世界、也不同于客观世界的第三种世界，它是蕴涵着诗人审美感受的语言形象"，从意象形成的角度而言，包括"直觉意象、现成意象、典故意象"三类。⑥ 陈庆辉主要从文艺美学的角度对典故进行分析，强调用事在诗歌构造元素中的重要地位及审美功能，注重理论建构而缺乏对中国古典诗学材

---

　　① 周振甫：《诗词例话》，中国青年出版社 1962 年版，第 280 页。

　　② 邱振声：《中国古典文艺理论例释》，广西人民出版社 1981 年版，第 16—19、178—180 页。

　　③ 葛兆光：《汉字的魔方》，香港中华书局 1989 年版，第 258 页。

　　④ 同上书，第 143—180 页。案：葛氏曾将相关论述，以《论典故——中国古典诗歌中一种特殊意象的分析》为名，发表于《文学评论》（1989 年第 5 期）。

　　⑤ 同上书，第 257—258 页。

　　⑥ 陈庆辉：《中国诗学》，台北文史哲出版社 1994 年版，第 63 页。以下所引分别见于该书第 67、68、75、75、76、79、81 页。

料的具体分析和归纳整理。

周裕锴在《宋代诗学通论》中从文艺美学的角度讨论了宋代诗学中的用事，他指出：

> 典故作为一种凝聚着浓厚的历史文化内涵和哲理性美感内涵的艺术符号，在中国古典诗歌的语言的形式构成中占有举足轻重的地位。它能使诗歌在简练的形式中包含丰富的、多层次的内涵，使诗歌显得渊雅富赡，精致含蓄。中国古代诗人，只有用典的多寡精粗之不同，而罕有全然不用典者。①

此处，用典的定义清晰明白，直指前人含混之处。他还对"用事"、"沿袭"、"造语"等概念进行了区分，认为用事"兼采语典与事典，兼采古老的故事及流传过程中积累的新义，是词与事、事与义的统一体，并兼有比喻、拟人、借代等多种修辞功能"②，较为全面而又简明地概括出用事的功能与内涵。该书对宋代诗歌用事的研究最有特色，认为"王安石、苏轼、黄庭坚北宋诗坛三大巨擘把宋人'以才学为诗'的习气推向顶点，并以其超越前代任何诗人的卓越用典技巧而博得宋诗话的频频喝彩"③。他归纳了宋人诗歌用事的审美标准：一是推崇广博；二是精确深密；三是用事要灵活变化，不可拘泥原典，不可沿袭前人。周先生还揭示了宋人喜欢用事的文化根源，指出："宋人崇尚用事的诗学观的形成，既与宋代学术文化的全面繁荣密切相关，也是诗歌内部艺术发展规律的必然归宿之一。"④ 此外，周先生的《中国古代阐释学研究》一书还从阐释学的角度对宋人用事的阐释进行了深入研究。他认为宋代诗学家大量注释诗歌的典故，其目的和功用就在于阐释诗意，⑤ 指出在重视才学的知识主义风气的影响之下，宋人注释典故的特点是："不注重名物制度、古词俗语等知识性内容的训释，而是醉心于破解诗中典故密码所蕴涵的作者的真实用意，

---

① 周裕锴：《宋代诗学通论》，巴蜀书社1997年版，第524页。
② 同上书，第528页。
③ 同上书，第527页。
④ 同上书，第536页。
⑤ 周裕锴：《中国古代阐释学研究》，上海人民出版社2003年版，第243—250页。

以及作者使用典故时所采取的独特艺术思维方式。"① 这就简明扼要地概括了宋代诗学家关注用事问题的初衷以及基本的注释方法，但是限于材料，他还未涉及具体的注释行为，如宋人对杜诗、苏诗和黄诗用事的观念等问题。

晚近，易闻晓的《中国古代诗法纲要》专章总结了中国古典诗歌用事的概念、用事的历史等。② 不过，该书只是将其看成中国古典诗法的一个方面，忽略了用事与古典文学传统的联系，对其缺乏整体和系统的观照，未将其投放到整个古代诗学背景中进行观察，更未能看到文化传统对用事观念的巨大影响力。

此外，一些着力进行专人研究的古代文学学者重点探讨了杜甫、李商隐、苏轼和黄庭坚的诗歌用事，如吴调公、吴小如、杨义、白政民等，专门研究了李白、杜甫、李商隐、黄庭坚等人诗歌的用事技艺，但限于专人研究，他们主要分析了诗人的用事技巧，缺乏对用事的整体建构。此外，钱钟书先生《谈艺录》对用"代字"和"诗中用人地名"的现象有所关注。③ 还有部分专门研究用事的单篇论文值得重视，如祁志祥先生对中国古典诗歌的用事比较关注，有数篇文章都对古代诗学中的用事观作了深入探究。④ 又如胡建次对宋代诗话中的用事论作了分析。⑤

写作学领域也对用事有所涉及，尤其是在以古代诗词写作指导为内容的著作中，对用事有部分论述或介绍。这类著作数量较丰，如赵仲才的《诗词写作概论》，就专门谈论了诗歌"用典"问题，涉及诗歌用典的主要类型和用典的原则问题。⑥ 赵氏还对用典的类型进行了总结，概括为明用、暗用和化用三类，不过整体略显简约。上述各家虽然在某一方面对古典诗歌用事有着深入研究，可是缺乏对古代诗学用事观的整体、系统的把握，故稍显得片面和缺乏深入。任何话语的出现，总是有一定的历史背景，并循着一定的传统而来，但是上述研究，似乎对这些问题缺少足够的

---

① 周裕锴：《中国古代阐释学研究》，第 247 页。
② 易闻晓：《中国古代诗法纲要》，齐鲁书社 2005 年版，第 224—249 页。
③ 钱钟书：《谈艺录》，中华书局 1984 年版，第 247—250、291—297 页。
④ 祁志祥：《中国古代文论中的"用事"说》，《浙江社会科学》2004 年第 6 期。
⑤ 胡建次：《宋代诗话中的用事论》，《上海师范大学学报》（哲社版）2004 年第 5 期。
⑥ 赵仲才：《诗词写作概论》，上海古籍出版社 2002 年版，第 163—175 页。

关注。此外，港台也有一些对于用事的研究。其中，颜昆阳的《李商隐诗笺释方法论》对于用事的探讨最有启发意义。该书第三章专列"作品语言成规对笺释活动应有的客观性限定"一节，其中谈到了"典故词义训解的原则"，认为"'用故事'是诗中用典的大宗"，用事大致有三种表述形态。① 颜氏的研究对于用事阐释学研究具有一定的参考价值，也为系统研究整理诸如杜甫等人的历代注释之学提供了借镜。

三 域外汉学家论用事

正因为用事包蕴的独特文化讯息成为中国古典诗歌民族性的体现，所以它为域外学者的阅读设置了巨大障碍，也成为他们要窥探中国古代诗歌堂奥不能绕开的大山，因而部分域外汉学家在研究古代汉语诗歌的时候，也对用事这一现象作了一定观照，如刘若愚在《中国文学艺术精华》将用典界定为：

> 用典是凝练或间接地引用一些人所周知的常识、信念，或特定的人、事与文章。中国诗歌极多典故，这给现代的读者带来很多困难，但是对大多数与诗人同时的读者来说是可以理解的，因为他们接受了共同的教育与有共同的文化背景。②

书中还探究了用事的基本功能和原则。而在《中国诗学》中，刘氏更是辟出专章——"暗示、援引和词源（*Allusions*, *Quotations*, *and Derivations*）"来讨论中国古典诗歌的用事问题，论述了用典的语义生成及其在文本中的功能等问题，值得借鉴。③

宇文所安在《初唐诗》、《盛唐诗》、《中国文论》等著作中也频繁提到"用典（reference）"一词，从中不难看出他对这个问题的高度重视。在分析唐诗时，他对某些诗人的用典给予了关注，以分析诗人的艺术技巧，如他认为骆宾王"善于运用新的、深奥的典故，但往往将同一典故

---

① 颜昆阳：《李商隐诗笺释方法论》，台北学生书局 1991 年版，第 184—194 页。

② 刘若愚：《中国文学艺术精华》，王镇远译，黄山书社 1989 年版，第 29 页。

③ 刘若愚：《中国诗学》，赵帆声等译，河南人民出版社 1990 年版。

反复运用"；又认为杜甫是"最博学的诗人，大量运用深奥的典故成语"。① 从宇文所安先生的著作来看，他对唐诗中的用典较为敏感，感受到了诗人运用典故的细微变化，也关注到类书对诗歌创作的影响。此外，许理和（Erik Zurcher）研究佛道相互影响时，曾总结中国古代诗文中使用神仙人物典故的类型，有"形式借用"（最简单和最容易识别的语言借用种类，包括用语在内）、"概念借用"（当"一个用语，表示一个清楚定义的概念……已保留一些它的原初意义"）和"复合借用"（改编采用一组相同的思想观念）等。其后，田安等人研究诗、词用典时，借用许理和的分类，讨论中国古代诗文中的女仙形象。如田安就曾借用来分析《花间集》中《临江仙》、《女冠子》等词里女仙人物形象及其所关涉的典故使用传统。②

　　加拿大学者高辛勇在《修辞学与文学阅读》一书中也对古代中国诗文的用事现象有所关注。他认为："'用事'与庄子所谓的'重言'有点类似，但汉唐的诗文里'用事'是引用经典或史书里的故事当为比喻用。"③ 最令人受启发的是，他揭示了古代诗文用事所承载的意识形态，提出："'用事'格的广泛使用，也是儒家维系其价值体系的重要手法。"④ 遗憾的是，限于演讲稿的体式，高氏没有对此展开深入讨论。

　　日本学者内山精也在《传媒与真相——苏轼及其周围士大夫的文学》一书中，则另辟蹊径，从诗歌用事方式的变化来考察宋代媒体的进步状况。该书并非对古代诗学用事观念的研究，但将用事作为考察坐标，却折射出用事所关涉的面较为深广。⑤ 约而言之，域外汉学家中对中国古典诗歌用事进行深入论述者并不多。但他们对于中国古典诗歌用事的敏感，以及所作的细致分析，具有"它山之石"的功用，为我们更好地理解古代诗人的用

---

　　① 宇文所安著：《初唐诗》，贾晋华译，生活·读书·新知三联书店 2004 年版，第 110、210 页。

　　② 田安（Anna M. Sheilds）：*Crafting a Collection, the Cultural Contexts and Poetic Practice of the Huajian ji*（《〈花间集〉的文化语境与诗学实践》），哈佛大学出版社 2006 年版，第 289 页。

　　③ 高辛勇：《修辞学与文学阅读》，北京大学出版社 1997 年版，第 74 页。

　　④ 同上书。案：后文所述及古人有关用事的诸多规定，就有反对使用佛、道和稗官野史故事的声音，他们所要维护的正是儒家正统思想的地位。

　　⑤ 内山精也：《传媒与真相——苏轼及其周围士大夫的文学》，朱刚等译，上海古籍出版社 2005 年版。

事观提供了新颖的观察角度。此外，法国学者马如丹以古人引用《诗经》为例，考察了中国古代诗歌的用典传统，为我们提供了一种"他者视域"①。

　　综上所述，目前学界对中国古典诗歌的用事观念，往往只是点到为止，尚缺乏一个全面、深入的把握，而且不同领域的研究也缺乏交融和结合，未能在多学科视野中实现统合。我们应该克服学科意识的局限，回到古代文人的创作实际，更贴合地观照中国古典诗学中的用事观念。

第三节　构建中国古典诗歌用事观念

　　通过对学界研究现状的回顾，我们可以看到，本书所要探讨的"用事"概念往往都被放置于"引用"、"用典"和"典故"等概念下进行研究。研究者往往将诗歌中的"用事"与"用语"、"用句"等艺术手法总称为"引用"或"用典"，所使用的材料被定义为"典故"。这样的界定和使用至少显现出两个方面的缺失：第一，中国古典诗歌的创作和批评传统长期使用"用事"这一术语，"用典"、"典故"在诗学著作中大量出现，始自明代中后期。如果用"引用"、"用典"、"典故"替换"用事"，不仅不符合诗学史实际，而且可能导致中国古典诗学传统中的某些术语逐渐被遗忘甚至被历史湮没，更何谈中国古典诗学话语的"重构"。第二，"用事"与"用典"、"故事"和"典故"在古代并不是两组等同的概念，内涵和外延俱不一致，外延差别尤大，"用事"的概念外延小于"用典"，"故事"的概念外延也小于"典故"。本书坚持使用"用事"一词，其目的就在于尽量采用古代诗学的"原生态"用语，避免重新界定概念所带来的语意纠结与外来诗学思想的渗入。

　　在当前的中国文学史和文学思想史，甚至文学批评史的叙述中，人们更加重视的是一些抽象的文学思想或者文学哲学，大多忽略对诸如用事之类的具体诗歌技法及其观念演变的研究。这种"忽视"有时是危险的，如当我们分析杜甫、李商隐、苏轼、黄庭坚等人的诗作时，显然不能忽略他们诗中的用事以及古代诗论家对其用事的看法。可是在我们当前许多文

　　① 马如丹：《〈诗经〉，从用典到隐喻：意义之自由度》，孟华译，见《法国汉学》第四辑，中华书局 1999 年版。

学史书写中，却忽视了对这些诗人的技艺进行考察，而是去研究他的作品所折射出来的，甚至是文学史作者一厢情愿杜撰出来的思想内容。

　　用事观念研究，不仅能反映人们对于诗歌技巧的基本看法，也折射出文化观念、诗学思想对于诗学各个层面的控制与约束，更能看出诗人对于创作传统的态度，如他们在创作某类题材和体裁的时候，有时会考虑它们对于用事的限制或审美期待，而有意识地选取与之适应的故事。这正是本书所关注的核心问题，即通过考察古人的用事观念，揭示文学哲学对于文学技艺的调控，分析诗人在创作过程中是如何遵循传统规范，亦即传统是如何被形成和破坏。除此之外，用事观念更反映了儒家诗教思想体系对诗学系统的渗透，如诗学家鼓励诗人使用正史与儒家经典中的故事，反对使用"怪力乱神"，显示出儒家文化强大而深远的影响力。这些，正是构成中国古典诗歌民族特色的秘密藏。

　　特定的研究课题拥有不同的材料来源。为了对研究对象有鸟瞰的"主动"感，此处所收集的资料来源，主要分为以下几类：（1）诗话、诗格、诗法等著作中直接论诗的文字；（2）诗文集注本；（3）重要诗歌选集的序跋、评论等；（4）文人别集中的论诗文字；（5）涉及诗歌评论和考证的笔记；（6）正史中部分诗人和文学团体的评论；（7）重要的书目题跋和书目提要等。当然，诗格、诗法类资料往往会涉及真伪问题，对此我们将在慎重考虑其文献可靠性的前提下大胆使用，毕竟能大致确定年代的伪作同样具有重要的文献价值。另外，即使上述材料文献都可靠，其中的观点也会受时代、流派和个人感情因素的干扰，我们在使用时也会尽量考虑这些因素，争取能够透过弥漫于其中的迷雾见到真切的花朵。另外，在古典诗学话语中，往往不论及词曲，词曲往往被视为"诗余"①，所以

---

　　① "诗余"之名，约始于南宋初期，如林淳词集即名为《定斋诗余》。纵观各家所言，宋人以为"诗余"即诗、文之余事，如罗泌跋欧阳修《近体乐府》曰："公吟咏之余，溢为歌词，有《平山集》盛传于世。"又如陆游跋《后山长短句》云："陈无己诗妙天下，以其余作词，宜其工矣。"此用法影响深远，后世虽有汤显祖《玉茗堂选花间词序》、毛先舒《填词名解》等的辩驳，但仍为大多诗论家接受，始终视"词"地位低于"诗"。此外，降及明清，词论家又有新说，以为词为诗之绪余剩义，如沈际飞《草堂诗余四集序》云："诗至于唐而格备，至于绝句而体穷，宋不得不变而之词。元不得不变而之曲。"又以为词为《诗》之余绪，如《词节丛谈》引丁彭《药园词话》云："词者，《诗》之余也。"

暂时将论词用事的资料排除在外，只是在适当的前提下慎重引用词话等资料。经过上述努力，力图在深入分析这些材料的基础上，从多个角度、不同层次对中国古典诗歌的用事观念作全景式的描述和考察，补充文学批评史在这方面的空缺。当然，面对时间跨度如此之大的富矿，一定要处理好历时与共时之间的关系，既要看到古典诗学用事观念前后延传的传统，也要考虑其所处的具体时代语境和文化内涵。本书主要从七个方面探察中国古典诗歌的用事观念：第一章，概括和分析中国古代诗学家对用事的定义、方法和起源等问题的探讨，总结用事的基本功能与审美功能；第二章，聚焦历代诗学家对诗歌创作用事与否的争论，重点剖析其中所体现的诗学观念，考察"诗言志"说在古代诗学中的贯穿；第三章，总结诗学家对"故事"的相关规定，揭示儒家正统思想对诗学体系的渗透；第四章，探讨诗学家对用事的基本审美理想，展示古代诗学超越用事技巧，关注诗歌本体地位的技艺观念；第五章，分析题材和体裁对诗歌用事的约束，探讨艺术技巧与文学体式间的互动关系；第六章，探讨诗人和读者面临用事之时各自应承担的责任，考察阅读审美过程中作者、作品与读者间的相互制约机制；第七章，通过勾勒总结古代对杜甫、李商隐、苏轼与黄庭坚四人诗歌用事的批评，考验以技艺为核心的文学史叙事的可能性。通过对上述七个方面的考察，我们将基本建立起中国古典诗歌用事观念的体系，并对一些文学问题进行深入探查，着力探究这些论述所展示的特征。

此外，本书附录了胡应麟等有关用事观念的相关讨论，以克服本书主体对专人诗论家用事观念的割裂之不足，展示诗论家整体、系统的用事观念。追寻一种观念，我们往往会发现，每个话语具体发言人往往已经死去，就像蜗牛留在墙上的印痕，吸引人们关注其闪光的银色。指、月之间，也是本书最终的关怀，为此特选取专人来论说，展示理论言说的主体之于整体性建构的贡献。这也许是中国古代文化本身具有的一种特色，任何大的文化整体，往往都是反复和不断言说的结果。也正是如此，虽然本书审慎地将词学的用事观念放于较为附属的地位，但由于诗、词有着许多相通之处，因而本书还附录了词学中用事观念的简况，以期弥补诗学视野的局限性，为广义的中国诗歌用事观念的建构提供一种可能。

当然，任何研究都应该有舍筏登岸的追求。研究中国古典诗歌用事观念，最终目标是更为清晰或者近距离地观察中国古典诗学。可是，无筏，又怎能登上理想的彼岸？所以本书意在通过梳理和分析中国古典诗歌用事观念，为深入研究中国古典诗学提供一块微小的批评基石。此外，诚如葛兆光所言，对于中国古典诗歌用事动机等方面的研究，似乎更具有挑战性和刺激感，前述内山精也等人的研究已经展示了其魅力。而那将是我的另外一次探险，在那时我将游历于唐诗天地之内，看看诸如桃源、颜回、西施等故事是如何被加工、定义和使用，溯源故事语义的发展轨迹，揭示诗人用事对故事的重新运用与阐释，考察具体的思想观念和文学传统的潜流暗变。目前，限于精力和学识，暂不于彼作专门和深入的探查。

第一章

正名:古今事的语境跨越和语义类比

"名不正则言不顺",在讨论"用事"所关涉的一些问题之先,必须考察用事的含义及概念的历代使用情况。作为一个动宾词组,"用"即使用、援用、引用之义;"事"主要指发生于过去的事件,在古代有"事实"、"古事"、"故事"、"古实"等称谓,然其含义基本一致。① 因为词组的灵活性,"用事"还可分开来说,即"用"某某"事"、"使用"某某"故事"、"用"某某"事实"等,其含义大致相类,而在古典诗学话语中的"用事",往往指中国古典诗文常用的一种修辞、创作手法,它同时具有名词词性和动词词性:前者是对"引用前代之事"这种艺术手法的命名,后者指具体的动作行为。

古人多用"故事"一词称呼诗文中所援引的"事",而与"故事"相对应的是"今事"。诗人通过引入已经发生的"故事",与诗文所要描述、涉及的"今事"形成类比,从而穿越时空,产生语境跨越。诗人须利用"故事"在原来语境中的含义,通过暗示、比类和联想,委婉地传达"今事"的意义,否则就不能称之为用事。区别和归类,反映人们对于用事的思索,从唐代开始,人们已经开始关注用事的艺术功能和概念内涵,总结用事手法的源流及分类。古代诗学家对于"用"、"事"及其功能,作了一些探索,形成了古代诗学用事观念的基础。

---

① "故事",在古籍中还常常指典章制度。不过在《诗人玉屑》(魏庆之编,上海古籍出版社 1978 年版)卷七中我们可以看到,宋人也常常用故事来指事料,本书亦采用这一术语来称呼所用之"事"。"典故"一词,最早用来指称典章制度,后来借之指称见诸竹帛的内容,即用典之内容。

第一节　古今三名

作为文学艺术手法的"用事"一词，并不是一开始就出现在中国古代诗学家的批评术语表中，也不是一直被他们坚持使用。① 纵观中国古典诗学话语，人们曾用"事类"、"用事"和"用典"三个术语来命名诗文中援引前代故事或成语的艺术手段，其中使用最久者为"用事"。与用事大致相似的艺术手法，最初被称为"事类"。这种称呼，其实更适合命名散文或骈文中的援引手法，而不太适用于诗歌创作中引用故事的技艺。从六朝末年开始，人们逐渐采用"用事"这一概念来指称诗文中使用故事的艺术手法。到了唐代，人们已稳定地使用这一术语，并延续至清末。在民国的部分诗学著作中，如世界书局 1928 年出版的《学诗百法》，亦采用"用古事"一说。② 有鉴于此，本书采用"用事"一词来进行论述。另外，明代中后期开始，有些人开始用"用典"一词来概括诗文引用前代故事或言语的艺术手法，而乾嘉时代的诗学家，亦多使用这一术语，时至今日，在修辞学和诗学著作中，也有多使用"用典"一词者。事实上，"事类"、"用事"、"用典"三者的含义，略有区别，反映了人们对于诗文引用手法的认识变化。

一　事类

"事类"是中国古代较早稳定使用的术语，它被用来定义诗文引用、

---

① 从现有文献来看，"用事"开始是一个动词词组，如《周礼·春官宗伯·典瑞》:"掌玉瑞、玉器之藏，辨其名物与其用事，设其服饰。"（《周礼注疏》，上海古籍出版社影阮刻十三经注疏本 1997 年版，第 776 页）这里，《周礼》记录了"典瑞"的职责，"用事"就是管理、执行的意思。又如《春秋公羊传》卷二十五定公四年十一月记载:"蔡昭公朝乎楚，有美裘焉。囊瓦求之，昭公不与。为是，拘昭公于南郢数年，然后归之。于其归焉，用事乎河。"何休注"用事"为"祭祀"，其实，是对某些事物做出相应行为之意。到了汉代，"用事"的词义逐渐发生了转移，用来专指某人掌握国家大权，一般指某人当了宰相，从而总理国家事务。如成书于西汉初年的《韩诗外传》卷七云:"士欲白万乘之主，用事者迎而啮之，亦国之恶狗也。左右者为社鼠，用事者为恶狗，此国之大患也。"（韩婴:《韩诗外传集释》，许维遹集释，中华书局 1980 年版，第 250 页）这里"用事"指辅佐君王管理国家的人，"用事"的意思变为管理国家之意。此后，这样的用法在古代比较常见，一直延续到清代。

② 刘坡公:《学诗百法》，上海世界书局 1928 年版，第 68 页。

排列前人故事或言语的艺术手法。远在先秦时代，人们就开始使用该词，如《韩非子·显学》云："儒侠毋军劳，显而荣者，则民不使，与象人同事也。夫祸知磐石、象人，而不知祸商官儒侠为不垦之地、不使之民，不知事类者也。"又《人主》篇说："宋君失其爪牙于子罕，简公失其爪牙于田常，而不蚤夺之，故身死国亡。今无术之主，皆明知宋、简之过也，而不悟其失，不察其事类者也。"① 其含义俱为"相似的事例"，并非指诗文的艺术手法。

及至西汉，人们开始将文书中排列相似事件的做法称为"事类"，如西汉刘向（约前77—前6）曾说自己所"校雠"的《说苑杂事》及"民间书巫"之中，"其事类众多，章句相溷，或上下谬乱，难分别次序，除去与《新序》复重者，其余者浅薄不中义理，别集以为'百家'。后令以类相从，一一条别篇目，更以造新事十万言以上，凡二十篇七百八十四章，号曰《新苑》，皆可观"②。他所言的"事类"，意为按照一定内容串列的相似事件，此用法被沿用至六朝。又，西晋挚虞（？—311？）在《文章流别论》中云："古诗之赋，以情义为主，以事类为佐；今之赋，以事形为本，以义正为助。"③ 挚虞所言的"事类"，仍然不是后来意义的"用事"与"用典"，而是指在辞赋中大量胪列相似事物的创作手段。

就现有文献来看，刘勰最早用"事类"定义诗文中援引古代事例，云：

> 事类者，盖文章之外，据事以类义，援古以证今者也。昔文王繇《易》，剖判爻位；《既济》九三，远引高宗之伐；《明夷》六五，近书箕子之贞：斯略举人事以征义者也。至若《胤征》羲和，陈《政典》之训；《盘庚》诰民，叙迟任之言：此全引成辞以明理者也。然则明理引乎成辞，征义举乎人事，乃圣贤之鸿谟，经籍之通矩也。《大畜》之《象》："君子以多识前言往行。"亦有包于文矣。④

---

① 韩非：《韩非子集解》，王先谦集解，中华书局1998年版，第461、470页。

② 刘向：《说苑·叙录》，赵善诒疏证：《说苑疏证》，华东师范大学出版社1985年版，第637页。

③ 挚虞：《文章流别论》，欧阳询：《艺文类聚》五十六，上海古籍出版社1982年版，第1018页。

④ 刘勰著，范文澜注：《文心雕龙注》，人民文学出版社1958年版，第614页。

刘勰认为"事类"可分两方面：第一，引用古人言语，特别是比较权威的言论以"明理"；第二，引用古代人事以"征义"。两者的功能和艺术手法都略有区别：援引成辞，须准确引用原文，成辞在文本（text）中的含义固定不变，由出处语境提供含义，不需要与今事发生语义关联；引用事件，则往往需高度概括，以几个字提炼或提示某事件，通过与文本"今事"的相关性来产生意义。刘勰认为"事类"的功能有二：类义，即语义类比；证今，即以成辞作为证据。为了具体说明其含义，刘勰还梳理了使用"事类"的传统，从纵向维度来界定"事类"。

　　事类最核心的概念是"事"，"类"是表明"事"的性质和功用。所以，在当时，有人直接使用"事"来命名诗文中的引用法。颜之推就使用了"事"这个术语，其含义和刘勰所使用的"事类"基本一致。① 他在《勉学》中说：

> 江南有一权贵，读误本《蜀都赋》注，解"蹲鸱，芋也"乃为"羊"字。人馈羊肉，答书云："损惠蹲鸱。"举朝惊骇，不解事义，久后寻迹，方知如此。②

此处，"事"，即诗文所引"事类"。正是因为"江南权贵"不知道"事"之出处及含义为何，故造成误解，从而闹出笑话。

　　"事类"一词，最早主要针对文章而非诗歌创作而言，诸如刘向、挚虞等人所谈论的"事类"，俱为文章的创作方法。此外，引用成辞的现象在诗歌创作实际中并不多，因为诗歌并非用来论说道理，不需借用成辞的权威来增加诗句的分量，而且中国古典诗歌特有的音韵形式、内容体式都会限制诗人灵活引用成辞，不太容易做到精确。此外，"事类"只是强调所引之"事"和作家所言之"事"的一种类比关系，没有强调它们之间可能产生的互文性效果，以及所引之事可能包含的丰富意蕴。而且，"事

---

　　① 颜之推在《勉学》和《文章》篇中都使用了这一术语（中华书局《诸子集成》本 1985 年版，第 17、20 页）。

　　② 颜之推：《颜氏家训》卷三，中华书局《诸子集成》本，第 17 页。

类"仅仅强调诗文作者按照相似的含义排列故事，主体的创造性没有得到凸显。这些都表明，所谓"事类"和后世诗学家使用的"用事"概念，区别颇大。

二 用事

刘勰的《文心雕龙·事类》将"用事类"简称为"用事"，是最早提到诗文"用事"的文献。① 但是他将"用事"置于"事类"之下，与"取事"、"引事"并列，反映了从"事类"向"用事"的过渡。事实上，从钟嵘、颜之推时代开始，人们才比较固定地使用"用事"一词。钟嵘在《诗品》中两次使用了"用事"：

> 彦升少年为诗不工，故世称沈诗任笔，昉深恨之。晚节爱好既笃，文亦遒变，善铨事理，拓体渊雅，得国士之风，故擢居中品。但昉既博物，动辄用事，所以诗不得奇。少年士子，效其如此，弊矣。②

根据现有资料，使用"用事"来谈论诗歌引用故事比类今事，钟嵘是第一位。在《诗品》中，"用事"一词常常以灵活多变的形式出现，"用"和"事"有时被分而用之，如"喜用古事"云云。虽然，钟嵘并未对"用事"进行具体定义，然而从他对颜延之的批评推断，他认为诗歌中引用过去之"事"就是"用事"，"用事"的"用"字强调了人的主体性，以及作家对故事的创造性发挥。③

据颜之推《颜氏家训》，比钟嵘稍晚的邢邵（496—?）、祖珽等人也

---

① 刘勰著，范文澜注：《文心雕龙注》，第616页。

② 钟嵘：《诗品》，何文焕：《历代诗话》，中华书局1981年版，第14页。

③ "用"，许慎《说文解字》引用卫宏之说，云："可施行也。从卜中。"（许慎撰，段玉裁注：《说文解字注》，浙江古籍出版社影经韵楼本1998年版，第128a页）虽然据许慎的解释可知，"用"字可能暗含了巫卜的含义，但是在六朝时，人们使用这一词的时候，更强调人的主体性。

使用了"用事"一词。邢邵曾云："沈侯文章，用事不使人觉，若胸臆语也。"① 其含义和后来的诗学家所使用的"用事"内涵一致，表明那时人们就开始普遍使用这个术语了。

此外，与钟嵘同时或稍晚的诗学家还使用"引事"等词来指称诗文中引用前代故事的做法，如萧绎（508—554）《内典碑铭集林序》说：

> 夫世代亟改，论文之理非一；时事推移，属词之体或异。但繁则伤弱，率则恨省，存华则失体，从实则无味，或引事虽博，其意犹同，或新意虽奇，无所倚约，或首尾伦帖，事似牵课。②

萧绎将文章中引用故事的做法径直名其为"引事"。相对于"事类"，"引"字强调了诗人的创造性。

从唐代开始，人们试图对"用事"进行定义，如皎然（730—799）在《诗式》中谈到"用事"时说："诗人皆以征古为用事，不必尽然也。"③ 虽然皎然所说的"用事"和援引故事进行比拟的手法，是两个概念（这一点我们将在后文说明），但从他的论说中，我们可以看到，当时人们以为"事"主要指古代的事例而非古人言语，其功用主要是为了于古有征而证明言之有据。事实上，皎然的定义，主要从用事功用或引用方式的角度来考虑的，认为并不是所有引用古代的"事"都是用事。④

无论是"事类"，还是"用事"、"引事"，最核心的都是"事"。对

---

① 颜之推著，王利器集解：《颜氏家训集解》，中华书局《新编诸子集成本》本1996年版，第272页。

② 萧绎：《内典碑铭集林序》，见释道宣《广弘明集》卷二十，上海古籍出版社1991年版，第252b页。

③ 皎然：《诗式》，何文焕编：《历代诗话》，中华书局1981年版，第30页。

④ 《用典研究》，第8—10页。他认为用事要具有如下特征：（一）多少带进了典故原来的语境因素；（二）典故与自己所欲表达的意思之间多少存在一种对照关系，在意义上可以建立起由此及彼的联系，包括相关、相似、相近或相对等关系。所以下列几种情况就不能视为用典：（一）为解释某个古代故事、言辞而不得不提到这个故事、言辞的；（二）对古代的某个人、某件事加以评论的；（三）对某个地方（包括名胜古迹）曾发生的故事、曾流行的传说加以记录、追忆的文章，以及某些没有明确的言外之意的怀古诗文；（四）沿用自古以来的平常词语。由此可见，皎然的"比"，仍然是一种用典。

"事"的解释成为定义"用事"的关键处。"事",古人又有"古事"、"事实"、"故事"、"故实"等称呼。① 纵观古代诗学家对"事"的解释,大致有广义和狭义之分。狭义的概念主要是指过去之事件,广义的概念还包括引用前人言语。

古人往往使用"事"的狭义概念,即主要指引用"过去之事"。例如,南宋初期阮阅所编《诗话总龟》中涉及用事的文字 70 余则,除却少数几则外,基本都用了狭义概念。② 又,南宋末魏庆之《诗人玉屑》收录和用事有关的文字 60 余则,亦基本使用狭义概念,其比例和《诗话总龟》大致相当。类似这些例子都表明宋人倾向于使用"事"的狭义概念。宋后的诗学家,亦多如此界定"用事",如元人陈绎曾说:"凡实事、故事,皆事也。事生于境,则真。"③ 陈氏所言,仍是"事件"之意。又如明人周履靖(1549—1640,或 1542—1632)编写的《骚坛秘语》,认为"用事"就是"引用古事"④,将用事和抒情、立意、写景、设事等方法相并列。当然,有时诗人在创作中会突破此局限,使用本朝或自己诗歌中的故事。

当然,宋人有时也使用"事"之广义概念,把"事"泛化,将引用前人言语、诗句以及事件等手法笼统称为"用事"。宋代阮阅《诗话总龟》中有三条材料就反映了这一现象,如:

> 韦应物诗(诗字作"《赠李侍御》云"):"心同野鹤与尘远,诗似冰壶彻底清。"又《杂言送人》云:"冰壶见底未为清,少年如玉有诗名。"此可为用事之法,盖不拘故常也。⑤

---

① 这几种称呼,在宋代的诗学著作中都比较常用。如胡仔《苕溪渔隐丛话》,提及"故事"者最多,其次是"故实",再次是"事实",所用皆为"用事"之"事"。

② 据笔者初步统计,约 90% 以上使用这一概念。

③ 此乃费经虞《雅伦》卷十五引陈绎曾《文说》,然四库本等《文说》并无此则(费经虞:《雅伦》,四库存目丛书集部册 420 影康熙四十九年刻本,第 231b 页)。

④ 周履靖:《骚坛秘语》,《丛书集成初编》影《夷门广牍》本,中华书局 1985 年版,第 11 页。

⑤ 阮阅:《诗话总龟》后集卷二十二,人民文学出版社 1987 年版,第 138 页。案:本段文字实出于黄彻《䂬溪诗话》卷三(丁福保编:《历代诗话续编》,中华书局 1983 年版,第 359 页)。

　　乐天云:"哺歠眠糟瓮,流涎见曲车。"杜甫有"路逢曲车口流涎"。而张文潜有寄予诗云:"须看远山相对蹙,莫欺病齿恼衰翁。"自注云:"黄九《谢人遗梅子》诗有'远山对蹙'之句。"乃知诗人取当时作者之语便以为故事;此无他,以其人重也。①

　　《侯鲭录》云:"东坡作《雪诗》云:'冻合玉楼寒起栗(粟),光摇银海眩生花。'后见荆公云:'道家以两肩为玉楼,目为银海,是使此事否?'坡退曰:'惟荆公知此出处。'"②

这里的"用事"指引用词句或使用掌故,而非使用"古事"。实际上,广义的"事"的概念和现代修辞学所采用的"用典"、"引用"等概念差不多。魏庆之《诗人玉屑》中也有使用广义含义者,如:

　　谚云:"去家千里,勿食罗摩、枸杞。"山谷尝赋诗云:"去家千里尚勿食,出家安用许!"时同赋者,服其用事精确。③

例子中,黄庭坚(1045—1105)于诗句中引用的是谚语,而非典籍中所载具有一定情节的故事。又如该书卷七"用事未尽善"条同样是将后世诗歌中化用前人诗句的做法看成用事。④ 当然,正如前文所言,古代使用广义"事"的概念的频率远不及"用事"狭义的概念高。

　　那么,为什么古人将引用前人言语也称为"用事"呢?这是因为诗人有时引用的前人言语和古代的某些事件紧密相连。比如说,当诗人引用了《论语》中某句孔子教育弟子的话,往往就会让读者联想到当时事件发生的场面,此时纯粹的用语和用"古事"就很难剥离了。事实上,诗

　　① 阮阅:《诗话总龟》前集卷八,第85页。
　　② 胡仔:《苕溪渔隐丛话》前集卷二十九,人民文学出版社1962年版,第202页。
　　③ 佚名:《漫叟诗话》,魏庆之:《诗人玉屑》卷七,第152页。
　　④ 魏庆之:《诗人玉屑》卷七,第158页。该条文字见于《苕溪渔隐丛话》后集卷九,第60页。

歌并不适合引用前人"成辞",因为诗歌的语言讲求精简,不像散文体裁的文学创作,作者可以自由地对文字进行加工。此外,诗歌引用古人言语入诗,不及引用故事所具有的含义丰富,不能带给读者更多的联想。因此,许多诗学论著中人们多使用"用事"的狭义概念,《诗话总龟》和《诗人玉屑》即为典型。

三 用典

人们还以"用典"指称诗文引用前代故事和话语的修辞手法,他们将所引对象命名为"典故"。按照许慎的解释,"典"的含义是:"五帝之书。"[①]"故"则指:"使为之也。"段玉裁(1735—1815)的解释比较清晰:"凡为之,必有使之者也,使之而为之则成故事矣。引申之为故旧,曰'古,故也'。"[②] 也就是说"典"主要强调典籍记载事理方面的神圣性,而"故"则主要强调时间维度的厚重感。在古代典籍中,"典故"往往还用来指过去的典章制度,如范晔(398—445)《后汉书·胡广传》云:"篇籍所记,祖宗典故,未尝有也。"[③] 及至南宋杨万里(1127—1206)的《诚斋诗话》,这一用法有所改变。该书可能是中国古代现存第一本用"典故"指称引用故事和语句修辞法的诗学著作。杨万里说:"坡虽用孔融意,然亦用《礼记》故事,其称王谓王三皆然,安知此典故不出于尧。"[④] 此后,人们开始使用"用典"和"典故"一词,而"用典"则是"用典故"的省称,如杨维桢(1296—1370)说:"宫词,诗家之大香奁也。不许村学究语。为本朝宫词者多矣,或拘于用典故,又或拘于用国语,皆损诗体。"[⑤]

明代诗学著作有时也使用"典故"一词,如杨慎(1488—1559)在评价杜甫诗歌时曾说:"少陵虽号大家,不能兼善。以拘于对偶,且汩于典故,乏

---

① 许慎撰、段玉裁注:《说文解字注》,第 200 上页。

② 同上书,第 123 页。

③ 范晔:《后汉书》卷四十四,中华书局 1965 年版,第 1505 页。

④ 杨万里:《诚斋诗话》,丁福保编:《历代诗话续编》,第 149 页。

⑤ 吴景旭:《历代诗话》卷六十五,中华书局上海编辑所 1958 年版,第 992 页。案:又见于顾嗣立《元诗选》初集卷五十五《杨维桢宫词小序》(中华书局 1987 年版,第 2003 页)。

性情尔。"① 又如王骥德（？—1623）的《曲律》也用了"典故"一词。②

到了清代，人们使用"用典"和"典故"的现象更为普遍，如《清诗话》（丁福保编，上海古籍出版社1999年版）中的王士禛（1634—1711）《师友诗传录》、黄子云（1691—1754）《野鸿诗的》、钱泳（1758—1844）《履园诗话》、李重华（1682—1754）《贞一斋诗话》、施补华《岘佣说诗》、袁枚（1716—1797）《续诗品》等，《清诗话续编》（郭绍虞编，上海古籍出版社1983年版）中的张谦宜《茧斋诗谈》、延君寿（1639—1720）《老生常谈》、赵翼（1727—1814）《瓯北诗话》等，加之方东树（1772—1851）《昭昧詹言》等多用"用典"和"典故"二语。

人们使用"用典"一词时，讲究典故出处，即作家只能使用那些见诸载籍的文字或事件，而当代事、本朝事，都被排除在诗歌的引用对象之外。于是，一种尊重典籍的心理昭然若揭。明清许多诗学家甚至反对像宋人那样使用本朝事，主张使用宋代以前甚至汉魏时代的古事。当然，历代诗学家所使用的"用事"概念还是以使用古代典籍中的故事为主，故后人以"用典"来取代"用事"。

从"事类"到"用事"，再到"用典"的演化，反映了文化、文学观念的变迁。"事类"只适合以赋为核心的文类，"用事"则克服了这些问题，适合各种文类。但是由于"用事"概念有狭义和广义之分，随着文坛复古之风日益盛行，诗学家对"事"的时间段的规约也渐趋严格，大多数诗学家都认为应使用唐以前的故事，所以"用事"概念的指称不能较好地反映出人们对"古"（既包括经典文本，也涵盖诗文风格）的尊崇。于是，及至明清，特别是清代，人们开始广泛使用"用典"一词。因此，研究者将"用事"完全等同"用典"，事实上，缺乏对中国古典诗学的细到考察，也未重视"用事"这一概念的使用历史远远长于"用典"的事实。我们可以肯定地指出，对"用事"与"用典"概念及使用历史的梳理，为研究中国古典诗歌的复古主义走向提供了一个新的考察角度和思路。

---

① 杨慎：《唐绝增奇序》，《绝句衍义·绝句辨体·绝句附录·唐绝增奇·唐绝搜奇·五言绝句》，续修四库全书册1590影明曼山馆刻本；胡震亨：《唐音癸签》卷十，古典文学出版社1958年版，第85页。

② 王骥德著，陈多、叶长海注释：《曲律》，第116页。

需要说明，在古代典籍中，往往将前代的典章制度等称为"故事"或"故实"，而"典故"也有典章制度之意，如前朝故事或前朝典故等。这说明古代诗论中的用事，思想的底色，是对于著之竹帛的文字的一种敬崇，希望借由援引而获得有章可循和言之成理的支撑。"信而好古"的儒家学术取向，自先秦两汉至于隋唐，已经是根深蒂固。《系辞》言"圣人有以见天下之动，而观其会通，以行其典礼"，前代掌故和圣人经籍，乃天道之结晶，自是万世效法之准则。如此，我们方能理解，带有政治色彩的语汇，为何与诗学术语同出一辙。

第二节　与用事交叉的两个术语

在中国古典诗学话语中，有些术语和用事既有交叉又相区别，古代诗论曾对用事与"比"、"用人名"作了区分，为我们更为精确地理解古代诗学家的"用事"观念提供了线索。这些讨论，显示出古代诗学家对"用事"之"事"在文本中的功能，进行过深入思考。刘勰最早对用事功能进行考察，认为"事类"主要有两大功能："明理"与"征义"。可是，这并非后世所说的诗歌用事的核心功能。事实上，"比类"才是我们判别诗人用事与否的根本依据。然而，是不是诗歌中只要出现"比类"就一定是用事呢？古代诗学家也曾对此进行探讨。他们发现"比类"或"比"并不　定就是用事。此外，诗人在创作诗歌时有时会引用人名，或用事，或咏史，还可以是引用成语。古代诗学家对此也曾展开辨析。总之，我们界定"用事"之时，一定要重视"用事"和"用人名"之别。

一　"比"与用事

作为《诗经》"六艺"的"比"是中国古典诗学中的常见术语，其核心含义是"比方"，和用事的"比类"功能具有一定的相似性。唐人特别注重分析这两者之间的关系。较早谈论这一问题的是皎然，他在《诗式·用事》中指出：

> 诗人皆以征古为用事，不必尽然也。今且于六义之中，略论比兴。取象曰比，取义曰兴；义即象下之意。凡禽鱼、草木、人物、名数、万

象之中义类同者,尽如比兴,《关雎》即其义也。如陶公以"孤云"比
贫士;鲍照以直比朱丝,以清比玉壶。时久,呼为用事,呼用事为比。
如陆士衡《齐讴行》:"鄙哉牛山叹,未及至人情。爽鸠苟已徂,吾予安
得停?"此规谏之忠,是用事,非比也。如康乐公《还旧园作》:"偶与
张邴合,久欲归东山。"此叙志之忠,是比,非用事也。详味可知。①

从皎然之语可以得知,唐人多以为凡是引用前人文字或前代故事皆为用事。
他否定了这一习见,并作了细致论述。他从《诗经》的"六义"出发,坚
持认为诗歌中有两种重要的表现手法:"比"和"兴"。援引古代事例,就
是属于《诗经》六义的"兴"而非"比"。郑玄注释"六义"的"比"
云:"比者,比方于物,诸言如者皆比辞也。"又解"兴"曰:"兴者,托
事于物,则兴者起也,取譬引类,起发己心。诗文诸举草木鸟兽以见意者,
皆兴辞也。"② 皎然认为"取象曰比",即仅仅取故事与今事之间的相似
点;而"取义曰兴",则更侧重于关注故事和今事相似性下的语义类比,
通过这些类比来表达诗人的情志。在皎然看来,与"比"相较,诗歌用
事更接近《诗经》六义中的"兴"。此外,皎然还举例说明何为"比",
他认为谢灵运(385—433)诗中所谓的"张"(张良)和"邴"(邴汉),
仅仅是诗人用他们弃官归隐的特点来代指自己,并没有其他的暗示意义,
当属"比"③。此即胡适所言"引古人作比"者,是"非用典也"④。很显

---

① 皎然:《诗式》,何文焕:《历代诗话》,中华书局 1981 年版,第 30 页。

② 《毛诗正义》,上海古籍出版社影阮刻十三经注疏本 1997 年版,第 271a 页。

③ 事实上这种用法更类似"代用"、"代指"等。程千帆先生对"代语"的定义是:"行文
之时,以此名此义当彼名彼义之用,而得具同一效果之谓。然彼此之间,名或初非同,义或初
不相类,徒以所关密迩,涉想易臻耳。"(程千帆:《古诗考索》,上海古籍出版社 1984 年版,第
231 页)由此可见,代语和所代之事之间不一定依据相似性而形成代用关系,也可依据它们之间
的密切关系而形成。

④ 胡适:《胡适文集》卷三,第 22 页。胡适《文学改良刍议》还将用典分为广义和狭义,
云:"广义之典非吾所谓典也。广义之典约有五种:(甲)设譬喻 其取譬之事物,含有普通意义,
不以时代而失其效用者,今人亦可用之……(乙)成语 成语者,合字成辞,别为意义。其习见之
句,通行已久,不妨用之……(丙)引史事 引史事与今所议论之事相比较,不可谓为用典也……
(丁)引古人作比 此亦非用典也。……(戊)引古人之语 此亦非用典也……以上五种为广义之
典,其实非吾所谓典也。若此者可用可不用。"(《胡适文集》卷三,第 22—23 页。为行文方便,
省略号为笔者所加,下同)

然，皎然倾向认为，诗人应该用事"取义"，而不仅仅在于"取譬"。

由于唐代诗格类文献，真伪之情较为复杂，所以皎然还有歧说。旧题皎然《诗议》对这一问题作了进一步发挥，他说：

> 用事。评曰：时人皆以征古为用事，不必然也。陆机诗："鄙哉牛山叹，未及至人情。"此规谏之中比，非用事也。康乐公诗："偶与张邴合，久欲归东山。"此叙志之中比，非用事也。
>
> 语似用事义非用事。评曰：此二门未始有之。康乐公诗："彭薛才知耻，贡公未遗荣，或可忧贪竞，未足称达生。"此商榷三贤，欲借此成我诗意，非用事也。古诗："仙人王子乔，难可与等期。"曹植诗："虚无求列仙，松子久吾欺。"又古诗："师消久不奏，谁能宣我心。"此并非用事。①

皎然通过列举大量实例来定义"比"与用事，所要表达的含义同《诗式》基本一致。只是，其中略有分别。与《诗式》不同，此处认为陆机（261—303）的《齐讴行》②并非用事。因为"牛山叹"只是悲叹生命短促的代辞。至于《诗式》和《诗议》为何出现如此大的分歧，还有待进一步考证。不过，这一出入，却具体生动地反映了用事功能具有多样性，往往不易完全剥离和截然区别。

此后，贾岛（779—843）也论及这个问题，他说"须兴怀属思有所冥合"，如果"将古事比今事，无冥合之意，何益诗教"③，在他看来，用

---

① 皎然：《诗议》，续修四库全书册 1694 影《陈学士吟窗杂录》，上海古籍出版社 2002 年版，第 184a—b 页。

② 萧统：《文选》，中华书局影印本胡刻本 1977 年版，第 397 页。诗句全文如下："营丘负海曲，沃野爽且平。洪川控河济，崇山入高冥。东被姑九侧，南界联摄城。海物错万类，陆产尚千名。孟诸吞楚梦，百二侔秦京。惟师恢东表，桓后定周倾。天道有迭代，人道无久盈。鄙哉牛山叹，未及至人情。爽鸠苟已徂，吾子安得停。行行将复去，长存非所营。"诗中"牛山叹"乃古代常用故事，即齐景公之事，出《晏子春秋》卷一；爽鸠之事亦较为常见，出《晏子春秋》卷七（分别见《晏子春秋校注》，张纯一校注，诸子集成本，中华书局 1985 年版，第 24—25、180 页）。

③ 贾岛：《二南密旨》，续修四库全书册 1694 影《陈学士吟窗杂录》，上海古籍出版社 2002 年版，第 160b 页。

事成立的条件之一是诗歌所写内容要和故事具有一定"冥合"，否则就不能视为用事，而他所谓"冥合"，亦即要用故事的"义"，即皎然所言之"兴"。他接着举出谢灵运诗"偶与张邴合，久欲归东山"、陆士衡"鄙哉牛山叹，未及至人情"、古诗"懒向碧云客，独吟黄鹤诗"三句诗为例，但是却未明言是否为"用事"。其中，前二者为皎然《诗议》所举非用事之例。以此类推，后边的第三例，可能也是非用事之例。唐代诗格，互文现象较为突出，我们认为皎然的观点，或可以《诗议》为准。虽然他们的论述在文献上还存有争议，但文献的真实性，得到了日释遍照金刚《文镜秘府论》的印证，该书云：

> 若比君于尧舜，况臣于稷；绮里之高逸，于陵之幽贞，褒贬古贤，成当时文意，虽写全章，非用事也。古诗"胡马依北风，越鸟巢南枝"，"南登灞陵岸，回首望长安"，"彭薛才知耻，贡公不遗荣，或可忧贪竟，岂足称达生"，此三例，非用事也。[1]

这段文字证明了唐人注重区别"比"和用事，为我们理解皎然和贾岛所言及的问题提供了例证和突破口。我们可以看到，《文镜秘府论》所言之"比"与皎然、贾岛所言的"比"，其含义一致。诸如"比君于尧舜"之类，其实就是后来的"代辞"，只是一个符号的能指而已，并未实现语境跨越。不仅如此，这段文字可能还摘引自《诗议》，证明了《诗议》等唐代诗格著作，在文献上具有一定信度，为我们考察唐代诗学"比"、"兴"和"用事"等观念提供了文献支持。

　　齐己（864—937？）对于"比"的解释更为明晰。他在《风骚旨格》之《诗有六义》中说："三曰比，诗曰：'丹顶西施颊，霜毛四皓髯。'"[2]齐己以《诗经》"六义"之说来判断诗歌用事与否，而他所谓的"比"，意为用一事之特征言他事之特征。这首诗，以咏鹤为命意，所以"西施颊"是用来说明鹤的丹顶，至于为何说西施的面颊是红色，并不是诗句

---

① 遍照金刚著，王利器校注：《文镜秘府论校注》，中国社会科学出版社1983年版，第322页。

② 齐己：《风骚旨格》，续修四库全书册1694影《陈学士吟窗杂录》，第207b页。

所关注的；而"四皓"的鬓毛俱为白色，刚好用来形容鹤的羽毛颜色。这样的用法还是代辞而已，并非用事。

皎然、贾岛、齐己对"比"与用事的区分，反映出唐人对这个问题的重视。在这些唐五代诗学家看来，"用事"的功能是"兴"，即通过引用前代的故事来表达诗人情志，而并非仅仅举古代事例和人物来比照当前的人或者事的"比"，后者缺乏语境跨越，不能让读者产生联想，也不能为诗歌带来丰富的意蕴，这样的"比"也和后来王国维等极为反对的用"替代字"手法相近，不能为诗歌带来更多的阅读兴味。①

皎然等所举的例子，多为唐前诗句，说明时人用"代辞"较为普遍。此法在初唐四杰的诗作中虽然不多，却也能找到诗例，如骆宾王就写道："徒怀伯通隐，多谢买臣归。"② 这表明，直至唐初，仍然有部分诗人，尚未意识到"比"与用事的区别。后来，唐人才渐渐少用此法，更多的是用事了。不难见出，诗歌技艺在唐代诗人的创作实践与理论探究中，逐步创新前进。

不过，我们须注意，虽然唐人的区分有一定合理性，不过却显得有些绝对化，毕竟用事和"比"之间确乎较难完全分离，所以在后世的使用中，人们往往忽视唐人论述而混淆两者。而且，"比"和"兴"本身已然难以区分。诗文中使用"事"的作用，往往是"比"、"兴"兼有。所以，皎然等人的努力其实并没有得到后世诗学家的广泛重视和遵从，更多人仍然坚持认为在某些时候"比"仍然是一种用事，如宋人魏泰就说：

> 前辈诗多用故事，其引用比拟，对偶亲切，亦甚有可观者。杨察谪守信州，及其去也，送行至境上者十有二人。隐父于饯筵作诗以谢，皆用十二故事。其诗曰："十二天辰数，今宵席客盈。位如星占野，人若月分卿。极醉巫峰倒，联吟嶰管清。他年为舜牧，协力济苍

---

① 王国维《人间词话》云："词忌用替代字。美成《解语花》之'桂华流瓦'，境界极妙；惜以'桂华'二字代'月'耳。梦窗以下，则用代字更多。其所以然者，非意不足，则语不妙也。盖意足则不暇代，语妙则不必代。此少游之'小楼连苑'、'绣毂雕鞍'所以为东坡所讥也。"（王国维：《人间词话》，上海古籍出版社1998年版，第8页）

② 骆宾王：《夕次旧吴》，彭定求等编：《全唐诗》卷七十九，中华书局1960年版，第861页。

生。"用故事亦恰好。①

在宋人眼中，诗歌用事的一个重要功能就是"比"。魏泰所举出的诗例中，诗人用了和"十二"有关的掌故，有些并不是故事，具有很强"比"的功用，如最后一联"他年为舜牧，协力济苍生"中的故事出于司马迁（前145—前90）《史记·五帝本纪》，但是司马迁并没有详细记录"十二牧"的具体事件，诗人运用的时候只是取其一个特征——"十二"而已。杨察（1011—1056）将舜"比"为明君，而己辈僚朋共十二人，被比拟为舜的十二个命臣，因此魏泰所言之"比"，并不完全同于唐人所言之"比"（代辞等），而是"事"在诗中的一个功能，即"比类"。

我们还可以看看惠洪（1071—1128）《天厨禁脔》中论述"用事法"的文字。他说僧惠律《双竹》"饥残夷叔风姿瘦，泣尽峨英粉泪干"和黄庭坚《酴醾花》"露湿何郎试汤饼，日烘荀令炷炉香"，"以伯夷、叔齐、娥、英二女比其清癯有泪为绝好。酴醾花美而有韵，不以女子比之，而以二美丈夫比之，为工也。然渊材又以谓不如'雨过温泉浴妃子，露浓汤饼试何郎'，亦兼用美丈夫也"②。在惠洪看来，用事和"比"似乎没有区别。黄庭坚《酴醾》诗并没有将"何郎"当成脸白的代辞，而是通过用"何郎"之事来暗示花朵的洁白。这就不同于皎然等人所举例子中的"比"。可见，宋人所言之"比"亦非唐人所言之借代比拟，而是用事的一个基本功能，即语义的类比。

宋以后，"比"与"用事"之间的区分，似乎变得不再重要，少有人探讨，甚至有人直接认为"用事"就是一种"比"，如清代李重华说："比，不但物理，凡引一古人，用一故事，俱是'比'，故比在律体尤得力。"③ 又如，黄子云谈到用事功能时说："诗固有引类以自喻者，物与我自有相通之义。"④ 他明确指出用事的功能是通过比类来实现比喻。只是，他们所言的"比"，与宋人大致相似，皆为用事语义功能的实现方式，并

① 魏泰：《临汉隐居诗话》，何文焕编：《历代诗话》，中华书局1981年版，第330页。
② 惠洪：《天厨禁脔》卷上，张伯伟编校：《稀见宋人诗话四种》本，江苏古籍出版社2002年版，第118页。
③ 李重华：《贞一斋诗话》，丁福保编：《清诗话》，第930页。
④ 黄子云：《野鸿诗的》，丁福保编：《清诗话》，第852页。

非唐人所言之"比"。物换星移之间,"比"的概念,由唐至宋,已经发生了巨大变化。或许,这也反映了唐宋之间,人们所关注的诗学思想出现了某些偏差。

二 "用人名"与用事

从上文皎然等人所举例子可见,在他们所言的"比"中,存有大量用人名的现象,这也是与"用事"容易纠缠不清的艺术技法。所谓"用人名",即在诗文中提及古人姓名的艺术手法,它可能是用事,也可能是非用事。我们认为判断"用人名"是否属于用事的标准是:其中是否出现了语义的类比,是否实现了语境的跨越。以此判断,上引诸如陆机等人诗句所引人名,只是一种代辞手法而已,并非用事。

用人名具有悠久的历史,是古代诗人最常用的艺术手法之一。这种艺术手法广泛出现于各类诗歌,一般来说,在"咏史"、"登临"等题材中,"人名"和故事并没有实现语境的跨越,不能让人产生丰富的联想,所以不能称之为用事,但其中也有特例,如胡仔《苕溪渔隐丛话》:

> 前辈讥作诗多用古人姓名,谓之点鬼簿。其语虽然如此,亦在用之何如耳,不可执以为定论也。如山谷《种竹》云:"程婴杵臼立孤难,伯夷叔齐贪薇瘦。"《接花》云:"雍也本犁子,仲由元鄙人。"善于比喻,何害其为好句也。①

上文中,黄庭坚在《种竹》、《接花》两咏物类诗中"用人名",当为用事,因为已经不是单纯的代用,具备语境的跨越,具有语义的类比。胡仔认为,黄庭坚诗歌中"用人名"的功能在于"比喻"。这似乎说明宋人所言"比",实乃用事的基本功能,而非唐人所言之"比"为借代比拟。宋人之所以这样模糊使用,原因比较简单:用事和用人名在很多时候确实很难区分,它们之间存在一个巨大的交集,有时用人名就是用事。

对于用事和用人名的区分,始于宋代。方回(1227—1307)区分了用事和用人名,《瀛奎律髓》云:"凡昆体,必于一物之上入故事、人名、

---

① 胡仔:《苕溪渔隐丛话》后集,第232—233页。

年代及金玉锦绣等以实之。"① 后来,明人也有意识地对此作了区分,如杨良弼(1583 年左右在世)曾将用事和用人名对举如下:

用人名体:

《寄贯休》,吴融:"休公何处在?知我宦情无?已似冯唐老,方知武子愚。一身仍更病,双阙又须趋。若得重相见,真心学半铢。"

或谓诗不可多用古人名,谓之点鬼簿。晚唐人皆不敢下,惟老杜最多。吴融、韩偓在晚唐之晚,乃颇参老杜。如此一联,岂不佳乎?盖善用者不被其所拘,用之而不觉其用,可也。

用事体:

《眼疾》,陈简斋:"天公欺我眼常白,故着昏花阿堵中。不怪参军骑瞎马,但妨中散送飞鸿,箸篱令恶谁能对。损读方奇定有功,九恼从来是佛种,会知那律证圆通。"

此诗八句而用七事。谓诗不在用事者,殆胸中无书耳。盲人骑瞎马,夜半临溪池,此《世说》殷仲堪参军所论危语。仲堪眇一目,适忤之,只见门外着篱方见眼中安障,此方千令以嘲李主簿。范宁武子患目,求方于张湛,戏谓此方用损读书一、减思虑二、专内视三、简外观四、早晚起五、夜早眠六,凡六物熬以神灭,下以气筷。今刊本多作损续非也。白眼、阿堵、送飞鸿三事,非僻耶。律愣严经,其要妙在用虚字,以斡实事,不可不细味。大抵善用事者,不被所拘,如"不杀鸡为黍,堪题凤向人",殊不觉其为用事也。②

杨良弼将用事和用人名对举,表现出他有意识地对用事和用人名进行区分。从杨良弼所举用人名和用事的例子来看,其所谓用人名者实乃皎然等人所言之"比",亦即代用而已。他所举出的用人名的例子在唐人看来,确实不是用事。

人们对用事和用人名的区别,便于我们对用事进行界定。通过对比,

---

① 方回:《瀛奎律髓》卷十八,扫叶山房本 1922 年版,第 2 页。

② 杨良弼:《作诗体要》,蔡镇楚编:《中国诗话珍本丛书》册 13 影明稿本,北京图书馆出版社 2004 年版,第 485—488 页。

我们发现，古人在使用这两者的时候，虽然已经意识到其间的差别，却很少进行理论的区分，这是因为用事和用人名往往交错在一起，难以辨明。自宋迄明，人们对用事和用人名在使用上的区分，至少表明这段时期，人们对于"用事"，其实还是有一定的规定，有特定的概念内涵和外延。

第三节　用事之法：以陈绎曾为中心的考察

用事之法，即如何在诗文中使用"事"。在中国古典诗歌源远流长的发展史中，尤其是从宋至清，诗学家总结了诸多的用事方法。他们主要在诗格、诗法类著作中讨论，在诗话、词话等著作中则较少言及。或许，此乃"体裁"限定，前者多注重技法传授，后者偏向与文本有关的"话"题，同时，也彰显了二者的诗学价值有别。诗格类著作在古代学者或现当代学者心目中的地位并不高，即使在今天仍然或多或少受到轻视，更缺乏深入研究。据现存文献，宋人最早开始对用事方法进行分类，但还不够深入。以陈绎曾为代表的元代诗学家，在继承前人已有成果的基础上，列出了 20 余类诗文用事方法，陈绎曾是胪列名目最多的古代诗学家，最为全面地整理了用事方法。其后，明代诗学家多引用他所列出的用事方法。在这些用事方法中，古代诗人采用最多、诗学家最为关注的主要是明用、暗用、正用、反用四种基本用事方法。

一　宋人的初步总结

虽然用事具有悠久的历史，但对其具体的使用之法进行分类，则开始较晚。刘勰的《文心雕龙·事类》提到了一些用事的具体方法，却没有对其进行归纳总结和命名。现存的唐人文献中，也没有发现进一步的探索。逮至赵宋，人们才开始总结诗歌用事的几个基本方法。

宋人中较早对用事基本方法进行总结的是严有翼，他在《艺苑雌黄》中将用事之法分为直用和反用两种类型，并且还通过具体事例进行说明，他说：

　　文人用故事，有直用其事者，有反其意而用之者。李义山诗："可怜半夜虚前席，不问苍生问鬼神。"虽说贾谊，然反其意而用之

矣。林和靖诗:"茂陵他日求遗稿,犹喜曾无封禅书。"虽说相如,
亦反其意而用之矣。直用其事,人皆能之,反其意而用之者,非学业
高人,超越寻常拘牵之见,不规规然蹈袭前人陈迹者,何以臻此!①

严有翼通过实例说明了何谓"反用"故事,即指诗歌使用和故事原意相
反的含义,从而达到反讽效果。文中所举李商隐和梅尧臣的两联诗例即是
"反用",李诗"宣室求贤访逐臣,贾生才调更无伦",孝文帝本应求贤而
召贾谊,可见面之后却不谈治国策略而讨教鬼神之事,确非一国主所谊。
后一联的情况大致相同,说明司马相如的政治价值在于他所作封禅之书,
而汉武却最爱其辞赋。这样使用故事的好处在于通过反讽凸显故事主旨,
制造出较为丰富的戏剧性效果,启人深思。后来范晞文《对床夜话》卷
四也提到了这种"反其事"的用事方法。可见,反用法在古代比较受关
注,它是人们用事创新的重要艺术手段。

除此之外,宋人还总结出了另外几种用事方法。如范温《潜溪诗眼》
曾云:"有意用事,有语用事。"他说:"李义山'海外徒闻更九州',其
意则用杨妃在蓬莱山,其语则用《邹子》云:'九州之外,更有九州。'
如此,然后深稳健丽。"② 从范温对李商隐诗句用事的分析,可见他所谓
的"语用事"指诗人侧重于使用故事在原文中的语句形式,而非该故事
在原语境中的含义;"意用事"则指侧重运用故事在原语境中的含义,而
非其原文献中语词形式。

惠洪也提供了几种用事法,如"分布用事法"和"窠因用事法":

分布用事法
君不见,君不见溥沱流澌车折轴,公孙仓皇奉豆粥。湿薪破灶自
燎衣,饥寒顿解刘文叔。又不见金谷敲冰草木春,帐下烹煎皆美人。
萍薤豆粥不传法,咄嗟而办石季伦。干戈未解身如寄,声色相缠心已
醉。身心颠倒不自知,更识人间有真味。岂如江头千顷雪色芦,茅檐
出没晨烟孤。地碓春秔光似玉,沙瓶煮豆软如酥。我老此身无着处,

---

① 严有翼:《艺苑雌黄》,《诗人玉屑》卷七,第147页。
② 范温:《潜溪诗眼》,郭绍虞编:《宋诗话辑佚》,中华书局1980年版,第326页。

卖书来问东家住。卧听鸡鸣粥熟时，蓬头曳履君家去。

君不见长安画手开十眉，横云却月争新奇。游人指点小辇处，中有渔阳胡马嘶。又不见王孙青琐横双碧，肠断浮空远山色。书生性命何足论，坐费千金买消渴。尔来丧乱愁天公，责问君家笔砚中。明窗虚幌相妩媚，要令晓梦生春红。维摩居士谈空尘，结习已空花不住。故令天女御铅华，千偈翻澜无一语。

前东坡《豆粥诗》，后《眉子砚诗》也。何谓分布用事法？曰：凡二事比类于前，而后发其宏妙也。

窠因用事法

"陆机二十作《文赋》"，又曰"看射猛虎终残年"，此略提其用事之因，不声其所以然。若此者多如排布用事，非高才博学者莫能也。①

"分布用事法"指先排列两个故事，然后再点出其意义；"窠因用事法"指直接复述故事，既不交代用事的原因，也不说明所用事的含义。

此外，葛立方（？—1164）《韵语阳秋》卷十记载了"暗用"之法：

陈绎奉亲至孝，尝作庆老堂以娱其母。介甫赠之诗云："种竹常疑出冬笋。"暗用孟宗事；"开池故合涌寒泉"，暗用姜诗事。②

从葛立方所举的例子来看，"暗用"当指诗人将故事和诗句高度融合，使读者通过具体语境来判断所引何"事"，这是宋人较为常用的用事方法。

---

① 惠洪：《石门洪觉范天厨禁脔》卷下，张伯伟编校：《稀见本宋人诗话四种》，江苏古籍出版社 2002 年版，第 163—165 页。需要说明，笔者此处对张先生的标点，有所更改。此外，"窠因用事法"中所引诗句分别出自杜甫《醉歌行》、《曲江》（其三）。

② 葛立方：《韵语阳秋》，何文焕编：《历代诗话》，中华书局 1981 年版，第 559 页。案：王安石《庆老堂》诗云："板舆去国宦三年，华屋归来地一偏。种竹常疑出冬笋，开池故合涌寒泉。身闲楚老犹能戏，道胜邹人不更迁。嗟我强颜无所及，想君为乐更焦然。"颈联"出东笋"乃用孟宗冬月为后母哭笋之事；"涌寒泉"用广汉姜诗孝母而隐儿取江水溺死事（见《东观汉记》卷十七）。颔联"犹能戏"用老莱子年八十舞彩衣娱亲之事；"不更迁"用孟母三迁之事。王安石没有明确说出所用事，读者需依靠上下文，尤其是根据赞扬陈绎孝奉母亲的主旨来推断所用何事。

此外,曾季狸在《艇斋夜话》中也提到"暗用",姜夔还提出"熟事虚用"之法,但都没有进行具体而深入的论述。

综上所述,宋人已经总结几组用事法,名目主要有:直用、反用;明用、暗用;实用、虚用;意用、语用;分布用事法、窠因用事法等。当然,以上还不能完全概括当时诗人的用事实际。元明之际,人们开始着力总结用事之法,其中,元人贡献颇大,总结了20多条类目。

二 元代的集大成

从现有文献来看,元代是诗法大盛的时代,留下了大量诗法(包括部分"文法"①,因为他们将诗歌看成是"文"的一种)类著作,其中多有谈及用事法者,而且分类比较琐细,所列项目也较为奇特。元代最热衷于总结用事方法的莫过于陈绎曾。今存有他几部论诗文做法的著作,而最有名者当属《文筌》。在该书中,他列出13种用事方法:

> 正用者,本题的正必用之事。
> 历用,历用故事,排比先后。
> 列用,广用故事,铺陈整齐。
> 衍用,以一事衍为一节而用之。
> 援用,顺引故事,以原本题之所始。
> 评用,引故事因而评论之。
> 反用,引故事,反其意而用之。
> 活用,借故事于语中以顺道今事。
> 借用,事与本说不相干,取其一端近似而借之。
> 设用,以古之人物而设言今事。
> 假用,故事不尽如此,因取为根,别生枝叶。
> 藏用,用事而不显其名,使人思而自得之。
> 暗用者,用古事古语而暗藏其中,若出诸己。②

---

① 关于元代诗法类著作的编纂情况,可参看张健《元代诗法校考》的说明。
② 陈绎曾:《文筌》,四库全书存目丛书集部册416影清李士棻家抄本,齐鲁书社1997年版,第97—98页。

这 13 种方法的分类标准并不一致，其中有些类别既相近又略有区分，如"藏用"和"暗用"均指不直接点出故事的文献来源，但两者隐藏内容的方式却不尽相同，前者强调不直接暴露所用之事的出处，后者则侧重于故事和文句的高度融合。又如"历用"和"列用"都指在作品中罗列故事，前者侧重于按照时间先后排列，后者则仅指排列而已。

须注意的是，《文筌》所列的用事方法均总结自辞赋，而非诗歌。在陈绎曾与友人石柏合著的《诗谱》中，他们只列了五类用事之法：

> 正用　的切本题，必然当用。
> 反用　用其事，而反其意。
> 借用　本不切题，借用一端。
> 暗用　用其语，而隐其名。
> 活用　本非故事，因言及之，此乃用事之妙。①

这里所列 5 类用事方法当节选自《文筌》。相对于《文筌》中的 13 类用事方法，《诗谱》只列出 5 类，他们或许认为诗歌最常用的用事方法并没有"赋"那样繁复。当然，《文筌》中的列用、历用、评用等方法，从创作实际来看，并不适用于诗歌，因为中国古典诗歌很少运用故事的排列等手法。

除了陈绎曾，元代徐骏也对用事方法作了细致的总结。在《诗文轨范》之《用事法第六》中，他列出 9 类诗文用事方法：

> 正用者，故事与题事正用者也。
> 反用者，故事与题事反用者也。
> 借用者，故事与题事初不类，以一端相近而借用之者也。
> 暗用者，用故事之语而不显其名迹。
> 对用者，经题用经事，子题用子事，史题用史事，汉题用汉事，三国事用三国事，韩柳题用韩柳事，佛老题用佛老事，此正法也。

---

① 陈绎曾、石柏：《诗谱》，张健：《元代诗法校考》，北京大学出版社 2001 年版，第 347 页。

援用者,子史百家题用经事,三国题用周汉事,此援前证后亦正法也。

比用者,庄子题用刘子事,前汉事用后汉事,柳题用韩文事,亦正用之变也。倒用者,经题用子史,汉题用三国,此有笔力者能之,非正法也。

倒用者,经题用子史,汉题用三国,此有笔力者能之。非正法也。

泛用者,于正题中乃用稗官小说、谚语戏题、异端鄙事为证者,非大笔力不可。变之又变也。

凡用事但可用其意而融化入吾文,三语以上不可全写。①

和《文筌》相比,徐骏所列类别少了"历用"、"列用"、"评用"、"设用"、"假用"、"衍用"、"活用"和"藏用"等名目,却多了"扳用"、"对用"、"比用"、"倒用"和"泛用"等,他对所列9类用事方法的解释都比较明晰。此外,徐骏和陈绎曾对相同名目用事方法的定义和说明分歧甚大,如陈绎曾认为"暗用"即将故事"暗藏其中",而徐骏则认为是"用故事之语而不显其名迹",与《文筌》中的"藏用"更为接近。后来,明代鲁鼎《文式》中的分类则与此一致,共列出8类用事方法。②

《文筌》、《文式》、《文法》、和《诗谱》等书对用事方法进行了总结和分类,列出了正用、历用、列用、衍用、援用、评用、反用、活用、借用、设用、假用、藏用、暗用、反用、对用、扳用、比用、倒用、泛用等19类用事方法。这说明在元明之际,人们对用事方法的探索,不断推向前进,已经达到新的层次。同时,这些材料也折射了他们的用事观念,为勾勒这一时代的诗学思想提供了可能。

三 明清以沿用为主

到了明代,胡应麟在总结杜甫诗歌用事方法的基础上列出了8类用事

① 徐骏:《诗文规范》,四库全书存目丛书集部册416影清初抄本,齐鲁书社1997年版,第140页。

② 曾鼎:《文式》,内阁文库旧钞本,第7a—b页。

方法:

> 杜用事门目甚多,姑举人名一类,如:"清新庾开府,俊逸鲍参军",正用者也;"聪明过管辂,尺牍倒陈遵",反用者也;"谢氏登山屐,陶公漉酒中",明用者也;"伏柱闻周史,乘槎似汉臣",暗用者也;"举天悲富骆,近代惜卢王",并用者也;"高岑殊缓步,沈鲍得同行",单用者也;"汲黯匡君切,廉颇出将频",分用者也;"共传收庾信,不比得陈琳",串用者也。至"对棋陪谢傅,把剑觅徐君","侍臣双宋玉,战策两穰苴","飘零神女雨,断续楚王风","晋室丹阳尹,公孙白帝城",锻炼精奇,含蓄深远,迥出前代。①

胡应麟从中总结出正用、反用、明用、暗用、并用、单用、分用、串用等8类用事方式,其中后四类与所用故事的数量有关,不同于陈绎曾等人的分类。这8类又可分为四大类别,每一类两两矛盾对立。胡应麟结合诗例总结的用事类型,较为具体形象,对于研究用事的学者而言,具有较高参考价值。

明代,除了胡应麟对用事方法做了新的总结外,人们几乎都沿用元代诗学家的成果。由此可见,陈绎曾等人对明代诗学产生了较大影响。明代诗学著作多引用他们的言论以总结用事方法,如高琦在其著作《文章一贯》中就总结了"十四种"用事方法,分别是:

> 正用:本题的正,必用先后。
> 历用:历用故事,排笔先后。
> 列用:广引故事,铺衬整齐。
> 衍用:以一事衍为一节而用之。
> 援用:顺引故事以原本题之所始。
> 评用:引故事,因而评论之。
> 反用:引故事,反其意而用之。
> 活用:借故事于语中,以顺道今事。

---

① 胡应麟:《诗薮》,上海古籍出版社 1979 年版,第 65 页。

　　设用：以相之人物而设言今事。

　　借用：事与本说不相干，取其一端近似者而借之。

　　假用：故事不书如此，因取其根，别生枝叶。

　　藏用：用事而显其名，使人思而自得之。

　　暗用：用古事古论暗藏其中，若出诸己。①

据现有资料，他所列出的用事方法实际只有"十三"种而非标题所言"十四"种。此外，高氏所列 13 类用事方法，皆抄自陈绎曾的《文筌》。

　　此后，梁桥也沿袭了《诗谱》关于用事之法的分类，其《冰川诗式》列出了如下五种用事方法：

　　故事有五，曰：正用的切本题，的然当用；曰：反用，用其事而反其意；曰：借用，本不切题，借用一端；曰：暗用，用其语而隐其名；曰：活用，本非故事，因言及之，此乃用事之妙。②

　　虽然古代诗学家列出了林林总总的用事之法，但就诗歌创作的实际而言，诗人常用的用事方法并不多，因此周履靖在《骚坛秘语》中仅列出如下四种：

　　正用：的切本题，的然当用。

　　反用：用其事而反其意。

　　借用：本不切题，借用一端。

　　暗用：本非故事，因言及之此乃用事之妙。③

与前述比对，周履靖所列出的四类用事方法，皆源自陈绎曾的《文筌》和《诗谱》，然而他只选取了四类。

---

　　① 高琦：《文章一贯》，转引自郑奠、谭全基编《古汉语修辞学资料汇编》，商务印书馆1980 年版，第 389 页。

　　② 梁桥：《冰川诗式》卷九，四库全书存目丛书集部册 417 影明隆庆四年刻本，第 221b页。

　　③ 周履靖：《骚坛秘语》卷上，丛书集成初编本，第 20 页。

降及清代，诗学家也多认为诗歌用事仅包括少数几种，如明末清初的费经虞曾云："用事之法，有实用、有虚用、有反用、有借用。"① 后，方南堂也仅列出四种常见的用事手法：

> 古人于事之不能已于言者，则托之歌诗；于歌诗不能达吾意者，则喻以古事。于是用事遂有正用、侧用、虚用、实用之妙。如子美《荆南兵马使太常卿赵公大食刀歌》云："万岁持之护天子，得君乱丝为君理。"此侧用法也。刘禹锡《葡萄歌》云："为君持一斗，往取梁州牧。"此虚用法也。李颀《送刘十》云："闻道谢安掩口笑，知君不免为苍生。"此实用也。李端《寻太白道士》云："出游居鹤上，避祸入羊中。"此正用也。细心体认，得其一端，已是名家，学之不已，何患不抗行古人耶!②

比较周履靖和方南堂所总结的用事方法，其名目差别较大，除了"正用"外，其他三类都不一样。方南堂所谓的"虚用"和周氏"暗用"相似，"实用"和宋人所言"明用"相似，而"侧用"则指暗示用事而不明说。此外，清代谈到用事方法者也多持如是观点。

综合宋、元、明、清各代诗学著作关于诗歌用事之法的论述，我们可以明确指出，诗人最常用的用事方法为：正用（或直用）、反用、明用、暗用四类。近年来"用典"研究的力作——罗积勇的《用典研究》，虽不针对古典诗歌，但也主要针对这四类用事方法来展开研究。虽然罗氏并未系统总结所有古人所列用事类别，却看到在古代诗文中用典之法主要有四种修辞方式，进而围绕此四类用典修辞方式展开用典研究。这四类用事方式，可能也启发了许理和等汉学家对于用事类别的划分。

第四节　关于用事起源的两种观点

中国古典诗歌用事究竟起源于何时？这是研究用事观念演变的关键问

① 费经虞：《雅伦》卷十五，四库全书存目丛书集部册 420 影康熙四十九年刻本，第 234 页。
② 方南堂：《辍耕录》，郭绍虞编：《清诗话续编》，第 1943 页。

题。古代诗学家的观点大致有"三代"说和"六朝"说,考察中国古典诗歌的发展历史,后者更符合实际。从颜延之等人起,文人诗歌开始大规模用事,诗学家也开始对此展开探讨。到了唐代,许多诗人都有用事诗作。泊于宋代,诗人无论是用事的频率、技巧,还是征引的文献范围都可谓空前,成为千古用事的极致,其中苏轼、黄庭坚等人又当冠绝于赵宋。① 这一源流当是中国古典诗歌史的一个重要侧面。当然,除此之外,还有人认为"使事"开始于后汉,② 但这些观点并不盛行,故不再单独分类讨论。

一 源于三代说

由于用事和使事具有较多的相同之处,所以我们考察用事起源的时候,必须重视古人对事类起源的论述。正因如此,刘勰的《文心雕龙·事类》需要我们重视,他说:

> 昔文王繇《易》,剖判爻位,《既济》九三,远引高宗之伐;《明夷》六五,近书箕子之贞;斯略举人事,以征义者也。至若《胤征》羲和,陈《政典》之训;《盘庚》诰民,叙迟任之言;此全引成辞,以明理者也。然则明理引乎成辞,征义举乎人事,乃圣贤之鸿谟,经籍之通矩也。大畜之象,君子以多识前言往行,亦有包于文矣。③

刘勰认为最早使用"事类"者,当属《周易》。《周易·既济》九三的《爻辞》云:"高宗伐鬼方,三年克之。小人勿用。"孔颖达(574—648)正义云:"高宗者,殷王五丁之号也。"④ 而《明夷》六五的《爻辞》云:"箕子之明夷,利贞。"⑤ 箕子乃纣王忠臣,曾因进谏被纣王囚禁,后来周王问起殷灭国之因,他耻而不答。这两处都是先引用历史事件,然后点明

---

① 方东树:《昭昧詹言》卷十四,人民文学出版社1961年版,第377页。
② 徐世溥:《榆溪诗话》,丛书集成初编本,第11页。原文云:"前汉诗不使事,至后汉郦炎《见志诗》始有'陈平敖里社,韩信钓河曲'及……"
③ 刘勰著,范文澜注:《文心雕龙注》,第614—615页。
④ 《周易正义》,上海古籍出版社影阮刻十三经注疏本1997年版,第72页。
⑤ 同上书,第50页。

意义。这就是刘勰所认为的"举人事以征义"。

刘勰还列出了诗歌中较早用"事类"之例,如屈、宋的诗歌。屈原在《离骚》中胪列了大批古代先贤或奸佞的名字,如"彼尧舜之耿介兮,既遵道而得路。何桀纣之猖披兮,夫唯捷径以窘步",又如"女嬃之婵媛兮,申申其詈予。曰鲧婞直以亡身兮,终然殀乎羽之野。汝何博謇而好脩兮,纷独有此姱节"①。不仅如此,屈原在其《天问》等诗篇中,更是堆垛了大量古人名。如果按照后世的观点,这也许可以称为最早的"点鬼簿"了,如谢榛(1495—1575)曾说:"堆垛古人,谓之'点鬼簿'。太白长篇用之,自不为病,盖本于屈原。"② 他认为屈原诗歌"点鬼簿"的特点,甚至影响了李白。我们应该看到,屈原在这里引用古人的名字主要有两个功用:第一,用来证明自己所"坚守"的先王法则的正确性,尧舜和桀纣代表了两种道德境界,他选择了尧舜之路。屈原在此只是举例表达自己的生平志向,显然不是后世所言的"用事",因为故事和今事并没有实现语境跨越。第二,除了目前注释家大多认为女嬃是现实生活中的人以外,屈原在《离骚》中没有提到更多现实世界的人名,只是将古代世界看成是现实世界的对应而已。屈原的《天问》也只是对古代传说或历史事件的不断追问,同样缺少两个语境的跨越。因此,刘勰所称之"事类",并非后世意义上的诗歌用事。

此外,刘勰还认为古人大量"引用古事"和"取乎旧辞"的出现时间不一致。他在《才略》篇中说:"自卿(司马相如)、渊(王褒)以前,多役才而不课学,雄(杨雄)、向(刘向)而后,颇引书以助文。"③

事实上,刘勰的观点并不恰切。根据今天的研究,《周易》的作者和成书年代仍然未明,目前有两种说法较为流行,或认为产生于殷末周初,或倾向成书于战国时代。④ 如此,刘勰的"三代"说自然土崩瓦解。另外,刘勰所提到的古人援引故事来说明一些道理的做法,并没有通过类比实现语境跨越,这和后世所说的"用事"尚有区别。

---

① 屈原等:《楚辞补注》,王逸章句,洪兴祖补注,中华书局1983年版,第8、18—19页。

② 谢榛:《四溟诗话》卷一,谢榛、王夫之:《四溟诗话·姜斋诗话》,人民文学出版社1961年版,第25页。

③ 刘勰著,范文澜注:《文心雕龙注》,第699—700页。

④ 参看王世舜、韩慕君《试论〈周易〉产生的年代》,《齐鲁学刊》1981年第2期。

中国古代认为诗歌用事起源于"三代"者指不多屈，除了刘勰之外，论述最为详尽的当属清代方长青。梁章钜曾记载了方长青谈论诗歌用事起源的相关观点：

> 余在枢直，每公暇，辄与程春庐谈艺。春庐为余述其友方长青之言曰："诗必以造语为工，而造语必以多读书善用事为妙。试取《三百篇》读之：'沔彼流水，朝宗于海'，用《禹贡》也。'燎之方扬，宁或灭之'，用《盘庚》也。'国虽靡止，或圣或否。民虽靡膴，或哲或谋，或肃或艾'，用《洪范》也。'罔敷求先王，克共明刊'，用《康诰》也。《虞》史臣之序曰：'率下土方'，《商颂》用之。《夏小正》曰：'有鸣仓庚'，《豳风》用之。途山之歌曰：'有狐绥绥'，《邶风》、《齐风》两用之。箕子之歌曰：'彼狡童兮，不与我好兮'，《郑风》用之。夫商、周所有之书，其见于今者亦仅矣，而其可得言者如此，则令其书具存，将三百篇无一字无来历，可知也。"①

在刘勰的文论体系中，诗歌只占很小的部分，所以他没有具体谈论诗歌用事问题，更多的是举了一些文章、辞赋使用"事类"的现象。此处，方长青则直接谈论了中国现存最古老的诗歌总集——《诗经》中的用事现象，确乎具有很高的发明价值，令人振聋发聩！

方长青共列出了《诗经》中诸如《沔水》、《正月》、《小旻》、《抑》等九篇诗章用事，从数量来看具有极强说服力。方长青所言的第一例，乃《沔水》首章第一句"沔彼流水，朝宗于海"，他认为引用了《禹贡》中的典故。《禹贡》云："荆及衡阳惟荆州。江、汉朝宗于海。"②《禹贡》在记载梁州时提及沔云："西倾因桓是来，浮于潜，逾于沔。"③这里《沔水》一诗确实可能是用事以起兴，故《小序》曰："兴也。沔水流满也，水犹有所朝宗。"④

---

① 梁章钜：《退庵随笔》，郭绍虞编：《清诗话续编》，第1953—1954页。
② 《尚书正义》，上海古籍出版社影阮刻十三经注疏本1997年版，第149a页。
③ 同上书，第150b页。
④ 《毛诗正义》，上海古籍出版社影阮刻十三经注疏本1997年版，第432c页。

第二例乃《小雅·正月》中的诗句"燎之方扬，宁或灭之"，方长青认为此引自《尚书·盘庚》。《盘庚》有句曰："若火之燎于原，不可向迩，其犹可扑灭，则惟尔众，自作弗靖，非予有咎。"① 第三例乃《小雅·小旻》中的诗句，云："国虽靡止，或圣或否。民虽靡膴，或哲或谋，或肃或艾。"② 方长青认为此引自《尚书·洪范》。《洪范》在谈到"五事"时云："一曰貌，二曰言，三曰视，四曰听，五曰思。貌曰恭，言曰从，视曰明，听曰聪，思曰睿。恭作肃，从作乂，明作哲，聪作谋，睿作圣。"③

第四例乃《大雅·抑》中的诗句，云："其在于今，兴迷乱于政。颠覆厥德，荒湛于酒。女虽湛乐，从弗念厥绍。罔敷求先王，克共明刑。"④ 方长青认为此引自《尚书·康诰》。《康诰》有云："惟乃丕显考文王，克明德慎罚。"⑤

第五例乃《商颂·长发》中的诗句，云："浚哲维商，长发其祥。洪水芒芒，禹敷下土方。外大国是疆，幅陨既长。有娀方将，帝立子生商。"⑥ 方长青认为此引自《虞书》史臣之序"率下土方"句。

第六例乃《豳风·七月》中的诗句，云："春日载阳，有鸣仓庚。"⑦ 方长青认为此引自《大戴礼记·夏小正》"有鸣仓庚"句。⑧

第七例《卫风·有狐》"有狐绥绥"⑨ 与第八例《邶风·旄丘》中的诗句"狐裘蒙戎"⑩，方长青认为均引自"涂山之歌"，实出于《吴越春秋》卷六《越王无余外传》。⑪

---

① 《尚书正义》，第196c页。
② 《毛诗正义》，第449b页。
③ 《尚书正义》，第188c页。
④ 《毛诗正义》，第554c页。
⑤ 《尚书正义》，第203a页。
⑥ 《毛诗正义》，第626a页。
⑦ 同上书，第389页。
⑧ 戴德编纂：《大戴礼记》卷二，四部丛刊本，第6页。
⑨ 《毛诗正义》，第327c页。
⑩ 同上书，第306a页。
⑪ 《吴越春秋》卷六《越王无余外传》。方长青所言涂山氏之歌的歌词有误，他直接引用了《有狐》中的诗句，具体可见周生春《吴越春秋辑校汇考》卷六（上海古籍出版社1997年版，第106页）。

第九例《郑风·狡童》,方长青认为乃引自箕子之歌。《汉书》卷四十五《伍被》,颜师古注引何晏所言,曰:"箕子将朝周,过殷故都,见麦及禾黍,心悲,乃作歌曰:'麦秀之渐渐兮,黍苗之绳绳兮,彼狡童兮,不与我好兮。'狡童,谓纣也。"①

方长青在此采用了广义的用事概念,即将引用前代成辞亦视为用事,如上述第一例。从方长青的议论中,可以得知,在他的心目中,从《诗经》时代便开始了用事手法的运用。

事实上,方长青的论证并不可靠,可谓漏洞百出。方长青罗列的用事出处,按照文献性质可以分为经书和史书两类。经书中的《尚书》篇章完成年代至今不明而聚讼纷纭;《礼记》成书的具体年代虽然不能完全确定,但大致在战国以后,应该没有什么问题。方长青所举《诗经》引用史书例,不仅犯了以后代之书作为引证的毛病,而且就内容而言,均为民间歌谣等,更不足以作为依据。由此可知,方长青所列举的文献出处均不足以说明《诗经》时代就开始用事的"三代"说。

此外,撇开《诗经》不谈,即使到了战国晚期屈原的作品中也未出现后世意义上的用事,更何谈起源于"三代"。就连两汉文人诗歌中也没有形成用事的氛围和传统。整个西汉,几乎没有文人诗歌留存。今检《文选》,所收汉代诗歌有韦孟《讽谏诗》一首、《古诗十九首》、《李少卿与苏武诗》三首、《苏子卿诗》四首、张平子《四愁诗》四首等,计31首。这些诗歌作品今天已公认系后人伪托。其中《讽谏诗》的开篇即提到自己祖先的兴衰事迹以为前车之鉴,此是叙事而非用事;《古诗十九首》中的"行行重行行"诗云:"胡马依北风,越鸟巢南枝",可能用了《韩诗外传》中的典故;②"西北有高楼"有句云:"谁能为此曲?无乃杞梁妻"用杞梁之事;"客从远方来"有句云:"以胶投漆中,谁能别离

---

① 班固:《汉书》,颜籀注,中华书局1962年版,第2174页。

② 薛据:《孔子集语》卷上、宋祝穆《古今事文类聚》续集卷四俱云出自《韩诗外传》,曰:"诗曰:'代马依北风,飞鸟栖故巢。'皆不忘本之谓也。"然今本《韩诗外传》并无此则。又《吴越春秋》有"代马依北风,越鸟翔故巢"之诗句。

此", 可能用了《韩诗外传》中的典故。① 《苏子卿诗》"骨肉缘枝叶"云: "四海皆兄弟, 谁为行路人", 用了《论语》中司马牛之事。② 前面三首, 明人许学夷认为是引事, 并非后世所言之用事。这就表明广义的用事其实在六朝以前的诗歌中, 只是偶尔有所存现, 并非诗家常事。

由是, 方长青所言并不符合中国古典诗歌的历史事实, 东汉以前的文人诗歌, 绝少自觉用事之例。他所言及的《诗经》用事, 既不是后来意义上的用事, 更错漏甚多, 几乎不能成立。因此, 诗歌用事起源于"三代", 不足为信。

二 源于六朝说

就《文选》等书来看, 先秦至汉魏, 诗歌用事并不多见, 因此多数人主张诗歌大量用事当发生于六朝, 始于颜延之、谢庄等人。最早关注到颜、谢等大量用事之人是钟嵘, 他在《诗品·序》中指出:

> 颜延、谢庄, 尤为繁密, 于时化之。故大明、泰始中, 文章殆同书抄近任昉、王元长等, 词不贵奇, 竞须新事, 尔来作者, 寖以成俗。遂乃句无虚语, 语无虚字, 拘挛补衲, 蠹文已甚。但自然英旨, 罕值其人。词既失高, 则宜加事义。虽谢天才, 且表学问, 亦一理乎! ③

钟嵘认为从颜延之、谢庄等人开始大量用事, 及至任昉、王元长等人, 就已殆同书抄。此外, 他将批评矛头直指当时诗坛的不良现象, 如批评颜延

---

① 《韩诗外传集释》卷九, 第328页。子夏曰: "善哉! 谨身事一言, 愈于终身之诵; 而事一士, 愈于治万民之功; 夫人不可以不知也。吾尝蓝焉, 吾田□岁不收, 土莫不然, 何况于人乎! 与人以实, 虽疏必密; 与人以虚, 虽戚必疏。夫实之与实, 如胶如漆; 虚之与虚, 如薄冰之见昼日。君子可不留意哉!"

② 《论语注疏》, 上海古籍出版社影刻阮刻十三经注疏本1997年版, 第2503a页。原文曰: "司马牛忧曰: '人皆有兄弟, 我独亡。'子夏曰: '商闻之矣: 死生有命, 富贵在天。君子敬而无失, 与人恭而有礼。四海之内, 皆兄弟也。君子何患乎无兄弟也?'"

③ 钟嵘: 《诗品》, 何文焕编: 《历代诗话》, 中华书局1981年版, 第4页。

之云:

> 其源出于陆机,尚巧似。体裁绮密,情喻渊深,动无虚散,一句
> 一字,皆致意焉。又喜用古事,弥见拘束,虽乖秀逸,是经纶文雅
> 才。雅才减若人,则蹈于困踬矣。汤惠休曰:"谢诗如芙蓉出水,颜
> 如错彩镂金。"颜终身病之。①

颜延之喜用古事,说明当时的诗人已经有意识地使用故事。钟嵘还批评了
任昉:

> 彦升少年为诗不工,故世称沈诗任笔,昉深恨之。晚节爱好既
> 笃,文亦遒变。善铨事理,拓体渊雅,得国士之风,故擢居中品。但
> 昉既博物,动辄用事,所以诗不得奇。少年士子,效其如此,
> 弊矣。②

钟嵘指出任氏动辄用故事的毛病。钟嵘的批评,反映了当时诗人使用故事
的时候还不能很好地将故事和诗歌融合在一起。事实上,任昉的影响力相
当大,很多人都仿效他的这种做法,这从侧面折射出时人对诗歌用事的
热衷。

钟嵘的观点在中国古典文学批评界影响广泛,后世多赞同他的观点,
认为诗歌用事始于六朝,如明代皇甫汸(1498—1583)《解颐新语》云:

> 沈约云:"自汉至魏,辞人才子文体三变。"一则启心闲绎,托
> 辞华旷,虽存工绮,终至迂回,宜登公宴,然典正可采,酷不入情。
> 此体之源出谢灵运而成也。次则缉事比类,非对不发,博物可嘉,识
> 成拘制,或全借古诗,用申今情,崎岖牵引,直为偶说,唯睹事例,
> 顿失精采,此则傅咸五经,应璩指事,虽不全似,可以类从。次则发
> 唱惊挺、操调险急,雕藻淫艳,倾炫心魂,犹五色之有红紫,八音之

---

① 钟嵘:《诗品》,何文焕编:《历代诗话》,第13—14页。
② 同上书,第16页。

有郑卫，斯鲍照之遗烈也。①

此处皇甫汸对沈约（441—513）在《宋书·谢灵运传论》中的观点作了精要的注解，从而明白地指出从汉到魏，文人之辞（很显然这里包括诗歌）有三大变化，第二变是文人在创作诗歌之时，通常比较注意"缉事比类"，即用故事来组织对偶。一个"变"字表明皇甫汸认为在此之前的诗歌并不用事类。

又有明人何良俊《四有斋丛说》卷二十四提到了明代不少人认为诗歌用事当开始于建安之后。他说："或以建安不用事，齐梁用事，以定优劣。"② 可见当时有人认为建安时代的诗人并不用事，所以那时的诗歌艺术超越了后来用事的齐梁诗作。

此后，许学夷《诗源辩体》也认为诗歌用事当起源于六朝，他说：

> 汉魏人诗，但引事而不用事，如十九首"谁能为此曲，无乃杞梁妻"、"仙人王子乔，难可与等期"；曹子建"思慕延陵子，宝剑非所惜"、王仲宣"窃慕负鼎翁，愿厉朽钝姿"等句，皆引事也。至颜谢诸子，则语既雕刻，而用事实繁，故多用难明耳。秦汉与六朝人文章亦然。钟嵘云："引用性情，亦何贵于用事？'思君如流水'，既是即目；'高台多悲风'，亦惟所见；'清晨登陇首'，羌无故实；'明月照积雪'，讵出经史？观古今胜语，多非补假，皆由直寻。颜延之、谢庄，尤为繁密，于时化之。故大明泰始中，文章殆同书抄。"云。③

许学夷明确指出汉魏诗人"但引事而不用事"，"用事"手法始于颜延之等。那么，在许学夷看来，魏晋时代的诗人到底是怎样引用事类的，这种用法和后来颜、谢的用事手法又有何区别？我们可以具体考察许学夷所举之例：

① 皇甫汸：《解颐新语》，周子文编：《艺薮谈宗》卷三，四库存目丛书集部册417影万历梁溪周氏刻本，第471a页。

② 何良俊：《四有斋丛说》，中华书局1959年版，第217页。

③ 许学夷：《诗源辩体》，人民文学出版社1987年版，第114页。

第一，《西北有高楼》:"谁能为此曲，无乃杞梁妻。"这里引用了"杞梁妻"的故事。李善引蔡邕《琴操》曰:"杞梁妻叹者，齐邑杞梁殖之妻所作也。殖死，妻叹曰:'上则无父，中则无夫，下则无子，将何以立吾节，亦死而已。'援琴而鼓之，曲终，遂自投淄水而死。"

第二，《生年不满百》:"仙人王子乔，难可与等期。"李善注引《列仙传》曰:"王子乔者，太子晋也，道人浮丘公接以上嵩高山。"

第三，曹植《赠丁仪》:"思慕延陵子，宝剑非所惜。"李善注引《新序》曰:"延陵季子将西聘晋，带宝剑以过徐君，徐君不言而色欲之。季为有上国之事，未献也，然心许之矣。致使于晋，顾反，则徐君死，于是以剑带徐君墓树而去。"

第四，王粲《从军行五首》之一:"窃慕负鼎翁，愿厉朽钝姿。"《文子》曰:"伊尹负鼎而干汤，吕望鼓刀而入周。"

上述四例，许学夷认为都不是"用事"而是"引事"，孟浩然《别张子容》诗才属于"用事"。孟诗云:"何时一杯酒，重与李膺倾。"许学夷认为李膺当是季膺，张季膺曾云:"使我有身后千载名，不如即时一杯酒。"① 此处孟浩然正用张季膺事以比张子容。许学夷的考校确乎有理，孟浩然将子容比拟为张季膺，是因为他们之间有某些共同点:一是他们都姓张，二是他们都喜欢喝酒。孟浩然援引该故事是为了使读者联想到张季膺喜欢喝酒的嗜好，并以此来暗示张子容的相关个性特征。相比之下，上述四首诗歌，则缺少类似这种今事和故事之间的比拟和相似的沟通功能。比如，曹植在《赠丁仪》中虽然暗示他需要宝剑赠英雄，可是"延陵子"只是一个代称而已，没有和丁仪形成语境跨越和足够的语义类比。又如《生年不满百》，长寿的神仙王子乔在此仅仅作为"长生"的代名词，同样缺少相比拟之人。其他两首诗歌中的故事或古代人名的功用和这两首诗歌中人名的功能相似，虽然也在某种程度上曲折地抒发了诗人意旨，但其本身只是可以被一个同义词所替代的代词，没有和今事产生足够的语义类比。许学夷的眼光十分敏锐，对于考察古人的用事观念颇有启发意义，我们在界定用事的时候应重视。

此外，我们还可以考察一下《文选》。《文选》所录诗歌最多的人

----

① 房玄龄等:《晋书》卷九十二，中华书局 1974 年版，第 2384 页。

物是陆机,共有 39 首。然而,陆机的诗歌援引古事入诗的主要是拟乐府,如《君子行》中"掇蜂灭天道,拾尘惑孔颜。逐臣尚何有?弃友焉足叹。福钟恒有兆,祸集非无端",《齐讴行》诗句"鄙哉牛山叹,未及至人情。爽鸠苟已徂,吾子安得停"等。不过,这是咏史诗歌,援引古事并非用事,因为其中的古事并没有和今事形成语义的跨越。

陶渊明的诗歌看似平淡,但是诚如很多评论者已经指出的,他的诗歌其实很讲究技巧,用事就是一个表现。其《始作镇军参军经曲阿作》"聊且凭化迁,终反班生庐",《辛丑岁七月赴假还江陵夜行途口》"商歌非吾事,依依在耦耕",这不仅是在援引故事,而且还是许学夷所谓的用事。明人也有持此看法者,如陈懋仁就说:

> 《左传》昭公三年,晏子引注卜良邻,曰:"非宅是卜,为邻是卜。"故渊明曰:"我昔居南村,非为卜其宅,闻多素心人,乐与数晨夕。"陶诗用事淡若自有,而老杜尤捷。①

陈懋仁认为陶渊明是在用事。域外汉学家也对陶渊明诗歌中的用典状况作了深入讨论,如美国的詹姆斯·海陶玮就对陶渊明诗歌中的典故情况作了一番梳理。② 詹姆斯以陶渊明诗歌用事的七种情况来概括中国古典诗歌的用事,从侧面说明了陶渊明用典的多与精。③ 可见,在晋代,诗人逐渐开始用事,只是所占比例很小。

许学夷认为在陶渊明之后,诗人开始大量用事,肇始者当为颜延之。今本《文选》共选录颜延之的诗歌计 21 首,其中《应诏观北湖田收》"周御穷辙迹,夏载历山川",《车驾幸京口侍游蒜山作》"周南悲昔老,留滞感遗氓",《车驾幸京口三月三日侍游曲阿后湖作》"江南进荆艳,河激献赵讴",《还至梁城作》"惟彼雍门子,吁嗟孟尝君",诸如此类,都有用事。

---

① 陈懋仁:《藕居士诗话》卷上,四库存目丛书集部册 418 影清钞本,第 298b 页。
② 詹姆斯·海陶玮:《陶潜诗歌中的典故》,张宏生译,见莫砺锋编:《神女之探寻》,上海古籍出版社 1994 年版,第 53—74 页。
③ 他根据与诗意的关系紧密与否,将诗歌中的用典情况分为七个类型。(可参阅《神女之探寻》,第 55 页)

以钟嵘、皇甫汸、许学夷等人为代表的众多古代诗学家，倾向于认为诗歌大量用事始于颜、谢，比较客观地反映了诗歌创作的实际，也成为中国古典诗学用事观中有关用事起源的主流观念。

除此之外，王鏊（1450—1524）在《震泽长语》中也考察了用事的起源，他指出:"为文好用事，自邹阳始;诗好用事，自庾信始。气候流为昆体，又为江西派，至宋末极矣。"① 他的语气十分肯定，对部分作家和流派因用事而形成的风格的把握和判断颇有见地，但忽略了诗歌用事应该有一个逐渐演进完善的过程。他没有将杜甫列入"好用事"的诗人行列，可能是认为杜甫大量诗歌用事的现象不能称为"好用事"，因为从宋代开始，人们一般认为杜甫的诗歌是千古用事的楷模，而西昆体、江西派则有"好用事"的癖好。"好用事"在古代诗学批评话语中是一个略带贬义的词语，批评诗人未能很好关注诗歌言志本体的实现。

用事到底始于何时，古人的观点并不统一。这表明诗歌用事的复杂性，同时也缘于用事概念的混乱，不同的诗学家因为所采用的用事概念不同，对用事源流的判别也相异。但就文学发展的历史而言，诗歌用事始于刘宋之际，当是比较合乎诗歌创作实际的说法，这个阶段的代表人物是颜延之、谢庄等人。在他们之后，诗人开始大量用事，特别是后来的任昉等人，甚至将诗歌演变为"殆同书抄"。从那以后，杜甫、李商隐等人开始大量地用事，而西昆诗人和江西诗派诗人的诗作，更以用事为特色。

三　小结

"用事"概念，并非一成不变，中经三次变化，而当前研究"用典"的著作，并没有看到概念本身意义的演变过程，因此忽视了"事类"、"用事"和"用典"之间的微妙差异，以及由此所反映的文学观念的迁衍。考察从"用事"到"用典"的词义使用，为深入研究中国古典诗歌的复古主义走向提供了新的思路。由于"用事"中"事"具有较大的灵活性和丰富的内涵，因此"用事"的含义有广义和狭义之分。一般而言，人们对"用事"概念的使用和讨论通常以狭义为主，间或有使用广义的现象。总之，"用事"的词义相当复杂，并且承载了巨大的历史文化信

---

① 王鏊:《震泽长语》卷下，《借月山房汇钞》，第6b页。

息，这些都有待我们继续深入发掘。

　　古代诗学家界定和探讨"用事"，与诗文创作的实际情况紧密相关。宋人对用事方法的总结，为后来元明诗学家的深入分析提供了方便。他们对诗人的"用事"实践进行不断考量，分析总结出各类用事之法，以便指导诗人的创作。这些，都是中国古代诗学用事观念的基石，围绕它们而产生了诸多诗学命题，而"比"、"用人名"等概念，正是这些诗学观念发生改变的标志。

第二章

言志与吟咏情性:衡定
用事价值的坐标

很长一段时间,人们似乎有个倾向,以为中国古代诗论,基本都主张"无为而无不为"的"自然"审美趣味,从而反对技巧,因而诸如"用事"之类的技巧论自当不受人待见。事实恐怕并非如此,深入考察就会发现,古代诗论并非截然反对用事,甚至很多时候,主张用事的声音还较为清晰。

那么,用事论在中国"言志"说为起点和指归的诗学体系中,处于何等地位?"诗言志"说是中国古典诗学中最为核心的观念。① 它对中国的古典诗学产生了深远影响,直至晚清论诗话语中仍可频见其身影。后世论诗几乎都在此基础上进行发挥,所以有人认为它是中国古典诗学的开山纲领。② 以此为起点,儒家建立起了以诗教学说为主的诗学体系,故而它是诗歌批评的标尺,诗人所采用的一切艺术技巧都必须服务于它,否则就会被驱逐出境,不能取得合法身份;它也是后世诸多诗学命题的渊薮,是艺术理论的最终指向,用事也不例外。

虽然对于"诗言志"说的产生时代和具体含义,目前还聚讼纷纭,

---

① 此说最早见于《尚书·尧典》,原文云:"帝曰:'夔,命汝典乐,教胄子。直而温,宽而栗。诗言志,歌永言。刚而无虐,简而无傲。八音克谐,无相夺伦,神人以和。'"(《尚书正义》,第131页)

② 朱自清:《诗言志辨》,华东师范大学出版社1996年版,第4页。朱自清先生指出:"'诗言志'是开山的纲领,接着是汉代提出的'诗教'。"

但其中一个核心内容当是：以诗歌言说诗人"心志"①。对此，人们没有多大争议。从《诗大序》开始，"言志"就和诗人的哀乐之情紧密相连，被认为是抒情的媒介。② 所以，后世多以抒情解"言志"，如唐人就将诗歌"言志"定义为直言、比附、寄怀、起赋、贬毁、赞誉六种具体方式。③ 而从钟嵘时代开始，"情性"说就已经开始威胁"言志"说的地位，更多的人开始认为诗歌就是用来抒发"情性"，如宋明诗学家多引述钟嵘"吟咏情性"说以作为诗歌的本质论。这说明，在中国诗学史上的很长一段时间内，人们认为诗歌的本质即抒写"情性"。如此，"诗言志"说逐步地被改造成了诗"吟咏情性"说。虽然目前不少人对"言志"说和"吟咏性情"说作了种种区分，但是它们之间仍有难以抹杀的血脉渊源，甚至在某些时候还被诗学家统一言及，为此我们可以将中国古代诗学概括为言志诗学体系。

古代诗学家在考评用事是否成功之时，往往以诗歌"言志"或"吟咏情性"作为标准，如唐代贾岛曾指出："须兴怀属事有所冥合。若将古事比今事无冥合之意，何益于诗?"④ 贾岛所谓"冥合"不仅指用事与当下语境的扣合，还要和诗人的兴怀相称，也即用事必须为"言志"服务。此后，明代诗学家也对此多有论述，直接指出诗歌用事应该服务于诗歌的

---

① 较为权威的注释是孔颖达之说："作诗者自言己志，则《诗》是言志之书，习之可以生长志意。故教其诗言志以导青子之志，使开悟也。作诗者直言不足以申意，故长歌之，教令歌咏其诗之义。"（《毛诗正义》，第131页）

② 《毛诗正义》，第269—270页。《诗大序》云："诗者，志之所之也。在心为志，发言为诗。"孔颖达正义曰："诗者，人心志意之所之适也。虽有所适犹未发口，蕴藏在心谓之为志；发见于言，乃名为诗。言作诗者所以舒心志愤懑而卒成于歌咏，故《虞书》谓之'诗言志'也。包管万虑，其名曰心，感物而动，乃呼为志，志之所适，外物感焉。言悦豫之志，则和乐兴而颂声作；忧愁之志，则哀伤起而怨刺生。"又云："情动于中，而形于言，言之不足，故嗟叹之，嗟叹之不足，故永歌之，永歌之不足，不知手之舞之，足之蹈之也。"孔颖达正义说："情谓之哀乐之情，中谓心，言哀乐之情动于心志之中，出口而形见于言。"又云："情发于声，声成文谓之引。"正义曰："情发于声，谓人哀乐之情，发见于言语之声。"从孔颖达的正义可以看到，汉、唐儒者认为"情"即人的喜怒哀乐，包蕴于"心志"之中，即"情"只是"志"的一部分而已。

③ 上官仪：《笔札》，《文镜秘府论·地卷》，人民文学出版社1980年版，第63—67页。该书又名《笔札华梁》，具体情况可参见张伯伟《全唐五代诗格汇考》（江苏古籍出版社2002年版，第4—58页）。

④ 《雅伦》卷十五《制作·用事》引，四库存目丛书集部册420，第231页。

"言志"本质，否则就会受到挞伐，如陈懋仁看到"今作诗者，搜讨字句，甚见精峭，其视忠厚和平为淡缓而不贵"。甚至巧加讥讪，取快偏衷，失"诗言志"而弗顾，认为如此做法，恰似李白诗句所言，"但仰山岳秀，不知江海源"①。陈懋仁批评人们因重视诗歌用事而忽略对"诗言志"本质的追求，认为诗歌用事的目的是"言志"，否则就失去了用事的意义。

　　面对"言志"和"吟咏情性"，古代诗学家对于用事的态度产生了分歧。一部分诗学家认为，适当用事可增强诗歌的表达能力，同时也是诗歌"言志"所必需，故而诗歌创作需要用事。纵观整个中国古代的用事理论，只有胡应麟、冯复京等少数几人从理论上明确论证了诗歌需要用事，虽然他们的声音并不是太洪亮，却也吹响了保护用事合法地位的号角。另有诗学家则认为诗歌的本质是"言志"，诗歌不用事同样可以"言志"，而且用事有时反而有违诗歌的本质，所以他们反对用事。诗学家中明确反对用事的声音不绝如缕，从钟嵘开始，一直延续到清代袁枚（1716—1797）等，他们大多认为诗歌用事会降低诗歌的表达能力和艺术美。袁枚曾引周亮工的话说："诗以言我之情也。故我欲为则为之，我不欲为则不为，原未尝有人勉强之，督责之，而使之必为诗也。"从而认为"三百篇称心而言"而已，并非为了"见博学，竞声名"②。袁枚倡导性灵，主张诗歌要独抒性灵，倾向于反对诗歌用事。他认为诗歌的主要目的和本质就在于"言我之情"，即抒发诗人的真心而已，除此之外，诗人当别无他求。他还说："千古善言诗者，莫如虞舜教夔典乐，曰：'诗言志'，言诗之必本性情也。"③ 而大部分诗学家则持调和论，他们认为诗歌可以用事，但需合理运用，不能破坏诗歌的"自然"美，也不能因用事而破坏了诗歌的"言志"功能，如周叙就说诗歌的本质在于"吟咏情性"，诗人用事需谨慎。④ 这成为中国古代用事理论的主旋律。细细品味调和论，可以发现，这些诗学家往往都一致认为诗歌离开用事同样可创作出鸿篇嘉制，所

_____

① 陈懋仁：《藕居士诗话》卷下，四库存目丛书集部册 418，第 317 页。
② 袁枚：《随园诗话》卷三，江苏广陵古籍刻印社景印本 1998 年版，第 40 页。
③ 同上书，第 49 页。
④ 周叙：《诗学梯航》，吴文治主编：《明诗话全编》，江苏古籍出版社 1997 年版，第 987 页。

以用事在诸多诗歌艺术手法中地位并不高。

透过他们争论的烟幕，我们可以看到古典诗歌美学理想对诗歌用事理论的调控。反对用事者，所要维护的正是传统的诗歌本质论和审美理想。毕竟，古典诗学最核心的命题乃"诗言志"的本质论，在古代诗学家看来，用事必须为"言志"服务。这一点不仅是人们赞成用事和反对用事所持有的价值尺度，也是用事理论建立的基石和最终旨归。

第一节　情景之外，则有用事

主张用事的声音，可谓源远流长。从刘勰开始，人们提倡诗歌用事并展开理论探讨，而明代胡应麟，则是古代第一个系统论证诗歌需要用事的人，他认为用事是诗歌抒情写景之外的重要表达内容和艺术手法。此说实际丰富了中国古典诗学的"情景"论。"情"与"景"为中国古典诗学的古老话题，最早可追溯到王昌龄等人对"意"与"景"的探讨。王昌龄在谈论诗歌"十七势"中的"景入理势"中说："诗一向言意，则不清及无味；一向言景，亦无味。事须景与意相兼始好。"① 虽然其中提到的"意"还不能完全等同于"情"，但也算较早探讨了景与人类心理活动的关系。后来姜夔也说"意中有景，景中有意"②，窥探到了两者之间的辩证关系。大约从南宋开始，人们开始较多讨论诗歌的"情景"问题，认为"情"与"景"是诗歌的主要内容，它们的排列变化就是诗歌的章法安排，如周弼就以情景虚实论诗，排列出了诗歌的四种体式。③ 范晞文也说："老杜诗'高风下木叶，永夜揽貂裘'一句情，一句景也。"④ 稍后，方回在《瀛奎律髓》中提倡"两句言景，两句言情，诗必如此，则洁净而顿挫也"的做法，并提倡"景在情中，情在景中"⑤，基本上认为诗歌

① 王昌龄：《诗格》，张伯伟：《全唐五代诗格汇考》，第 158 页。
② 姜夔：《白石道人诗说》，何文焕编：《历代诗话》，第 682 页。
③ 周弼：《三体唐诗》，影文渊阁四库全书册 1358，第 5 页。周弼云五言律诗有如下四种模式：（一）四实，中四句全写景物；（二）四虚，中四句皆写情思；（三）前虚后实，前联写情而虚后联写景；（四）前实后虚，前联写景，后联写情前实。
④ 范晞文：《对床夜语》卷二，丁福保编：《历代诗话续编》，第 417 页。
⑤ 方回：《瀛奎律髓》卷十四，第 1 页。

最为重要的内容是"情"与"景"。明人也多言及诗歌的"情"、"景"问题,但是胡应麟则认为诗歌的艺术内容,除了写景抒情之外,还有用事。他的这一发明,不仅论证了诗歌用事的必要性,也对"情景"说提出了某种修正,故而本节围绕胡应麟的观点而展开。

一　从刘勰到方回:诗需用事

中国诗学很早就已看到用事的重要作用,并展开理论探讨。刘勰最早指出"文"需要用事,即"据事以类义,援古以证今",认为"明理引乎成辞,征义举乎人事"是"圣贤之鸿谟,经籍之通矩"。他所谓的"文"也包含"诗",所以他也是最早论述"诗"需要用"事类"之人。①只是,他将"诗"视为"文"之一类,还未注意到诗歌和文章用事在使用方面的细微区别。

从现有文献来看,虽然唐代诗学家未曾详细论述诗歌需用事,然而他们并不反对,甚至主张诗歌用事,并有所规定,包括前文所述及对"比"与用事的区分,而在实践方面,唐诗中存有大量用事的情况。

降及赵宋,方才有人直接指出诗歌需要用事。北宋刘攽认为"人莫不用事",明确主张诗歌需要用事,同时也反映了当时诗坛好用事的风气。此时,诸如王安石、苏轼、黄庭坚等人的诗作大量用事,一时蔚然成风。这样的风气影响了江西诗派,故而用事也是他们诗歌创作的重要风格特征。至南宋末期,用事俨然成为宋代诗歌鲜明的艺术特色,但同时也受到了从严羽等人开始的长期批评。此时,虽有论及用事,如《诗人玉屑》卷七转录诗话论用事的文字,但也只是表明人们对于诗歌用事的承认,并未明确喊出用事的口号。

宋人的用事之风影响了宋末元初的方回,他坚持认为诗歌需要用事,并将之运用于日常创作。他在《桐江续集》卷十七《岁尽即事三首·序》中述及自己有意在诗歌中使用故事。天气长期晴好,诗人腰部旧伤,即"金疮"发作痛楚,欲作诗纪念,但"必欲用'金疮'二字成句,而数日不能成联","遍思用事、属对",一心想要做到欧阳修之"玉颜自古为身累,肉食何人为国谋"那样"排奡帖妥"。搜肠刮肚,最终"得三诗",

---

① 刘勰著,范文澜注:《文心雕龙注》,第614—615页。

连诗人也不得不嘲笑自己"无所用心之一癖"①。这是古代诗人谈到自己创作诗歌时搜肠刮肚寻找故事的事例之一，表明方回在日常创作中重视用事技法。

方回论述诗歌需要用事的文字主要集中于《瀛奎律髓》。通过评价前人诗作，方回反复强调诗歌需要用事。他在卷四十二评论陈师道（1052—1101）《赠田从先》一诗时说："晚唐诗讳用事，然前辈善作诗者必善于用事。此于师弟子间，引两事用之，有何不可。"② 方回认为诗人应该向那些善于作诗的前辈学习，掌握娴熟的用事技巧，写出优秀的诗作。

方回主张诗人应该加强自己的学识，认为诗歌不用故事者是不学无术之人，他在卷四十四评价陈与义（1090—1138）《眼疾》一诗时云："此诗八句而用七事，谓诗不在用事者，殆胸中无书耳！"评价范成大（1126—1193）《耳鸣》一诗的时候，也谈道："谓能诗者不必读书，不在用事，可乎？"为了强调，他还使用了反问的语气，认为读书之所以重要，其中的重要功能就是创作之时能够使用故事。

方回此论当是针对钟嵘、严羽等人反对诗歌用事而发。严羽曾经说："夫诗有别材，非关书也；诗有别趣，非关理也。"又说："诗者，吟咏情性也。"③ 他的后一句话实出于钟嵘《诗品》，钟嵘曾明确反对诗歌用事，说："夫属词比事，乃为通谈。若乃经国文符，应资博古，撰德驳奏，宜穷往烈。至乎吟咏情性，亦何贵于用事？"④ 严羽继承了钟嵘的观点，倾向于反对诗歌用事。方回的声音可看作对严羽、钟嵘诗学观念的回应。方回还借此反对叶适（1150—1223）、严羽等人的唐诗说，其用事观，则是他反对"晚唐诗"说的重要武器。须知当时的风气可是"举世吟哦推李杜，时人不知有陈黄"⑤，这一点对于研究中国古典文学流变史而言，具有重要的意义，因此，方回的用事观念具有鲜明的时代性。

---

① 方回：《桐江续集》卷十七，影文渊阁四库全书册1193，第437页。
② 方回：《瀛奎律髓》卷四十二，第11a页。
③ 严羽著，郭绍虞校释：《沧浪诗话校释》，人民文学出版社1961年版，第26页。
④ 钟嵘：《诗品》，何文焕编：《历代诗话》，第4页。
⑤ 戴复古：《石屏诗集》卷七，影文渊阁四库全书册1165，第656页。

方回的用事观念，是其重视诗歌艺术技巧诗学思想的反映，同时也影响了《瀛奎律髓》的选诗取舍。为了遵从自己的诗学思想，他在选录诗歌之时，往往注重选用那些在艺术手法上可资借镜的诗歌，而其评论也往往偏重对诗歌艺术手法的点评。需要注意的是，方回只是谈论律诗用事，而未涉及诸如绝句、歌行、拟古等诗体，而且据其论述也可见出，他自己似乎也忽略了这一点，所以方回的观点具有一定的局限性。不过，他能够在宋末"唐诗说"盛行的风气之下，高举宋诗大旗，尤其是江西诗派传统，坚决主张诗歌用事，无论其坚持的勇气，还是其理论探讨，都值得肯定和重视。

二　胡应麟：首次系统论证诗须用事

刘勰和方回虽然主张诗歌需要用事，并肯定用事的重要地位，但是却没有进行更为深入的阐发。明代胡应麟也主张诗歌需要用事，是中国古代第一个对诗歌需要用事进行系统、深入论证的诗学家。他主要从以下三个方面论证了用事的必要性：

首先，用事是诗歌的三个重要表现手段和艺术内容之一。

在《诗薮》中，胡应麟指出："诗自模景述情外，则有用事而已。用事非诗正体，然景物有限，格调易穷，一律千篇，只供厌饫。"① 胡应麟之前，唐代皎然等人深受传统言志诗学观念的影响，认为诗歌用事是变体，而写景抒情才是正体。胡应麟虽然也认为用事并非诗歌正体，但是他将用事与写景抒情并列，认为三者同是诗歌的主要内容，却大大抬升了用事在诗学中的地位，也丰富了情景说。他认为诗歌写景抒情有局限性，用事可补其不足，揭示了诗歌必须用事的原因，肯定了诗歌用事的合法地位。

早在六朝，诗学家就曾论述诗歌写景抒情的问题。约从宋末周弼、范晞文等人开始，经宋末元初方回等，诗学家注重探讨诗歌的写景抒情，认为它们是诗歌的重要表达内容。周弼还提出律诗虚实四体说，强调律诗需

---

① 胡应麟：《诗薮》，第64页。

要虚实相生。① 到了元代杨载（1271—1323）等人在论述诗歌章法的时候，也指出律诗为了虚实，往往要用事。

明人对此也比较重视，他们进行了不少理论探寻，如谢榛在《四溟诗话》中说：

> 作诗本乎情景，孤不自成，两不相背。凡登高致思，则神交古人，穷乎遐迩，系乎忧乐，此相因偶然，著形于绝迹，振响于无声也。夫情景有异同，模写有难易，诗有二要，莫切于斯者。观则同于外，感则异于内，当自用其力，使内外如一，出入此心而无间也。景乃诗之媒，情乃诗之胚：合而为诗，以数言而统万形，元气浑成，其浩无涯矣。同而不流于俗，异而不失其正，岂徒丽藻炫人而已。然才亦有异同：同者得其貌，异者得其骨。人但能同其同，而莫能异其异。吾见异其同者，代不数人尔。②

谢榛认为作诗只是写景抒情而已，其他明代的诗学家亦多如此认为。胡应麟之前，诗学家都比较重视情景问题，讨论了情景与诗歌创作的关系，所持观点大致相似。他们虽然看到了写景抒情是诗歌的重要表达内容，却没有看到"故事"同样是诗歌重要的"可能"组成部分，缺少对诗歌用事的关注。

胡应麟则突破前人，坚决主张诗歌除了写景抒情之外，还有一个重要

---

① 周弼之言见范晞文《对床夜话》卷二，原文如下："老杜诗：'天高云去尽，江迥月来迟。衰谢多扶病，招邀屡有期。'上联景，下联情。'身无却少壮，迹有但羁栖。江水流城郭，春风入鼓鼙。'上联情，下联景。'水流心不竞，云在意俱迟。'景中之情也。'卷帘唯白水，隐几亦青山。'情中之景也。'感时花溅泪，恨别鸟惊心。'情景相触而莫分也。'白首多年疾，秋天昨夜凉。''高风下木叶，永夜揽貂裘。'一句情一句景也。固知景无情不发，情无景不生，或者便谓首首当如此作，则失之甚矣。如'淅淅风生砌，团团月隐墙。遥空秋雁灭，半岭暮云长。病叶多先坠，寒花只暂香。巴城添泪眼，今夕复清光'，前六句皆景也。'清秋望不尽，迢递起层阴。远水兼天净，孤城隐雾深。叶稀风更落，山迥日初沈。独鹤归何晚，昏鸦已满林'，后六句皆景也。何患乎情少？"（丁福保编：《历代诗话续编》，第417页）方回《瀛奎律髓》也对律诗中情、景较为关注，如卷一评杜甫《登岳阳楼》云："中两联前言景，后言情，乃诗之一体也。"（方回：《瀛奎律髓》卷一，第1b页）

② 谢榛：《四溟诗话》，人民文学出版社1961年版，第69页。

的表达内容——用事，从而帮助用事取得了合法地位。他认为，虽然写景抒情是诗歌表达的正体，可是纯粹倚靠两者作诗，千百年来人们必定会围绕某些相同的题材而创作出大量的类同之作，诸如登山、咏物等题材的诗歌可能会千篇一律，为了让诗歌具有新颖的内容，用事就成为必需。可见，胡应麟认为用事与写景抒情一样重要，是组织诗歌的内容和手段，就现有文献来看，可谓发前人之未发。

其次，用事可表现诗人的笔力、才学。胡应麟认为"欲观人笔力材诣，全在阿堵中"①。这其实是一个古老的命题，钟嵘就曾提出诗歌用事不能表现诗人的才力，只能表现其学问。胡应麟和钟嵘的观点略有出入，认为诗歌用事是表现诗人笔力、材诣的重要手段。我们认为，大略而言，用事主要从三个方面体现诗人的笔力、材诣：第一，诗人用事需要渊博的知识积累，出入经、史、子、集，囤积素材，随时准备用于诗歌之中，读者据用事出处的广度和深度确能见出诗人的知识积累程度；第二，诗人须对储存的知识思考深入，真正领会用事的意蕴，否则搬出来的必为"死"物，不能和诗歌内容有机融合，读者由此可见出诗人理解和整理故事的能力；第三，有了知识和恰当的理解未必就能较好地用事，还须斟酌考虑诸如文体、用韵和表意等方面的限制，才能合理运用故事，这是诗人笔力的重要表现。钟嵘认为诗人用事是为了掩饰自己缺乏"天才"，胡应麟则认为用事恰恰可以表现出诗人的创作能力和知识积累程度。

中国古代文人创作诗歌时有意显露自己才学的现象并不少见。在文化相对发达的时期，文人之间"逞才使气"往往通过诗文创作或言辞机锋等途径来实现，用事优劣自然能表现其才学。朱弁《风月堂诗话》曾记载"政和戊戌三月雪，昭德诸昆皆赋诗"②的趣事，认为晁冲之（1053—1110）能面对同一题目而灵活用事，恰好表现出其才力高人一筹。

不仅如此，各个朝代的文人间可能会因为使用同一个故事而展开角逐。如明代批评家邓云霄曾指出"诗有用同一事而变化不同，愈出愈妙"者，如有人云"悬知曲不误，无事畏周郎"，有人说"周郎不相顾，今日

---

① 胡应麟：《诗薮》，第64页。
② 朱弁：《风月堂诗话》，《冷斋夜话·风月堂诗话·环溪诗话》，中华书局1988年版，第108页。

管弦调",还有人云"欲得周郎顾,时时误拂弦",邓氏认为,使用同一故事却能不断推陈出新,正像"三折肱为良医"①。诗人在使用故事时,往往会考虑前人是否已用,如果用过,就必须做到翻新,否则只能视为抄袭。邓氏所举之例,第一句是庾信《和赵王看伎诗》② 中的诗句;第二句是唐人法宣《和赵王观妓》③ 中的诗句;最后一句是唐人李端《听筝》④中的一句。三首诗同用"周郎解曲"故事,但每位诗人的造语并不雷同。三句诗所描写的内容大致相似,但李端却将歌妓的聪颖灵敏之内心生动地刻画出来,优于前人,表现出了非凡才力。邓云霄看到了诗人用事的不断完善出新,表明他对诗人面对前人用事而刻苦创新的关注,因为释法宣和李端并非唐代大家。

最后,胡应麟认为某些诗歌体裁必须使用故事,此为其用事观念中最出彩的地方。他说:"且古体小言,姑置可也,大篇长律,非此何以成章。"⑤ 明确指出一定的诗歌体裁,特别是律诗和长篇古诗,需以用事来组织成章。虽然有些诗歌,如一些短章古诗,可以不用事而通过叙述和描写的方式组织成篇,但是像排律之类就不可能全靠摹情写景来完成。因为排律往往要求工对,全是写景抒情,容易造成诗歌单调板滞,用事则能打破时空局限提供更多素材,使诗歌技法显得摇曳多姿。胡应麟对诗歌体裁与用事关系的洞察,值得肯定。

律诗和长篇古诗需要用事,严格说来并非胡应麟的创造发明,如上文所述,方回就已指出, 些元人诗法著作也曾提到。然而,胡应麟是首次对这个问题进行理论阐述的人。事实上,诗歌用事还受到题材的影响,如唱和之作大多不能完全写景抒情,《西昆酬唱集》中的诗歌大量用事即为明证;又如,咏物诗也不能完全写景抒情,遗憾的是胡应麟没有指出这

---

① 邓云霄:《冷邸小言》,四库存目丛书集部册 417 影道光二十七年邓氏家刻本,第 397b 页。

② 庾信著,倪璠注:《庾子山集注》,中华书局 1980 年版,第 374 页。

③ 《全唐诗》卷八百八释法宣《和赵王观妓》,第 9112 页。全诗文字如下:"桂山留上客,兰室命妖饶。城中画广黛,宫里束纤腰。舞袖风前举,歌声扇后娇。周郎不须顾,今日管弦调。"第七句文字有出入,《全唐诗》并未言及。

④ 《全唐诗》卷二百八十六李端《听筝》,第 3280 页。诗云:"鸣筝金粟柱,素手玉房前。欲得周郎顾,时时误拂弦。"

⑤ 胡应麟:《诗薮》,第 64 页。

些。然而，他能够第一次指出需用事的三大理由，其发明之功，寔为显著。此外，他还对用事的其他方面作了不少论述，堪称古代诗学家中对用事理论阐述最全面之人。①

三　冯复京：继承提升

胡应麟的观点，对后世诗学家影响颇大，为他们进一步论述用事的地位提供了支持。冯复京在对沈约、钟嵘等否定用事之论的总结批评的基础上，充分肯定了用事的功用和地位，坚决主张诗歌需要用事。② 接着，他从三方面论证诗歌可以用事或需要用事：

首先，用事可以克服写景抒情等"直寻"式创作的不足。他认为"撷景于目前，则物貌易穷；写悲愉于幽肺，则情澜易竭"，而"博物宏览，陶古铸今"，可"集彼菁英，成斯经构"③，即景物有限、情感欠丰，用事则可弥补其缺憾，助诗人成篇。这是胡应麟观点的延续，同样认为诗歌主要有写景、抒情和用事三种表达手段。但是，相对于胡应麟，他将用事的地位提高了许多，不再认为用事是一种变体。

其次，用事有利于诗歌的创新。故事可以"明使暗使，正用变用，通融出入，心矩相调，幻化灵奇，规环自协"，能"引类触长，富有日新"，不会像直接写景抒情那么容易重复。④ 胡应麟只说用事有利于诗人创新而避免蹈袭，却没有论证其缘由。冯复京则明确指出用事可以有多种艺术手法，同样的故事都会翻出不同的花样，所以不太容易造成重复蹈袭，强调了用事技巧的合法地位。

最后，他认为诗人作诗就像"伊公调鼎"，需要"必聚甘鲜"，也像"陶朱治生"，定须借助"物力"，而"故事"就是诗人的材料。他认为"千载记乘"、"四部典册"，都是"诗苑之禁脔"和"骚坛之宝藏"，因此十分强调诗人对材料的运用能力，认为"悬虚釜以待炊，张空弮而凌

---

① 参见姚永辉、马强才《胡应麟的"用事"观及其在古代诗学中的价值》，《西华师范大学学报》（哲学社会科学版）2007 年第 5 期。
② 冯复京：《说诗补遗》，吴文治主编：《明诗话全编》，第 7169 页。
③ 同上。
④ 同上。

阵"的做法，实不足取。①

此外，同方回、胡应麟等人一样，冯复京虽然强烈主张诗歌用事，但并不主张诗人可以毫不顾忌地用事，反对使用僻事、堆垛排比故事，因此他也赞同人们批评"西昆搜僻"和"眉山堆垛"。②

胡应麟和冯复京的用事观，具有一定时代性。他们论证诗歌需用事，在某种程度上，体现了对明代前后七子掀起的文学复古主义思潮用事观的某种程度上的反思。前后七子诗学主张，虽各有异，但共同想要恢复汉魏风韵，提倡"诗必盛唐"，主张效法前人，反对倚重诗歌技法，包括用事等，则是学界共识。胡应麟接续后七子，与晚年的王世贞有交往，而此时王氏的诗学观，已对复古主义有所修正。胡应麟虽然一方面仍坚持复古主义思想，但也有所反拨和修正，所以他的诗学理论具有两面性。冯复京早年曾追随过复古主义风潮，如《说诗补遗》中有不少思想，继承了李梦阳、李攀龙、王世贞等人陈说，但晚年，则看到前后七子之说的弊端，并对其有所反思和批判。只可惜早亡，未及对其进行大的修改。弥留之际，他曾经教育自己的后人，对王世贞、李攀龙、李梦阳、何景明等要有所疏离。③ 冯氏对文学复古主义的反思，体现到了用事观的转变，因而能看到才学和用事的重要意义。需要补充的是，明末王会昌曾云："大抵用景物则实，用人事则虚，一诗之中全用景物则过实而窒，全用人事则过虚而软，故作诗立法必要虚实均匀、语意和畅而后为尽善矣。"④ 王会昌从诗歌"虚实"章法安排上论述了诗歌需要用事，指出用事是诗歌实现虚实相生的重要手段。这里的"虚"当是指诗歌没有实际生活的内容，缺乏真情实感，没有实际的意旨。事实上，全部用事确实会造成这样的结果，如李商隐的《锦瑟》诗就是虚而无着。

---

① 冯复京：《说诗补遗》，吴文治主编：《明诗话全编》，第7169页。

② 同上。

③ 冯班在《说诗补遗》跋中称："先君是书，家兄跋语皆实录也，然病榻尝诏班曰：'王、李、李、何，非知读书者。吾向尝为所欺，汝辈不得忝则。'凡言王、李者，皆往时语，读者其详之！"（冯复京：《说诗补遗》，吴文治主编：《明诗话全编》，第7314页）（《明诗话全编》整理者对此段标点有误，现已更正。）

④ 王会昌：《诗话类编》卷三《名论》下，四库存目丛书集部册419影明万历刻本，第70页。

而"实"则是只有真情实感,缺少生发性,不能给读者带来丰富的含义和想象的空间。这段文字肯定了用事的合法地位和功用,否定了那些认为诗歌可以完全通过写景、抒情而成篇的观点。王会昌在继承宋代周弼、元代杨载等人观点的基础上,将用事和诗歌的虚实问题结合,丰富了"情景"说。

四　清代诗学家:继续补充

及至清代,也有几位诗学家论证了诗歌需用事。他们再次肯定用事在诗学中的重要地位,如顾炎武(1613—1682)曾云:

> 诗家于叙事之中,有一句二句用譬喻或故事,俗谓之衬贴,则古人未尝不用,但或在叙事之前,或在转折处,或正意已足,须得引证。若于赋中突出一句,此便是凑句。①

顾炎武指出古人同样要用事,并不如某些人所言古人不用故事,从文学史的角度论证了诗歌用事由来已久。他还说明了诗歌需要用事的理由,特别指出诗歌在叙事的时候往往需要用事来"衬贴"。诗歌若长篇叙事,易造成板滞,而用事则可增加叙事的含义,丰富诗歌技巧。不过,他也反对那种不合理的用事,即不遵循必须用事规律而胡乱用事的做法。

与顾炎武同时代的方南堂也说过相似的话:"作诗不能不用故实,眼前情事,有必须古事衬托而始处者。"② 方氏非常明确地指出诗歌需要用事。其所持理由和顾炎武相似,认为诗歌在某些时候需要古事的"衬托"(顾炎武用的是"衬贴")。他认为用事的功能在于"衬托"眼前情事,亦即抒情必须借用故事,这是从诗歌用事的内在功能或语意功能的角度来谈论诗歌用事之由。然而需要注意的是,方南堂紧接着指出用事要做到"食古而化",要让故事表达诗人的"意",他说:

---

① 吴骞:《拜经楼诗话》卷一引蒋山佣(顾炎武)《诗律蒙告》,丁福保编:《清诗话》,第728页。

② 方南堂:《辍锻录》,《续清诗话》,上海古籍出版社1983年版,第1937页。

然用事之法最难，或侧见，或反引，或暗用，吸精取液，于本事恰合，令读者一见了然，是为食古而化。若本无用意处，徒取经史字面，铺张满纸，是侏儒自丑其短，而固高冠巍履，绿衣红裳，其恶状愈可憎也。①

方南堂对用事有着严格的要求，不认为诗人可以随便事，其观点与胡应麟相类。

清代论述诗歌需要用事最全面之人是乾隆时的赵翼。他在《瓯北诗话》中，从两方面论证了用事在诗歌艺术中的重要地位。首先，他认为用事可以使诗歌显得含蓄深沉，克服全部摹情写景的"单薄"。他说：

诗写性情，原不专恃数典；然古事已成典故，则一典已自有一意，作诗者借彼之意，写我之情，自然倍觉深厚，此后代诗人不得不用书卷也。吴梅村好用书卷，而引用不当，往往意为词累。初白好议论，而专用白描，则宜短节促调，以遒紧见工，乃古诗动千百言，而无典故驱驾，便似单薄。②

赵翼认为虽然诗歌的本质是"写性情"，并不一定要用故事，但诗人可以借助丰富的典故来表达情感，用事还可增加诗歌的深厚感，如全不用事则会显得"单薄"。

其次，赵翼认为用事可做到虚实相生。他在谈及吴伟业的七律诗时就指出，诗歌应该做到虚实相生，实即写景抒情，虚则是用事。③

除了上述几位，清代诗学家中主张诗歌可以用事者大有其人，惜乎没有对其进行系统梳理。否则，人们对用事在诗歌艺术中的功能就会有更深入的认识。这也反衬出上述几位诗学家对用事地位进行论述的重要意义。

综上所述，在中国古典诗学史中，少数诗学家旗帜鲜明地指出诗歌需要用事并加以论证，为用事理论的发展和完善作出了贡献。他们虽然认为

---

① 方南堂：《辍锻录》，《续清诗话》，上海古籍出版社1983年版，第1937—1938页。
② 赵翼：《瓯北诗话》卷十，人民文学出版社1963年版，第160页。
③ 同上书，第132—133页。

用事于诗必需，但并不认为诗歌可以随便用事，而是主张在遵守用事规律的前提下合理用事，避免破坏诗歌应有的审美情趣。此外，方回、胡应麟、冯复京和赵翼等人论述时往往持一种矛盾心态。一方面，他们认为诗歌的本质在于"言志"，所以诗歌并不一定需要用事。如冯复京就说："原夫诗之作也，岂徒雕采于笔区，争价于才薮而已哉。"[①] 另一方面，他们又看到用事可以言志，并克服诗歌纯粹摹情写景的不足及单薄浅显之弊，所以诗歌需要用事。他们既清楚看到诗歌的言志本质，也没有试图回避这一问题，而是力图论证诗歌用事有助于言志；他们对于用事与抒写情景的关系的描述，可以弥补"情景"说的偏执。这反映了明末之后，人们对诗歌认识的深刻变化，对此，前人并未给予更多关注和研究。

第二节　吟咏情性，无须用事

由于古代诗学家认为诗歌的本质是"言志"，所以在某些人看来，一切艺术技巧都是多余，用事也不例外。从钟嵘开始，直到清末，不少人认为诗歌不需用事，只要以叙事、写景和抒情抒写诗人的心志即可。因此，用事在他们心目中，地位较低，不能和写景、抒情等艺术手法媲美，甚至认为用事会破坏诗歌的自然之美，故而不给予用事在诗歌艺术技法中的合法地位，反对诗歌用事。

一　诗需直寻，何贵用事

从六朝后期开始，人们就发现，诗文用事，彰显人工痕迹，不能突出"精彩"所在。如《南齐书》评价自魏至齐时的文坛风气之一为"缉事比类，非对不发……惟睹事例，顿失精采"[②]，虽非截然反对用事，却也指出排列故事的弊端。

据现有文献，钟嵘是第一个反对在诗歌创作中用事的人。在《诗品》中，钟嵘明确提出："夫属词比事，乃为通谈。若乃经国文符，应资博

---

① 冯复京：《说诗补遗》，吴文治主编：《明诗话全编》，第 7163 页。
② 萧子显：《南齐书》卷五十二，中华书局 1972 年版，第 908 页。

古；撰德驳奏，宜穷往烈。至乎吟咏情性，亦何贵于用事？"① 他认为用
事这种艺术手法具有一定的题材局限性，仅仅适用于"经国文符"和
"撰德驳奏"等文类，其功能是引用证明，而诗歌则不需要用事。钟嵘认
为诗歌的本质是"吟咏性情"，不必通过用事来论证。钟嵘在《诗品序》
中指出："气之动物，物之感人，故摇荡性情，形诸舞咏。照烛三才，晖
丽万有，灵祇待之以致飨，幽微藉之以昭告，动天地感鬼神，莫近于
诗。"② 他继承了《诗大序》的诗学传统，主张诗歌具有神奇的通联"三
才"之功用。他所强调的"摇荡性情"之说，在继承《诗大序》的基础
上，进一步推进"诗言志"说，几乎达到偏重抒情的地步，云：

> 故诗有三义焉：一曰兴，二曰比，三曰赋。文已尽而意有余，兴
> 也；因物喻志，比也；直书其事，寓言写物，赋也。宏斯三义，酌而
> 用之，干之以风力，润之以丹彩，使咏之者无极，闻之者动心，是诗
> 之至也。专用比兴，患在意深，意深则词踬。若但用赋体，患在意
> 浮，意浮则文散，嬉成流移，文无止泊，有芜漫之累矣。若乃春风春
> 鸟，秋月秋蝉，夏云暑雨，冬月祁寒，斯四候之感诸诗者也。嘉会寄
> 诗以亲，离群托诗以怨。至于楚臣去境，汉妾辞宫；或骨横朔野，或
> 魂逐飞蓬；或负戈外戍，杀气雄边；塞客衣单，孀闺泪尽；或士有解
> 佩出朝，一去忘反；女有扬蛾入宠，再盼倾国。凡斯种种，感荡心
> 灵，非陈诗何以展其义，非长歌何以骋其情？故曰："《诗》可以群，
> 可以怨。"使穷贱易安，幽居靡闷，莫尚于诗矣。故词人作者，罔不
> 爱好。③

在钟嵘看来，诗歌最核心的功能是将诗人心灵中的感荡写出来。所谓
"感荡"，就是现实生活中人们所经历的种种悲欢离合对心灵的激荡，亦
即人的现实情感，这正是诗歌所力图表达的内容，所以他特别强调"情
性"。这一观点同样源自《诗大序》，其中有云："诗者，志之所之也。在

---

① 钟嵘：《诗品》，何文焕编：《历代诗话》，第 4 页。
② 同上书，第 2 页。
③ 同上书，第 3 页。

心为志，发言为诗。情动于中而形于言，言之不足故嗟叹之，嗟叹之不足故永歌之，永歌之不足，不知手之舞之足之蹈之也。"① 虽然人们对"诗言志"的解释还有不少争论，但《诗大序》中的"志"意指诗人心中之"情"，而这个"情"又和钟嵘所言的"情"大致同义。钟嵘没有使用"志"，而是直接使用了"性情"一词，似乎更加偏重认为诗歌的本质即诗人内心情感和天性所居的流露。

正因为诗歌是用来"吟咏性情"，当然不必借助古事来表达自己的心志，只要直接表达和言说即可，也就是下文所说的"直寻"。为了证明自己的观点，钟嵘还援引了古代的成功事例:

> "思君如流水"，既是即目;"高台多悲风"，亦惟所见;"清晨登陇首"，羌无故实;"明月照积雪"，讵出经史。观古今胜语多非补假，皆由直寻。②

钟嵘所举是完全没有用事且采取直接抒发情感的方式进行写作的成功典范，它们成功的原因正在于直接抒情写景。于是，钟嵘断言:"观古今胜语多非补假，皆由直寻。"③ 在钟嵘的眼里，凡是成功的诗歌都没有用事，而用事的诗歌不会成功。由此，钟嵘批评了当时诗坛用事的风气，他说:

> 颜延之、谢庄，尤为繁密，于时化之。故大明、泰始中，文章殆同书抄。近任昉、王元长等，词不贵奇，竞须新事，尔来作者，浸以成俗。遂乃句无虚语，语无虚字，拘挛补衲，蠹文已甚。但自然英旨，罕值其人。词既失高，则宜加事义。虽谢天才，且表学问，亦一理乎!④

表面上，钟嵘并不完全反对用事，而是认为用事可以弥补诗人才能的不

----

① 《毛诗正义》，《十三经注疏》本，第 269—270 页。
② 钟嵘:《诗品》，第 4 页。
③ 同上。
④ 同上。

足，表现其才学，然而缺乏才能可能是对诗人最大的讽刺。钟嵘认为，用事并不是诗歌最佳的表达方法，并不能创造出绝佳的诗作，而用事的诗人往往天资贫乏。这样的观念在中国古代诗学界产生了深远影响，千年后的袁枚就指出："貌有不足，敷粉施朱。才有不足，征典求书。古人文章，俱非得已，伪笑伴哀，吾其忧矣。"① 可见袁枚也认为诗歌用事的主要目的是掩饰诗人缺乏才气，和诗歌抒写真情实感的本质相悖。

钟嵘还用自己总结的规律批评颜延之、谢庄等人的诗歌，云：

> 其源出于陆机。尚巧似。体裁绮密，情喻渊深，动无虚散，一句一字，皆致意焉。又喜用古事，弥见拘束，虽乖秀逸，是经纶文雅才。雅才减若人，则蹈于困踬矣。汤惠休曰："谢诗如芙蓉出水，颜如错彩镂金。"颜终身病之。②

在钟嵘的眼里，颜延之的诗歌只能列于"中品"，其中一个重要的原因就在于他喜欢使用故事，虽可算"雅才"但缺乏"天才"。他认为颜延之在诗歌中使用故事就不可能做到直抒胸臆，因此其诗歌呈现出"拘束"的风格，失去了自由挥洒之态。

他对任昉的批评则更加尖锐，"既博物，动辄用事，所以诗不得奇"③。钟嵘认为任昉"动辄用事"，显得十分草率，没有顾虑到诗体和诗题是否适合用事。钟嵘的上述批评，颇具合理性，毕竟诗歌不是掉书袋，任昉等人确乎因为大量笨拙的用事而妨碍了诗歌艺术美的形成，也没有实现诗歌抒写情的基本功能。

综合来看，钟嵘反对诗歌用事，并作了系统论证。这与当时诗坛的创作风气密切相关，对"类同书抄"的不良风气有所拨正。所以，钟嵘的观点有一定的时代合理性。我们不得不质疑的是，难道用事就不可以直接抒发作者的情志？晚近学者周振甫先生无意间点出了钟嵘的病症，他说：

---

① 袁枚：《续诗品》，钟嵘、袁枚著，郭绍虞注：《诗品集解·续诗品注》，人民文学出版社 1963 年版，第 160 页。

② 钟嵘：《诗品》，第 13—14 页。

③ 同上书，第 16 页。

"钟嵘举出的名句，都是即景抒情的，都不用典。"① 即景之作可以不用事，描写景物、感叹抒情即可。但是如果换了咏物和赠人题材的诗歌，有时就必须用事。特别是，当诗人创作之时，前人或赠答之人已有相关诗作，自须竭力创新，避免剽窃、重复，当然不能直接搬出前人的诗句以抒发自己的心志。准此，钟嵘的观点，局限性明显可见。钟嵘对诗歌用事的轻视，还与当时人对用事功能的看法有关。从刘勰的《文心雕龙》和颜之推的《颜氏家训》可以看出，人们此时多将用事和文章联系在一起。钟嵘也秉持这一观点，所以他反对用事，认为大量用事的颜延之等人只是"经纶"之才而缺少诗才。

二 用事之诗，难臻极致

继钟嵘之后，部分唐代诗学家也认为，诗歌用事并不是诗歌最重要的艺术手法，用事诗作也不能进入最佳之林。这实际上是否定了诗歌用事的合法地位。这些议论主要保存在唐人诗格中，形成了唐代用事观念的一个侧面，如旧题王昌龄的《诗格》就曾指出"诗有五用例"：

> 用字第一：用事不如用字也；……用形第二：用字不如用形也；……用气第三：用形不如用气也；……用势第四：用气不如用势也；……用神第五：用势不如用神也……②

虽然王昌龄列有诗句为例，但我们对"五用"如何进行具体解释仍然颇感棘手。用事，主要是诗歌中使用故事；用字，即炼字；用形，则是用诗句来描写事物的形状，而不注重文字。"气"、"势"、"神"则含义丰富而深奥，王昌龄也没有具体界定，很难寻解，大意或许为学习借用他人之诗文技巧、气度和精神。但这些都不重要，关键是用事被他排除在了五种"用"之外。这反映了唐人重视直观反映诗人的感受，并不主张用事之类

---

① 周振甫：《诗词例话》，中国青年出版社 1979 年版，第 280 页。

② 王昌龄：《诗格》，张伯伟：《全唐五代诗格汇考》，第 189 页。（旧署陈应行编：《陈学士吟窗杂录》，续修四库全书本册 1694，亦有收录。另，省略号是笔者为了行文方便而加，实际省略的是大量诗例，下同）

的曲笔手法，用事诗作或用事艺术手法在他们的心目中地位卑下。

王昌龄还指出"诗有六式"，分别是：渊雅一、不难二、不辛苦三、饱腹四、用事五、一管博意六。① 这说明他并不反对用事，也不主张诗歌直白浅露，而是认为应有渊雅的风貌。即便如此，他仍然将用事置于较为低下的地位，将其列在"六式"中的第五位。

此后，皎然在《诗式》中也表达了对诗歌用事的否定态度，他明确指出：

> 不用事第一；作用事第二；直用事第三；有事无事第四；有事无事，情格俱下第五。②

在皎然看来，没有用事的诗歌才是第一流的佳作，否则只能算次品。可见，他实际上主张诗歌尽量不用事。同王昌龄一样，皎然并不绝对反对诗歌用事，然而他提出用事有高低等级之分，认为"作用事"最好，所谓"作"可能是指后世所言的暗用，以与直用相区别。这一点，钟嵘并没有涉及，表明唐代诗学家开始对用事进行理论探索。

在旧题齐己的《风骚旨格》中，用事同样被放置于较低的位置，他说：

> 诗有三格：
> 一曰用意：诗曰："那堪怀远路，尤自上高楼。"
> 二曰用气：诗曰："直饶人买去，还向柳边栽。"
> 三曰用事：诗曰："片石犹照水，无人把钓竿。"
> 又诗："一轮湘渚同，万古独醒人。"③

按照顺序推断，用事被放置于诗歌三"格"之最后一种，其地位不及

---

① 王昌龄：《诗格》，张伯伟：《全唐五代诗格汇考》，第186—187页。
② 皎然：《诗式》，何文焕编：《历代诗话》，第29页。
③ 齐己：《风骚旨格》，旧题陈应行编：《陈学士吟窗杂录》，续修四库全书本册1694，上海古籍出版社2002年版，第214页。

"用意"和"用气"。虽然"用意"、"用气"较难确解，但齐己的主张同皎然、王昌龄的论述相类，同样将用事置于较为低下的地位，而提倡对于前人诗文的命意结构等方面进行揣摩借鉴。

　　上述三位唐代诗学家都比较轻视诗歌用事，反映了唐代诗学的风貌，折射出唐诗的审美取向。至于原因何在，上述几部著作由于其体式的局限，都没有给出具体答案。我们只能从他们所推崇的最好的诗歌风格特征上窥见一斑。他们所举的例子中，除了用事以外的诗例，其余皆为直接写景抒情之作。可见唐人仍然在追求钟嵘所提倡的诗歌"直寻"美，珍视用诗作表达自己的情性。虽然上述几部旧题唐人的诗格著作可能并不是唐人真作，但在北宋有一定影响，至少能够反映北宋以前的一些诗学面貌，即很多人都坚持认为用事并不是诗歌创作技巧中最值得采用的手法，不使用故事的诗歌方能臻于极致。

　　他们的这一观点对后世影响颇大，甚至影响了清代部分诗学家。在这一千多年的时间里，除却一些特殊的时段（如江西诗派和清代宋诗派盛行之时），不少人都认为诗歌可以不用事，而用事总比"直寻"低一等，如清代薛雪《一瓢诗话》就持与此相似的观点。

三　诗有别材，非关书也

　　降及赵宋，有关用事的讨论变得较为复杂，其中反对用事的声音主要来自南宋诗学家。他们认为诗歌的本质在于"言志"，因此对诗人用事的做法进行了批判，如张戒（1124 年登第）在批评当时诗坛的不良风气时就说："后生只知用事、押韵之为诗，而不知咏物之为工，言志之为本也。"① 张戒清楚地告诉人们，用事与否并不重要，关键是要用诗歌"言志"。

　　其后，朱弁也发表了反对用事的言论。在《风月堂诗话》中，朱弁认为诗人用事并不能写出优秀的诗作，他说：

　　　　诗人胜语，咸得于自然，非资博古，若"思君如流水"、"高台多悲风"、"清晨登垄首"、"明月照积雪"之类，皆一时之所见；发

----

① 张戒：《岁寒堂诗话》卷上，丁福保编：《历代诗话续编》，第 452 页。

于古辞，不必出于经史。故钟嵘评之云："吟咏情性，亦何贵于用事？"颜、谢椎轮，虽表学问，而太始化之，浸以成俗。当时所以有书抄之讥者，盖为是也。大抵句无虚辞，必假故实；语无空字，必究所从。拘牵补缀而露斧凿痕迹者，不可与论自然之妙也。①

朱弁转述了钟嵘的论述，相比严羽，他的论述受到钟嵘的影响更为直接、深刻。他在这里也提出了一个重要的反对理由——用事不能使诗歌显得"自然"，比钟嵘的"直寻"更为面向诗歌本身，因为"直寻"强调作者抒情言志的直接天成，而"自然"则强调诗歌本质的呈露实现。

宋代反对用事者中，声音最大的当推严羽。他在《沧浪诗话》中指出：

夫诗有别材，非关书也；诗有别趣，非关理也。然非多读书，多穷理，则不能极其至，所谓不涉理路不落言筌者，上也。诗者，吟咏情性也，盛唐诗人，惟在兴趣；羚羊挂角，无迹可求，故其妙处，莹彻玲珑，不可凑泊。如空中之音，相中之色，水中之月，镜中之象，言有尽而意无穷。近代诸公乃作奇特解会，遂以文字为诗，以才学为诗，以议论为诗；夫岂不工，终非古人之诗也。盖于一唱三叹之音，有所歉焉。且其作多务使事，不问兴致，用字必有来历，押韵必有出处；读之反覆终篇，不知着到何处。其末流甚者，叫噪怒张，殊乖忠厚之风，殆以骂詈为诗。诗而至此，可谓一厄也。然则近代之诗无取乎？曰：有之，我取其合于古人者而已。②

结合前文，可以明显看出严羽受到了钟嵘的影响，他们都标举诗歌的本质是"吟咏性情"，并以此为出发点认为诗歌不一定必须用事。严羽坚持认为，诗歌主要用来抒写心志和兴致，用事则是寻章摘句的行为，并不能直接抒写诗人情志。此外，严羽还进一步推进了钟嵘的观点，认为诗歌用事会使诗意"不知着到何处"，指出用事容易造成诗歌理解的困难，使诗歌

---

① 朱弁：《风月堂诗话》卷上，惠洪等：《冷斋夜话·风月堂诗话·环溪诗话》，第99页。
② 严羽著，郭绍虞校释：《沧浪诗话校释》，第626页。

内容芜杂,诗意晦涩,从而造成读者在阅读的时候不能完全理解诗歌用事的旨意,感觉到诗人加工构思的痕迹,缺失了自然玲珑的美学风格。他将批评的矛头指向了喜欢用事的当代诸公。需要特别指出,严羽的观点,对后世影响十分深远,明清两代诗学家对此多有祖述,甚至多有原文引用者,成为他们反对用事或者评价用事的基本理论支持。

南宋时期,还有永嘉四灵(赵师秀号灵秀、翁卷号灵舒、徐照号灵晖、徐玑号灵渊)等人,诗作中几乎不用事。他们提倡晚唐体诗作,反对诗歌用事;惜乎未留下多少理论文字,所以我们只能从叶适和方回等人的言论中略见一二。方回说:"晚唐诗讳用事。然前辈善作诗者必善于用事,此于师弟子间引两事用之有何不可!"① 由此推知,永嘉四灵主张恢复唐诗传统,批判江西诗派等人的做法,反对在诗歌中大量用事。这一点,从上述与之持论相反的方回的批驳中也可看出。

上述反对诗歌用事者坚持认为诗歌的本质是表达情志,并不一定需要用事。从这一立场出发,他们在品评古诗的时候认为用事诗作往往并非佳什,抒情写景反能臻于极致。从中我们也可以看出在抒情诗的王国里,诗学理论都指向了纯粹抒情。由此不难看出"言志"诗学观对后世文学理论的影响力何其强大和深远!正因为导源于"言志"本质论,诗学家还指向了自然而然、直寻当下地抒情的诗歌审美理想,认为用事可能破坏诗歌的自然美而贬低用事的作用。

四　批判宋诗,反对用事

元、明、清三代,诗学家大多继承上述传统,并不给予用事以合法地位。他们一方面延承"言志"说和"情性"说,认为用事并不是诗歌所必须;另一方面总结唐宋诗歌,赞扬唐诗的天成浑厚,批判宋诗雕琢堆砌之病,反对在诗歌中大量用事。这样的观念不仅是言志诗学的延续,也是唐宋之争在诗学中的投影。

对于宋诗重视技巧、彰显才学传统的反拨,始于南宋。从此,反对用事或批判用事成为元、明诗学家的重要话题。例如,元初著名理学家吴澄(1249—1333)就指出:

---

① 方回:《瀛奎律髓》卷四十二,第11a页。

> 诗，以道情性之真。十五国风有田夫、闺妇之辞，而后世文士不能及者，何也？发乎自然而非造作也。汉魏迄今，诗凡几变，其间宏才实学之士，纵横放肆，千汇万状，字以炼而精，句以琢而巧，用事取其切，模拟取其似，功力极矣！而识者乃或舍旃而尚陶、韦，则亦以其不炼字、不琢句、不用事而情性之真，近乎古也。今之诗人，随其能而有所尚，各是其是，孰有能知真是之归者哉！①

吴澄认为诗歌的本质在于抒写真情性，诗人只要能直接吐露心中真实的情性即可，用事则显得多余。其观点充满了浓郁的理学风味，机械死板自不待言。他的话同时也表明人们对诗歌自然美的追求，所以他们多喜爱陶渊明和韦应物"不炼字、不琢句、不用事"的诗作。吴澄之语实则代表了元明时代理学家的尚质文学观，今存不少明人论诗文字都充满了这样的论调，只要看看《明诗话全编》中的《李时勉诗话》等就可以得出如此结论。由于吴氏在元代理学界的显要地位，以及明代科举考试内容的指向，这段文字在元明之际，影响较大。此后，明代胡广在编纂《性理大全》之时将其收录卷五十六，因《性理大全》在有明一代流传极广、刻印极多，吴氏在明代持续发挥影响。

明代，在诗歌复古主义思潮的影响下，不乏反对用事之人。王世懋（1536？—1588）在《艺圃撷余》中曾说："今人作诗必入故事，有持清虚之说者，谓盛唐诗即景造意，何尝有此？是则然矣，然亦一家言，未尽古今之变。"② 虽然王世懋在此主要驳斥那些根据唐诗而推断诗歌应当不用事的观点，却恰好从一个侧面说明了当时有不少人反对诗歌使用故事。此外，他们将"唐诗不用事"作为立论依据，把盛唐诗审美特征归纳为"即景造意"，亦即"自然"，与明代复古主义者尊唐贬宋诗学观有一定关系。又如梁桥说："作诗属辞比事，为通疏性情，无贵用事。"③ 他认为作

---

① 吴澄：《吴文正集》卷十七之《谭晋明诗序》，影文渊阁四库全书册1197，第192a页。

② 王世懋：《艺圃撷余》，周子文：《艺数谈宗》卷六，四库存目丛书集部册417影万历梁溪周氏刻本，第560页。

③ 梁桥：《冰川诗式》，第226b页。原文如次："作诗属辞比事，为通疏性情，无贵用事。若借事以发己意，变态错出，用事虽多亦何妨。"

诗的目的就在于顺畅诗人的性情、用事多余。这仍是钟嵘观点的老调重弹。

及至清代，诗歌用事为大多数人所接受。但清代主张用事的人，并非单纯否定或抹杀这些反对用事论者的历史贡献，而是吸取了他们提出的建议，主张诗歌要合理用事，特别是要做到用事"言志"。该时期的反对用事者，大多维护中国古典诗学悠久传统和一以贯之的审美理想。从这个意义上说，恰好只有这些否定的声音，才体现了中国传统诗学审美理想极致和永恒关怀。黄子云和薛雪声音最大，后者曾云：

> 作诗不能隶事而浑厚老到，方是实学。若掎摭故实，翻腾旧句；或故寻僻奥，以炫丑博；乍可潜形牛渚，终遭温峤然犀。①

薛雪明确认为用事并不是"实学"，主张诗歌要尽量少用事。他认为："诗不可无为而作。试看古人好诗，岂有无为而作者？无为而作者，必不是好诗。"② 他认为诗歌最好要有真情实感，才能创作出优秀的诗歌。薛雪并不完全反对用事，前文已指出他主张诗歌用事要向杜甫学习，做到"如盐著水"，他只是认为诗歌不能偏重用事，而应着力于抒情言志。

明、清两代，类似言论，还有不少，认为诗歌的本质在"吟咏情性"（或"言志"），故不需事，唐诗佳作往往并不用事，而宋诗用事却不能登峰造极，这是他们反对诗歌用事的重要论据。庞垲（1657—1725）在《诗义固说》云：

> 严沧浪以禅说诗，有未尽处，余举而补之。禅者云："从门入者，不是家珍，须自己胸中流出，然后照天照地。"诗用故事字眼，皆"从门入者"也。能抒写性情，是"胸中流出"也。③

---

① 薛雪：《一瓢诗话》，叶燮等：《原诗·一瓢诗话·说诗晬语》，人民文学出版社1979年版，第93页。
② 同上书，第96页。
③ 庞垲：《诗义固说》卷下，郭绍虞编：《清诗话续编》，第739页。

诗人必须做到用故事"抒写性情",否则就不能算是好的用事,也不是诗人已经"入门"的表现。如此,用事乃是自"胸中流出",具有"自然"之美。

纵观自唐而清反对用事的诗学家的观点,一个核心论点是诗歌的本质为"抒写性情",故不必用事。这一观点是对中国古代"言志"诗说的发挥和继承。如钟嵘、张戒等人以"言志之为本"为依据,反对诗歌用事,都表明了"言志"诗学对传统诗学的影响。古人反对诗歌用事的观点,从侧面反映了中国古典诗学的内在机制,即后世的诗学理论都是围绕"言志说"而展开。由此可见中国古代用事理论的基本走向。

既然诗歌的本质是"言志",是"吟咏情性",那么诗歌就不再需要花哨的艺术手段了,只要能够抒情言志即可,这样的艺术境界就是"自然"。虽然它具有深远的道家哲学渊源,而且后文我们也会看到还有禅学思源,但其根本的基石还是"言志说","言志说"为其提供了直接的文学理论支持。[①] 因此,"自然"说成为中国古典诗歌最为终极的审美理想之一。旧题司空图(837—908)的《二十四诗品》是现在人们最熟悉的论述诗歌自然美的典籍,其解释"自然"之品早已为人所熟知:

> 俯拾即是,不取诸邻。俱道适往,著手成春。如逢花开,如瞻岁新。真与不夺,强得易贫。幽人空山,过雨采蘋。薄言情悟,悠悠天钧。[②]

司空图认为所谓"自然",就是"俯拾即是,不取诸邻",即诗人真实地写出现实生活的所观所感即可。虽然后来几句确乎有点玄妙,和道家哲学与禅学机锋扯上了关系,但其核心仍是前一句。可见,其背后仍然是"言志说"的影子。虽然目前人们对"自然"说比较关注,也多有论述和解读,但是对其与"言志说"的关系却鲜有明确论及者。

---

① 老子著,陈鼓应注:《老子今注今译》,商务印书馆2003年版,第141、169页。如其第二十五章言:"人法地,地法天,天法道,道法自然。"

② 旧题司空图著,郭绍虞集解:《诗品集解》,人民文学出版社1963年版,第19—20页。案:自陈尚君先生提出《二十四诗品》的真伪问题以来,人们对其多有辨正。各家争论可参见《中国诗学》第五辑(南京大学出版社1997年版)。

古代反对用事或者轻视用事的诗学家所持有的武器就是诗"言志说"或诗"吟咏情性说"。另外，他们还认为用事可能会破坏诗歌的自然天成之美，不过所谓的"自然天成说"的理论基石之一仍是"言志说"。这就再次表明了"言志说"对于后世诗学思想的深刻影响。或许也可以说，所谓"自然"，指向仍为诗歌的言志抒情本质，以便真切传达情志而无须过多伪饰。

第三节　虽有故事，不害为佳

大部分诗学家既看到用事的重要功能，也注意到用事的弊端，故而他们认为诗歌中用事也可，不用事亦可，只要实现了诗歌的本质就行了，毕竟用事的最终目的是抒情言志。他们肯定用事的重要地位，但由于受到"言志"诗学和"自然"审美理想的影响，他们往往对用事有一种潜在的抵触情绪。这种情绪驱使他们为寻找合理的用事方式而努力，避免用事的诸多弊端，所以他们的表述多为一种调和论。调和论成为中国古典诗学用事观念的主流，反映了古典诗学的基本话语特征。

一　善于用事，自有佳作

如果《文苑诗格》的文献可靠，白居易（772—846）便是最早持有调和论者。他说："若古文用事又伤浮艳，不用事又不精华，用古事似今事为上格也。"① 白居易认为用事可以使诗歌显得"精华"，所以诗歌需要用事，但用事的原则是"用古事似今事"。

到了宋代，更多的人主张诗歌用事与否不是关键，关键是如何巧妙用事。欧阳修（1007—1072）不仅开宋代讨论用事风气之先，还是较早持有此类观点之人。他取消了用事和不用事之间的等级差别，认为诗歌用事与否皆可，关键在于诗人如何使用。他在《六一诗话》中就主张要合理用事，他说：

　　杨大年与钱刘数公唱和，自西昆集出，时人争效之，诗体一变，

---

① 白居易：《文苑诗格》，续修四库全书册1694影《吟窗杂录》本，第166a页。

而先生老辈患其多用故事，至于语僻难晓，殊不知自是学者之弊。如子仪《新蝉》云："风来玉宇乌先转，露下金茎鹤未知。"虽用故事，何害为佳句也。又如"峭帆横渡官桥柳，叠鼓惊飞海岸鸥"，其不用故事，又岂不佳乎？盖其雄文博学，笔力有余，故无施而不可，非如前世号诗人者，区区于风云草木之类为许洞所困者也。①

欧阳修总结当代前辈诗艺，一方面反对杨亿等人排列故事、生僻难晓；另一方面却也认为只要用事得当，同样可以创制佳作。他认为用事与否已经不是判断诗文得失的关键，如何用事才是创作诗歌最为重要的问题。于是，他对钟嵘反对用事的观点作了一个回应，倾向于认为诗歌可以用事。不过，欧阳修也指出过多用事会招人厌弃，并批评《西昆酬唱集》排列故事的做法。确乎如欧阳修所批评的那样，《西昆酬唱集》中的部分诗歌因大量用事而令人不忍卒读，甚至如果不知典故而会莫名其妙。他通过批评杨亿等人的用事，关注到了学问和用事的关系，从而指出学者容易犯下写诗时排列故事、语僻难晓的毛病。

欧阳修的最后一句话也值得重视，反对诗歌仅仅是"区区于风云草木之类"，主张诗人通过用事抒情言志、创作诗歌，强调用事的合法性。不仅如此，他还指出用事可克服北宋前期九僧等人"区区于风云草木之类"（即完全描摹客观物象）的弊端。这样的观点，和后来胡应麟等人认为用事与写景抒情并立的论点遥相呼应。

欧阳修的观点，为宋代文人喜欢在诗文中用事提供了理论支持。他们的爱好甚至被朝鲜半岛的文人所关注，如李晬光（1563—1628）就说："唐人作诗，专主意兴，故用事不多。宋人作诗，专尚用事，而意兴则少。"②需要指出的是，明代很多人都认为宋人好用事，但又不能合理用事，所以相对于唐诗而言，宋诗稍逊风骚。这样的观点可能影响到了李晬光，毕竟朝鲜半岛的诗话中大部分都是明人观点的申说。

欧阳修之后，很多诗学家基本上沿用了他的观点，认为只要使用合

---

① 欧阳修：《六一诗话》，何文焕编：《历代诗话》，第 270 页。

② 李晬光：《芝峰类说》，邝健行等编：《韩国诗话论中国诗资料选粹》，中华书局 2002 年版，第 55 页。

理,用事就有助于提高诗歌的表达能力,如稍晚的刘攽（1023—1089）就指出:

> 景祐中,宋宣献上《杨太妃挽诗》,云:"神归梁小庙,礼附汉余陵。"文士称其用事精当。梅昌言诗曰:"先帝遗弓剑,排云上紫清。同时受雇托,今日见升平。"虽不用,意思宏深,足为警语。①

刘攽几乎持有和欧阳修一样的观点,即诗歌用事与否皆可。他通过举出同题诗歌的用事成功和不用事而成功的诗歌,论证了用事和不用事不是作一首好诗的关键。从材料中可以看到,刘攽主张诗歌用事需要做到精当。在《中山诗话》中他还举例说明用事与否的关键在于"精当"与否。② 宋人也多认为诗歌用事应该做到精当贴切,这是诗歌用事的基本要求,如此自可创作出佳作,如胡仔说:

> 前辈讥作诗多用古人名姓,谓之点鬼簿。其语虽然如此,亦在用之如何耳,不可执以为定论也。如山谷《种竹》云:"程婴杵臼立孤难,伯夷叔齐食薇瘦。"《接花》云:"雍也本犁子,仲由元鄙人。"此虽多用,善于比喻,何害其为好句也。③

胡仔认为不管诗歌用事多少,关键是要用得恰当。他的这段话被《诗人玉屑》（卷七）、《诗林广记》（后集卷五）等书称引,可见其影响颇大。

在刘攽之后,宋代还有一些诗学家,也大致持有上述观点,认为诗歌好坏的关键不在于用事与否,而在于如何用事,如黄彻评苏轼诗歌:"句句用事,曷尝不流便哉。"④ 范晞文也认为用事的关键在于诗人如何使用,老杜用事就有益于诗,而李商隐则无益于诗。⑤ 宋代的文论家也持有这样

---

① 刘攽:《中山诗话》,何文焕编:《历代诗话》,第 284 页。
② 同上,第 296 页。
③ 《苕溪渔隐丛话》后集卷三十一,第 232—233 页。本段文字据《诗人玉屑》和《诗林广记》而有所校改。
④ 黄彻:《䂬溪诗话》卷十,丁福保编:《历代诗话续编》,第 399 页。
⑤ 范晞文:《对床夜话》卷三,丁福保编:《历代诗话续编》,第 428 页。

的观点，如方颐孙曾指出："文章不用事则难于生意，用事多则难以遣文。惟此，用事虽多而辨析有条，若韩信将兵，多多益善。"① 可见如何合理用事已经成为诗学家的重要关注对象。

上述宋人的观点影响了明代诗学家。虽然，明代不少复古主义者反对在诗歌中使用故事，但是也有一些诗学家秉持调和论，认为宋诗之所以面目可憎，重要原因之一就在于宋人不懂如何用事。

二　用得恰当，方是妙手

相对而言，明代诗人用事的现象也比较普遍，尤其是明后期，重视博学的风气抬头，多有用事诗作流传。袁宏道（1568—1610）曾经在《答张幼于》中描述了当时的用事风气，他说："记得几个烂熟故事，便曰博识；用得几个见成字眼，亦曰骚人。"② 可见，明代用事之风颇盛。此外，明人强调用事须合理，方是妙手。如邓云霄（1613 年左右在世）云：

> 诗有别材，非关书也。严仪卿羽尝言之矣。然书亦何可废。但当以才情驾驭之，如淮阴将兵，多多益善。彼懦将者，千军万马拥入帐中，主人且无著足处。晋最称张华博物，然其诗太繁缛、乏远致。昔人谓其风云气少，儿女情多，盖亦不善用博者也。故用而不用，如撒盐水中则得之矣。③

邓云霄批判了宋代严羽的观点，认为诗人应该重视运用才学。不过他认为诗人必须用才情来驾驭自己所使用的书本材料，若是则多多益善。这里的才情大致包含两方面的含义，即才能和情感，也就是说诗歌用事核心是抒情。运用才情，体现在用事是要做到"如盐著水"，这是古代诗学家提出的著名的用事理想之一。此外，邓云霄在这里还批判了不用事的诗人，如张华不用事而导致诗歌抒情繁缛，没有远致。我们认为，用事可以为诗歌

---

① 方颐孙：《大学新编黼藻文章百段锦》，四库存目丛书集部册 416 影明弘治刻本，第 46 页。
② 袁宏道著，钱伯城笺校：《袁宏道集笺校》，上海古籍出版社 1981 年版，第 502 页。
③ 邓云霄：《冷邸小言》，四库存目丛书集部册 417，第 392a 页。

带来与直接抒情异样的审美品格，如可以使诗歌显得典雅含蓄，还可以为诗歌提供互文性解读的可能。

清代诗学家也多有此类观点，如陆圻景言：

> 诗不专贵用事而不害乎用事，所谓太虚不拒万有，真空不离色相也。诗贵自然而又不害乎锤锻，所谓良金不惮烽冶，美玉不嫌雕琢也。①

陆氏认为诗歌不是绝对不能用事，也不是绝对需要用事，这是因为诗歌需要锤炼加工但却不能因此而破坏"自然"的审美理想。陆氏将用事和诗歌需"自然"审美的要求相连，认为诗人用事只要不破坏诗歌"自然"美即可，甚至使用得当、巧妙还可增色添彩。

诸如此类的调和论，不仅仅诗学家独有，在词学家、曲学家中也不乏见，如王骥德《曲律》云：

> 曲之佳处不在用事，亦不在不用事。好用事，失之堆积；无事可用，失之枯寂。要在多读书，多识故实，引得的确，用得恰好。明事暗使，隐事显使，务诗人唱去，人人都晓，不须解脱。又有一等事用在句中，令人不觉，如禅家所谓撮盐水中，饮水乃知盐味，方是妙手。②

虽然王骥德说的是曲，但和诗歌用事互通款曲，足资参考。

三　用古道意，述事有情

诗学家大多认为用事与否取决于能否有助于诗人抒情。对此，吴乔在《围炉诗话》也曾指出：

> 用古能道意，述事则有情。刘禹锡送馆阁出尹河南者云："阁上

---

① 陆圻景：《诗辩坻序》，毛先舒：《诗辩坻》，郭绍虞编：《清诗话续编》，第67页。
② 王骥德著，陈多、叶长海注：《曲律》，第131页。

掩书刘向去,门前修刺孔融来",是用古述事者也。杨巨源《赠张将
军》云:"知爱鲁连归海上,肯令王翦爱频阳?"是用古道意者也。
至若戴叔伦之"陈琳草檄才犹在,王粲登楼兴不赊",韩翃之"才子
旧称何水部,使君还继谢临川",则浮泛无情,开弘、嘉门径。①

吴氏指出,用事目的是道意,亦即抒情言志。他据此批评明代弘治
(1488—1505)、嘉靖(1522—1566)两朝诗人不能借故事而抒发诗人的
心意。可见,吴乔主张诗歌可以用事,但必须让用事具有抒情言志的功
能,抒发诗人的真情实感,不能仅仅靠它装点门面。

又如,徐增主张"诗言志","古人善诗者,皆不喜以故事填塞;若
填塞则词重而体不灵、气不逸,必俗物也",强调"本地风光,用之不
尽",但也不反对用事,"或有故事赴于笔下,即用之不见痕迹",如此
"方是作者"②。徐氏将用事和"诗言志"联系起来,强调诗作用事的本
质旨归,认为诗歌的本质是言志,所以优秀的诗人都不喜欢填塞故事,而
是以"本地风光"入诗,若用事则须做到不见"痕迹"。

反对用事者不遗余力地指斥用事之弊,赞成用事者则花费大量的精力
论述如何合理使用故事,做到精切及用事合宜等。由是,双方讨论的焦点
逐渐转移到用事规则。

其实,这样的调和论调,可能也是最为实际的处理方式。因为用事的
功能实现与用事方式紧密相连,只有合理用事才会有利于创作出优秀的诗
作。古代诗学家看似中庸的观点,正反映了人们对于用事的种种期待和担
忧,也正是这样的观念才能推进人们对诗歌用事研究的深入。诸如此类论
调在中国古典诗学中并不乏见,这也是"温柔敦厚"的诗歌美的表现。
不管"温柔敦厚"诗教的含义如何丰富,其中有一个重要的含义就是不
立两边、不走极端,表现在用事上则既不能完全抒情写景也不能完全逞才
弄巧,而围绕着本质功能结构遣词。

---

① 吴乔:《围炉诗话》卷三,丁福保编:《清诗话》,第555页。
② 徐增:《而庵诗话》,丁福保编:《清诗话》,第429页。

四　小结

从六朝直到清末，中国古代围绕用事与否，产生了丰富的论证文字，为我们窥探中国诗学的风貌提供了契机。不管是主张用事者，还是反对用事者或持调和论者，都主张诗歌的本质是言志。反对者认为用事并不能有助于言志，尤其是不能做到"直寻"或"自然"；主张者则认为用事可以言志，甚至其本身就是诗歌的内容构件；而调和论者则认为只要用事得法，不破坏抒情言志的自然美即可；三者皆强调诗作的终极目标是抒发诗人的真实性情，表明中国古典诗学用事观是在"诗言志"的基石上所建立。因此，当我们考察古代诗学家用事观念之时，一定要看到其背后的操控者——"言志说"的力量。此外，诸如胡应麟等人在论述用事技巧的合理性的同时显示出某种程度上的犹豫，表明古代诗论家对于艺术技巧的基本价值取向，即技艺必须为诗歌"言志"本体服务，不能因为炫耀它而忘记实现诗歌的基本功能，如此只会走向失败并招致严厉的批评。当然，有关用事与否的三种声音，和时代文风有着紧密联系，也可看出对于某些观念的长时段考察，具有彰显外部影响力量的可能。

第三章

基本准则:用事的审美理想

古代诗学家将诗人如何"用事",视作评价用事优劣的关键。如明人江盈科就认为任何故事都可在诗中出现,关键在于诗人如何运用它,只要运用得当,用事就可以帮助诗歌言志抒情,实现诗歌的艺术美。又如王世懋也认为诗歌用事之病不在具体使用何"事",而在于用之如何。① 清人吴乔也指出:"诗中使事如使材,在能者之运用耳。"② 如此,用事好坏成为诗学家关注的焦点。他们开始探讨究竟怎样的用事才算合格与成功,并进而建立了一些评价标准。这些用事标准是人们对用事的最基本要求,也是古代诗学家提供给诗人的金玉良言,反映了诗学家的用事观念。

关于用事标准的讨论主要围绕故事和今事的关系展开。故事和今事之间通过比类或比拟产生语义跨越,即故事和当前所写之事具备"合"的关系,并在诗歌中得到较好呈现,才能委婉地表达诗人的情志。古代诗学家所建立的用事标准,概而言之主要有四:(一)用事"亲切",即故事和今事具有较为一致的相似点;(二)用事应"如盐著水",即通过一定的艺术手法将故事融合于诗歌之中;(三)用事要做到"以故为新,以俗为雅",避免陈陈相因以及使用格调低俗之事;(四)用事应"不为事使",诗人需具备驾驭故事的才能。这四点,为古代诗论对诗人用事的基本要求和建议,也是古人诗歌用事的基本审美标准。除此之外,古代诗学家还提出了一些较为琐细的标准,但论述不及前者细致和系统,故而我们

---

① 胡震亨:《唐音癸签》卷四,第31页。
② 《围炉诗话》卷三,郭绍虞编:《清诗话续编》,第647页。

将着重讨论前述四大标准，以见其大概，并进一步考察禅学思维对于中国诗学的渗透。

第一节　切：事与义的契合

"切"是古代诗学家针对用事提出的基本要求。"切"在古代诗学话语中，往往指诗歌的文字、意象、故事等都紧紧围绕题目命意（或主题）而展开。就用事而言，"切"主要意指所用故事要和诗歌所表达的情感及其具体描写内容相贴合，即两者之间应具有极大类似性，并通过诗人恰到好处的运用，在一定程度上实现语义跨越和类比。故，能否通过"用事"顺利传递诗人所要表达的情感意蕴，根本上讲，主要取决于诗人能否做到"切"，古代诗学家视它为用事的基本要求，且往往以之评价诗人的用事优劣。

一　切：用事的基本要求

古代诗学家以"切"为标准评判诗人的用事，约从宋代开始，此后逐渐变为约定俗成。诗学家往往使用"切当"、"亲切"、"精切"等语汇来评价诗人的用事。兹列举《诗人玉屑》中的论及用事的文字两条以见大概：

> 东坡最善用事，既显而易读，又切当。若招持服人游湖不赴云："颇忆呼卢袁颜道，难邀骂座灌将军。"柳氏求书答云："君家自有元和脚，莫厌家鸡更问人。"天然奇特。

> 梅圣俞采石月赠功甫云："采石月下访谪仙，夜披锦袍坐钓船。醉中爱月江底悬，以手弄月身翻然。不应暴落饥蛟涎，便当骑鱼上青天。青山有冢人谩传，却来人间知几年。在昔孰识汾阳王，纳官贳死义难忘。今观郭裔奇俊郎，眉目真似攻文章。死生往复犹康庄，树穴探环知姓羊。"李白从永王璘之辟，璘败当诛，郭子仪请解官以赎，有诏长流夜郎。圣俞用此事，尤为亲切，若非姓郭，亦

难用矣。①

魏庆之所列前人评骘用事的文字，均以"切"来褒扬诗人的用事艺术。其中，"切"主要是指故事和诗的命意相合。虽然他未对其进行解说和总结，却侧面反映了他对"切"作为用事标准的赞同。

除却上述几条《诗人玉屑》所引材料外，宋代还有不少以"切"作为评价诗人用事的事例，表明将"切"视为用事标准之一在宋代相当普遍，如：

> 《王直方诗话》云："《送吴仲庶守潭诗》云：'自古楚有材，醺酿多美酒，不知樽前客，更得贾生否。'盖贾谊初为河南吴公召置门下，而后谪长沙，其用事之精如此。"苕溪渔隐曰："《上元戏刘贡甫诗》云：'不知太一游何处，定把青藜独照公。'此诗用事亦精切。"②

> 汤岐公思退在相位，作显仁皇后《挽诗》云："虞妃从梧野，启母袝稽山。"无一闲字。盖显仁初以贤妃从徽宗北狩，其后袝徽宗葬会稽之永祐陵，虞妃为徽宗也，启母为高宗也，用事可谓的切。高宗山陵，余讲挽诗取法焉。其云："生年同艺祖。"谓创业中兴之主，皆丁亥生也。"庆寿像慈宁"，谓母子皆尝庆八十也。然不若岐公之工。③

> 《漫叟诗话》云："东坡最善用事，既显而易读，又切当。若《招持服人游湖不赴》云：'却忆呼卢袁彦道，难邀骂坐灌将军。'《柳氏求字答》云：'君家自有元和脚，莫厌家鸡更问人。'天然奇作。《贺人洗儿词》云：'犀钱玉果，利市平分沾四座。深愧无功，

---

① 分别见于《诗人玉屑》卷七和卷十八，第151、151、408页。
② 《苕溪渔隐丛话》前集卷三十三，第226页。又见于《宋诗话辑佚·王直方诗话》，第28页。
③ 周必大：《二老堂诗话》，何文焕编：《历代诗话》，第663—664页。

此事如何到得侬。'南唐时，宫中尝赐洗儿果，有近臣谢表云：'猥蒙宠数，深愧无功。'李主曰：'此事卿安得有功！'尤为亲切。"苕溪渔隐曰："《世说》：'元帝生子，普赐群臣，殷羡谢曰："皇子诞育，普天同庆，臣无勋焉，而猥颁赏。"中宗笑曰："此事岂可使卿有勋邪？"'二事相类，聊录于此。但深愧无功之语，东坡乃用南唐事也。"①

苕溪渔隐曰："《雪诗》云：'纷纷儿女争所似，碧海长鲸君未掣。'用杜诗'或看翡翠兰苕上，未掣鲸鱼碧海中'。又云：'泥干路稳放君去，莫倚马蹄如踏铁'，用杜诗'腕促蹄高如踏铁，交河几蹴层冰裂。'《书李公择白石山房》云：'偶寻流水上崔嵬，五老苍颜一笑开，若见谪仙烦寄语，匡山头白早归来。'用杜诗《不见李白》云：'匡山读书处，头白早归来。'东坡尝作《李氏山房藏书记》云：'余友李公择，少时读书于庐山五老峰下白石庵之僧舍，公择既去，而山中之人思之，指其所居为李氏山房，藏书凡九千卷。'此诗虽言谪仙，实指公择，以事与姓皆同故也。又《济南和公择诗》云：'敝裘羸马古河滨，野阔天低糁玉尘，自笑餐毡典属国，来看换酒谪仙人。'为苏李也。东坡作诗，用事亲切类如此，它人不及也。"②

方叔归阳翟，黄鲁直以诗叙其事送之，东坡和焉。如"平生漫说古战常，过眼真迷日五色"之句，其用事精切，虽老杜，白乐天集中未尝见也。③

上述五条评论中，五位诗学家都使用"精切"或其近义词来评价诗人的

---

① 《苕溪渔隐丛话》前集卷三十八，第257页。又见《宋诗话辑佚》本《漫叟诗话》，第363页。据笔者愚见，《漫叟诗话》的作者当是李公彦，佚名《南溪笔录群贤诗话》前集曾两引，又岳珍先生对此亦有言及。

② 《苕溪渔隐丛话》后集卷二十八，第210—211页。（此段文字中记载苏东坡赠李公择的诗歌，见《漫叟诗话》，郭绍虞编：《宋诗话辑佚》，第370页。《漫叟诗话》中评价前人用事多用"亲切"一词，具体可参见《宋诗话辑佚》。）

③ 朱弁：《风月堂诗话》卷上，《冷斋夜话·风月堂诗话·环溪诗话》，第104页。

用事。由是，我们可以断言："切"是宋人对用事的最基本要求。① 宋人重视用事要"切"的原则，认为只要诗人用事"切当"，无论在诗中使用多少故事也不会招致批评。

实际上，以"切"作为用事标准一直贯穿于整个中国古典诗学史，是古代诗学家对于用事的最基本要求，如明人梁桥《冰川诗式》云："诗，即事贵真，故事贵切，设事贵新。"② 又说："（诗）贵乎典雅浑厚，用事宜的当亲切。"③ 他鲜明地指出用事一定要做到"切"。又如明末胡震亨亦云：

> ［张九龄］《和御制送张说赴朔方》诗："为奏薰琴倡，仍题瑶剑名。"薰倡故为帝言，然考是时实炎月。题剑用汉肃宗赐尚书韩稜等宝剑事，时说正官尚书。其精切如此。④

胡震亨对张九龄诗歌用事的赞赏就是"亲切"。明人同宋人一样，多以"切"评价诗人的用事是否成功。

降及清代，人们仍多用这一术语对诗人的用事进行批评，如吴乔曾说王安石的诗句"青青竹笋迎船出，白白江鱼入馔来"，"皆养亲事，于题中伏侍字最切"⑤。又如张谦宜《纫斋诗话》云：

> 《报宋荔裳》："风起芦龙急雁行，几年归梦度渔洋。"起便妙。"髡钳季布藏车下，钩党符融泣路旁"，用事切，对仗工。⑥

---

① 宋人用"切"评价诗人用事比较普遍，如《苕溪渔隐丛话》中就有（疑李公彦）《漫叟诗话》、《王直方诗话》（王直方）、《潘子真诗话》（潘子真）、《临汉隐居诗话》（魏泰）、《文昌杂录》（庞文英）等九例。又，吴开《优古堂诗话》、张戒《岁寒堂诗话》、吴聿《观林诗话》、吴沆《环溪诗话》、周必大《二老堂诗话》、杨万里《诚斋诗话》、刘克庄《后村诗话》等，亦用"切"评价诗人用事。又，吴处厚《青箱杂记》、洪迈《容斋随笔》、周辉《清波杂志》等笔记体小说，亦有如此用者。
② 梁桥：《冰川诗式》卷九，四库存目丛书集部册417，第221b页。
③ 同上书，第232a页。
④ 《唐音癸签》卷二十一，第187页。
⑤ 吴乔：《答万季墅诗问》，丁福保编：《清诗话》，第85页。
⑥ 张谦宜：《纫斋诗话》卷五，郭绍虞编：《清诗话续编》，第876页。

　　此外薛雪《一瓢诗话》、吴骞《拜经楼诗话》、贺裳《载酒园诗话》、田同之《西圃诗说》、延君寿《老生常谈》、方东树《昭昧詹言》等都使用了"切"这一标准。

　　有趣的是,虽然诗学家多用"切"作为标准来评价诗人的用事,却没有给出具体的解释。因此,我们只能通过分析他们所提供的范例来求解"切"的含义。姑举一例以资说明。如前引《诗人玉屑》所引第一段文字评价苏轼《柳氏二外甥求笔迹二首》(之一)用事例,该诗云:"退笔如山未足珍,读书万卷始通神。君家自有元和脚,莫厌家鸡更问人。"[1] 苏轼因外甥欲求其书法而作是诗,语句亲切,句句用事,他首先用了和柳姓有关的故事——"元和脚"(特指柳公权的书法)以比拟柳氏外甥们的祖父柳瑾。苏轼认为柳瑾和柳公权一样,同为柳姓,精擅书法,柳氏外甥们应该向其祖父学习书法,而不必向他请教。苏轼此处用"元和脚"事,不仅在姓氏上使柳瑾与唐代大书法家柳公权暗合,而且恰与书法相关,以此告诉读者柳瑾书法精妙,堪称当世柳公权。第二句中用庾翼之事,其书法造诣与王羲之齐名,当他见到后辈转学王羲之,慨叹他们轻视"家鸡"。他通过使用该事告诉柳姓外甥们不能盲目取法他人,而要重视学习家传的书法艺术和秘诀。苏轼所用的这两个典故,巧妙抓住了故事与今事之间的相似点——俱为柳姓——且"切"合诗歌的主题,含蓄传达出对柳瑾书法的赞扬、本人的谦逊以及希望其子孙珍惜家学特色的丰富情感内蕴。

　　要做到用事之"切",故事和今事之间的相类贴合固然非常重要,但同时还应做到准确理解、运用典故,尤其要对故事的原初含义把握准确,更要考虑到今事的语境。古代诗歌史上不乏由于用典错讹而阻碍语义跨越之人,古代诗学家对此亦颇多论述,后文将有细论。

　　当然,任何事情都不能太绝对,古代诗论也看到诗歌用事如果"切"合过度,可能带来负面影响,所以诗人在用事时应注意"切"与"不切"之间的辩证关系,恰到好处地拿捏尺度。正如邓云霄所指出:

---

　　[1]　苏轼著,王文诰辑注,孔凡礼点校:《苏轼诗集》卷十一,中华书局 1981 年版,第 543 页。

诗最忌者"切",亦忌不"切",惟如水墨写意画为佳。若太白之《凤凰台》、王湾之《北固》、杜少陵《奉先寺》，何曾涉地名、故事及佛家语，可以类推。①

邓云霄所言之"切"，并不专为用事而发，却也有上述意思，他认为创制佳作的关键并不在于"切"或者"不切"，只要能为读者创造一个可以驰骋的艺术空间即可，如扫描一样有板有眼地描摹，往往不能为读者带来联想与想象，而冯复京也指出"诗所以不欲太'切'者，盖相马必略玄黄，工画惟主气韵。详观古人之作，贵于兴象谐合，风神秀远，何尝拘挛纤密以为工哉"。诗与画这两种艺术门类，所用媒介不一，但是都需为欣赏者提供审美享受，展示"作者"的自我魅力，而不仅仅是忠实的模仿和刻画。冯氏感到遗憾的是当时有很多人并不明白这一点，以致"恒钉使事，拘泥来历，城邑山川，几同地志，鸟兽草木，大类《本草》，甚至投赠饯送，系以姓名，配以官秩"，时风烈烈导致批评失衡，"不如是者，以为汗漫"②。冯氏以切身感受，谈及明末时，用事动辄须"切"，已成为一种固定程式，但人们往往都因着题而太"切"而导致诗歌趣味顿失。

诗歌的目的是言志抒情，所用之事，若不能紧扣题旨，会造成支离破碎，为读者的索解造成巨大障碍；而过于关注用事之"切"，忽视对内在意蕴的追求则不能提高诗歌的格调，限制读者的联想，也不能直观表露诗人的灵性。所以，后文我们将会看到，古代不少诗论家提倡"不切而切"，即用事既能紧扣诗题命意，又能有所游离，为读者带来巨大的思索空间。那么，怎样才能避免"切"的负面效应呢？方东树建议如次：

① 邓云霄：《冷邸小言》，四库存目丛书集部册 417 影道光二十七年邓氏家刻本，第 397a 页。
② 冯复京：《说诗补遗》，吴文治主编：《明诗话全编》，第 7178 页。

历观小才,多是辞不能达意,寻其意绪,影响乱移,似是实非,不得明了。本不闻此大法,又苦力弱,不得自由。故其下字用事,必是不文不切。其运思用意,必是浮浅凡陋。①

方东树认为立意先行,即确立诗歌的主题,在"意"的统帅之下选择故事,用事自可做到"切"。简单说来,就是用事为诗歌主题服务。

经过爬梳,我们可以看到古人在评价用事的时候,多用"切"来肯定诗人的用事。由是可知,"切"乃评价用事的基本原则之一,若与上述原则有所冲突的诗歌用事则往往会招致诗学家的批评。

二　错讹:不切的表现之一

前文已指出,要做到"切",首先需恰当理解故事的原初含义,否则何谈古今之间的语义跨越。换句话说,"准确"是诗歌用事的基本要求,也是实现诗歌用事"切"的前提,而错讹自然是"不切"的直接表现。约自魏晋南北朝始,用事"错讹"就受到诗学家的关注,我们可以从《文心雕龙》、《颜氏家训》等书中得到印证。据现有文献,刘勰最早对此评论,他认为:

陆机《园葵》诗云:"庇足同一智,生理合异端。"夫葵能卫足,事讥鲍庄;葛藟庇根,辞自乐豫。若譬葛为葵,则引事为谬;若谓庇胜卫,则改事失真;斯又不精之患。②

通过分析陆机《园葵》一诗引用的"事类",刘勰认为"事类"主要包含"引事为谬"和"改事失真"。考察所用典故的原始文献出处,明确说明"葵"守卫其"足",而"葛藟"庇护其"根",然而陆机在咏葵诗中却言"庇足"而不言"卫足"。由是,刘勰认为陆机要么犯了"引事为谬"之失,将葵和葛藟的事类相混淆,从而张冠李戴;要么将葵的"卫

---

① 《昭昧詹言》卷十四,第376页。
② 刘勰著,范文澜注:《文心雕龙注》,第616页。

足"改成了"庇足",不尊重"事类"的文献出处,"改事失真"。① 刘勰
在这里对陆机的批评可能有点吹毛求疵,特别是他所谓的"改事失真",
在后世诗学家看来,可能并不是一种错讹,相反诗人有时可以在不改变故
事出处的前提下改变原文出处的文字而灵活"造语"。然而,这恰恰反映
了刘勰时代人们对用事出处必符合原文的严格要求。

稍后,颜之推也说:"谈说制文,援引古昔,必须眼学,勿信耳
受。"② 他认为:"自古宏才博学,用事误者有矣;百家杂说,或有不同,
书傥湮灭,后人不见,故未敢轻议之。"③ 可见颜之推比较重视对用事错
误的批评,也注意做到使用"事类"不出差讹。从他教育后代要眼见为
实,不轻信道听途说之事来看,颜之推及同时代的部分诗学家都坚决反对
诗歌用事错讹。

及至唐代,人们也将用事"错讹"视为比较严重的诗"病"。现存传
为唐人所著诗格类著作中即有相关论述,如王昌龄就曾强调:"使人事不
错。"④ 又如李洪宣《缘情手鉴诗格》中说道"诗有五不得",其中第四
个是"不得以错用为独善"⑤。李洪宣直接将用事"错讹"列为诗歌用事
的五个"不得",语气肯定和权威。唐人对此的重视程度,自可窥见
一斑。

逮至赵宋,诗学著作及各类笔记小说中出现大量讨论诗人用事错讹的
文字,人们往往将用事"错讹"视为诗歌创作中的硬伤,并给予尖锐的
批评。如洪迈《容斋随笔》曾说"作议论文字,须考引事实无差,乃可
传信后世",并批评苏轼引用错讹凡诗文 12 首之多,诗作最多。洪迈的

---

① 范文澜先生的注释是:"陆机《园葵》诗二首,《文选》载其一首。彦和所引诗本集载
之,作'庇足同一智,生理各万端。''合异'当是'各万'之误。《左传·成公十七年》:'齐
灵公刖鲍牵。仲尼曰:'鲍庄子之知,不如葵,葵犹能卫其足。''杜注:'葵倾叶向日以蔽其根,
言鲍牵居乱,不能危行言孙。'又《文公七年》:'宋昭公将去群公子。乐豫曰:"不可。公族,
公室之枝叶也,若去之,则本根无所庇阴矣。葛藟犹能庇其本根,故君子以为比,况国君
乎!"'"(参见刘勰著,范文澜注《文心雕龙注》,第 622—623 页)此外,其他各家注解大致相
同,只是指出刘勰所言两个事类的文献出处而已,并未作具体分析。

② 颜之推:《颜氏家训》,诸子集成本,第 22 页。

③ 同上。

④ 王昌龄:《诗格》,张伯伟:《全唐五代诗格汇考》,第 165 页。

⑤ 李洪宣:《缘情手鉴诗格》,续修四库全书册 1694 影《吟窗杂录》,第 204b 页。

批评，还招致叶大庆的质疑和辩白。①

元明时代，人们明确将用事错讹列为"诗病"之一。如陈绎曾、石柏的《诗谱》就列出了如下"诗病"：

> 违式、体制散乱、无情、七情相干、景非时、景失地、无主、事不实、事抵牾、用事差讹、用事非宜、用事尘俗、意腐、意僻、意邪、思浅、思杂、音率、律配、字俗、字腐、字不妥、语丽、语繁、语僻、辞贵、言涉讥讪、存心刻薄、意大迫切、古诗叶韵不合例、五言律诗失粘、古诗拗律不合例。②

他们所列出的 32 种诗病中，关于用事之病包括五类：用事差讹、用事非宜、用事尘俗、事不实、事抵牾等，其中就有用事错误。后，明人周履靖编《骚坛秘语》全文引用，③ 可见他对此的赞同。

清代诗学家同样坚决反对诗歌误用故事，将宋人开创的文化传统继续发扬。这些批评，与宋代一样，成为不少学术笔记的主要内容。

用事"错讹"，不仅会导致所表达的诗意出现偏差，且诗人的才学也会遭到质疑和贬损。故而人们对用事"错讹"的批评和辨正不绝如缕。如叶大庆（约生活于 1195—1264 年间）的《考古质疑》、王楙（生活于 1151 年左右）的《野客丛书》等"学术"笔记、札记，多有批评前人用事错讹者。此传统一直不衰，如清代杭世骏（1696—1772）《订讹类编》卷二就专门针对前人用事之误进行了考证。④

一般而言，用事错讹主要包括四种情况：其一，诗人未认真核对出处，将故事张冠李戴，即刘勰所言的"引事为谬"。这样的失误在古代诗人的创作中并不罕见，如宋代曾慥（？—1155？）就曾指出：

---

① 叶大庆：《考古质疑》，袁文、叶大庆：《瓮牖闲评·考古质疑》，中华书局 2007 年版，第 231—234 页。

② 陈绎曾、石柏撰：《诗谱》，张健：《元代诗法校考》，北京大学出版社 2001 年版，第 353 页。

③ 周履靖：《骚坛秘语》，丛书集成初编影印《夷门广牍》本，中华书局 1985 年版，第 27—28 页。

④ 杭世骏：《订讹类编·续编》，中华书局 1997 年版，第 40—70 页。

　　荆公《桃源行》云："望夷宫中鹿为马，秦人半死长城下。"指
鹿为马乃二世事，而长城之役，乃始皇也。又指鹿事不在望夷宫中。
荆公此诗，追配古人，惜乎用事失照管，为可恨耳。①

曾慥认为该诗的错讹主要有二：首先，诗句用事的时间前后颠倒，秦二世
反在始皇之前；其次，赵高指鹿为马事在秦二世入望夷宫之前，并不是发
生在望夷宫。李壁在注释王安石本诗时，对前者有所辨正和回护，后者却
不能有所辩解。② 从"为可恨"三字，我们可以感觉到曾慥对于该诗的失
望之情。其后，诸如魏庆之《诗人玉屑》、蔡正孙《诗林广记》、吴景旭
《历代诗话》等大量的著作皆有引述。由此不难见出曾慥提供了一个令人
觉得趣味十足的话题，也表明了人们对于用事错误的重视。
　　甚至还有多个诗人连环失误的现象，如杭世骏《订讹类编》云：

　　王维诗："卫青不败由天幸。"《西清诗话》、《邵氏闻见录》皆
谓误以为霍去病为卫青。《野客丛书》又云《汉书》不学孙吴兵法乃
霍去病，非卫青也。高适诗："卫青未肯学孙吴。"与王维同以去病
事为卫青用。盖卫、霍同时为将，而二传相近，故多误引用之。③

王维和高适两位唐代的著名诗人，因为用事"错讹"而成为后世的谈资。
霍去病乃卫青的外甥，《汉书》中同"传"于卷五十五。《汉书》明言霍
去病："然亦敢深入，常与壮骑先其大军，军亦有天幸，未尝困绝。"又
说："为人少言不泄，有气敢往。上尝欲教之吴孙兵法，对曰：'顾方略
何如耳，不至学古兵法。'上为治第，令视之，对曰：'匈奴不灭，无以
家为也。'由此上益重爱之。"④ 王维和高适张冠李戴而误用了故事，他们
未仔细辨别，将卫青与霍去病之事混淆。

①　曾慥：《高斋诗话》，《苕溪渔隐丛话》前集卷三，第14页。
②　王安石撰，李壁笺注：《王荆文公诗笺注》，中华书局1958年版，第67页。
③　《订讹类编·续编》卷二，中华书局1997年版，第40页。
④　《汉书》卷五十五，第2488页。

其二，妄改故事的字面，诗人随意更改故事的原文出处，造成故事含义变化，此即刘勰所言"改事失真"。类似这样的错误大量出现在诗人的创作中，也受到诗学家的关注，如苏轼就因写有"妾姓西"之诗句，而受到人们的批评。① 当然，此类现象还需辩证看待，如果是合理"造语"，则又另当别论。对此，后文略有申论。

其三，诗人对故事的本来含义理解错误，以致让它在诗歌中具有了相异的含义。这样的例子也不在少数，如杭世骏就指出：

> 《殷芸小说》载蔡司徒说，在洛见陆机兄弟住参佐中，三间瓦屋。士龙住东头，士衡住西头。陈简斋诗云："士衡去国三间屋"，用事不误。今人用指家居，非是。查初白别弟德尹诗云："瓦屋三间门两板，频烦为我扫东偏。"既误作家居用，又误用东偏。初疑先生或适居东偏，然考先生得树楼集序中语，先生居于西北。②

杭世骏认为，"三间瓦屋"本为形容陆机兄弟居住简陋，故陈与义的诗歌属正确用事。然而，后来清代查慎行则将其理解为实指家居，甚至妄改原文，从而导致用事"错讹"。

又如朱弁说：

> 杜牧之《九日齐山登高》诗落句云："牛山何必泪沾衣"，盖用齐景公游于牛山临其国流涕事。泛言古今共尽，登临之际不必感叹耳，非九日故实也。后人因此乃于诗或词遂以"牛山"作九日事用之，亦犹牧之用颜延年"一麾出守"为旌麾之麾，皆失于不精审之故也。③

---

① 诗见苏轼《次韵代留别》，《苏轼诗集》卷九，第 444 页。赵夔在注苏时引《寰宇记》对此有所辨正，后袁文《瓮牖闲评》、叶大庆《考古质疑》（卷五）等书均有辨正，观点一致，即苏轼误用，西施应该姓"施"。而王楙《野客丛书》卷二十三则云"旧姓西"当为"旧住西"，传写之误也（王楙：《野客丛书》，中华书局 1987 年版，第 263 页），后吴景旭《历代诗话》等从之。

② 《订讹类编·续编》卷二，第 59 页。

③ 《风月堂诗话》卷下，第 111 页。

朱弁认为杜牧在此使用"牛山之叹",用齐景公游于牛山之事,感叹生命短暂,与其诗题"九日"并无干系。后世却误将"牛山"指代"九日"事,由于理解偏差而导致用事错讹。而杜牧本人也曾出现类似错误,如误将颜延年诗中"一麾出守"之"麾"理解成了"旌麾"的"麾"①。后来,周必大(1126—1204)对此有相关考辨,他说:

> 颜延年诗:"屡荐不入官,一麾乃出守。"后人误用"一麾出守"事,以为起于杜牧之自云:"独把一麾江海去。"实用"旌麾"之"麾",未必本之颜诗。后人因此二字,误用颜诗耳。②

宋人甚至对"一麾出守"多有辨正,成了文人之间超越时代的一个重要话题。

其四,诗人误读故事原文中的读音,以致为了诗作格律需要,而忽视故事本文的读音。如叶大庆在《考古质疑》中,就看到张谓诗"家无阿堵物,门有宁馨儿"中"宁"的读音为去声,而刘梦得《赠日本僧知藏》"为问中华学道者,几人雄猛得宁馨"则为平声。③ 且不论二人所用是否合理,却反映出人们对于典故本文的读音,有着不同的认识。

当然,诗人并未被剥夺对故事有所加工的权利,作诗之时他仍可对故事的"本字"略作修改以灵活"造语"。然而,其前提是读者能够根据诗人所提供的线索或暗示识别出故事,如叶梦得(1077—1148)就说:

> 苏子瞻尝两用孔稚圭鸣蛙事,如"水底笙簧蛙两部,山中奴婢橘千头"。虽以笙簧易鼓吹,不碍其意同。至"已遣乱蛙成两部,更邀明月作三人",则成两部不知为何物,亦是歇后。故用事宁与出处

---

① 《南史》卷三十四载颜延之因小人而出为永嘉太守,甚怨愤,作《五君咏》以述竹林七贤,山涛、王戎以贵显被黜。咏阮咸曰:"五荐不入朝,一麾乃出守。"盖自序也。(参见李延寿:《南史》卷三十四,中华书局1975年版,第878页)这里所用"麾"当指"挥动"之意,确非旌旗之意,而汉代太守出行有旌旗之制度,所以二者不容有涉。

② 周必大:《二老堂诗话》,何文焕编:《历代诗话》,第675页。

③ 叶大庆:《考古质疑》,《瓮牖闲评·考古质疑》,第246—247页。

语小异而意同，不可尽牵出处语而意不显也。①

　　叶梦得通过比较苏轼用事的两种情况，指出诗人用事的目的是表意，因此诗人在使用故事之时，可以基于表达的需要对故事的原文略作更改，只要不因为更改文字而破坏故事原意即可，如毛先舒（1620—1688）云：

　　　　沈佺期《答魑魅》诗"魑魅来相问"，又云"影答余他岁"，是用《南华》"罔两问影"语，而易为"魑魅"。崔颢《孟门行》："黄雀衔黄花"，用杨宝事，而易"玉环"为"黄花"。皆是隐映古事而小变之，避常经也，并不当以误用驳之。又如"倾城倾国"，李延年为妹歌也，"朝为行云，暮为行雨"者，高唐神女也，而刘庭芝"倾国倾城汉武帝，为云为雨楚襄王"。《陌上桑》罗敷本拒使君，而骆宾王"罗敷使君千骑归"。并是裁染词色，掩映古文。②

毛先舒所举的例子，都是用事较创新的诗作。在诗歌用事中适当改动故事原文，不仅可以避免剿袭前人，而且其陌生化的效果还会令观者耳目一新，使诗句熠熠生辉而焕发出新奇生新的艺术效果。从上述诗例中可见，诗人对故事的改动方式主要有下列三种：第一，改换故事中的事物，如第一、二例中将"罔两"易为"魑魅"，"玉环"易为"黄花"，从而通过暗示而与原文形成互文性效果；第二，将故事嫁接到新的行为者身上；第三，颠倒故事原意，从而形成反差，形成强烈的讽刺效果。在诗歌创作中，第一种和第三种最为常见，后世诗学家将之总结为用事的暗用和反用。第二种用事方法则往往有错讹之嫌。但从毛先舒所举的例子来看，诗人应当保留大量信息来暗示原故事的事主，所以人们不会认为诗人误用故事。如此，则改换原文和用事错讹并不矛盾。于是，上文所引刘勰对陆机的批评，需要辩证分解和商兑。

　　整个中国古典诗歌史中，诗人用事错讹的现象比较普遍，甚至频繁出现、谬种流传。但古代诗学家认为用事"错讹"在诗歌创作中在所难免，

---

　　①　叶梦得：《石林诗话》卷中，何文焕编：《历代诗话》，第416页。
　　②　毛先舒：《诗辩坻》卷三，郭绍虞编：《清诗话续编》，第46页。

毕竟人们实难穷尽无边的知识。再者，诗歌创作多即兴而成，信手拈来入题，出现记忆偏差并不足为奇。诚如俞弁所言："古今文人用事，有信笔快意而误用之者，虽大手笔亦所不免。"① 因此，人们也会毫不避忌指出杜甫等杰出诗人用事错讹的现象，如张表臣云：

> 杜甫云"轩墀曾宠鹤"，杜牧云"欲把一麾江海去"，皆用事之误。盖卫懿公好鹤，鹤有乘轩者，则轩车之轩耳，非轩墀也。颜延年诗云："屡荐不入宫。一麾乃出守。"则麾，麾去耳，非麾旄也。然子美读万卷书，不应如是，殆传写之缪。若云轩车，则善矣。牧之豪放一时，引用之误，或有之邪？②

明人谢肇淛（1567—1624）也指出：

> 杜少陵诗极精细，然亦间有误用处。如《吹笛》诗用胡儿北走事，乃吹筇非吹笛也。"不闻夏殷衰，中自诛褒、妲"，褒姒乃周事，非夏事也。"娄公不语宋公语"，娄、宋二公年代相远，原非同时奉使。"虚随八月槎"，"八月乘槎"，原非张骞事。"还如何逊在扬州"，何逊原本作扬州。"何颙好不忘"，又"何颙引与孤"，何颙素不佞佛。"轩雪宠鹤"，"鹤轩"且非轩也。③

谢肇淛认为即使如杜甫这样作诗极为精细之人在用事中也不乏错讹，他列出杜甫用事有误者八例。后文我们将指出，杜诗为古代诗学用事论，提供了理论论证的实例支撑，很多观念就是围绕对杜诗用事的评论而展开，而谢氏则指出杜甫用事的错讹，自可见出要做到准确无误实在是难矣。

可见，用事错讹在诗人创作中普遍存在。王安石和苏轼的用事虽备受宋人的褒扬，但实际上也未能避免用事错讹，前文曾慥已指出苏轼《桃源行》用事有失误。同杜甫一样，宋代赞扬王安石用事精当者大有人在，

① 俞弁：《逸老堂诗话》，丁福保编：《历代诗话续编》，第 1317 页。
② 张表臣：《珊瑚钩诗话》，何文焕编：《历代诗话》，第 450 页。
③ 谢肇淛：《谢肇淛诗话·文海批沙》，吴文治主编：《明诗话全编》，第 6763 页。

王直方就曾评论说："其用事之精，可为诗法。"① 可是还是被较真的宋代诗学家找到了上述用事有误的诗作。

不唯诗歌，文章中也不乏用事"错讹"之例。即使如宋人所推崇的古文大家韩愈，也曾因此而被人指摘，张耒（1054—1114）在谈及"用事谬误，虽文士时有之"时，指出韩愈《孔子庙碑》之"社稷之祀，不屋而坛，岂如孔子巍然而作，用王者礼"文句用事有误，辩正说：

> 若以谓坛祭之礼不如屋，则何必涉及？天地圆丘方泽，初不屋也。孔子之礼虽极隆，比天地则有间矣。岂以坛屋分隆杀乎？又巍然端坐，后世为土偶乃有此。古祭用主，安得巍然而坐乎？退之未之思也。②

张耒接着云"今文人作文，称乱世曰'板荡'"为不妥，并论证说："此二诗篇名也，'板'为不治则可，'荡'则诗云：'荡荡上帝，下民之辟。''荡'岂乱意乎？大师举篇首一字名篇耳。《小序》言：'荡无纲纪文章，非其本意，尧无能名亦荡荡也。'"③

此外，王骥德等词学理论家也指出"错用故事"同样是作"曲"的"二十三禁"之一。④ 可见，各种体裁的文学评论家都对该问题颇为重视。诗学家在批评诗人诗作时都比较注重其用事是否错讹，这是评判诗人用事是否做到"切"的前提和基础。

需要指出的是，诗学家总是不遗余力地考辨诗人用事的"错讹"，直至清代，此类的考辨文字仍然层出不穷，且考证更为精准细腻。当然，此类考辨文字并非诗话所专有，诸如王楙的《野客丛书》、罗大经的《鹤林玉露》、刘昌诗的《芦蒲笔记》、叶大庆的《考古质疑》、杨慎的《丹铅总录》、杭世骏的《订讹类编》、赵翼的《陔余丛考》等"学术"笔记类著作中也大量存在。

---

① 　王直方：《王直方诗话》，魏庆之：《诗人玉屑》卷七，第153页（《宋诗话辑佚》，第28页）。

② 　张耒：《明道杂志》，丛书集成初编本，中华书局1985年版，第1页。

③ 　同上。

④ 　王骥德著，陈多、叶长海注释：《曲律》，第136页。

对诗人用事错讹的考辨不仅为笔记、诗话等著作提供了可以讨论的噱头，更从侧面反映了评论者的求真精神。从某种程度上说，他们所孜孜追求者不唯是诗歌和诗学意义，更包括对知识的严谨要求和求真精神，还显示他们对历史的叩问和追寻，尤其是中国古代对于前代文本权威性的尊崇。他们著书立说的动机以及其中所呈现的一代代用事观念的演变，成为中国古代思想文化史上的一道独特的风景，值得我们关注和重视。

三 非宜：不切的表现之二

用事错讹的结果，不仅由于误读原文本中的故事而造成知识性错误，还有可能由于没有准确理解故事原文的含义而用于诗作当下语境，以致故事与今事之间产生了不恰当的"类比"，即用事非宜。当然，诗人未能注意到"今事"语境的当下性，尤其是忽略了诗作使用场合的特殊意义，也会造成用事非宜。

"用事非宜"，在诗歌创作中同样普遍，如"词林枝叶"之事即是宋人眼中的典型例子，宋人《桐江诗话》说：

> 近时士人作四六颂德，多用"辞林枝叶，学海波澜"，殊不知出处乃崔珏《哭义山诗》也。诗云："辞林枝叶三春尽，学海波澜一夜干。"非佳语耳。[1]

崔珏之诗现题为《哭李商隐》（两首其二），全文如下："成纪星郎字义山，适归黄壤抱长叹。词林枝叶三春尽，学海波澜一夜干。风雨已吹灯烛灭，姓名常在齿牙寒。只应物外攀琪树，便著霓裳上绛坛。"[2] 诗中的"词林枝叶"、"学海波澜"，是李商隐死后人们对其文坛地位的比拟。就字面意思来看，当然可以用来比拟称赞其他文士，但《桐江诗话》认为"词林枝叶"、"学海波澜"的原文语境是"挽悼"李商隐，如果用于称赞他人，会在新语境中产生哀叹某人英才早逝之意，诗人须慎用。由此可

---

① 佚名：《桐江诗话》，胡仔：《苕溪渔隐丛话》前集卷二十二，第148页。亦见于《宋诗话辑佚·桐江诗话》，第343页。

② 崔珏：《哭李商隐》（二首），《全唐诗》卷五百九十一，第6858页。

见，人们往往认为用事时必须关注故事与今事语境之间的差异，最好能够细密考察不同语境可能产生的暗示意义。加之宋人比较重视"诗谶"一说，对此亦往往深加忌讳，更何况上述用事所暗含的联想意义直接指向了悼亡之诗，所以"辞林枝叶"之类的故事，容易令他们产生紧张情绪。①

如果按照这样的观念来看，杜甫《哭李常侍》云"一代风流尽"、陈师道《丞相温公挽词三首》云"一代风流尽"则为恰当的用事之例。②因为据《南史》张融哭张绪就说："阿兄风流顿尽！"但是，如果有人用"一代风流"来比拟他人，似乎也就和"辞林枝叶"产生的暗示意义相似了，属于不当用事。

下面的事例则比较有趣：

> 丹阳陈辅每岁清明过金陵上冢，事毕，则过蒋山，谒湖阴先生。岁率为常。元丰年辛酉、癸亥两岁，访之不遇，因题一绝于门，云："北山松粉未飘花，白下风轻麦脚斜。身似旧时王谢燕，一年一度到君家。"湖阴归见其诗，吟赏久之。称于荆公。荆公笑曰："此正戏君为寻常百姓耳。"湖阴亦大笑。盖古诗云："旧时王谢堂前燕，飞入寻常百姓家。"③

---

① 宋代文士对诗谶之说似乎较为关注，今天所见到的宋代诗话，诸如欧阳修《六一诗话》、刘攽《中山诗话》、周紫芝《竹坡诗话》、吕本中《紫微诗话》、葛立方《韵语阳秋》等都曾谈及此事。宋代不少人在创作诗时，可能会刻意避免写下不好的诗句，以避免诗谶。如惠洪的这段文字就反映了宋人这一观念："众人之诗，例无精彩，其气夺也。夫气之夺人，百种禁忌，诗亦如之。曰富贵中不得言贫贱事，少壮中不得言衰老事，康强中不得言疾病死亡事，脱或犯之，谓之诗谶，谓之无气，是大不然。诗者，妙观逸想之所寓也，岂可限以绳墨哉！如王维作画雪中芭蕉，诗眼见之，知其神情寄寓于物；俗论则讥以为不知寒暑。荆公方大拜，贺客盈门，忽点墨书其壁曰：'霜筠雪竹钟山寺，投老归欤寄此生。'坡在儋耳作诗曰：'平生万事足，所欠惟一死。'岂可与世俗论哉！予尝与客论至此，而客不然吾论。予作诗自志其略曰：'东坡醉墨浩琳琅，千首空余万丈光。雪里芭蕉失寒暑，眼中骐骥略玄黄。'"（惠洪：《冷斋夜话》，张伯伟编校：《稀见本宋人诗话四种》，第42—43页）

② 杜甫撰、仇兆鳌集注：《杜诗详注》卷二十二，中华书局1979年版，第1919页；陈师道著、任渊注、冒广生补笺：《后山诗注补笺》，中华书局1995年版，第38页。

③ 王直方：《王直方诗话》，胡仔：《苕溪渔隐丛话》前集卷五十四引，第371页。又见《宋诗话辑佚》，第7页。

这则文坛趣事，反映了诗人因用事非宜而受到他人嘲笑的现象。陈辅的题诗，前两句写清明时节之物候，特别是"风轻麦脚斜"，刻画入微，用韵流畅。但"身似旧时王谢燕，一年一度到君家"一句，则不恰当地化用了刘禹锡的诗句。陈辅本想借此说明自己几度拜谒杨德逢而不遇之事，却未留意古今语境间的差异，造成不熟悉杨德逢的人以为陈辅暗示所谒之人为"寻常百姓"；而知道杨氏大名的读者则会因为其不善用典而忍俊不禁。

不难见出，用事非宜的具体表现极为复杂多变，由此而产生的古今情景之间的错位现象，常常令人捧腹。又如《古今诗话》所载一趣事云：

> 诗有语病，当避之。刘子仪尝赠人云："惠和官尚小，师达禄须干。"全用故事，取孟子所谓"柳下惠不卑小官"。仲尼曰："师也达，子张学干禄。"或有写此二句，减去官字，示人曰："是番僧达禄须干。"见者大笑。此偶自谐合，无如轻薄子何，非刀笔过也。①

刘氏两句诗减去"官"字后，就变成"惠和尚小师达禄须干"，蕴义自与诗人初衷悬隔甚远。这段诙谐幽默的文字表明用事非宜表现为"造语"不当，让读者产生令作者始料未及的联想。

另外，在赠诗中尤应警惕犯用事非宜之失，必须遵从此类用事的一些潜在规则，否则就会贻笑大方。如赠人诗往往要遵从使用同姓故事或者使用与所赠对象身份相似者的故事，否则即为用事非宜。对此，下文将有相关论述，兹不赘述。

正是着眼于故事的基本功能是为诗作主旨服务，古代诗学家将"切"列为评判诗人用事的基本标准，要求诗人在用事的时候，做到故事与今事比拟榫合，必须与诗歌的命题立意贴切。这对推动用事观念的发展、建构用事传统确实具有重要意义。古代诗论家正是以此为基点，论述其他用事原则，从而凸显出一个围绕"用"而建立起来的准则系统，并逐步论述和揭发出其他三个主要准则。

---

① 李颀：《古今诗话》，郭绍虞编：《宋诗话辑佚》，第211页（又见于《诗话总龟》卷二十八）。

第二节　不为事使:我心役事即善用

除要求用事切合之外,对于诗人应该如何运用的问题,古代诗论还提出用事应"不为事使",强调诗人面对故事时要本心自明,不为故事所左右,能够以强劲的才力,随心所欲地驱遣故事。简单说来,用事"不为事使"即乔亿所言"我役材料,材料不得役我"①之意。否则,就会为事所奴役,只看见了故事而忘记了实现诗歌的本质,所以其旨归在于用事要为诗歌的创作服务,不能因为用事而干扰诗人抒发情志,亦即诗人不能忘记自身的本职。

一　从宋至清：寻找诗人的本心

据现有文献,"不为事使"这一用事原则的提出,始于宋代,蔡宽夫首倡。胡仔《苕溪渔隐丛话》卷七引述了他的观点:

> 《蔡宽夫诗话》云:"安禄山之乱,哥舒翰与贼将崔乾祐战潼关,见黄旗军数百队,官军以为贼,贼以为官军,相持久之,忽不知所在。是日,昭陵奏陵内前石马皆汗流。子美诗所谓'玉衣晨自举,铁马汗常趋',盖记此事也。李晟平朱泚,李义山作诗,复引用之,云:'天教李令心如旧,可待昭陵石马来。'此虽一等用事,然义山但知推美西平,不知于昭陵似不当耳。乃知诗家使事难。若子美,所谓'不为事使'者也。"②

蔡宽夫提到的诗作,前者为杜甫的《行次昭陵》,后者为李商隐的《复京》诗,两者都使用了本朝同一故事。蔡宽夫认为李商隐用事不当,杜诗则做到了"用事不为事使",并倡导诗人用事应向杜甫学习,然而他并未具体言及何为"不为事使"。李商隐诗作,言李晟忠心"如日",故不

---

① 乔亿:《剑溪诗说》卷下,郭绍虞编:《清诗话续编》,第1129页。

② 《苕溪渔隐丛话》前集卷七,第43页。这段文字也见于《诗人玉屑》卷七"用事不为事使"条。

需昭陵石马相助亦能收复京城，暗讽当时各地军阀拥兵自重而不知襄助王室。蔡宽夫言，昭陵石马原在"我军"战败之时出现，并战胜安禄山一帮叛贼；又，当时是哥舒翰领军战贼将崔乾祐，而李商隐所用乃李晟战逆臣朱泚，人物身份并不相当，所以不妥。①

蔡氏之后，亦多有评论者以"不为事使"称赞杜诗用事的高妙，如吴沆（1116—1172）曾云：

> 环溪尝谓："古今诗人未有不用事。观杜诗'绣衣屡许携佳酝，皂盖能忘折野梅。戏假霜威促山简，真成一醉习池回。'是四句中浑将太守、御史事实使到，诗人岂可以不用事，然善用之，即是使事；不善用之，即反为事所使。事只是众人家事，但要人会使。如'黄绮终辞汉，巢由不见尧'，巢、由、黄、绮，是人能知；至'终辞汉'、'不见尧'六字即非杜甫不能道矣。巢、由合下不见尧，黄、绮初年非不出，但终能辞汉而已。又从'风鸳'、'雨燕'上说来，风鸳、雨燕以喻祸难，'藏近渚、集深条'以喻避祸难之意，则用意尤其深矣。又如'前军苏武节，左将吕虔刀'、'苏武节'、'吕虔刀'二事亦人所共知，至'前军'、'左将'四字即非杜甫不能道矣。又如'弟子贫原宪，诸生老服虔'，原宪、服虔二事亦众所共知；至'弟子'、'诸生'四字即非杜甫不能道矣。'前军'、'左将'、'弟子'、'诸生'八字皆实，故下面驱遣得动，是名使事；若取次用一虚字贴之，即名羊将狼兵，安能使之哉！"②

吴沆通过对杜甫《邀高三十五使君同到》和《寄岳州贾司马六丈巴州严八使君两阁老五十韵》用事的详细分析，提出"诗人岂可以不用事。然善用之，即是使事；不善用之，即反为事所使。事只是众人家事，但要人会使"的观点，强调诗人对于故事的掌控。

---

① 李商隐撰，刘学锴、余恕诚集解：《李商隐诗歌集解》，中华书局2004年版，第1694页。全诗文字如次："虏骑胡兵一战催，万灵回首贺轩台。天教李令心如日，可要昭陵石马来？"李商隐用事是否得当，在蔡宽夫之后人们对此多有争议，具体可见《李商隐诗歌集解》（第1695—1698页）。

② 《环溪诗话》，惠洪等：《冷斋夜话·风月堂诗话·环溪诗话》，第137—138页。

人们还常以"不为事使"为标准评价诗人用事优劣。如南宋末期的黄升评林楚良诗"多少名园钱鳘地,金铃撼雀护千花。君家无此奢豪事,七尺慈孙导母车",说该诗"使事而不为事所使,佳句也。刘溪翁亦甚称其工"①。他与刘淮(号溪翁)推崇林楚良该诗的原因就在于林诗用事而"不为事使"。

及至明清,人们仍然提倡这一原则,如明代王世懋云:

> 今人作诗必入故事。有持清虚之说者,谓盛唐诗即景造意,何尝有此。是则然矣,然亦有一家言,未尽古今之变也。古诗两汉以来,曹子建出而始为雄肆,多生情态,此一变也。自此作者多入史语,然不能入经语。谢灵运出而文辞庄语无所不为用矣。剪裁之妙,千古为宗,又一变也。中间何、庾加工,沈、宋增丽,而变态未及。七言犹以闲雅为致。杜子美出,而百家稗官都作雅音,马渤牛溲咸成郁致,于是诗之变极矣。子美之后,而欲令人毁靓妆,张空拳,以当市肆万人之观,必不能也。其援引不得不目加而繁。然病不在故事,顾所以用之何如耳。善使事者勿为故事所使,如禅家转《法华》,勿为《法华》转。使事之妙在有而若无,实而若虚,可意悟而不可言传;可力学得,不可仓卒得也。宋人使事最不善使,故诗道衰矣。②

王世懋认为用事"不为事使"是诗人用事的基本原则。只要做到了这一点,什么样的故事都可为诗人所用,更无须计较那些反对用事的声音。

反之,用事而为事所使则会受到诗学家的批评。胡应麟在《诗薮》中说道:"禅家戒事二障,余戏谓宋人诗,病正坐此。苏黄好用事,而为事使,事障也;程、邵好谈理,而为理缚,理障也。"③他将用事而为事使视为一种"障",并以此为准绳,权衡苏轼和黄庭坚的诗歌成就。

---

① 黄升:《玉林诗话》,魏庆之:《诗人玉屑》卷十九,第434页。
② 《艺圃撷余》,周子文:《艺薮谈宗》卷六,四库存目丛书集部册417,第560a—b页。费经虞在编写《雅伦》的时候曾引用。
③ 胡应麟:《诗薮》,第39页。

　　词学理论也比较重视用事"不为事使",较早言及此标准的是张炎(1248—1314后),他说"词用事最难,要体认着题,融化不涩",但是诸如苏轼《永遇乐》"燕子楼空,佳人何在,空锁楼中燕",用张建封事;姜夔《疏影》"犹记深宫旧事,那人正睡里,飞近绿蛾",用寿阳事;以及姜氏"昭君不惯沙远,但暗忆江南江北。想珮环月下踏来,化作此花幽独",用杜少陵之诗,都能做到"用事,又不为事所使"①。

　　用事"不为事使"还成为古代文论家讨论的重要命题。他们主张文章用事也要做到"不为事使",如俞成的《萤雪丛说》卷一记载陈亮(1143—1194)曾云:"至于使事而不为事使,或似使事而不使事,或似不使事而使事,皆是使他事来影带出题之意,非直使本事也。"② 又宋代魏天应也说:"前辈尝谓学者:使事不可反为事所使,此至论也。"③

　　虽然"不为事使"是古代诗歌用事的重要标准,可是古代诗学家却很少系统解释这一原则的具体含义。纵观上述各家所言,我们可以看到,所谓"不为事使",实乃强调诗人的对于故事的主体性地位,正如韩驹所说"使事要自我使,不可为事所使。可使方使,不可强使"④。其中的"我",就是要突出诗人的主体地位。如此,反用故事则是诗人超越故事束缚的一种表现,如宋人叶寘云:

　　　　陶诗"结庐在人境,而无车马喧",少陵《东楼》诗"虽有车马客,而无人世喧",就古语一转,正使事之法。如《庄子·外篇》"忘足之适也,忘要带之适也。"东坡《九日》诗云:"要适忘带,足适忘。"却乍读似与《庄子》意别,亦是不为古事所使也。⑤

反用故事,表现诗人对于故事原意语境的超拔与强力的调度能力,自然不

---

① 张炎:《词源》,唐圭璋编:《词话丛编》,中华书局1986年版,第261页。
② 俞成:《萤雪丛说》卷一,丛书集成本,第7页。
③ 魏天应编:《论学绳尺》,影文渊阁四库全书册1358,第77页。
④ 《雅伦》卷十五,四库存目丛书集部册420,第232a页。范曾转引自韩驹(1080—1135),然后费经虞再转引,可见其这句话在古代颇为知名。
⑤ 叶寘:《爱日斋丛抄》,中华书局2010年版,第56页。

受原故事的束缚，诚然反映了诗人"不为事使"。

　　叶燮也表达了对此的理解，云："故以我之神明役字句，以我所役之字句使事，知此方许读韩、苏之诗。"① 叶燮强调诗人——"我"对于故事材料的"役"，要求将诗人的主观能动性发挥出来，从而随"意"用字、遣词、造句和用事，以诗意的抒发和表达为旨归，便能做到用事"不为事使"，认为诗人需借助"神明"来驱遣故事，即才、胆、识、力，"此四言者所以穷尽此心之神明。凡形形色色，音声状貌，无不待于此而为之发宣昭著"②。

　　细绎这些言论，我们发现与佛禅"转物"观念相类通，上文所引胡应麟、王世懋等人的话，更清楚地表明他们的论述有着深深的禅学思源，为佛禅"转物"观念余绪。"转物"观念，系禅宗重要思想，《坛经》曾对此有过讨论，说"心迷《法华》转，心悟转《法华》"③，强调参悟佛法者的主体性投入，亦即明心见性。周裕锴对此有精要的概括，他说："在参禅学佛的过程中，始终坚持自性的主导作用，让外在一切事物都成为随我所转的对象。"④ 类似的思想可以在禅宗典籍中大量发现，如《坛经》强调"识自本心、见自本性"，甚至还说"去来自由，心体无滞"即为"般若"，主张"自性自见"。外在权威变得不再重要，关键在于本心识见，所以慧能说："心即是地，性即是王，性在王在，性去王无。性在，身心存，性去，身心坏。佛是自性作，莫向身求。"⑤ 也正因如此，禅师大德才强调勘破皮相，直指心性，才有了呵佛骂祖之怪行和推陈出新的翻案之风。故而，石头希迁也强调"即心即佛"⑥。甚至可以说，强调

　　① 叶燮:《原诗》，《原诗·一瓢诗话·说诗晬语》，第51页。
　　② 同上书，第23页。
　　③ 释道原、杨亿:《景德传灯录》，《大正藏》册51，第238页。与《坛经校释》有所出入，云："心行转法华，不行法华转；心正转法华，心邪法华转。闻佛知见转法华，闻众生知见被法华转。"（慧能著，郭鹏校释:《坛经校释》，中华书局1983年版，第82页）然，意思大致相同，同是强调本心自见。
　　④ 周裕锴:《法眼看世界——佛禅观照方式对北宋后期艺术观念的影响》，《文学遗产》2006年第5期，第84页。此外，该文对于"转物"作了细致的梳理，揭示出它对宋人审美观念的影响。至于宋代提出的"不为事使"是否受到这种观念的影响，还有待考察。
　　⑤ 慧能著，郭鹏校释:《坛经校释》，第66页。
　　⑥ 释道元、杨亿:《景德传灯录》，《大正藏》册51，第257页。

修佛者的主体地位，一直都是禅宗最为重要的思想之一。

不为事使，要求诗人能将外在"故事"转化为自己所驱役的对象，正如蔡絛《西清诗话》所言："用事能破觚为圆，到刚成柔，始为有功者。昔人所谓'缚虎手'也。"①禅宗认为"佛非定相"②，所以参悟者也不许有个定行。用事也是如此，每一首诗，都应具有当下存在的意义，不能不加甄别地使用故事。从禅宗强调"识自本心"到诗学强调用事不为事使，其间的哲思理路相类。诗学家援禅入诗，以让诗人摆脱对故事的迷信，以自由无碍的心态使用故纸堆中的典故。"不为事使"要求诗人超越用事，最终将写作指向诗歌本身，这实际上是"诗歌本体论"的表现，即一切艺术技巧必须为创作服务，诗人的注意力须从用事等艺术技巧回到诗歌言志本质。于是，诗歌的一切艺术技巧，并不完全是对道家所谓"大道无形"的遵从，③而是对诗歌本体地位的尊崇，指引诗人在用事之时不被故事迷惑以致仅仅关注故事，看到自己的使命何在，恰切和灵活地运用驱遣故事。这恰和禅宗"转物"思想款曲暗通，超越故事，方能做到后文的"用事不俗"与"如盐著水"，否则诗人只会被故事驱遣而迷失本心，不能创作出用事成功的诗作。

二 趁韵与獭祭：事役诗人之表现

我们还可通过用事"为事所使"的具体事例来反证"不为事使"的具体含义。首先，"趁韵"或"为韵所牵"是"为事所使"的典型表现。④诗人作诗用事之时，往往对事典的原文出处进行改动以适应音韵要求，不仅容易造成用事"错讹"，也反映出诗人积累的素材不够或缺乏才力驾驭故事。如葛立方说：

---

① 蔡絛：《西清诗话》，张伯伟编校：《稀见本宋人诗话四种》，第180页。

② 释道元、杨亿：《景德传灯录》，《大正藏》册51，第240页。

③ 目前这类观点较为流行，如蒋寅先生"至法无法"说（蒋寅：《古典诗学的现代诠释》，中华书局2003年版，第134—139页）。

④ 当然古人反对趁韵，不仅是为用事而发，如费衮的《梁溪漫志》说："若拘于用韵，必有牵强处，必害一篇一意，亦何足称。"（费衮：《梁溪漫志》卷七，影文渊阁四库全书册864，第737b页）

　　黄鲁直诗云："世有捧心学，取笑如东施。"梅圣俞云："曲眉不想西家样，馁腹还如二子清。"《太平寰宇记》载西施事云："施，其姓也。"是时有东施家、西施家。故李太白《效古》云："自古有秀色，西施与东邻。"而东坡《代人留别诗》乃云："绛蜡烧残玉筝飞，离歌唱彻万行啼。他年一舸鸱夷去，应记侬家旧姓西。"似与《寰宇记》所言不同，岂为韵所牵邪？①

葛立方指出，苏轼犯错的原因在于受制于音韵，过于重视格律需要而不惜改换故事原文。而且宋代不少诗学家曾指出苏轼为了押韵的需要，改变西施的故事，导致用事错讹。事实上，在宋代批评家的眼中，趁韵而"为事所使"之人并不乏见，如《蔡宽夫诗话》云：

　　前史称王筠善押强韵，固是诗家要处。然人贪于捉对用事者，往往多有趁韵之失。退之笔力雄赡，务以词采凭陵一时，故间亦不免此患。如《和席八》"绛阙银河晓，东风右掖春"诗，终篇皆叙西垣事，然其一联云："傍砌看红药，巡池咏白苹。"事除柳浑外，别无出处，若是用此，则于前后诗意无相干，且趁苹字韵而已。然则人亦有事非当用，而炉锤驱驾，若出自然者。杜子美《收京诗》，以樱桃对枇杜，荐樱桃事，初若不类，及其云"赏因歌《枇杜》，归及荐樱桃"，则浑然天成，略不见牵强之迹，如此乃为工耳。②

在这里，趁韵作为诗人用事的一个重要缺点，受到蔡宽夫的激烈批判。毕竟，为了趁韵而改变所用之事的文献出处，不仅如葛立方和蔡宽夫所指出的那样会造成用事谬误，也容易让读者看出作者用事时的窘迫，暗示读者作诗者积累的素材不够，缺乏足够才力驾驭故事。他们认为，对于那些如杜甫等极具诗才之人，即便面对一些看起来不恰当的事典，也能将其锤炼打磨至完全融合于诗中，更何况仅仅面对音

---

① 葛立方：《韵语阳秋》卷六，何文焕编：《历代诗话》，第534页。
② 蔡宽夫：《蔡宽夫诗话》，《苕溪渔隐丛话》前集卷十六，第107—108页。

韵的问题。

对此严羽提出忠告，说："押韵不必有出处；用字不必拘来历。"① 他的这句话对中国古代诗歌用事观念影响深远，后世诗学家对此多有引述，成为他们心目中避免用事趁韵的有效办法。

其次，排列故事、填砌故事或堆垛故事。蒲铣在论赋时曾指出："食古而化乃善用故实，若堆垛填砌，毫无生趣，奚取哉！"② 虽然浦氏是针对赋作用事而言，但仍适用于诗歌用事。排列故事，不仅容易让诗人为事所驱，即诗人一味地援引故事而忘记着力于抒情言志的基本任务，也会降低诗歌的自然美，"用事多则流于议论"③。这恰恰是自严羽以来人们对宋诗的批评，他们认为议论和用事都不是直接描写景物和抒写性情，缺乏诗作直寻和自然的传统审美理想和活泼生趣。

此外，排列故事容易使读者的目光聚焦于此，而忽视诗歌本身的意蕴。一味排列故事而缺少抒情言志，将可能弱化诗歌感动人心的力量，失去和读者直接交流的契机。排列故事还有可能造成诗意晦涩深奥，读者需要逐一破译故事，方能理解诗歌的含义，读者可能因此失去继续赏鉴的耐性。

排列故事最常见的两个表现是"獭祭鱼"和"点鬼簿"，历来受到诗学家的批评。"獭祭鱼"，即诗歌大量排列故事，对此后文将详说，兹不赘述。"点鬼簿"是指在诗歌中排列人名的做法，范晞文曾指出：

> 诗用古人名，前辈谓之"点鬼簿"。盖恶其为事所使也。如老杜"但见文君能化俗，焉知李广不封侯"，"今日朝廷须汲黯，中原将帅忆廉颇"等作，皆借古以明今，何患乎多？李商隐集中半是古人名，不过因事造对，何益于诗？至有一篇而叠用者，如《茂陵》云："玉桃偷得怜方朔，金屋修成贮阿娇。谁料苏卿老归国，茂陵松柏雨萧萧。"此犹有微意。《牡丹》诗云："锦帏初见卫夫人，绣被犹堆越鄂

---

① 严羽著，郭绍虞校释：《沧浪诗话校释》，第 116 页。

② 浦铣：《复小斋赋话》卷上，续修四库全书册 1716 影乾隆五十三年刻本，第 181a 页。

③ 谢榛：《四溟诗话》卷一，第 8 页。

君。石崇蜡烛何曾剪，荀令香炉可待熏。"不切甚矣。①

范晞文明确批评"点鬼簿"为典型的"用事为事所使"，于诗歌创作无益。宋人还将"点鬼簿"，称之为"堆垛死尸"，可见出他们对此的反感程度。

作为用事的基本准则之一，"不为事使"要求诗人超越用事，最终将写作指向诗歌本身，着力于抒情言志，这是"诗歌本体论"的表现，即一切艺术技巧必须为创作诗歌而服务。上文所言的"切与不切"，亦是如此；它们都试图将诗人的注意力从用事等艺术技巧拉回至诗歌，强调诗歌艺术技巧的辅助地位。于是，诗歌的一切艺术技巧，并不完全是对道家所谓"大道无形"的遵从，② 而是对诗歌本体地位的服从。退一步而言，古代诗学技巧论在形上层面指向了道家哲学，但其形下层面却指向了诗歌本体，但理论的终极目标一致，即诗人必须超越艺术技巧，回到创作上去。

第三节　用事不俗：避免陈俗求高雅

"用事不俗"是中国古代诗学家提出的关于用事的另一基本原则，它要求诗人竭力创新，避忌陈陈相因，反对"用事陈俗"。"俗"则主要包含两层含义：所用故事陈熟和用事格调低下。这对于推动用事技巧的发展，有何积极的意义呢？

一　以俗为雅：宋人首倡后人随

据现有文献，古代诗学家中，对此最为重视的是宋人。宋代诗学话语中反复出现的一个重要观点即用事要"以故为新，以俗为雅"。

最早提出这一观点的可能是梅尧臣（1002—1060）。陈师道《后山诗话》云："闽士有好诗者，不用陈语、常谈，写投梅圣俞，答书曰：'子

---

① 范晞文：《对床夜话》，丁福保编：《历代诗话续编》，第427—428页。

② 目前这类观点较为流行，其中以蒋寅先生"至法无法"说最为系统（蒋寅：《古典诗学的现代诠释》，中华书局2003年版，第134—139页）。

诗诚工，但未能以故为新，以俗为雅尔。'"① 其后，苏轼说："诗须要有为而作，用事当以故为新，以俗为雅，好奇务新乃诗之病。"② 黄庭坚也曾说："盖以俗为雅，以故为新，百战百胜，如孙吴之兵，棘端可以破镞，如甘蝇飞卫之射，此诗人之奇也。"③

上述三家所言，在宋代影响颇大，④ 代表了宋人对于用事的基本看法。此外，赵孟坚《彝斋文编》卷三、元好问《中州集》卷二等亦主张用事要做到上述要求。宋、元之际人普遍认为诗歌用事要做到"以故为新，以俗为雅"。

宋人对用事"以故为新，以俗为雅"的重视，体现了他们在用事的艺术追求方面推崇创新，这也反映于其诗作中，研习宋诗时须注意。宋人对用事创新的强调，和时代背景密切相关。此前，唐人已经对诗歌的艺术技巧作了种种尝试，创作出瑰丽灿烂、风光无限的诗国盛事。正所谓"宋人生唐后，开辟真难为"⑤，他们不能重复前人旧路，而只能跋涉于幽僻凶险的荆途，避免和唐人"相遇"。以此为背景，宋人的诗歌用事取得登峰造极的艺术成就，无论其用事诗作的数量、用事的题材、还是选用故事的范围、所用技巧的种类，都远远超凌前人，诸如王安石、苏轼、黄庭坚和陈师道等人的诗歌更是以善用故事而著称。

仔细揣摩"以故为新，以俗为雅"，我们可以发现，宋人将避免"熟"与"俗"的重担压在了诗人身上，要求他们具有高超的用事技巧以赋予"俗事"新的外衣、"低俗"之事以高雅的品格。故事毕竟有限，特

---

① 陈师道：《后山诗话》，何文焕编：《历代诗话》，第314页。案：四部丛刊本《宛陵先生集》并无此说。周裕锴先生《以俗为雅：禅籍俗语言对宋诗的渗透于启示》认为首先提出"以俗为雅"者是苏轼和黄庭坚，并有相关说明。（《四川大学学报》2000年第3期，第73页）此外，该文对宋人提出"以俗为雅"的禅学背景作了考察，可以参考。该文还认为"俗"主要包含题材和语言，本文则主要关注用事的以俗为雅。

② 苏轼：《东坡志林》卷九，丛书集成初编本，第43页。他的话在整个宋代最为知名，宋人对此多有引述，如陈鹄的《耆旧续闻》卷十、张镃《仕学规范》卷三十九等多有引述。

③ 黄庭坚：《黄庭坚诗集注》，中华书局2003年版，第441页。

④ 陈师道所记，在宋代被《苕溪渔隐丛话》前集卷二十六等多有引用；苏轼的话被陈鹄《耆旧续闻》卷十、张镃《仕学规范》卷三十九等引述；黄庭坚的话被葛立方《韵语阳秋》、何汶《竹庄诗话》卷一等引述。

⑤ 蒋士铨著，邵海清校，李梦生笺：《忠雅堂集校注》卷十三，上海古籍出版社1993年版，第986页。

别是某些题材所需的故事更是屈指可数，如节日故事等，诗人若期待避免
与古人雷同，则一定要做到技法的革故鼎新，避免用事陈熟和用事俗气的
缺失。

二　技法创新：莫与古人用事同

用事陈熟，主要包含两方面：故事陈熟和用事手法缺乏创新、陈旧老
套。古代诗学家通常反对使用"熟事"，诸如古代文人谙熟于心的四书故
事不能大量出现于诗歌中。对此下文将有专论，兹不赘述。

为规避用事陈熟，须力图做到"莫与古人用事同"，避免与前人用同
一方法使用相同故事。如果诗人在用事时，不知革故鼎新，诗歌艺术必然
趋于贫乏无味，失去独特的艺术魅力，因而知识渊博、才华出众的诗人往
往都不满足于因袭前人，尽量做到另辟蹊径。然而，这并不意味着熟事决
不可用，关键在于诗人如何运用，如若使用得当，熟事亦可翻新，更新用
事手法才是关键，邓云霄就曾论及：

> 人但知用四书字落俗，若化工妙手用之更觉超超，入杜"冷暖
> 低风蝶，天晴喜浴凫。"岂非从浴乎沂风乎舞雩来乎？何俗之有？至
> 宋人用经书字，则俗气熏人，其笔俗故也。[1]

邓云霄认为即使是四书故事，只要运用得当，同样可以脱俗出彩，实现
创新。

另外，避免使用"熟事"，还指诗人避免己作中的用事重复。古代诗
学家发现苏轼、黄庭坚和陈师道等人，惯于重复使用某些故事，但却各有
特色，用事手法变化多姿。如陈师道在《九日寄秦观》、《次韵李节推九
日登南山》、《送赵承议》、《九日不出魏衍见过》、《九月九日夜雨留智
叔》和《和李使君九日登戏马台》等诗中都使用了孟嘉"落帽"之事，
可除却两用"落帽"外，"造语"均不相同，陈师道在用事的时候有意避
免用事重复。[2] 那些不断超越自我的诗人，都会受到诗学家的高度赞誉，

---

① 《冷邸小言》，四库存目丛书集部册417，第402a页。
② 陈师道著、任渊注、冒广生补笺：《后山诗注补笺》，第52、75、132、271、388页。

如赵翼曾夸赞陆游："放翁万首诗,遣词用事,少有重复者。"① 陆游晚年诗作中也有一些重复事典之作,赵翼认为那是陆游未及修改则"完篇"之作,故而不能使之臻于完善,言谈之中颇有遗憾之感,更反映出他主张用事创新。

三 翻案:反意用之可创新

一般而言,要对某一特定故事的使用方法翻新,应聚焦于"造语"和"用意"。"造语"创新,即在用同一事典时,根据语境的具体情况,避免所用话语相同,如王安石和苏轼"反复曲折,同归一意",虽"共享一事,而造语居然不同"②。具体而言,王安石和苏轼都曾在诗中使用了张季鹰思念故乡鲈鱼味美的故事,王诗云"慷慨秋风起,悲歌不为鲈",苏诗云"不须更说知几早,直为鲈鱼也自贤",造语方式、借此表达的意旨,均不相类。又,他们也曾同用《缁衣》中的故事,但王诗云"心为好贤倾",苏诗云"谁作好贤诗",所用话语均无雷同。诸如此例,在宋代诗文中并非凤毛麟角,彼时社会文化推崇诗歌用事"造语"革新,可见一斑。

"用意"创新,则指诗人在用事之时,对故事原意提出新的阐发以用于新的语境,换句话说,它在新语境中被赋予了新的含义,诗学家提出"反用"是实现"用意"创新的重要手段。较早谈到这一点的是严有翼《艺苑雌黄》:

> 文人用故事,有直用其事者,有反其意而用之者。元之《谪守黄冈谢表》云:"宣室鬼神之问,岂望生还;茂陵封禅之书,惟其死后。"此一联每为人所称道,然皆直用贾谊相如之事耳。李义山诗:"可怜夜半虚前席,不问苍生问鬼神。"虽说贾谊,然反其意而用之矣。林和靖诗:"茂陵他日求遗稿,犹喜曾无封禅书。"虽说相如,

---

① 《瓯北诗话》卷六,第94页。

② 《碧溪诗话》,丁福保编:《历代诗话续编》,第376页。又见《诗话总龟》后集卷二十二,第137页。古代关于造语的相关论述,最为详备者当为明曾鲁《文式》,其中列出了正语、拗语、反语、累语、联语、问答语、变语、歇后语、省语、变语、实语、对语、隐语、婉语、长句法和短句法等明目,其中反语、变语法与用事创新相关。(第8—10页)

亦反其意而用之矣。直用其事，人皆能之；反其意而用之者，非识学
素高，超越寻常拘挛之见，不规规然蹈袭前人陈迹者，何以臻此？①

　　严有翼认为文人用事应该有所创新，王禹偁（954—1001）在谢表中用贾
谊和司马相如事，相对于李商隐和林逋二人的用事翻新，显得才力不够。
就纯粹用事的角度来看，确乎如此。可正如胡仔辩解的那样，由于王禹偁
所作体裁为"表"，宜于直用故事，所以严有翼的批评稍稍显得有些吹毛
求疵。不过，他们的谈论却表明，宋人多认为诗歌用事应别出心裁，这一
用事技巧，也叫"翻案"法。宋人对此多有讨论，这也是诗人普遍采用
的艺术技巧。杨万里最早提出这一点，《诚斋诗话》云："诗家用古人语，
而不用其意，最为妙法。"从他所举出的例子可知，所谓"翻案"，包含
两层含义：反用故事与反用语句，② 其核心为"反其意"，如杜甫《九日
蓝田崔氏庄》云："明年此会知谁健，醉把茱萸仔细看。"③ 而杨万里的朋
友刘凌《重阳》诗则说："不用茱萸仔细看，管取明年各强健。"杨万里
认为这就是典型的"翻案"之法。④
　　宋人对"翻案"的解释是："前辈所谓'翻案法'，盖反其意而用之
也。"⑤ 杨万里的"翻案"法，为后世诗人提供了一种极具可操作性的用
事创新之法，所以人们多有引述，如魏庆之《诗人玉屑》专列"诚斋翻
案法"一条。
　　直到清代，此法都广为人们所喜爱，认为它是用事创新的重要方法，
如吴景旭在转引之时，将其编入"翻案"一法，并评述说：

　　　杜少陵诗："羞将短发还吹帽，笑倩傍人为正冠。"盖孟嘉以落

---

　　① 严有翼：《艺苑雌黄》，郭绍虞编：《宋诗话辑佚》，第 566—567 页。
　　② 周裕锴：《禅宗偈颂与宋诗翻案法》对宋人翻案法的禅学背景、具体含义和运用情况有
深入的论述，可参看（《四川大学学报》1999 年第 2 期，第 54—58 页）。又，张高评《宋诗与翻
案》也对宋代诗歌翻案法的意义、表现和原因做了较为详细的考述，颇有参考价值。其中虽涉及
"用典"，但未深入谈论翻案和用事的关系（台湾大学中国文学研究所编：《宋代文学与思想》，
学生书局 1989 年版，第 215—250 页）。
　　③ 杜甫撰、仇兆鳌集注：《杜诗详注》卷六，第 490 页。
　　④ 《诚斋诗话》，丁福保编：《历代诗话续编》，第 141 页。
　　⑤ 《诗人玉屑》引《小园解后录》，第 148 页。

帽为胜，而杜反欲正冠也。王荆公诗："茅檐相对坐终日，一鸟不鸣
山更幽。"盖王文海有云："鸟鸣山更幽"。而王亦反之也。然此犹反
前事与旧语耳。至于自家语，有时异用者，如韦苏州诗："心同野鹤
与尘远，诗似冰壶彻底清。"又送人诗："冰壶见底未为清，少年如
玉有诗名。"黄常明云此可为用事之法，盖不拘故常也。①

吴氏注意到"翻案法"对于诗人避免用事陈陈相因，做到不拘故常，具
有重要意义。此后，顾嗣立（1669—1722）也表达了同样的观点，如：

> 韩昌黎诗句句有来历，而能务去陈言者，全在于反用。如《醉
> 赠张秘书》诗，本用嵇绍鹤立鸡群语，偏云："张籍举古淡，轩鹤避
> 鸡群。"《县斋有怀》诗本用向平婚嫁毕事，偏云："如今便可尔，何
> 用毕婚嫁？"《送文畅》诗，本用老杜"每愁野种自足蝎"句，偏云：
> "照壁喜见蝎。"《荐士》诗，本用《汉书》："强弩之末不能入鲁缟"
> 语，偏云："强箭射鲁缟。"《岳庙》诗，本用谢灵运"猿鸣诚知曙"
> 句，偏云："猿鸣钟动不知曙。"此等不可枚举。学诗者解得此秘，
> 则臭腐化为神奇矣。②

顾嗣立认为要避免诗歌用事陈腐，可采反用之法，韩愈就是通过这种方法
化腐朽为神奇，故能自成一家。

由此可见，"翻案"法是古代诗学家比较推崇的用事创新法之一。古
代诗学家多赞赏诗人"翻案"前人常用故事，如方回《瀛奎律髓》评论
杜甫《舟中夜雪有怀庐十四侍御弟》一诗"不识山阴道，听鸡更忆君"
云："凡用事必须翻案，雪夜访戴一时故实，今用为不识路而不可往，则
奇矣。"③方回赞扬白居易《履道春居》、陈师道《雪中寄魏衍》诗句
"翻案"。这样的事例在宋代极多，表明宋人对此十分重视。

避免了用事陈熟，就可以避免用事浅近，较少使用家喻户晓的熟事。

---

① 何文焕编：《历代诗话》，第747页。
② 《寒厅诗话》，丁福保编：《清诗话》，第85页。
③ 《瀛奎律髓》卷二十一，第1a页。

用事的目的主要是增加诗歌的互文性含义，用事浅近则往往难以做到。特别是一些用事浅近的咏物诗，往往只能描写事物特征，而不能抒发诗人情志，缺乏引人入胜的力量。方回批判这类用事说：

> 《文选》以二谢《雪赋》、《月赋》入"物色类"。雪于诸物色中最难赋，今选诗家巨擘一句及雪而全篇见雪意、雪景者亦取之。虽不专用禁体，然用事浅近者皆不取。①

方回受到欧阳修的影响，在选诗之时，尽量避免选录用事浅近之诗。由于所用故事及各种使用方法过于陈俗，甚至是读者阅读经验中已经形成相对固定印象的故事，难以引起读者足够的回味与深思。

需要指出的是，正是宋人对于翻案等用事方法的追求，才使得他们的诗歌具有了生新、奇特之美。对此张高评先生作了精当的概述，他说："宋人援引故事精善深析，奇警新趣，自然拜'翻案'诗法之恩赐，方能避免'死在句下'，方能做到透脱活泼。"②

"以故为新"同样受到禅宗思想的深刻影响，尤以"翻案"法为典型。对此，时贤已有论述。③ 古代也有将翻案法直接归功于禅宗者，如方回曾言："禅学盛而至于唐南北宗分。北宗以树以镜譬心而曰：'时时谨拂拭，不使惹尘埃。'南宗谓'本来无一物，自不惹尘埃。'高矣。后之善为诗者，皆祖此意，谓之翻案法。"④ 在方回看来，南北宗所言同为一旨，而南宗却能在北宗基础上发挥新意、显示个性。清代梁章钜《浪迹丛谈》也说："诗文一诀，有翻进一法。禅家之书亦有之，即所谓机锋也。"⑤ 他所举的例子，同样有《坛经》中慧能翻神秀偈子故事。慧能及

---

① 《瀛奎律髓》卷二十一，第1a页。

② 张高评：《宋诗与翻案》，台湾大学中国文学研究所编：《宋代文学与思想》，第241页。

③ 周裕锴：《禅宗偈颂与宋诗翻案法》对宋人翻案法的禅学背景、具体含义和运用情况有深入的论述，可供参看（第54—58页），其《中国禅宗与诗歌》也有相关论述（第179—188页）。又，张高评《宋诗与翻案》也对宋代诗歌翻案法的意义、表现和原因做了较为详细的考述，颇有参考价值。其中虽涉及"用典"，但未深入讨论翻案与用事的关系（第215—250页）。

④ 方回：《名僧诗话序》，《桐江集》卷一，委宛别藏清抄本，第19a—b页。

⑤ 梁章钜：《浪迹丛谈》，中华书局1981年版，第200页。

其所开创的南宗禅学主张见心明性、顿悟成佛，排斥神秀强调的"定"、"戒"、"慧"修炼，故借用其语言形式外壳，改变原有语意内瓤，体现出革新叛逆的精神。这样的语言方式，也是禅门公案经常采用的"机锋"，如雪窦重显《春日示众》诗二首，其一云："门外春将半，闲华处处开。山童不用折，幽鸟自衔来。"其二云："门外春将半，闲华处处开。山童曾折后，幽鸟不衔来。"① 因为浸淫于禅宗"随处生活"的思想，同一个禅师也可能在语言形式相似的情况下，表达几乎相反或更深的含义。后来，大慧宗杲即用了与重显相似的表达，云"门外春将半，山房总不知。可怜拄杖子，暗里自抽枝"②，用以表达完全不同的内容与意指。但是无论怎么变幻推新，用事的以故为新与禅宗"生活"与"翻案"一理相通，都是克服形式僵化的一个有效手段。方回与梁章钜的话，更是直接道出了"以故为新"艺术追求的禅学思想渊源。

四　鄙俚：既可出新亦有弊

诗学家所言的诗歌用事之俗，除上文所言用事陈熟之外，还包括使用俗事。为避免诗歌用事陈熟，古代诗人还使用一些"俗言俗事"。这些材料主要来自民间方俗，往往不具有典雅精致的特色，其中故事，不适用于较为严肃的诗歌题材。

当然，诗歌使用格调不高的故事，既可避免用事陈陈相因，有时也能够增加诗歌的谐趣之味，如吴聿曾说：

> 梅圣俞诗"莫打鸭，打鸭惊鸳鸯"之语，讥宣守笞官奴也。陈无已《戏杨理曹》诗云："从来相戒莫打鸭，可打鸳鸯最后孙。"又《与宣守》诗云："肯为文俗事，打鸭起鸳鸯。"皆用此也。然"起鸳鸯"三字，亦有来处，杜牧之云："织篷眠酢艋，惊梦起鸳鸯。"③

---

① 惟盖竺等：《明觉禅师语录》，《禅宗语录辑要》本，上海古籍出版社1992年版，第207页。

② 释蕴闻：《大慧普觉禅师语录》卷六，《禅宗语录辑要》，第341页。

③ 《观林诗话》，丁福保编：《历代诗话续编》，第117页。

陈师道诗中"打鸭"之事,出于梅尧臣诗。梅尧臣用"打鸭"讽刺官吏鞭打官奴,"鸭"暗指奴婢。后来陈师道使用这一故事,其含义大致相似。由于梅尧臣在使用之时,略具几分调侃之味,故陈师道亦用于"戏"谑和调侃。

用俗事,可以避免诗歌的陈熟,上述"打鸭"之事在陈师道的诗歌中既诙谐又新颖。所以,

> 文章穷于用古,矫而用俗,如史汉后六朝史之入方言俗语是也。籍、建诗之用俗,亦然。王荆公题籍集云:"看是寻常最奇崛,成如容易却艰辛。"凡俗言俗事入诗,较用古更难。知两家诗体,大费铸合。①

但在古典诗学"温柔敦厚"的诗教传统的影响下,诸如"打鸭"之类具有调侃和讽刺的故事,只能出于游戏之作,不能登大雅之堂。所以古代诗学家有时批评使用鄙俚故事的做法,如薛雪说:

> 元、白诗,言浅而思深,意微而词显,风人之能事也。至于属对精警,使事严切,章法变化,条理井然,杜浣花之后,不可多得。盖因元和、长庆间与开元、天宝时,诗之运会,又当一变,故知之者少。而其即用现前俚语,如"矮张"、"短李"之类,断不可学。②

薛雪对元稹、白居易的诗作赞赏有加,然而,他也批评了元、白诗中使用庸俗之语的做法,认为"矮张"、"短李"等影响诗歌格调。这样的论调,在古代诗学话语中并不罕见。

在诗歌创作中,使用文雅的故事,不仅是某些特定题材的必需(如某些歌颂升平的应制诗通常不能使用鄙俗之事),也是一些主题命意较为通俗的诗歌升华主题所必需。吴可《藏海诗话》就指出:"凡作文,其间

---

① 《唐音癸签》卷七,第56页。
② 《一瓢诗话》,丁福保编:《清诗话》,第690页。

叙俗事多，则难下语。"① 清人贺裳也说：

> 欧、梅总之恶西昆之使事，力欲矫之。然如梅圣俞《咏蝇》曰："怒剑休追逐，凝评分漫指弹。"亦事也。岂言出其口而忘之乎？余意俗题不得雅事衬贴，何以成文？但不宜句句排砌如类书耳。②

贺裳从梅尧臣诗作中看出，题材较俗的诗歌，往往需要典雅的故事来抬升其格调，或者救场。这个建议很好地解决了创作格调不高的诗歌需要提升主题的难题，巧妙地摆脱了题材的限制。还有人认为俗的故事并非绝对不能使用，关键要做到"用事要以俗为雅"，将俗事变为雅事。③ 遗憾的是，古代诗学家并没有对此作更进一步的阐发。

"以俗为雅"与禅学思想相类。禅籍中有大量语言通俗的文献，尤其以语录公案为代表，其中不乏口语、俗谚、粗话等极具生活色彩的语汇，甚至还含有大量污言秽语，诸如屎、尿、蛆等常被名僧大德挂在嘴边来接引门人，以破除他们头脑中经藏陈语的藩篱，使他们在惊异的同时去参悟当下心性。禅师大德口头粗鄙不堪的词句，却是启发参禅者明悟佛法大意所在的药引，焕发超拔尘俗的魅力。诗歌用俗语，同样也是为了避免陈言的老套，以相对于书面语的新颖来引领读者关注诗歌，进而不自觉地置身诗意实现的过程。

不管是"以故为新"，还是"以俗为雅"，都是强调诗人应突破已有惯性思维，摆脱故事的羁绊，彰显才能与个性，用陌生化的艺术效果调动读者的阅读兴趣，并进而关注诗歌言志抒情的本质。这恰恰与禅宗强调冲破迷信、直达本性的思想相通，同时也与禅宗语录中，高僧大德以套用古语、俗语以接引学人的方式相类。

---

① 吴可：《藏海诗话》，丁福保编：《历代诗话续编》，第 329 页。

② 贺裳：《载酒园诗话》卷一，郭绍虞编：《清诗话续编》，第 212 页。

③ 《诚斋诗话》，丁福保编：《历代诗话续编》，第 148 页。后罗大经《鹤林玉露》卷三有引述（中华书局 1983 年版，第 285 页）。

第四节　如盐著水:消释用事痕迹

宋代诗学家评论诗歌用事,还提出了一个重要命题,即用事当"如盐著水"。它代表着诗歌创作的较高成就,其含义是让故事完全融合于诗中,甚至令读者看不出用事之迹。其后,它成了元明清三代诗学家较常使用的用事准则和审美理想。

一　《阁夜》与"如盐著水"

"如盐著水"这一用事概念是宋人在谈论杜甫《阁夜》诗用事时发掘出来的,最终成为古代诗学家评价用事最为重要的准则之一。然而,对于它的文献出处,却自古就有争议:一说出自杜甫,一说出自评论杜诗者。

最早提及用事当"如盐著水"的人可能是宋人蔡絛(?—1126),他在《西清诗话》中说:

> 杜少陵云:"作诗用事,要如禅家语:水中着盐,饮水乃知盐味。"此说,诗家秘密藏也。如"五更鼓角声悲壮,三峡星河影动摇",人徒见凌轹造化之工,不知乃用事也。祢衡传:"挝渔阳掺,声悲壮。"《汉武故事》:"星辰影动摇,东方朔谓民劳之应。"则善用故事者,如系风捕影,岂有迹耶!此理迨不容声,余乃显言之,已落第二矣。①

这段文字《苕溪渔隐丛话》卷十、《诗人玉屑》卷七等都曾转引。② 其中,"如盐著水"说的版权所有者为杜甫,后世评论者也多所祖述,似乎并无疑议。然而考察杜甫遗存著作,并未言及"用事"应如盐著水。此外,李颀《古今诗话》有与此段相类的文字,将杜诗用事作为水中著盐的例子。其文如下:

---

① 蔡絛:《西清诗话》卷上,张伯伟编校:《稀见本宋人诗话四种》,第187页。《西清诗话》现有明抄本。郭绍虞编《宋诗话辑佚》亦有,然文字略有出入,少了引文中的最后一句话。

② 《苕溪渔隐丛话》卷十,第66页;魏庆之:《诗人玉屑》卷七,第148页。

作诗用事要如水中著盐，饮食乃知盐味，此说诗家秘密藏也。杜少陵诗如"五更鼓角声悲壮，三峡星河影动摇"，人徒见陵轹造化之工，不知乃用事也。《祢衡传》："挝渔阳掺声悲壮。"《汉武故事》："星辰影动摇。"东方朔谓"民劳之应"。则善用故事者，如系风捕影，岂有迹耶？此理殆不容声，今乃显言之，已落第二矣。①

《古今诗话》在引述时，不再说是杜甫所言，显得更为合情合理，因为今存杜甫的文集中较少与佛教有关的文字。后来，元好问（1174—1243）说："前人论子美用故事，有著盐水中之喻，固善矣。"② 他认为"如盐著水"之说，乃前人论述杜诗用事时，用以形容其诗歌创作成就的语词。如此，是《西清诗话》伪造杜甫之说，抑或是后人抄刻之误，有待进一步考证。后世也有相关讨论，认为乃杜甫所言者偏多。

然而，在诗学史上人们更为关注的是"如盐著水"对于诗歌创作的指导意义和诗学理论价值。元、明诗法著作中，这一原则得到重视和加强，如怀悦《诗家一指》云："凡引古证今，当如己出，无为彼夺，缘妄失真，其如宿然色之胶青，空然水之盐味，形趣泯合，神造自如。"③ 虞集（1272—1348）也在《虞侍书诗法》中提到这一标准，并被广泛引用。明代诸多诗法类书也将"如盐著水"作为用事标准而收录，如谢天瑞《诗法》就收录了《诗法家数》中的这一条文字，又如费经虞的《雅伦》也说道："或云：'用事要如禅家语水中著盐，饮水乃知盐味，方妙！'"④ 这些诗法类著作屡屡提及"如盐著水"，表明人们较为推崇。这一标准也被用至曲学和词学领域，如曲学家王骥德指出："又有一等用事在句中，

---

① 李颀：《古今诗话》，郭绍虞编：《宋诗话辑佚》，第 270 页。本段文字郭绍虞《宋诗话辑佚》引自《乐趣》卷一，并说此段文字又见于《西清诗话》和《金玉诗话》，还说《仕学规范》卷三十九引作《古今总类诗话》。他没有看到两段文字的出入，忽略了其间的微妙关系。

② 元好问：《杜诗学引》，《遗山先生文集》卷 36，四部丛刊本，第 2b 页。

③ 佚名或题范德机：《诗家一指》，张健：《元代诗法校考》，北京大学出版社 2001 年版，第 281 页。

④ 《雅伦》卷十五，四库存目丛书集部册 420，第 232a 页。

令人不觉,如禅家所谓撮盐水中,饮水乃知盐味,方是妙手。"①

清代不少诗法类著作也谈到这一标准,如叶钧辑录的《诗法指南》引用了上述《古今诗话》中的那段文字。②薛雪也说:"作诗用事,要如释语:水中著盐,饮水乃知。杜少陵以锦栏传人,人自不能承当。"③又,乔亿也说道:

少陵曰:"作诗用事,要如释语'水中著盐,饮水乃知盐味'。"东坡曰:"用事当以故为新,以俗为雅,好奇务新,乃诗之病。"荆公曰:"用汉人语,止可以汉人语对,若参以异代语,便不相类。"愚谓少陵语尤精到,坡语亦佳,荆舒则太拘忌矣。他诗不具论,李、杜二集可睹也。"④

和薛雪一样,乔亿可能看到的是《苕溪渔隐丛话》而不是《古今诗话》中的材料。因为《古今诗话》在当时可能早已亡佚。

可见,自从宋人提出了用事当"如盐著水"这一命题之后的很长一段时间里,人们都把它作为用事技艺的一个基本标准。它源自对于杜诗艺术的评论,具体生动地表明杜诗学对于传统诗学巨大而又深远的影响力。

二 含义:用事无迹

"水中盐味"乃禅家常用譬喻,佛经中比较常见,如《阿毗达磨顺正理论》云:"如不能见水中盐色,及不能见壁等障色。"⑤但是中土使用较多的有关盐和水的譬喻当源于《景德传灯录》卷三十载傅大士《心王铭》:

观心空王,玄妙难测:无名无相,大有神力;能灭千灾,成就万

---

① 王骥德著,陈多、叶长海注释:《曲律》卷三,第 131 页。
② 叶钧辑:《诗法指南》卷六,续修四库全书册 1702 影乾隆二十三年刻本,第 478a 页。
③ 《一瓢诗话》,第 704 页。
④ 乔亿:《剑溪诗说》卷上,郭绍虞编:《清诗话续编》,第 1099 页。
⑤ 尊者众贤造,玄奘译:《阿毗达磨顺正理论》卷四,《大正藏》册 29 毗昙部第四,第351b 页。

德。体性虽空，能施法则。观之无形，呼之有声。为大法将，心戒传
经。水中盐味，色里胶青。决定是有，不见其形。心王亦尔，身内
居停。①

这则材料，元释念常《佛祖历代通载》卷九、元释觉岸《释氏辑古略》
等书亦收录。禅林多用傅大士此说，释延寿《宗镜录》卷五十二《慧日
永明寺主智觉禅师延寿集》化用了傅大士之说，其中智觉禅师答问云：
"如水中盐味，但执是水，不执于盐；水与盐元不相离。"②又如《宏智禅
师广录》卷四曾记禅师有语录云："大千卷出破尘情，水中盐味色里胶
青。机前有路妙难名，才形言像迢然去。又是泥团换眼睛。"③他强调水
和盐的关系，既要重视"盐"，也要关注"水"。

上述诸多说法其譬喻的本体核心意思是：盐溶解于水，水有了盐味，
却不见盐的形迹。用事中的"如盐著水"，即要使故事较好地融合于诗歌
中，甚至让人看不出诗人使用了故事。由此不难见出禅家思想与古代用事
观念的关系。蔡絛为了说明这个准则的含义，举出了杜甫的诗句"五更
鼓角声悲壮，三峡星河影动摇"作为说明。④在他看来，此诗虽有用事，
却不易被普通读者所识破，所以这首诗用事的特点是："善用事者，如系
风捕影，岂有迹耶！"⑤贺裳在评价《阁夜》用事时也云：

　　《西清诗话》称少陵用事无迹，如系风捕影，因言"五更鼓角声
　　悲壮"，乃祢衡挝《渔阳操》，其声悲壮事；"三峡星河影动摇"，乃
　　用汉武帝时星辰动摇，东方朔谓民劳之应事。余意解则妙矣，然少陵
　　当日正是古今贯穿于胸中，触手逢源，譬如秫和曲蘖而成醴，尝者更

---

①　释道元、杨亿：《景德传灯录》卷三十，《大正藏》册51史部第三，第456c页。又见元
释念常《佛祖历代通载》卷九，《大正藏》册49史传部第一，第550b页。

②　释延寿：《宗镜录》卷五十二，《大正藏》诸宗部第五，第723c页。

③　释正觉：《宏智禅师广录》卷四，《大正藏》册48诸宗部第五，第50b页。

④　原诗见于杜甫撰、仇兆鳌集注：《杜诗详注》卷十七，第1561页。当然，明代也有胡应
麟指出本诗是杜甫七言律诗中与《紫宸退朝》、《九日登高》、《送韩十四》、《香积寺》、《玉台
观》、《登楼》、《蓝田崔庄》和《秋兴八篇》等共为"气象雄盖宇宙，法律细人毫芒，自是千秋
鼻祖"者。（胡应麟：《诗薮》，第93页）

⑤　蔡絛：《西清诗话》卷上，张伯伟编校：《稀见本宋人诗话四种》，第187页。

辨其孰为黍味，孰为麦味耳。①

　　需要注意的是，蔡氏提及的上述杜甫诗句是否用了事，目前仍颇有争议。认为用了故事的人主要持有两种观点：一者认为这两句诗用了《祢衡传》和《汉武故事》中的故事，较早谈到这个问题的是蔡絛；一者认为这两句诗用了《史记·天官书》中的故事，较早提出这个观点的是周紫芝。还有人认为这首诗完全是写实文字，根本没有用事。笔者更情愿视其为一幅悲壮的风景画，而不是文人用暗示性文字所构成的心事重重的"言志"迷宫。杜甫在这句诗中到底用了事没有，可能会成为一个千古公案，任凭读者去猜测。在后世诸多诗学家眼中，这恰恰体现了杜甫用事技巧的高妙。

　　从人们对《阁夜》诗的评价中可以看到，"如盐著水"意指"用事无迹"。因此，在研究"如盐著水"时必须将用事"无痕"、"无迹"等相似说法纳入考察视野，否则仅能接触冰山一角的材料，使自己的论述陷于偏安之境。如杨载认为"用事不可着迹，只使影子可也"②，胡应麟也指出：

　　　　用事患不得肯綮，得肯綮，则一篇之中八句皆用、一句之中二字串用，亦何不可！婉转清空，了无痕迹，纵横变幻，莫测端倪，此全在神运笔融，犹斫轮甘苦，心手自知，难以言述。③

他主张诗歌用事当"了无痕迹"，只要做到了这一点，即便句句用事也可创制佳篇。顾嗣立也主张："作诗用故实，以不露痕迹为高，昔人所谓使事如不使也。"④

　　邓云霄也说：

---

① 贺裳：《载酒园诗话》卷一，郭绍虞编：《清诗话续编》，第210页。
② 《唐音癸签》卷四，第29页。
③ 《诗薮》内编卷四，第65页。
④ 顾嗣立：《寒厅诗话》，丁福保编：《清诗话》，第85页。

> 诗贵用事而人不知其用，乃臻妙境，如杜之"荒庭垂橘柚，古屋画龙蛇"，"五更鼓角声悲壮，三峡星河影动摇"，"春日莺啼修竹里，仙家犬吠白云间"是也。①

邓云霄继承了前人关于用事不着痕迹的传统论述，指出其意为不让人识别出诗人的用事。又，田同之说：

> 凡诗人作诗，要令事在语中，而人不知。杜诗"五更鼓角声悲壮，三峡星河影动摇"，盖暗用《史记·天官书》"天一、枪、棓、矛、盾动摇，角大，起兵"之语，而语中有用兵之意。诗至此诚为工矣！我先公《题吕芝房铁庵》诗有句云："离奇柳树嵇中散，窈窕梅花宋广平。"人皆以为写景之工，殊不知暗用两"铁"字在内，确切典雅，直是事在语中而人不知者，其工妙可与少陵相逼。②

田同之认为《阁夜》用事的特色是"事在语中，而人不知"，其含义和"如盐著水"相当。于是，我们在考察用事标准时，要将"使人不知"和"如盐著水"相提并论。

古人提出用事"使人不觉"的审美标准，由来已久。颜之推的《颜氏家训》中说："邢子才常曰：'沈侯文章，用事不使人觉，若胸臆语也。'深以此服之。祖孝征亦尝谓吾曰：'沈诗云："崖倾护石髓。"此岂似用事邪？'"③从上下文语境来看，颜氏主张诗歌用事要做到"使人不觉"。而在傅大士之后，人们则多采用"如盐著水"以定义这种用事理想，恰恰反映了禅宗思想对于诗学的渗透。

有趣的是，古代诗学家中鲜有直接论述用事如何做到"如盐著水"或"用事无迹"者，在他们看来，这也许是一个不需论说或只能意会而不能言传的问题。仅有的几位探索者，也往往语焉不详。如邓云霄在

---

① 《冷邸小言》，四库存目丛书集部册417，第400b页。

② 田同之：《西圃诗说》，郭绍虞编：《清诗话续编》，第765页。这段文字的前半部分论杜诗的文字，几乎全部抄袭了周紫芝《竹坡诗话》中的论述。

③ 《颜氏家训》，诸子集成本，第21页。

《冷邸小言》说:"昔人谓其风云气少,儿女情多,盖亦不善用博者也。故用而不用,如撒盐水中则得之矣。"① 在邓氏看来,用事要做到"如盐著水",其中一个办法就是要"用而不用"。然而,他却未更进一步明言何为"用而不用"。

上述蔡絛、周紫芝(1082—1155)等人论述用事当"如盐著水"和"不着痕迹"时,往往都援引杜甫诗歌《阁夜》中的诗句。这首诗并不算杜甫诗集中历来评价最好的篇什,却长期受到人们关注,其中一个重要原因就在于人们对其诗句"五更鼓角声悲壮,三峡星河影动摇"中用事的关注。② 自蔡絛在《西清诗话》和周紫芝在《竹坡诗话》中指出这两句诗有所用事并建立起用事的标准,人们对此的谈论就乐此不疲。人们由此论及有关用事的诸多问题,甚至在长期的讨论中,建立起系列用事理论来指导诗人的创作实践,从侧面反映了杜诗学对中国古代诗学的影响。

用事"如盐著水",应该包含两层含义:其一,将故事的符号能指完全融合于诗句之中,使人不能立即识别,待到识别后又给人一种恍然大悟的阅读快感;其二,仅有能指的融合还不够,故事所具有的所指意义还必须和整个诗歌的意义系统紧密融合、不分彼此。杜甫的《阁夜》诗就是典型,一方面没有看到故事或者不愿承认杜甫是在用事的诗论家就认为这首诗没有用事,而且也只有这样阅读才可能把握到诗歌的艺术魅力;但是另一方面,一些诗论家则又坚决主张诗歌确实是在用事,如果没有故事的使用,诗歌的意义魅力和技法魅力就会大打折扣,因为它不能凸显杜甫用事等诗歌技艺的巧妙高超。这两种解释都具有各自的合理性,也许恰恰体现了用事"如盐著水"的魅力。用事"如盐著水",既为读者的阅读带来较大的艺术空间,也延长了阅读过程,无形中增强了诗歌在读者心中的印象。

古代诗学家主张"如盐著水",并非意指诗人在创作之时需隐藏所用之事,而是隐藏用事这种行为本身。换句话说,就是让读者在感受到诗歌

---

① 《冷邸小言》,四库存目丛书集部册417,第390a页。

② 原诗见于杜甫撰、仇兆鳌集注:《杜诗详注》卷十七,第1561页。当然明代也有胡应麟指出本诗是杜甫七言律诗中与《紫宸退朝》、《九日登高》、《送韩十四》、《香积寺》、《玉台观》、《登楼》、《蓝田崔庄》和《秋兴八篇》等共为"气象雄盖宇宙,法律细入毫芒,自是千秋鼻祖"者。(《诗薮》卷五,第93页)

的艺术魅力之时,看不见诗人的艺术之手,注意诗歌的本职任务,而不是关注故事如何。刘攽曾经指出:"论者谓人莫不用事,能令事如己出,天然浑厚,乃可言诗。"如此,则用事"如盐著水"与传统诗学讲究诗歌"自然天成"的审美理想形成同构的关系。后来,在禅宗盐水之喻出现之后,人们选择了它作为用事的基本标准,以强调用事与诗歌意旨的融合无间,而言志本质则是理论家共同的指归。

三 小结

古代诗学家对故事的"用"作了不少规定,其中最为重要的则为以上四个标准,它们不仅成为读者深入理解古典诗歌所必备的知识,也深刻影响了中国诗歌艺术的发展轨迹,同时更体现了传统诗学倡导"言志"为内核的"诗歌本体论"的强大影响力,使艺术技巧最终服务于诗歌创作。诗人在创作中应以诗歌的主题为旨归,做到用事"切当"、"精切",同时"不为事使",超越陈俗,使其"如盐著水",化之于无形,成之于无迹,最大限度发挥古典诗歌的审美理想和艺术魅力,"善用事者如鸿冥空外,不碍于空。鱼乘水中无碍于水,即之不得,按之斯在,乃为高手"①,用事应不碍于主题的实现,或者不让人轻易发觉诗人在用事,即为手段高妙。艺术技巧最终都必须为诗歌本体论服务。这几个标准还是古代诗学家所揭示出来的古代诗歌用事审美理想,为我们对古代诗歌用事的批评,提供了较为具体的艺术标的,因此这不仅是古代诗歌用事的重要观念,也是诗学家进行批评时的重要理论武器。

上述用事标准中,"不为事使",强调诗人对故事的驾驭驱遣,以突出作者创作的主体性;"用事不俗",强调创新,避免陈陈相因,克服俗套用事衍变为单纯的代用而缺乏艺术深蕴;"如盐著水",强调用事与诗歌本质和谐一致,规避花哨的艺术技巧对读者的干扰,从而实现诗歌言志抒情的艺术功能。这三方面的准则,皆强调诗人主体性,指向诗歌言志本体,其理路及言说方式,透露出与禅学思维的同调关系,甚至"如盐著水"即直接借用自禅学语汇,体现了禅宗思想对中国古代诗歌与诗学的渗透。禅学思想中强调对"佛"的灵活追求,凸显修行之人的主体地位,

---

① 陈懋仁:《藕居士诗话》卷下,四库存目丛书集部册417,第317b页。

启发诗论家要求诗人在用事之时，超越故事，回到诗歌本体。诗人只有"本心自明"，方才不拘泥于故事，为了诗歌言志命意而选择调用故事，也才能将故事恰到好处地安放在诗句之中。由此可见，中国古代文学理论，受中国禅宗文化影响，或与禅宗思想相通，我们不能脱离禅宗思想背景对其进行解读。

第四章

规约"事":维护"古诗"审美趣味

古代诗学家在讨论用事之时,不仅对如何"用"进行了归纳总结和理论探索,同时也注重分析总结应该选取何种故事入诗。在古代诗学论述中,并非任何故事都可用于诗歌,诗人在选用故事之时,受到诸多用事传统(tradition)的约束,面临着遵从或突破这些传统的选择。①

诗学家划分故事种类的标准并不同一,且不同种类之间往往有层次、范围的交叉。综合来看,他们常常选用三个标准对故事进行归类:第一,根据故事为人们所熟知的程度可分为熟事与僻事。第二,根据故事发生的时间可分为先秦、两汉、魏晋、唐代以及近代和现代(这里的近、现代是一个相对概念,各个时代的具体所指可能有所不同)。第三,根据记录故事的典籍,可分为《史记》故事、《汉书》故事等正史故事、稗官野乘和释道故事。人们对相关故事类别的分析论述,体现了一些共有的用事观念,成为中国古典诗学传统的特有元素。

有关用"事"的要求,对于维护诗歌创作传统具有很重要的意义,如对用事出处的规定可以捍卫由唐诗所建立起来的使用前代故事的传统,特别是唐代诗歌所形成的大量使用《史记》、《汉书》和《后汉书》中所载汉代及其以前故事的传统,为读者的顺利阅读提供保障。当然,如果诗人过于遵从上述要求,诗歌创作又可能会陷入因陈守旧的窘境。因此,不

---

① 关于"传统"一词,《牛津文学术语词典》有着比较简明扼要的定义:"'传统'就是从过去传承到当前的作品、文体、句法和信仰的一定形式。"

少诗学家认为"用字不必拘来历"①，诗人应在创作中自由挥洒，在一定程度上暗示了上述规约的某些弊端。诗人最终决定选取的故事类别，不仅影响着诗歌风格的形成和品格高低，更是诗人才学的综合表现。对这些用事传统的了解和考察，不仅有助于理解创作个体与文学传统的关系，更有利于我们进一步体认中国古典诗学的审美理想。

第一节　生熟：维新与守旧的博弈

古代诗学家曾着力探讨熟事和僻事的辩证关系，他们既反对诗人使用耳熟能详的故事，也不赞成诗人使用过于生僻的故事。这看似矛盾的主张，体现了诗学家在维护传统和倡导创新方面所作的努力，也展现了中国古典诗学的实用主义态度和智慧，更是传统诗学话语最突出的表征。

熟事，即大多数人所熟悉的故事，在所有诗歌中出现频率较高；僻事则与之相反，不仅不为多数人所知，甚至有些连博学之士也未必知悉，这样的故事往往在诗歌中出现频率较低。需要指出的是，所谓"熟事"和"僻事"，其实也是相对而言的概念，毕竟读者的知识背景和文化修养参差不齐，对某些读者而言比较熟悉的故事，对于其他读者则可能较为生僻。一般而言，区分熟事和僻事的标准有两点：第一，故事在所有诗人诗作中的出现频率；第二，普通知识水平的读者能否顺利识别。正如李东阳（1447—1516）所说："作诗必使老妪听解，固不可。然必使士大夫读而不能解，亦何故耶？"② 简而言之，诗歌用事须保证能让一般的读书人读懂，否则就属于僻事。

具体而言，某故事成为熟事约略有以下四方面的原因：第一，故事出自当时大多数知识分子经常接触的经典。对于古代诗人而言，诸如《论语》等儒家"小经"中的故事往往都是熟事，诗文注本对此往往不作注释；第二，诗人所采用的是某些耳熟能详的历史故事，如鸿门宴、三国故事等，它们往往在民间广为流传，甚至妇孺皆知。第三，某些故事和人们

---

① 严羽著，郭绍虞校释：《沧浪诗话校释》，第 26 页。关于这个论题的批评可以参见邓云霄《冷邸小言》，四库全书存目丛书集部册 417，第 390a 页。

② 李东阳：《麓堂诗话》，丁福保编：《历代诗话续编》，第 1382 页。

日常生活紧密相关，已成为社会民众的"一般知识"，特别是一些与节日和器物有关的故事。第四，虽然有些故事的出处较为生僻，却因题材的需要常常被使用，如有关杜鹃泣血的故事虽出自晋常璩《华阳国志》，但却成为人们创作有关杜鹃或杜鹃花诗十分常用的故事。

故事成为僻事的原因主要有如下五方面：第一，某些故事的出处文献存世量较少，如秘本书籍等，知之者甚少；第二，某些故事的出处文献并非普及性阅读之书，如古代的某些小说在那些热衷科举的明清士人间普及率不高；第三，某些故事虽来源于较为常见的典籍，但在一代代读者的接受和阐释中被忽略了；第四，故事来源于卷帙浩繁的释道经典，一般读者难以尽知，加之科举以儒家经典为主，少有人潜心阅读这些经典文献；第五，某些故事可能出自经典的注解，如刘孝标注解《世说新语》时就加入和引用了许多本书以外的故事，又如《文选》李善注也往往引用许多珍本秘籍，虽然这些文字具有重要的意义和价值，但人们一般不会予以特别重视，因此成为僻事。诚如瑞恰慈所言："作品费解并非他的缺点，而是社会结构的缺点。"① 生僻故事的出现，正是中国古代社会文化结构某些缺陷的反映。当知识分子都在儒家经典面前焚膏继晷，甚至穷经皓首，以期望博得一官半职或者功名利禄之时，他们的知识视野中势必存在不少盲点，这些盲点是造成僻事的一个重要原因。后文我们可以看到，诸如稗官野乘中的故事正因此而成为不为大多读书人所熟知的僻事。

诗人选择熟事还是僻事，与其创作动机有莫大关联。一般而言，诗人在用事时往往引用诸如《史记》、《汉书》、《后汉书》、《三国志》、《文选》和《世说新语》等人们较为常用的典籍，以照顾大多数读者的知识水平。但有时诗人为了炫耀学问，晒晒腹中的坟籍，会特意采用较为生僻的故事。更为重要的是，有时诗人为避免陈熟而进行创新，有意避开熟事，选用僻事。当然无论使用熟事还是僻事，最为关键的仍然是故事在诗歌中发挥的审美效用和诗人所运用的艺术技巧。毕竟，熟事和僻事都各有其自身的优点，同时也具有局限或弊端。

---

① 艾·阿·瑞恰慈著：《文学批评原理》，杨自伍译，百花洲文艺出版社1997年版，第198页。

一　专用熟事，固然不可

部分诗学家主张诗歌应使用人们广为传诵的故事。如《诗人玉屑》卷十云："沈隐侯曰：文章当从三易：易见事，一也；易识事，二也；易读诵，三也。"① 上述文字乃魏庆之转引自《颜氏家训》，明确提出诗人在诗歌中应该使用读者容易识别的熟事。② 从沈约（441—513）、颜之推到魏庆之，跨越六七百年，恰好说明这种观点在中国古典诗学中历史悠久，并不乏见。

然而，使用熟事颇多弊端，因此诗学家中也多有反对使用熟事者。熟事缺乏新鲜感和刺激读者阅读欲望的魅力，老套使用，易降低人们的阅读兴趣。若非才思非常之人，极难在熟事的使用中实现创新。此外，通常而言，诗人使用熟事往往不能凸显其才学和能力，反而容易收缩诗人的创作空间。诚如什克洛夫斯基所揭示，"艺术的节奏存在于对一般语言节奏的破坏之中"③，制造陌生化正是文学艺术魅力长驻的原因。使用熟事，自是与此背道而驰。

宋人多反对诗歌创作蹈袭、因陈守旧、胶柱鼓瑟，推崇用事创新。我们可从吴处厚记载的一则故事中看到宋人对用事出新的推崇和喜爱：

> 余皇祐壬辰岁取国学解，试律设大法赋，得第一名。枢密邵公亢、翰林贾公黯、密直蔡公抗、修注江公休复为考官，内江公尤见知，语余曰："满场程试皆使萧何，惟足下使萧规对汉约，足见其追琢细腻。又所问春秋策，对答详备。及赋押秋荼之密，用唐宗敕受缣事，诸君皆不见。云只有秦法繁于秋荼，密于凝脂，然则君何出？"余避席敛衽，自陈远方寒士，一旦程文，误中甄采。因对曰："《文

---

① 《诗人玉屑》卷七，第146页。魏庆之在引用这段文字时未注明出处。
② 《颜氏家训》，诸子集成本，第21页。
③ 维·什克洛夫斯基：《散文理论》，刘宗次译，百花洲文艺出版社1997年版，第22页。什克洛夫斯基认为诗歌的本性是对日常语言的"陌生化"（defamiliarization）。张首映解释说"文学陌生化，是把生活中熟悉的变得陌生，把文化和思想中熟悉的变得陌生，把以前文学艺术中出现过的人们熟悉的变得陌生，把过去文学理论中人们熟悉的变得陌生"（张首映：《西方二十世纪文论史》，北京大学出版社1999年版，第133页）。

选·策秀才文》有'解秋荼之密网'，唐宗赦受縑事，出杜佑《通典》，《唐书》即入载。"公大喜，又曰："满场使次骨，皆作刺骨对凝脂，惟足下用《杜周传》作次骨，又对吹毛，只这亦堪作解元。"余再三逊谢。①

吴处厚详细记载了自己参加国学考试因用事创新而博得考官青睐之事，生动再现了宋人崇尚用事创新的文坛风气。在崇新风气之下，人们对用事的重复就会十分敏感，如黄彻曾云：

老杜《赠李秘书》："触目非论故，新文尚起予。"太白《酬窦公衡》云："曾无好事来相访，赖尔文章一起予。"韦苏州："每一睹之子，高咏尚起予。"昌黎《酬张韶州》："将经贵郡烦留客，先惠高文谢起予。"岂非用事偶合？数公非蹈袭也！②

唐代四位著名的诗人——杜甫、李白、韦应物和韩愈，在诗歌中都使用了同一故事，黄彻为此惊叹不已。③他认为几位诗人之间并非相互剿袭，只是偶然巧合，因为在黄彻的心中，他们均为极具诗才之人。从黄彻"岂非用事偶合？数公非蹈袭"之语，以及他对这件事的高度关注来看，诗人使用同一故事很容易被认为是因袭前人而缺乏创新，也说明了宋人比较推崇用事创新的诗歌。在后文，我们将看到，黄庭坚的《酴醾》诗就因为使用了前人在咏花时未用到的故事而在宋代广受赞赏，成为不少诗论家心目中用事出新的典型。

明、清两代，虽有复古主义盛行，但那些对创新比较重视的诗学家往往都认为诗歌用事一定要避"熟"。为此，他们还提供了一些避熟之法，如方东树曾引用比他稍前的王九溪的《九溪诗话》说："诗有用事习熟者宜戒，如吹笛用落梅、折柳，子夜歌用莲字，梧桐用凤凰。须用，翻新为

---

① 吴处厚：《青箱杂记》卷二，中华书局1985年版，第20页。
② 《碧溪诗话》卷九，丁福保编：《历代诗话续编》，第392页。
③ 《论语注疏》卷三《八佾》："子夏问曰：'巧笑倩兮，美目盼兮，素以为绚兮。'何谓也？子曰：'绘事后素。'曰：'礼后乎？'子曰：'起予者商也！始可与言诗已矣。'"（《十三经注疏》本，第2466页）

妙耳。"① 方氏又明确指出:"用典又避熟典,须换生。"② 他对韩愈、黄庭坚等人能够做到"陈言务去",甚为赞赏。他认为诗人要克服用事不能翻新的毛病,就必须多读书,云:"能多读书,隶事有所迎拒,方能去陈、出新、入妙。否则,虽亦典切,而拘拘本事,无意外之奇,望而知为中不足而求助于外,非熟则僻,多不当行。"③

除上述两位诗学家提供的方法之外,还有人指出,"反用"故事也是用熟事而创新的重要手段,对此前人关注甚多,具体事例亦不胜枚举。④

总之,在诗学史上,人们大多反对用事太熟(既指熟事,也指熟法),他们为此总结了不少用事创新的经验。姜夔的建议最为可取,即"熟事虚用。"⑤ 虚用往往会使熟事产生陌生化效果,但最根本的途径,仍然是方东树所言:多读书,以便积累起足够随时取用的故事素材。

二 生僻之事,众矢之的

宋人反对使用熟事之风强劲,诗人常常借用僻事来实现诗歌创新或逞才弄学。许颛(约生活于1131—1162间)《彦周诗话》就曾记载说:"伯父娶邯郸孙女,尝闻邯郸公与小宋饮酒,举一物隶僻事,以多者为胜,饮不胜者。他人莫敢造席。"⑥ 宋人对僻事的偏好,由此可见一斑。

然而,此类做法受到后世不少诗论家的强烈批判,甚至到了四面楚歌的境地。明清部分诗论家认为:僻事虽能在某种程度上挽救使用熟事的弊端,但是容易给读者带来阅读障碍,不利于诗人表情达意。因而,相对于熟事,使用僻事所受到的批评更为尖锐,如邓云霄曾云:

> 读书正如交朋,用事正如请客。读古来名贤之书,用古来共见之事,但如满堂佳客皆海内名流,为有目者共羡,主人亦觉生色。若读稗官小说,用僻事、使怪字,何异伧父投刺、田夫登筵?姓名不数于

① 方东树:《昭昧詹言》卷二十一,第 503 页。
② 同上书,卷一,第 10 页。
③ 同上书,第 18 页。
④ 《寒厅诗话》,丁福保:《清诗话》,第 86 页。
⑤ 姜夔:《白石道人诗说》,何文焕编:《历代诗话》,第 680 页。
⑥ 许颛:《彦周诗话》,何文焕编:《历代诗话》,第 384 页。

人间，秽杂几同于粪溺，人将骇避或驱而逐之耳。①

在上述材料中，邓云霄主要从诗歌所蕴含的道德和诗教的价值取向出发，用打比方的形式生动阐述了熟事之利和僻事之弊。也许受理学思想的影响，邓氏认为使用僻事，如"秽杂几同于粪溺"，应"骇避或驱而逐之"。

明代不少人都主张诗歌不用僻事，如王世贞主张"勿搜僻"②，冯复京（1573—1622）也说："不得用子史、晦僻事。"③

到了清代，不少诗论家同样认为诗歌应该避免使用僻事。如袁枚批评说："用僻典如请生客入座，必须问名探姓，令人生厌。……子旷好用僻书，人称'狐穴诗人'，当以为戒。"④ 又云："用一僻典，如请生客。如何选材，而可不择！"⑤

正因如此，那些因使用僻事而降低诗歌艺术价值之人，往往会遭到诗学家无情的嘲讽。钱泳《履园诗话》记载了一则有趣的故事：

> 有某孝廉作诗善用僻典，尤通释氏之书，故所作甚多，无一篇晓畅者。一日示余二诗，余口噤不能读。遂谓人曰："记得少时诵李杜诗，似乎首首明白。"闻者大笑，始悟诗文一道，用意要深切，立辞要浅显，不可取僻书释典，夹杂其中。但看古人诗文，不过将眼面前数千字搬来搬去，便成绝大文章。乃知圣贤学问亦不过将伦常日用之事，终身行之，便为希贤希圣，非有六臂三首牛鬼蛇神之异也。⑥

吴泳认为，使用出自僻书释典的故事往往会"酿就"怪异难读的诗作，凡才情满怀的诗人都懂得立辞浅显而用意深刻的诗文之道，勿须借助生僻典故，便能创制佳篇，他将此视为"诗文一道"，可见其反对使用僻事何其坚决。最后他还将其推广到做学问上来，主张人们应该躬行"伦常日

---

① 《冷邸小言》，四库存目丛书集部册 417，第 395a 页。
② 王世贞：《艺苑卮言》卷一，丁福保编：《历代诗话续编》，第 961 页。
③ 冯复京：《说诗补遗》，吴文治主编：《明诗话全编》，第 7181 页。
④ 《随园诗话》卷七，第 123 页。
⑤ 袁枚：《续诗品》，司空图等：《诗品集解·续诗品注》，第 150 页。
⑥ 吴泳：《履园诗话》，丁福保编：《清诗话》，第 878 页。

用",不必攻乎"牛鬼蛇神"之类的异端。

此外,即使如李商隐、苏轼、黄庭坚等著名的诗人也曾因喜用僻事而受到批评。李商隐创作了大量使用生僻故事、诗意晦涩的诗作。历代诗学家对他使用僻事的批评不绝如缕。而黄庭坚则因"专求古人未使之事"而遭到讥讽,如魏泰云:

> 黄庭坚喜作诗得名,好用南朝人语,专求古人未使之事,又一二奇字,缀葺而成诗,自以为工,其实所见之僻也。故句虽新奇,而气乏浑厚。吾尝作诗题其编后,略云:"端求古人遗,琢抉手不停。方其拾玑羽,往往失雕鲸。"盖谓是也。①

虽然魏泰可能出于政治倾向而批评黄庭坚,但所说也不无道理。他认为黄庭坚的诗歌大量使用僻事,虽然可以摆脱蹈袭古人的嫌疑,有一定创新价值,但却容易失之"雕鲸",即显得过于雕琢。到了明代,杨慎也曾因此而被邓云霄指斥为"用事太僻"②。诗学家对李商隐、黄庭坚、杨慎等人的批评,表明他们主张诗歌应尽量少用僻事。

有时,诗人还将不用生僻之事视为唐诗的优良传统,并以此要求自己,如袁枚就认为"不用生典"是唐人近体诗的重要特点,其诗中"称公卿不过皋、夔、萧、曹;称隐士不过梅福、君平;叙风景不过夕阳、芳草,用字面不过月、露、风、云。一经调度,便日月崭新"③。在袁枚看来,正宗的唐人近体诗,用事都是"灼然"易晓,于是他因为《过马嵬吊杨妃诗》中有典故不为多数人所熟知,便将其从诗集中删去。

下面这则材料虽针对骈文而发,但与诗歌用事的道理相通,表明邓云霄等人的观点并不是凤毛麟角。陈维崧主张骈文应:"用众所共知之事,则人人耳熟耳晓。"④骈文以"铺张扬厉"为特色,大量用事是其重要标签,这为阅读设置了巨大障碍,如果再使用生僻故事,则可能

---

① 魏泰:《临汉隐居诗话》,何文焕编:《历代诗话》,第 326 页。
② 《冷邸小言》,四库存目丛书集部册 417,第 392a 页。
③ 《随园诗话》卷六,第 98 页。
④ 陈维崧:《四六金针》,丛书集成初编本,中华书局 1985 年版,第 3 页。

会给读者造成更大的麻烦。因此，陈维崧提出要尽量使用熟事。

总之，多数古代诗学家都主张诗歌尽量不用生僻之事，他们常常有意淡化它在诗歌创新方面的意义。概括起来，其原因有四：首先，生僻之事影响读者的顺利读解，阻碍读者寻绎诗人心志，干扰诗歌抒情言志本质的实现。其次，僻事会让诗歌的技巧暴露无疑，有时甚至显得和传统格格不入，形成诗歌的险怪风格，与"温柔敦厚"的诗教相矛盾。再次，僻事往往来源于稗官小说之类的书籍，语多"怪、力、乱、神"，会将诗意引向"异端"，从而和圣贤的教导相悖。最后，唐诗大都不用僻事。上述都是使用生僻之事招致诗学家批驳，成为众矢之的的重要原因。

三 僻事实用，熟事虚用

熟事和僻事在诗歌创作中，各有其弊。那么，诗歌创作应怎样处理两者之间的关系？古代诗学家对此提出了诸多建议，宋人王铚在《四六话》中说："生事必对熟事，熟事必对生事。若两联皆生事，则伤于奥涩；若两联皆熟事，则无工。盖生事必用熟事对出也。"[1] 虽然王氏主要是针对四六文用事而言，不过其对偶形式和律诗相近，表明宋人已意识到故事有生、熟之分，提醒诗人应该在运用时注意处理两者的关系。

明清时期有人对此作进一步发挥，如叶矫然主张调和，认为："作诗须生中有熟，熟中有生。"[2] 叶燮则指出人们在处理熟事和僻事的关系时往往走向了两个极端：明七子及其拥护者，用事过于陈熟，而反对者则"过凡声调字句近乎唐者一切屏弃而不为，务趋于奥僻，以险怪相尚，目为生新……新而近于俚，生而入于涩"，更"大败人意"[3]。叶燮（1627—1703）主张"陈熟、生新，不可一偏"[4]，反对"以剿袭浮词为熟，搜寻险怪为生"[5]。清代后期，方东树的观点也与此相类。

上述观点落实到具体的诗歌创作实践中仍然显得模棱两可，相比之

---

① 王铚：《四六话》，丛书集成初编本，第 3 页。

② 叶矫然：《龙性堂诗话》，郭绍虞编：《清诗话续编》，第 938 页。

③ 《原诗》，叶燮等：《原诗·一瓢诗话·说诗晬语》，第 43 页。

④ 同上。

⑤ 同上书，第 44—45 页。

下，姜夔（1155？—1221？）的论述较为恰切，他说：

　　难说处一语而尽，易说处莫便放过；僻事实用，熟事虚用；说理要简易，说事要圆活，说景要微妙；多看自知，多作自好矣。①

姜夔所规定的"熟事虚用"和"僻事实用"的用事原则，得到后世诗学家的广泛响应。所谓"虚用"，即在使用熟事时尽量避免给予过多的提示信息，将它的表征内容和符号隐藏起来，给读者的阅读造成一定障碍，其最高境界即为用事无迹。所谓"实用"，则指使用僻事时尽量使读者能够意识到诗人在用事，并提供一定的线索使其容易辨别，从而减轻阅读障碍。诗人只要灵活运用写作技巧，自然能发挥熟事和僻事之妙，化弊端于无形。

　　姜夔的言论对中国古典诗歌用事观念影响深远，它成为有关"熟事"与"僻事"的基本用事观念。后世多位诗学家在论述用事的生熟问题时，都引用了这段文字来充实自己的诗学观念，如魏庆之的《诗人玉屑》②、梁桥的《冰川诗式》③、王士禛的《渔洋诗话》④ 等。

　　在诗歌创作中，诗人总是面临某些两难的选择，既要顺利表情达意，又要避免用事陈熟，既要在创作中有所创新，又不能使用过于生僻的故事。在这场守旧与创新的博弈中，用僻事招致了更为强劲的批评，用熟事则在某种程度上获得一定的支持，特别是诸如袁枚等人，他们将不用生僻故事的唐诗作为学习的典范。如此取舍的原因虽然较为复杂，但他们对于唐诗及其以前古诗的审美品格的推崇则是其中较为重要者之一。

第二节　限制时代:追求惟"古"诗风

　　古代诗学家对诗歌创作中用哪一段时间的故事作了细致深入的探讨，

① 《白石道人诗说》，何文焕编：《历代诗话》，第 680 页。
② 《诗人玉屑》卷一，第 10 页。
③ 梁桥：《冰川诗式》，四库存目丛书集部册 417，第 226b 页。
④ 王士禛：《渔洋诗话》，丁福保编：《清诗话》，第 180 页。

并制定了诸多规则，形成两种观点：其一，反对使用当代以及距当代不远的故事；其二，可以恰当使用时间距离较近的故事，甚至包括本朝故事。人们偏重要求使用较为古老的故事，大多认为诗歌只能使用唐代及其以前的故事，不仅可避免使用僻事的弊端，也可使诗歌具有一种古朴的艺术美，这些看似机械的规定，折射出他们在维护中国古典诗学传统方面所作的努力以及对某些破坏行为的焦虑。

一　唐宋诗歌：灵活多变

一般而言，用事是指使用过去的故事，但是应怎样划分"过去"与"当下"的分界线呢？正所谓："天下之事，今日见在则谓之新，明日见之则谓之故。"① 因时代变迁，历代诗学家们所界定的"过去"必定相异。然而，我们在研究中却发现，涉及诗歌的用事，古代诗论家往往都比较偏好使用唐代及其以前的故事，也就是说，他们划分"过去"的底线不会下延至宋代及以后。可见，所谓"故事"的"故"，决不能简单理解为"过去"之意。

诚如内山精也所指出，唐以前的文学作品用事通常都使用到上一个朝代为止。② 及至唐代，诗人仍然遵循这个潜规则。不过，他们尤其偏好使用汉代故事，李商隐的诗歌便为一例，其诗歌中多用《史记》、《汉书》和《后汉书》故事。当然，在今天所见到的 4 万多首唐诗中也不乏破例之作，杜甫和李商隐等人的诗歌中甚至有使用本朝昭陵石马等故事者。唐宋时代还有一种较为特殊的用事方式，用己诗为故事，即以自己过去创作的诗句或事件为故事，如白居易（772—846）《九日寄微之》"去秋共数登高会，又被今年减一场"句，乃化用自他前一年所作《九日宴集，醉

---

① 王会昌：《诗话类编》卷三名论下，四库存目丛书集部册 419，齐鲁书社 1997 年版，第 66a 页。《诗话类编》乃王会昌蒐集前人论诗文字而成，往往并不标明出处。此段文字乃王会昌引贺铸所言。后文江盈科亦有言及。

② 内山精也著：《传媒与真相——苏轼及其周围士大夫文学》，朱刚等译，上海古籍出版社 2005 年版，第 288—289 页。原文："典故对于唐以前的文学作品来说，除去比较偏僻难懂的被叫做僻典以外，一般都是使用到上一个朝代的故事为止。这或许是由于当时有这样的默契。即用典不超出一般士大夫的教养范围，因为如果用非常特殊的典故，大部分读者就不能理解，这意味着作者未能达到其表现目的。"

题郡楼，兼呈周、殷二判官》中的诗句"须知菊酒登高会，从此多无二十场"①。又如刘禹锡（772—842）《再游玄都观》使用自己诗歌中的故事甚至被写进史书。据《旧唐书·刘禹锡传》记载：元和十年，诗人写《玄都观看花诸君子》"玄都观里桃千树，尽是刘郎去后栽"句，被视为影射权贵，遭到朝廷贬斥。十余年后当他重返长安，再游玄都观，回忆起旧事，不禁感慨："种桃道士归何处？前度刘郎今又来。"② 这桩事件被广泛转引，《古今事文类聚》、《诗林广记》等都有引述，人们津津乐道其中的本事。③

降及宋代，诗人在一般情况下，仍坚持前代诗人已经形成的用事有时限的传统，即通常都使用到上一个朝代为止，汉唐故事多见于诗人笔端。如苏轼《龙虎石研寄犹子远》："伟节何须怒，宽饶要少和。"④ 用《汉书》贾彪和盖饶宽故事。又如黄庭坚《题山谷石牛洞》、《次韵刘景文登邺王台见思五首》（其二）等诗亦是大量使用《汉书》故事。他们还在诗歌中大量使用唐、五代故事，如苏轼《和参寥》就用了五代李观象为周行逢节度使，因行逢严酷恐及祸，乃寝纸帐、卧纸被的故事。⑤ 黄庭坚等人也多用《新唐书》、《旧唐书》中的故事。

与唐人略有不同的是，宋人相对喜欢使用本朝故事，如张文潜寄诗王直方云："须看远山相对蹙，莫欺病齿恼衰翁。"其中就化用了黄庭坚《谢人遗梅子》"远山对蹙"之句。⑥ 赵翼用当代故事的现象也有所关注，认为唐代已经开始，到了北宋苏、黄等人之后变得比较普遍，所以他说："宋人不惟用本朝事，即四六亦然。"⑦

以自己的诗句为故事入诗，在宋代同样不乏其人，甚至更多，苏轼、

---

① 黄彻：《䂬溪诗话》卷四，丁福保编：《历代诗话续编》，第 366 页。

② 刘昫等编：《旧唐书》，中华书局 1963 年版。

③ 蔡正孙：《诗林广记》卷四，中华书局 1982 年版，第 71 页。

④ 苏轼：《苏轼诗集》卷三十九，第 2101 页。

⑤ 原文全文如次："芥舟只合在坳堂，纸帐心期老孟光。不道山人今忽去，晓猿啼处月茫茫。"（《苏轼诗集》卷二十二，中华书局 1982 年版，第 1202 页）诗中的"纸帐"当用了五代李观象的故事（王士禛：《五代诗话》，人民文学出版社 1989 年版，第 267 页）。

⑥ 王直方：《王直方诗话》，郭绍虞编：《宋诗话辑佚》，第 27 页。亦见于《诗话总龟》卷八，人民文学出版社 1987 年版，第 85 页。

⑦ 赵翼：《陔余丛考》，中华书局 1963 年版，第 496 页。

黄庭坚和陆游等人即为典型。苏轼被贬任黄州时，曾作诗云："去年今日关山路，细雨梅花正断魂。"此后连续两次以此故事入诗，有"风岭下淮南村，昔年梅花曾断魂"，"柯丘海棠吾有诗，独笑深林谁敢侮"云云。①陆游等人的诗集中也有此现象，如陆游《梅花绝句》第十首云："今年真负此花时，醉帽何曾插一枝。渐老情怀多作恶，不堪还作送梅诗。"自注云："去年在成都，尝赋诗送梅。"②

宋人大量使用本朝故事的现象一度受到人们的关注，将其视为宋诗的特色，并试图对这样的现象做出解释。如王直方就解释为"以其人重也"③。当然，在我们看来，诗人以本朝故事入诗的缘由相当复杂，这种解释仅探得冰山一角。后来，清人昭梿也对此作了分析。他在翻阅宋人"文集，其制、表诸文"等作品之时，发现其中"多有用本朝故事者"，认为其原因就在于"当时实录、日录颁行海内，家喻户晓"。由此，他建议明朝廷公布实录，以使读书士人歌赞"祖宗"功绩。④昭梿将宋人用本朝事，归因于朝廷的传播政策。这是一个令人颇受启发的解释。

宋代黄彻等人也曾讨论用己诗为故事的现象，认为诗人要"用自己诗为故事，须作诗多者乃有之"⑤。内山精也则给出了一个独特的、令人颇受启发的阐释。他指出传播媒介的进步使苏轼诗歌成为一个公共文本，

① 黄彻：《碧溪诗话》卷四，丁福保编：《历代诗话续编》，第366页。魏庆之：《诗人玉屑》卷七亦引此段，文字稍有出入，第150页。四诗分别见《苏轼诗集》卷二十一，第1077页；卷三十八，第2075页；卷二十二，第1188页；卷二十九，第1522页。第一首乃《正月二十日往岐亭，郡人潘、古、郭三人送余于女王城东禅》中诗句，与卷二十《梅花二首》之一中的诗句云："一夜东风吹石裂，半随飞雪度关山。"（第1026页）第二首乃《十一月二十六日，松风亭下，梅花盛开》，诗句"春风岭上淮南村，昔年梅花曾断魂"后，苏轼自注云："予昔赴黄州，春风岭上见梅花，有两绝句。明年正月，往岐亭道上，赋诗云：'去年今日关山路，细雨梅花正断魂。'"苏轼自注中诗句自《正月二十日往岐亭，郡人潘、古、郭三人送余于女王城东禅》。第三首乃《上巳日与二三子携酒出游随所见辄作数句明日集之为诗故词无伦次》，而"吾有诗"云云者当指卷二十《寓居定惠院之东，杂花满山，有海棠一株，土人不知贵也》一诗（第1036页）。第四首乃《书晁补之所藏与可画竹三首》之三，在诗句"吾诗固云尔，可使食无肉"后苏轼自注云："吾旧诗云：'可使食无肉，不可居无竹。'"其前所写诗歌为《于潜僧绿筠轩》，见《苏轼诗集》卷九，第448页。

② 陆游：《陆游诗集》，中华书局1976年版，第294页。

③ 王直方：《王直方诗话》，郭绍虞编：《宋诗话辑佚》，第27页。

④ 昭梿：《啸亭杂录》，中华书局1980年版，第489—490页。

⑤ 黄彻：《碧溪诗话》，丁福保编：《历代诗话续编》，第366页。

人们很快就可以知道诗人的经历，熟悉诗人的诗作，从而解读诗人所用的己事。① 这在一定程度上助长了诗人在诗歌中使用己诗为故事的行为。内山精也的解释和前述昭梿的观点相似，都共同指向了宋代的资讯情况。

事实上，诸多偶然因素促使诗人用本朝事、用己诗作为故事，当诗人再度经历相似的生活场景之时，昔日的记忆往往浮现于眼前，从而成为诗人诗歌中的故事。这一点我们可以从苏轼等人的自注中略见一斑。

为了保证读者顺利解读这些特殊的故事，诗人在创作时会考虑到读者是否知道诗歌所用故事的出处和背景，他们有时采用自注的形式加以说明，这也是苏轼、陆游等诗人的常用之法。这反映了诗人在努力维护"作者意指的含义"②。此举似乎表明诗人对读者是否能理解本朝事和自己诗文中的故事，持保留态度。

综上所述，唐宋诗人偶尔会突破"用事必用前朝事"的传统，使用一些本朝故事、当代故事、己诗中的故事，为诗坛奉上一簇奇异的花朵，它们吸引着诗学家的眼球，常常给他们带来惊异的快感，成为其津津乐道的对象。其中，宋人尤甚。上述几位诗人在"越轨"后所创作的诗歌，真切地告诉人们：只要手法巧妙，即便使用本朝之事也能创造出脍炙人口的佳什，而且还能克服熟事所带来的审美疲劳，具有独特的审美趣味。如前举邱浚诗使用了当时的民间故事，幽默谐趣，对于明人来说尤其显得直观、易懂、亲切。对此，赵翼一针见血地指出"其意固在争新"③。

然而，这并不意味着诗人可以肆无忌惮。杰出的诗人应懂得适可而止、收放自如，既要做到技法多变，也要考虑读者接受的实际情况，维护文学传统。毕竟，用己事入诗还受到诗人知名度等因素的局限，并非每一个人都可如此。此外，诗人切忌在诗歌中排列本朝故事，因为这样会令诗

---

① 内山精也著：《传媒与真相——苏轼及其周围士大夫文学》，朱刚等译，第 288 页。内山精也将苏轼使用己诗为故事的原因指向传媒发达，自有其独到之处。但他的观点也还需斟酌，因为他可能忽视了早在苏轼以前，唐人就已经开始这样做了，如上文所提到的刘禹锡和白居易等人，那么苏轼时代的传媒和白居易、刘禹锡时代的传媒发展情况是否可等量齐观？又，他们的诗歌中多有自注，表明他们并不相信读者会知道其所用之诗。

② 赫施（Hirsch）在《解释的有效性》（*Validity in Interpretation*）中对此有所论述（王才勇译，生活·读书·新知三联书店 1991 年版，第 23—28 页）。

③ 赵翼：《陔余丛考》，第 495 页。

歌变异为编年史，诗味顿失。

诗人使用本朝故事、当代故事、己诗中的故事，都是对传统诗歌所确立的美学范式的一种反叛。于是，故事的时间限制逐渐成为一个亟须规范的问题。从南宋末期开始，诗学家开始反思诗人使用本朝故事等独特的用事习气。究竟是遵守"用事必用前朝事"的传统，还是突破其限制，放宽故事的时限，逐渐成为诗学家们讨论的热门话题。

明清诗学家选择维护古诗的传统，拒绝承认用事本朝、己诗故事的合法性。元明使用本朝故事基本上就只是偶然现象。明代蒋冕（1463—1533）曾在《琼台诗话》中大赞其师邱浚（1421—1495）的诗歌用本朝故事"言详尽而意微婉"①。类似蒋冕这样主张诗歌用当代故事的言论，在整个明代并不多见。到了清代，虽然也有人认为诗歌可使用任何时段的故事，但是真正在诗歌创作中使用本朝故事者，也远不及宋代普遍。

二 时间限制：复古情结

唐代诗人，一方面遵守"使用到上一朝代为止的故事"的基本规则，另一方面，他们也偶尔打破规则。及至宋代，偶尔破例的现象渐渐从幕后走向台前，从个别演化到一般。然而，文学史的发展竟然在此发生逆转，元明以后的诗学家极力遏制破例违规的现象，在难以摆脱的复古情结的支配下，对用事时限提出了诸多近乎苛刻的规约。持续性的复古主义风潮，既维护了中国古典诗歌的审美理想和传统，也令诗歌创作渐趋程式化，总体上走向枯竭。

元明诗学家对故事发生的时代限制的探讨最为热衷。他们大多认为在诗歌创作中应该使用较为古老的故事，将唐代作为故事时间的下限，以追求古朴典重的审美风格。赵孟頫（1254—1322）就鲜明地指出："用唐以下事，便不古。"②他极为推崇诗歌"古"的审美品格，并以此作为用事的目标。赵孟頫的观点在诗学界中影响甚大，清代仍有人祖述，如方南堂就支持说："用事选料，当取唐以前。唐以后故典，万不可入诗。尤忌以

---

① 蒋冕：《琼台诗话》，四库存目丛书集部册416影崇祯十一年爱吾庐刻本，第559b—560a页。

② 胡震亨：《唐音癸签》，第17页。

宋、元人诗作典故用。"①

除了赵孟頫，范梈（1272—1330）也认为宋事不可用，不主张诗人使用多有宋代故事的《事文类聚》中的故事。② 明人所编的诗法类著作对范梈的观点多有摘引，谢榛的《四溟诗话》、周履靖编次的《骚坛秘语》等都有引述，③ 虽具体文字略有出入，但观点相类。

事实上，元明以后的诗学家还有更为严格而具体的规定。如杨载云："作句在读秦汉以来文字，用三代故事，古乐府、李杜皆祖述之。"④ 又有范梈说："诗当取材于汉魏，而音律以唐为宗。"⑤ 王世贞、冯复京提出："勿用大历以后事。"⑥ 何景明（1483—1521）认为连唐代故事也不能使用。⑦ 甚至还有人提出诗歌不应使用汉以后的故事。⑧ 王士禛在《池北偶谈》更反对使用六朝以后的故事，他说："或谓作诗使事，必用六朝以上为古。"⑨

某种观点得到大多数人的拥护和支持，主要是因为：第一，这种观点在实际操作之时具有其内在的合理性；第二，这种观点与时代风潮相一致，使之得以在更大范围内传播和接受。元、明诗学家极力倡导诗人使用

---

① 方南堂：《方南堂先生辍耕录》，郭绍虞编：《清诗话续编》，第 1937—1938 页。

② 谢天瑞：《诗法》，续修四库全书册 1695 影明复古斋刻本，上海古籍出版社，第 335b—336a 页。这段文字的观点出自范梈《木天禁语》。中华书局 1985 年版《新编丛书集成初编》排印学海类编本《木天禁语》不及此处完整。后来的引用各本文字出入不小，然其基本观点一致，张健《元代诗法校考》中对其作了辨正（张健考辨了史潜《新编名贤诗法》、怀悦《诗家一指》、赵捴谦《学范》等明人所引述的文字。参见张健《元代诗法校考》，北京大学出版社 2001 年版，第 172 页）。

③ 谢榛：《四溟诗话》，第 20 页，周履靖：《骚坛密语》卷下，第 80 页。

④ 谢天瑞：《诗法》卷三引《名公雅论》，续修四库全书册 1695，第 351 页。又见佚名《名公雅论》，张健《元代诗法校考》，第 375 页。案：《名公雅论》据张健考证当是元人作品，作者已无从考证；此处转述了杨仲弘的话，各本文字稍有出入，"读"字或作"诗"字。

⑤ 谢榛：《四溟诗话》，第 17 页。

⑥ 王世贞：《艺苑卮言》卷一，丁福保编：《历代诗话续编》，第 961 页；冯复京：《说诗补遗》，吴文治主编：《明诗话全编》，第 7180 页。

⑦ 见费经虞《雅伦》卷十五引胡应麟《少室山房笔丛》正集卷二十，四库存目丛书集部册 420，第 232b 页。原文云："何仲默戒人用唐宋事。"

⑧ 江盈科：《雪涛诗评》，《中国诗话珍本丛书》册 12 影民国铅印本，第 737—735 页。

⑨ 王士禛：《池北偶谈》卷十四，中华书局 1982 年版，第 341 页。王士禛在《师友诗传续录》中还说用六朝以前故事"即多古雅"（丁福保编：《清诗话》，第 154 页）。

唐代及唐前故事，并在诗坛中产生了广泛的影响，与上述两点密不可分。

首先，"古"事多存于已经编写好的史料和著录之中，读者较为熟悉且便于查阅；而"当代"之事则往往因为史料收集和著录等因素的限制而不被多数人熟知。读者往往习惯从自己的知识积累中搜寻典故，这些知识的承载体多是流传已久、普及性较高的经典著作。在诗歌中大量使用这些承载体中的故事，有利于满足读者的期待视野。

其次，一般而言，用"当代"故事和用事的定义及其功能相违背。用事是指以故事比拟今事，表达诗人情志，而"当代"故事往往缺乏比较凝固的含义，有时还会涉及比较敏感的道德评价、政治争端等问题，故而赵翼指出用本朝故事"究欠稳重"①。毕竟，故事的含义，是通过一代代文人使用而得到固定的，如黄四娘的身份就是在人们不断使用的过程中逐步得到确立。此外，用事最为核心的功能就是扩大诗歌的互文性，使读者在合理的阅读障碍面前获取阅读动力，可是"当代"故事或者缺乏具体的文本依据，或者该文本依据不为多数人知晓，从而放大了阅读障碍，使读者不知所云。

最后，宋代以后，诗学家大多认为诗歌应该以唐及其以前的审美为理想和标准，即追求"古"风，用"当代"故事则有害于此。这种以古为美的审美理想，是对传统的尊重和维护。只有合乎古典诗歌的创作传统所创作的诗歌才会具有"古"味。这就表明了人们对"事"的时代作出规定之时，其参照对象不是唐以后的诗歌，而是要努力回到盛唐诗、汉魏古乐府，甚至《诗》、《骚》的创作传统及其审美理想。这种复古主义恰是明代诗学的主旋律，何景明、谢榛、王世贞等人都是明代复古主义诗人的中坚，其他诸如胡应麟、胡震亨等人也基本坚持复古主义文学主张。清代初期的著名诗学家叶燮对此有深入论述，他在《原诗》中指出：

> 五十年前，诗家群宗嘉隆七子之学，其学五古必汉魏，七古及诸体必盛唐。于是以体裁、声调、气象格力诸法，著为定则，作诗者动以数者律之，勿许稍越乎此。又凡使事、用句、用字，亦皆有一成之规，不可以或出入。其所以绳诗者可谓严矣。惟立说之严，则其途必

---

① 赵翼：《陔余丛考》卷二十四，第496页。

归于一，其取资之数，皆如有分量以限之，而不得不隘。是何也？以我所制之体，必期合裁于古人，稍有不合则伤于体，而为体有数矣。我启口之调，必期合响于古人，稍有不合则戾于调，而为调有数矣。气象、格力，无不皆然，则亦俱为有数矣。其使事也，唐以后之事戒勿用，而所使之事有数矣。①

叶燮主张文学进化说，他批评明七子作诗，体裁、声调必合于古人，并且用事唯唐前，认为这是典型的盲目复古主义，其最大流弊就是造成诗人用事素材减少。他一针见血地指出了明人限定故事时代的复古主义动机。

元明清不少诗学家主张诗人应使用唐代及唐前的故事，对那些破坏用事传统，创作破例之作的诗人大加批评。刘克庄（1186—1269）就因为在七律诗中惯用本朝故事被王士禛斥为"恶道"②，翁方纲（1733—1818）附和其说，指责刘诗与编年史无异，说他"直作故事入联中，非如读崇宁长篇《题系年录》诸作，咏感时事之谓也"③。赵翼也在《陔余丛考》中以较大篇幅进行了考证和批评，标题即为"刘后村诗多用本朝故事"④。

宋人主张诗歌创新，多使用本朝和自己诗中的故事。元明以后，这种情况发生了逆转，诗人不主张宋人所谓的创新之法，且往往直接略过宋代，使用唐代及其以前的故事，其主要目的就是为了使诗歌具有一种古雅之风，这其实是一种形式上的复古，并没有领略到诗歌用事的精髓。

三　或远或古，皆足资用

在另一些诗学家眼中，上述限定用事时代的观点不无机械之弊，对此论证较为充分者，当属明代江盈科（1553—1605）。他在《雪涛诗评》中极力驳斥前人，因观点具有代表性，兹全文摘引如下：

诗言志，志者心之所之，即性情之谓也。而其发挥描写，不能不

① 叶燮：《原诗》，人民文学出版社1979年版，第43页。
② 薛雪：《一瓢诗话》，第118—119页。
③ 翁方纲：《石洲诗话》卷四，人民文学出版社1981年版，第147页。
④ 赵翼：《陔余丛考》卷二十四，第493—496页。

资于事物。盖比兴多取诸物，赋则多取诸事。诗人所取事物，或远而古昔、近而目前，皆足资用。其用物也，如良医用药，牛溲马勃随症制宜，不专倚人参、茯苓也；其用事也，如善书之人，睹惊蛇而悟笔意，观舞剑而得草法，不专倚临帖摹本也。本朝论诗，若李崆峒、李于鳞，世谓其有复古之力。然二公者，固有复古之力，亦有泥古之病。彼谓文非秦汉不读，诗非汉魏六朝盛唐不看，故事凡出汉以下者，皆不宜引用。意何其所见之隘，而过于泥古也耶！夫诗人所引之物，皆在目前，各因其时，不相假借，如雎鸠、螽斯、桑扈、蟋蟀、樛木、桃夭、苤苢、葛藟，是三百篇所用之物也。降而为《离骚》，则用芷蕙、荃莒、兰芳、菊英、蛟龙、凤凰、文虹、赤螭，曾有一物假借于《毛诗》乎？又降而为唐人之诗，则用江梅、岸柳、涧草、林花、乳燕、鸣鸠、群鸦、独鹤，曾有一物假借于《离骚》乎？非不欲假，目到意随，意到笔随，自不暇舍见在者而他求耳。至于引用故事，则凡已往之事，与我意思互相发明者，皆可引用，不分今古，不论久近。盖天下之事，今日见在则谓之新，明日看今日即谓之故。他不泛引，如杜诗云："龙舟移棹晚，兽锦夺袍新。"李诗云："选妓随雕辇，徵歌出洞房。"非二公目见本朝之事耶？居今之世，做今之诗，乃曰汉以上故事方用，此特有见于汉家故事字眼古雅，遂为此拘泥之言。其实，字眼之古不古、雅不雅，系用之善不善，非系于汉不汉也。怪彼用字之俚俗者，欲尽废汉以下故事不看，何异爱春景者欣艳桃、梅、梨、李而弃莲、菊、芙蓉、山查、水仙于不观，曰化工之妙尽属于春也，谁其信之？故吾以为：善作诗者自汉魏盛唐之外，必遍究中晚然后可以穷诗之变；必尽目前所见之物与事，皆能收入篇章，然后可以极诗之妙。若但泥于古而已，即如作早朝诗，千言万语不过将旌旗、宫殿、柳拂、花迎、金阙、玉阶、晚钟、仙仗左翻右覆。及问之则曰："不如此便不盛唐。"噫！只因"盛唐"二字，把见前诗与见前诗料一笔勾罢，如此而望诗格之新，岂非却步求前之见欤？①

① 江盈科：《雪涛诗评》，《中国诗话珍本丛书》册 12 影民国铅印本，第 737—735 页。王会昌：《诗话类编》之《名论》（下）亦有引用（四库存目丛书集部 419，第 66 页）。

这段文字的核心内容是反对诗歌用物、用事过于拘泥于某种规则，极力呼吁诗人打破时间限制。江盈科认为，对所用故事的时间限定应该随着岁月的推移而往后移动，没有必要为其确立固定的刻度，这恰是唐宋时代诗人用事传统的回归。江盈科看到了传统的巨大力量，为了让自己的观点具有说服力，他搬出了古典诗学的开山理论——"言志说"，作为自己论述的基石，显得郑重其事。他认为诗人的目的是抒写性情，故不能拘泥于外在的束缚，他鼓动诗人打破种种对诗歌用事自由的压制，倡导根据诗歌创作的实际需要来选用故事。他将批评的矛头直指明代由李梦阳（1472—1529）和李攀龙（1514—1570）等人所倡导的复古主义风潮。他们之中不仅有主张诗歌不能使用唐以后之事者，更有甚者认为汉以后之事概不能用。江盈科则认为只要是过去之事，都可以使用，不必局限于时代先后。他指出虽然用汉代之事确实可以使诗歌显得朴拙古雅，但若仅仅使用汉代故事，不一定能创作出优秀的诗作，对于诗歌创作而言，最为关键的问题是诗人怎样用，而不在于"事"本身的血缘，诗歌用事也不一定要拘束于一定的文献出处，而要随心所欲地采撷事类。

　　江盈科是公安派的重要成员，对明代复古主义大加挞伐[1]其呼声反映了部分诗学家对复古主义、教条主义作风的强烈不满，对"诗必盛唐"之说深恶痛绝。他主张用事不一定遵循传统，而要有所创新，否则只会是千篇一律。为此他还指出那些写早朝诗的诗人，就是因为袭陈守旧，不能根据眼前景色展开创作，结果造成诗意陈腐、缺乏新意而让人生厌。

　　江盈科的观点，在清代产生了一些反响。毛先舒就指出，近世事亦可以用，不过需要谨慎，他说："近世事与近世字面，初入手时，决当慎之，后来顾当用之如何。区区准绳，非所论于法之外。"[2]

　　他们的观点，对于打破复古主义者的教条式作风，具有重要的意义，但并非主流，整个诗坛的复古风气仍然强劲。明人维护盛唐诗的背后，表现出他们在建构用事传统方面所作的努力。所以上文中的种种规定多出自

---

　　①　目前学界对此有所关注，如黄仁生《论江盈科参与创立公安派的过程及其地位》（《复旦学报》1998 年第 5 期）等文对此多有论述。
　　②　毛先舒：《诗辩坻》卷四，郭绍虞编：《清诗话续编》，第 76 页。

元、明诗学家，鲜有宋人对此热衷。其后，清人附和元、明诗学家的观点，人们对盛唐诗歌难以磨灭的情结，影响了他们的文学创作和观念。

综上所述，古代诗学家大多主张诗歌应该使用较为古老的故事，反对使用唐以后的故事以及当代之事，他们认为那样做会降低诗歌的审美价值。虽然也有人对诗歌使用当代故事的现象比较感兴趣，但是这种现象在宋以后的诗歌创作中比较罕见，而且还会受到严厉批评，这表明了文学传统的巨大力量。面对故事之时，诗人和诗学家，往往会尊重传统，很少有犯规现象。正如艾略特所说："一个艺术家的进步意味着继续不断地自我牺牲，继续不断个性消灭。"① 明代诗人由于过度重视传统，缺少了宋人的生新之风，当诗歌拥有的只是走样的唐代风韵，自然不能打动人心。

第三节　文献：用事与正统思想同构

古代诗学家不仅讨论了用事生熟和时限，还对其文献来源作了细致的规定，普遍认为诗人用事应在儒家坟典或以儒家正统思想为指导的经籍中选取，尽量不要使用释道典籍、稗官野乘中的故事。诗学家之所以对用事文献出处进行限定，其出发点主要有二：第一，故事往往集中出现于某些文献，如汉代之事大多存于《史记》、《汉书》和《后汉书》中，唐代之事则多见于《旧唐书》、《新唐书》等；第二，由于儒家思想在中国传统文化中长期占据主流地位，人们往往将释道典籍视为异端邪说，而自孔子始就有反对"攻乎异端"的传统。因此，他们反对使用释道二藏故事，也反对使用那些离经叛道的事典。这一点反映了中国古典诗学用事观与传统文化的同构以及儒家思想对诗学的浸润。我们还要看到，这种同构其实也是古代诗歌修辞（学）所承担的义务。对此高辛勇有所发明："'修辞'的形式——尤其是具体的'修辞格'本身——可能带有意识形态的内涵。这并不仅只是说修辞可以传达意识形态（如政治家用修辞手段增强其政见的传播与说服力），而是说修辞的形式本身也会蕴涵价值观念。"② 古代

---

① T. S. 艾略特：《传统与个人才能》，T. S. 艾略特著，李赋宁译：《艾略特文学论文集》，百花洲文艺出版社 1994 年版，第 5 页。

② 高辛勇：《修辞学与文学阅读》，北京大学出版社 1997 年版，第 3 页。

诗学家对于诗歌用事材料来源的规定，正体现了官方意识形态——"正统"思想对于古代诗歌修辞的掌控。

一 不用稗官野史

古代诗学家多提倡诗人使用正史故事。如范梈就建议诗人应该："摘用《史记》、《西汉书》、《东汉书》，新、旧《唐书》、《晋书》字样集成联对。"① 他把诗人用事的文献来源大致分为三种：一是类书；二是稗官野史；三是史官编纂的正史。范梈明确反对使用类书、稗官野史中的事典，尤其反对使用俚语、偏方之言，因为它们大多荒诞不经、生僻且不合圣人教诲。他主张使用正史故事，甚至连《三国志》、《宋书》等都被否定了。儒家的"四书五经"也被排除在外，因为他认为其中的故事过熟会减少诗歌的内在意蕴。

范梈对用事出处文献的三分法，从侧面反映了古代诗人用事征引书目的基本情况，即主要以史书和类书为主，这折射了以儒家思想为主流的史官文化的权威性。范梈之所以如此强调正史，原因大略有五：第一，儒家经典为当时所有读书人所必读，使用其中的故事，易造成用事陈俗；第二，"事"的主要内容不是语典，而是故事，史书可以为用事提供大量的素材；第三，诗人往往反对在诗歌中使用释、道故事，认为这些可能有违诗教；第四，史书中的许多故事，人们并不陌生，有助于阅读；第五，诗人常常使用这些史书中的事，已经形成了一种用事传统。范梈在一定程度上揭示了诗人用事时的隐性规则。阅读经验告诉我们，在古代诗人的作品中，大部分故事确乎来自范梈所开列的这些典籍种类。比如，唐代诗人所使用的故事主要来源于《史记》、《汉书》和《后汉书》等正史书籍。

范梈的观点得到明清诗学家的附和。然而，他的三分法过于简略和生硬，并不能全面反映当时知识分子的读书状况，也满足不了诗人用事的实际需要，如《三国志》、《宋书》、《南齐书》等也被他排除在外，不符合人们的诗歌创作实践需要，诸如苏、黄等人，用事往往是出入经史、纵横百家。因此，有人对他的观点进行修正，如邓云霄就主张诗歌要使用

---

① 谢天瑞：《诗法》，续修四库全书册1695，第335b—336a页。

"古来名贤"著作中的故事，可以包括经、史、子、集四部典籍。①

古代诗学家反对从稗官野史中搜寻故事，除了它们和儒家思想相背之外，还因为其中的故事多属僻事，如黄子云曾指出：

> 汉以迄中唐，诗家引用典故，多本之经、传、《史》、《汉》，事事灼然易晓；下逮温、李，力不能运清真之气，又度无以取胜，专搜汉魏诸秘书，括其事之冷寂而罕见者，不论其义之当与否，擒剥填缀于诗中，以夸耀己之学问渊博。俗眼被其炫惑，皆为之卷舌伸眉，咄咄嗟赏，师承唯恐或后。吁！二人志虑若此，其品操又安用考厥平生而后知其邪僻哉？②

他提倡使用经、传、《史记》、《汉书》中的事，反对采事于"汉魏秘书"，因为后者不仅是僻事，而且其"义"怪诞，与"温柔敦厚"的儒家诗教和古典诗歌审美理想背离，如《穆天子传》、《汉武故事》等小说中的故事即是如此。

赵翼也曾为吴伟业"熟于《两汉》、《三国》及《晋书》、《南、北史》，所用皆用典雅，不比后人猎取稗官旧说，以炫新奇"而称赞不已。③

虽然范梈、黄子云和赵翼等并不身处同一时代，但是却异口同声反对在诗歌中使用稗官野史中的故事，代表了大多数古代诗学家的主张。古代诗学家对此问题有着较为一致的主张，反映出作为社会主流的儒家思想，已经根深蒂固地盘踞于诗学论述之中。

二 不用释道经藏

释道经典中的事大多也是语涉怪诞，有违圣贤之教，且卷帙浩繁，往往是精读儒家经典的传统知识分子所不熟知。所以，诗学家大多反对使用佛教和道教经典中的事。上文提及的吴泳、邓云霄、黄子云等人，都不赞同在诗歌中使用这些故事，翁方纲也认为"舍九经而征佛经，舍正史而

---

① 邓云霄：《冷邸小言》，四库存目丛书集部册 417，第 395a 页。
② 黄子云：《野鸿诗的》，丁福保编：《清诗话》，第 875 页。
③ 赵翼：《瓯北诗话》卷九，第 134 页。

搜稗史小说，且但求新异，不顾理乖"的做法，不值得效仿。①

　　然而，用事还受到诗歌题材的限制，在某些特定题材的诗歌中应酌情使用宗教典故。在诗学家看来，用佛教典故最有代表性的诗人是王维和苏轼，王维更是诗人大量使用佛教典故的首开风气者。赵殿成（1683—1743）等就曾耗费相当多的精力注释王维诗作中的佛教故事。②方东树认为王维之所以大量使用佛教典故就是因为他"为释氏作文"，故"不得不尔"③。可见，基于题材的原因，即使是释道故事有时也要适当引入诗歌之中，这几乎成为诗人和读者之间的共识。如若有人因噎废食，违背了约定俗成的创作规则，就有可能受到诗学家的批评，胡震亨批评杜甫，即为一例：

　　　　诗家拈教乘中题，当即用教乘中语义，旁撷外典补凑，便非当行。在古如支公辈，亦有杂用老庄语者。至今时则迥然分途，取材不可混矣。唐诸家教乘中诗，合作者多，独老杜殊出入，不可为法。④

从他"至今时则迥然分途"语可见出，及至晚明，用事须当行已成为诗坛中非常普遍的观点。所谓用事当行，就是必须依据题材来选择事典，杜甫作诗出格的做法自然受到批评，典型之例就是《同诸公登慈恩寺塔》诗：

　　　　高标跨苍天，烈风无时休。自非旷士怀，登兹翻百忧。方知象教力，足可追冥搜。仰穿龙蛇窟，始出枝撑幽。七星在北户，河汉声西流。羲和鞭白日，少昊行清秋。秦山忽破碎，泾渭不可求。俯视但一气，焉能辨皇州。回首叫虞舜，苍梧云正愁。惜哉瑶池饮，日晏昆仑丘。黄鹄去不息，哀鸣何所投。君看随阳雁，各有稻粱谋。⑤

----

① 翁方纲：《说诗晬语》卷下，叶燮等：《原诗·一瓢诗话·说诗晬语》，第250页。
② 王维著、赵殿成笺注：《王右丞集笺注》，上海古籍出版社1998年版，第558—566页。
③ 方东树：《昭昧詹言》卷一，第48页。
④ 胡震亨：《唐音癸签》卷四，第30—31页。
⑤ 杜甫撰、仇兆鳌集注：《杜诗详注》，第104—105页。

该诗是杜甫与高适、岑参、储光羲、薛等五人于天宝十一载（752）登长安城郊慈恩寺塔时所作。由于五位诗人雅集一处，均有篇什流传，此事早已成为中国古典诗歌史上的佳话。在今存四首诗歌中，储光羲和岑参运用和神仙有关的故事来描写佛寺中的浮屠（塔），然后点明其佛教教义。高适的诗作也使用和佛教有关的事来表达自己虽然向往佛教的超越却心存"魏阙"之情。杜甫在诗中基本上没有使用任何宗教故事。在他们之前，大约一百来年间，登塔赋诗的人并不占少数，通检《全唐诗》中的有关诗作我们可以发现，人们基本上都用了和佛教、道教有关的故事，① 由此可证，杜甫这首诗确有出格之嫌。关于胡震亨对此诗的评价，程千帆、莫砺锋先生也曾有所关注。② 他们没有看到胡震亨批评的出发点，认为胡氏的批评"没有意义"③。实际上，胡震亨主要站在维护古典诗歌的创作传统的立场上来评判杜诗，并没有否定他的艺术和思想价值；而程千帆、莫励锋先生则着重从杜诗艺术价值的角度来反驳胡震亨，两者之间并没有相互对话的前提。

---

① 如《全唐诗》卷二李治《谒慈恩寺题奘法师房》（第 22 页）、卷三十五许敬宗《奉和过慈恩寺应制》（第 465 页）、卷四十六崔日用《奉和九月九日登慈恩寺浮图应制》（第 558 页）、卷五十二宋之问《奉和九月九日登慈恩寺浮屠应制》（第 631 页）、卷五十四崔湜《慈恩寺九日应制》（第 663 页）、卷五十八李峤《奉和九月九日登慈恩寺浮屠应制》（第 693 页）、卷七十四苏颋《慈恩寺二月半寓言》（第 812 页）、卷八十七张说《奉和同皇太子过慈恩寺应制二首》（第 942—943 页）、卷九十三卢藏用《奉和九月九日登慈恩寺浮图应制》（第 1002 页）、卷九十六沈佺期《奉和圣制同皇太子游慈恩寺应制》（第 1032—1033 页）、卷一百三赵彦昭《奉和九月九日登慈恩寺浮屠应制》（第 1088 页）、卷一百四萧至忠《奉和九月九日登慈恩寺浮图应制》（第 1091 页）、卷一百五辛替否《奉和九月九日登慈恩寺浮图应制》（第 1099 页）、卷一百六郑愔《奉和九月九日登慈恩寺浮图应制》（第 1106 页）等诗作，就大量使用了和道教神仙传说、佛教有关的故事，沈佺期、张说等人的诗作尤甚。不过除了苏颋的诗歌外，他们的诗作几乎都是应制而作，并不是为了表达自身的感受。苏氏诗歌虽有很多是描写自己的真情实感，但也使用了一些和佛教有关的事。这些诗作都表明，在杜甫等人登临作诗之前，人们已经形成了一个用事传统，即要用和宗教有关的故事，特别是要用佛教中的掌故（彭定求等编：《全唐诗》）。

② 程千帆、莫砺锋：《他们并非站在同一高度上》，程千帆等：《被开拓的诗世界》，上海古籍出版社 1990 年版，第 145—165 页（另《程千帆全集》第九卷亦有收录，河北教育出版社 2000 年版，第 118—134 页）。

③ 同上书，第 121 页。

与杜甫相反的是，"镂物精细、用典工切"① 的李商隐则多遵循用事当行的原则，如《送臻师二首》云：

昔去灵山非拂席，今来沧海欲求珠。楞伽顶上清凉地，善眼仙人忆我无？

苦海迷途去未因，东方过此几微尘。何当百亿莲华上，一一莲华见佛身？②

此诗乃李商隐赠别一位僧人而作，具有浓郁的宗教气息。李商隐在诗歌中使用了释家故事。第一首，四句诗都使用了佛教故事，如灵山、沧海求珠、楞伽、清凉地、善眼仙人等。"灵山"乃佛居住、讲法之地；"沧海求珠"，用《维摩诘经》中所载"不入巨海，不能得无价宝珠"之意；"楞伽"乃山名，意为"不可住"，未有神通之人不可攀达其上，峰顶有夜叉城，佛在此处讲说《楞伽经》；"清凉地"乃禅家常用的词汇，指清凉寂静；"善眼仙人"乃《楞伽经》中提到的神人，《维摩诘经》中称为善眼菩萨，李商隐这里将其比臻师。全诗通过使用佛教故事来赞美臻师法力高强，深谙佛理。③ 第二首，句句使用佛家故事。第一句中的"苦海"、"迷途"乃佛家常见的词汇。第二句中的"微尘"也是佛家常用词汇，多部经典都有提及，主要用来说明人世的渺小；"东方微尘"是《法华经》中的故事。这两句诗说明自己迷失于红尘，希望臻师能够指点迷津。第三、四句中的故事主要来自《莲华经》，表达了诗人希望臻师能够修成正果以度化苍生，也可给诗人指示光明大道。从诗人"别有用心"地使用大量佛教故事可见：唐时诗人多遵循使用同题故事的传统。及至宋代，像苏轼、黄庭坚等虽满腹经纶之人也多遵从用同题故事的传统。

诗文使用释道故事，也反映了特定时代诗人与二教的关系。如宋人

① 吴调公在《李商隐研究》中的评论（吴调公：《李商隐研究》，上海古籍出版社1982年版，第131页）。

② 李商隐撰，冯浩笺注：《玉溪生诗集笺注》，上海古籍出版社1998年版，第584页。

③ 关于这两首诗歌的具体训解，读者可以参考《李商隐诗歌集解》中所辑录的各家注释（李商隐撰，刘学锴、余恕诚集解：《李商隐诗歌集解》，第2159—2161页）。

多用禅宗故事，这些故事又多出自灯录，尤其是《景德传灯录》，其故事多见于宋人笔端，反映了当时文士对于《景德传灯录》较为熟悉的阅读接受情况。就苏轼诗作的宋人注释来看，注者多次提及"传灯录"故事，已经注意到苏轼阅读、熟知且喜欢援引灯录。李壁在注释之时，也援引十多条"传灯录"为注释。

通过梳理古代诗学家对用事文献范围的规定，我们似乎也能感觉到，古代诗论对于所用故事的文献范围，其实有一个逐步放宽的过程，虽然一直坚持主张诗人应多使用儒家经典和正史之事，尽量避免从佛、道文献，稗官野乘等文献中搜寻，然而，由于某种特定题材和体裁的制约，诗人又往往不得不打破这一规定。

三 小结

古代诗学家对用事生熟、时间和文献范围的规约，出发点互有交叉，甚至互为因果。一般而言，人们常见的故事，其文献来源一般在有限的范围之内；当故事被限制在一定的时间内，也就会处于一定的文献范围内，并适应特定读者群；当故事被限制在一定的文献内，它的时间和生熟程度也同时被限定。所以，我们在讨论上述规约的时候，一定要看到它们之间的相互联系，以及人们的论述所反映的交叉现象，如当黄子云、袁枚等人论述诗歌不用僻事的时候，就已经涉及了故事的时间限制和文献出处的问题。此外，上述规约也是对诗人创作实践的提炼总结，反映了特定时期的诗坛创作风尚，尤其是从南宋末开始的诗歌复古主义的倾向，对于故事的出处、时间等，有着较为明确而严格的要求。这些诗论家，通过对"故事"的规约，力图接近唐诗及汉魏诗歌所建立起来的审美范式。谢榛、王世贞、胡震亨等，从某种意义上说甚至是唐诗传统的代言人。诗学家规约用事生熟、时间和文献范围，对于维护以汉魏、唐诗为主体的创作传统和审美特征具有重要意义，诗人只有遵从某些用事传统，才能得到诗学家的承认和肯定。当然，以上规则也具有较为明显的弊端，尤其限制了诗人的创作自由。为此，部分诗学家曾对上述几种规则给予批评，提倡诗人大胆叛逆，要求摆脱用事时所受到的诸般束缚。然而纵观古代诗学界，像江盈科那样反叛规则之人并不多见，这恰恰反映了诗歌用事传统的强大力量。

第五章

"体":制约用事的重要因素

"文辞以体制为先"①,文学的创作者和接受者都必须关注诗歌之"体",即题材和体裁,前者为诗文所表达的内容类型,后者是诗文的外在语言形式,它们共同制约诗歌创作的各类艺术手法选择取舍,用事也不例外。② 古代诗论家对此有着深刻的认识,针对不同的诗歌之"体",制定了相应的用事准则,并影响了诗人的创作实践,成为中国古典诗歌用事观念的重要组成部分。前章已言及,诗人在长期的创作实践中,已经养成根据特定题材采用相应故事内容的艺术传统,如宗教题材诗歌多与宗教类故事相配,与儒家有关的题材则最好使用经、史故事,两者不可异类相混。诗歌题材决定着诗人用事与否或数量多寡,如古代诗学家发现田园山水诗应尽量少用或不用故事。翁方纲(1733—1818)曾云"援引典故,诗家所尚",但是"假如作田家诗,只宜称情而言;乞灵古人,便乖本色"③。部分诗论家认为,田园山水诗中用事有害于诗歌"本色"及艺术水准。与之相反,某些题材则通常必须用事,甚至要大量用事,如咏物诗,诗人往往需要借助用事来托物言志、抒情写意,赋予所咏之物独特的艺术魅力;又如赠答诗,诗人可通过故事来委婉暗示心中情意,不仅避免了直言的尴尬或谄媚之嫌,更显得含蓄典雅。由于咏物诗和赠答诗是中国古典诗歌中最常用事的

---

① 吴讷:《文章辨体序说》,人民文学出版社1962年版,第9页。

② 严羽《沧浪诗话》就曾经根据语言形式、时代、诗人、流派等来划分诗"体"(参见严羽著,郭绍虞校释:《沧浪诗话》,第49—101页)。这一点和英语的 style 一词比较相通。

③ 翁方纲:《说诗晬语》,叶燮等:《原诗·一瓢诗话·说诗晬语》,第243页。

题材，加之古代诗学著作对它们的用事原则和审美理想的讨论较多且较为集中，本章将重点探究咏物诗和赠答诗的用事，考察其中关涉的焦点问题和艺术惯例，以管窥诗歌题材对于用事的选择和规定。

诗歌体裁对诗人用事也有所制约。古代诗学家讨论的用事诗体裁大致可以分为古体诗和近体诗两大类。篇幅较长的古体诗，用事较为常见；体制短小的古体诗，较少用事，那些模仿民歌、乐府的诗歌通常也不用事。一般而言，近体诗中，绝句不用事，律诗则需要使用故事。不过，宋末有人认为五言律诗也不能用事。古代诗学家着力探讨了用事和诗歌句法、章法之间的关系。用事是运用对仗语句的文学体裁（如律诗）中的常客，用事和律诗的章法密切相关，它一般不出现在诗歌首联，而是多与写实性文字交替出现于颔联、颈联及尾联。本章将以律诗作为主要的考察对象，探查体裁对于诗歌用事的约束。

题材和体裁对用事的制约，影响了诗人的创作，并引导读者的阅读。当然，诗人创作有时也并不绝对遵从上述用事传统，一些才华横溢、求新求异的诗人往往会突破规约，但主流创作观念的指挥棒，仍然引导着大部分诗人的创作和读者的阅读，因此，了解诗歌题材和体裁对用事的制约，有利于我们更加深刻地理解中国古典诗歌和诗学传统。

第一节　巧妙用事，托物言志

为事物归类是人类认识世界的一种方式，题材是古代诗学家为诗歌归类的标准之一。古人很早就开始类分诗歌的题材，除欧阳询《艺文类聚》、宋白等《文苑英华》等大型类书之外，还有诸如萧统《文选》和方回《瀛奎律髓》等诗歌选集，也有诸如阮阅《诗话总龟》和单宇《菊坡丛话》等诗学专著。① 事实上，文学创作无时无

---

① 萧统在《文选》中将诗歌分为：补亡、述德、劝励、献诗、公宴、祖饯、咏史、百一、游仙、招隐、反招隐、游览、咏怀、赠答、行旅、军戎、郊庙、乐府、挽歌、杂歌、杂诗、杂拟等二十三类。这些分类并没有完全按照某类统一的标准，所以显得有点乱，但基本按照诗歌的内容来划分。

刻不在发生变异，题材类别的次序排列和价值分层，无疑都带上了鲜明的时代烙印。历代的题材划分所确立的类别，相异之处甚多，也有很多题材类别消失或出现，相同之处也并不乏见，诸如赠答、咏史等基本见于所有的分类之中，有些甚至已经成为诗歌分类中较为固定的题材类型，这并非简单的巧合或是偶然邂逅，而是人们在长期的诗歌创作和诗学探讨中所形成的"共识"。在这些相对稳定的题材类别中，我们发现用事较多的诗歌题材类型以咏物、赠别为典型，它们各自拥有较为固定的用事传统，古代诗论家对此讨论较多。因此，我们主要选取咏物诗、赠答诗作为考察对象，力图探究题材与用事的关系及理论探讨的基本情况。

一　咏物用事的历史

何谓"咏物诗"？简而言之，诗歌题材是写物，即诗人通过诗语描摹事物的外在形象和内在品格以抒发心志情怀。在中国古代诗歌王国中，咏物诗具有悠久的创作传统。中国第一首文人创作的咏物诗，古人多认为是屈原的《橘颂》。屈原通过描写橘树的高贵品格来抒发自己忠贞不渝、坚持真理的志向，开启了后世写物言志的诗歌传统。从六朝开始，咏物诗进入文人创作的视野，成为古典诗歌中数量较为庞大的题材类型之一。[①] 对咏物诗的发展历程，四库馆臣曾有精要的描述，值得文学史研究者参考，现移录如次：

> 昔屈原颂橘、荀况赋蚕，咏物之作萌芽于是，然特赋家流耳。汉武之《天马》、班固之《白雉》、《宝鼎》亦皆因事抒文，非主于刻画一物。其托物寄怀见于诗篇者，蔡邕咏庭前石榴，其始见也。沿及六朝，此风渐盛。王融、谢朓至以唱和相高，而大致多主于隶事。唐宋两朝，则作者蔚起，不可以屈指计矣。其特出者：杜甫之比兴深微，苏轼、黄庭坚之譬喻奇巧，皆挺出众流。其余则唐尚形容，宋参议论，而寄情寓讽，旁见侧出于其中，其

---

① 胡应麟曾认为咏物诗"起自六朝"（胡应麟：《诗薮》内编卷四，第 72 页），明、清多有持此论者。

大较也。中间如雍鹭鸶、崔鸳鸯（崔珏）、郑鹧鸪（郑谷），各以摹写之工，得名当世。而宋代谢蝴蝶等遂一题衍至百首，但以得句相夸，不必缘情而作。于是别岐为诗家小品，而咏物之变极矣！①

从以《橘颂》托物寄志的屈原到宋代谢蝴蝶（据说谢无逸，尝作蝶诗三百首，故有是名），咏物诗在一代代诗人笔下不断出现，逐渐成为中国古典诗歌颇为重要的题材类型，也成为宋代及其以后文人文集中数量最大的题材类别。

咏物诗的咏赞对象，囊括天地万象。从唐代开始，人们就已经认为但凡宇宙万物皆可用于创作咏物诗，如李峤的咏物诗就包含了十二类别，凡一百二十首。② 清初俞琰（1253—1316）编《咏物诗选》，在《佩文斋咏物诗选》的分类基础上，将咏物诗的内容分为天、岁时、地、山、水、居处、寺观、人、丽人、文、武、乐、巧艺、器用、杂玩、玉帛、冠服、饮食、果、谷、蔬、花、木、草、禽、兽、鳞介、昆虫等28类，"丽人"竟然也成为咏物诗的对象。③

就咏物诗的创作而言，除单篇咏物诗之外，某些诗人还专门创作或编纂咏物诗集，如李峤（约646—715）《咏物诗百廿首》、丁谓（966—

---

① 永瑢等：《四库全书总目提要》卷一百六十八，中华书局影印1964年版，第1453a—b页。

② 李峤著、胡志昂编：《日藏古抄本李峤咏物诗注》，上海古籍出版社"海外珍藏善本丛书"1998年版。分别是：乾象、坤仪、芳草、嘉树、灵禽、祥兽、居处、服玩、文物、武器、音乐、玉帛等，每一类下又各有十种事物。

③ 俞琰编：《咏物诗选》，中央书店1936年版。康熙朝，张玉书等人奉命编写了《佩文斋咏物诗选》，共486卷，收录390类"物"。该书分类极细，如鸟类就有：总禽鸟类、凤、孔雀、鹤、锦鸡、雁、鹘、雕鹗、白翎雀、鸢、雉、鹧鸪、乌、鹊、鸠、莺、燕、白鹇、鹦鹉、雀、画眉、戴胜、布谷、提壶、啄木、鸳鸯、鸂鶒、鹁鸪、鸥、鹭、百舌、杜鹃、鹁鸽、白头公、白鸟、翠鸟、鸬鹚、鹌鹑、天鹅、凫、竹鸡、鹅、鸭、鸡、杂鸟等四十五类。如果按照大的分类来看，大致有天文、岁时、山、水、房屋宫殿、军事武器、金银珠宝、文具书籍、乐器、农耕、寺观、食物、花木、药、兽、禽、虫鱼等。

1037)《青衿集》①、元代谢宗可《咏物诗》②、明代姚兗《咏物诗》、贺光烈编《三家咏物诗》（谢宗可、瞿佑、朱之蕃）③ 等。还有许多专咏一件事物的诗集，如《千顷堂书目》就著录有吴廷相《百韵梅花诗》、童琥《梅花诗》、张道《洽宾斋梅花诗》、丁易东《梅花诗》等。此外，还有不少咏物诗的选集，如康熙时张玉书（1642—1711）、查慎行（1650—1727）等人编写的《佩文斋咏物诗选》共四百八十六卷，所咏物凡四百九十多种，可谓洋洋乎大观！这些咏物诗，既有刻画物象以言志抒情，也有纯粹描摹物象以传播知识，更有反复咏赞以显才学，日渐复杂丰富，成为中国古典诗歌王国里具有举足轻重地位的题材种类。

考察如此庞大的诗歌和悠久的历史，我们发现：用事是创作咏物诗的常用手法。从咏物诗在诗坛盛行开始，大量用事就是它最典型的特征，王夫之曾指出：

> 咏物诗，齐、梁始多有之。其标格高下，犹画之有匠作，有士气，征故实，写色泽，广比譬，虽极镂绘之工，皆匠气也。又其卑者，饾凑成篇，谜也，非诗也。李峤称"大手书"，咏物尤属意之作，剪裁整齐，而生意索然，亦匠笔耳。④

① 据刘克庄《后村诗话》后集卷一云："鹤相在海外，效唐李峤为单题诗，一句一事，凡一百二十篇。寄洛中子孙，名《青衿集》，徐坚《初学记》之类也。贬所无书籍而默记旧读，历历不忘，且篇篇用李韵。"（刘克庄：《后村诗话》，中华书局 1983 年版，第 55 页）可见该集乃次韵李峤而成，亦一百二十首诗。不仅如此，胡仔《苕溪渔隐丛话》前集卷二十四引《漫叟诗话》云："世有《青衿集》一编，以授学徒，可以谕蒙。若《天》诗云：'戴盆徒仰止，测管讵知之。'《席》诗云：'孔堂曾子避，汉殿戴冯重。'可谓着题，乃东坡所谓'赋诗必此诗'也。"（第 162 页）据《漫叟诗话》可知，当时人们多目为蒙学著作，而且，从所引二诗可知，丁谓在诗中大量排列故实。李峤咏物诗，《新唐书·艺文志》著录为《杂咏诗》十二卷。唐人张庭芳注《序》云《百二十咏》。由此而言，《全宋诗》所辑丁谓诗第二卷，其中单题咏物诗，当大多来自《青衿集》，尤其是辑录自《诗渊》者，可以根据李峤原始用韵比对确定排列次序。

② 谢宗可《咏物诗》具体篇目数似乎已不可考，古时主要有三种说法：（一）文渊阁四库全书本《咏物诗》录诗凡一百六首；（二）明代叶盛曾云："曾得谢宗可咏物诗一百二十余首。"然其《箓竹堂书目》并无著录；（三）瞿佑《归田诗话》云"百咏"。该诗集于明代的流行情况，可以从瞿佑《归田诗话》略见一斑（瞿佑《归田诗话》卷下，丁福保：《历代诗话续编》，1983 年版，第 1283 页）。

③ 黄虞稷：《千顷堂书目》，上海古籍出版社 1990 年版。

④ 王夫之：《姜斋诗话》卷二，第 165 页。

王夫之认为初唐及其以前的咏物诗大多还处于纯粹刻画事物、匠气十足阶段。以逯钦立所编《先秦汉魏晋南北朝诗》中的咏物诗为例，其中梁陈时代的部分诗人，多选用内容吉祥、色彩鲜明、音韵浏亮等与金玉有关的故事入诗，使得诗歌显得镂金错彩、富丽堂皇，却缺乏诗人的真情流露。如卷二十三庾肩吾的《咏风诗》写道："瑞雪坠尧年，因风八绮钱。飞花洒庭树，凝瑛结井泉。寒光晦八极，同云暗九天。已飘黄竹路，共庆白渠田。"① 又如江总的《咏李诗》写道："嘉树春风早，春风花落新。但见成蹊处，几得正冠人。当知露井侧，复与夭桃邻。"两首诗都使用了故事，而且为数不少，如第一首中的尧年、八极、九天、黄竹、白渠等，第二首的嘉树、成蹊、正冠、夭桃等，俱是堆砌用事。

流风所及，初唐诗人亦多有此特点，如杨师道的《咏笙》、《应诏咏巢乌》，初唐四杰中卢照邻（634—约686）的《失群雁》、杨炯（650—693后）的《骢马》、王勃（650—676）的《泥溪》和骆宾王（619—687）的《咏水》等诗作都未摆脱六朝积习。此时，偏爱创作咏物诗的李峤（645—714）生搬硬套各类故事，更是匠气的代表。他的咏物诗凡一百二十首，体裁为五言律诗，往往将切题的故事排列在诗中，诗意欠缺浑融和流畅，也缺乏真情实感。他的咏《雪》写道："瑞雪惊千里，从风暗九霄。地疑明月夜，山似白云朝。逐舞卷光散，临歌扇影飘。大周天阙路，今日海神庙。"② 此诗七句都有故事：如第一句乃化用范云（451—503）诗句："飞雪千里惊。"第三、四句化用了何逊的诗句"凝阶夜似月"；第五句用了班婕妤的《纨扇歌》中的诗意；第七、八句用了《六韬》中的故事，即武王伐纣之时，洛阳雪深一丈五尺，百神及四海神来阙下助武王。又如他的咏《马》诗："天马来从东，嘶惊御史骢。苍龟遥逐日，紫燕回追风。明月漾鞍上，浮云落盖中。得随穆天子，何暇唐成公。"③ 同样几乎是句句用事：第一句用汉武帝《天马歌》；第二句用

---

① 逯钦立：《先秦汉魏晋南北朝诗》，中华书局1983年版，第1997页。
② 李峤著，张庭芳注，胡志昂编：《日藏古抄本李峤咏物诗注》，上海古籍出版社1998年版，第15—16页。
③ 同上书，第73—74页。

《后汉书·桓典》之事,他身为御史,性正直,常乘骢马,人曰日行人且让避骢马御史也;第三、四、五、六句中的苍龙、逐日、紫燕、追风、明月、浮云等俱是传说中的马名;第七句用穆天子乘八骏游昆仑之事;第八句用《左传》唐成公"如有骕骦"之句。相对于咏《雪》而言,这首更加没有诗味,《雪》诗似乎还和现实生活有点联系,这首则完全是排列故事,没有任何诗人的情志可寻。这样的创作方法,正如王夫之所言,更像是制谜,只要读者识别出故事,即可猜出诗题为"马"。

唐代诗人中,因咏物诗用事而最备受后人关注的是杜甫和李商隐。李商隐创作了大量咏物诗,几乎每首用事。其中咏花者就有《回中牡丹为雨所败二首》、《十一月中旬至扶风界见梅花》、《菊》、《落花》、《朱槿花二首》、《木兰》、《木兰花》、《野菊》、《牡丹》(锦帏初卷)、《牡丹》(压迳复缘沟)、《僧院牡丹》、《李花》、《杏花》、《荷花》、《赠荷花》、《高花》、《残花》、《槿花二首》、《槿花》(风露凄凄)等二十余首,几乎篇篇用事,[①] 其中《牡丹》("锦帏初卷")一诗更是句句用事。虽然唐代的咏物诗作中常常大量用事,却没有现存文字表明唐人已经有意识探讨咏物诗用事的问题。

李商隐的诗歌艺术风格,影响了宋初诗坛以杨亿(974—1020)为代表的西昆诗人,他们也创作了不少咏物诗作,以用事者为多。事实上,有宋一代,咏物诗用事亦相当普遍,且看陈岩肖所记:

> 前人咏落花,世传二宋兄弟元宪公庠、公序,景文公祁诗为工。元宪诗云:"汉皋珮令临江失,金谷楼危到地香。"景文诗云:"将飞更作回风舞,已落犹成半面妆。"固佳矣,而余襄公靖安道诗亦工,云:"金谷已空新步障,马嵬徒见旧香囊。"不减二宋也。而景文公又有五言残花诗一联云:"香归蜜房尽,红入燕泥干。"虽不用事,亦自是佳句。[②]

----

① 李商隐撰,刘学锴、余恕诚集解:《李商隐诗歌集解》,第 298、332、514、553、723、805、835、1036、1724、1730、1732、1749、1753、1766、1768、1771、1772、1778、1784 页。《牡丹》诗全文是:"锦帏初卷卫夫人,绣被犹堆越鄂君。垂手乱翻雕玉佩,折腰争舞郁金裙。石家蜡烛何曾爇,荀令香炉可待熏。我是梦中传彩笔,欲书花叶寄朝云。"

② 陈岩肖:《庚溪诗话》卷下,丁福保编:《历代诗话续编》,第 187 页。

文末"虽不用事，亦自是佳句"暗示时人咏落花诗用事是普遍现象，因此衬托出宋祁不用事而佳句天成的高妙。

王安石、苏轼和黄庭坚等人咏物诗作也好用事。如黄庭坚咏花的诗歌有《戏咏腊梅二首》、《腊梅》、《效王仲至少监咏姚花用其韵四首》、《谢王舍人剪状元红》、《戏答王观复酴醾菊二首》、《次韵中玉早梅二首》、《次韵中玉水仙花二首》、《王充道送水仙花五十枝欣然会心为之作咏》、《吴君送水仙花并二大本》、《刘邦直送早梅水仙花四首》、《戏咏高节亭边山矾二首》、《李右司以诗送梅花至潞公予虽不接右司想见其人用老杜和元次山诗例次韵》、《和师厚接花》、《仓后酒正厅昔唐林夫谪官所作十一月己卯余纳秋租隔墙芙蓉盛开》、《观王主簿家酴醾》、《酴醾》、《海棠》、《压沙寺梨花》、《梅花》、《赋陈季张北轩杏花》、《次韵晋之五丈赏压沙寺梨花》、《次韵赏梅》、《再赠陈季张拒霜花二首》等，① 除了六首，其余均有用事。除此，诸如《咏猩猩毛笔》等不少诗作，甚至全篇用事。

宋代以后，咏物诗用事传统被承袭。文渊阁四库全书本谢宗可《咏物诗》共一百零六首，每首都有用事，甚至有些全篇用事。② 清代诗人的咏物诗中亦多有用事，诸如厉鹗、袁昶等人的咏物诗俱是如此，他们有时甚至多用僻事。

咏物诗用事，也得到当前研究者的印证，如石韶华的《宋代咏茶诗》就发现"引用典故"为"宋代咏茶诗的艺术表现"之一。③ 又如陈新璋《唐宋咏物诗略论》一文也认为巧喻、衬托、移情与用典是唐宋咏物诗的重要表现手法。④

诗歌的艺术手法必须经过诗人的合理熔铸与运用，才能最大限度发挥其效力，巧妙运用艺术手法，将为诗歌添香增色，反之，则只能使诗歌大

---

① 黄庭坚撰，任渊等注：《黄庭坚诗集注》，中华书局 2003 年版，第 201、203、331—333、334、534、543、544、546、547、548、682、808、842、1166、1200、1201、1424、1424、1440、1569、1591、1634、1668 页。

② 谢宗可：《咏物诗》，影文渊阁四库全书本。

③ 石韶华：《宋代咏茶诗研究》，台北文津出版社 1996 年版，第 209—216 页。

④ 陈新璋：《唐宋咏物诗略论》，《华南师范大学学报》1985 年第 4 期，第 76 页。

为减色。就咏物诗用事而言，前者依托故事来抒发情志，即物而达情；后者在诗歌中胪列故事来刻画事物形貌，多雕琢之弊，少情感内蕴。王夫之认为咏物诗应做到"即物达情"、"句皆有意"，"如九转还丹，仙胎自孕矣"①。如李商隐的《泪》就是典型之例，诗云：

> 永巷长年怨绮罗，离情终日思风波。湘江竹上痕无限，岘首碑前洒几多。人去紫台秋入塞，兵残楚帐夜闻歌。朝来灞水桥边问，未抵青袍送玉珂。②

李商隐的这首诗几乎句句用事，前六句排列了六个故事来展示人们伤心流泪的六种感情，末尾笔锋一转，交代出他心目中最为伤心的情形——"青袍送玉珂"，画苍龙而点睛，使得全诗游而不离，思想和艺术境界骤然提升。

至于胪列故事来刻画事物形貌，从齐梁时代开始，诗人就多有此病，如李峤的咏物诗凡一百二十首，体裁均为五言律诗，几乎句句胪列故事，不仅欠缺真情实感，更影响诗意的浑融流畅。李峤这种按类书编排方式罗列故事的五律，我们可称之为类书式律诗。诚如王夫之（1619—1692）所言，如此创作方法，更像是制谜。另外，此类诗作，大多缺乏真情实感，只是为完成供文人们逞才使气的命题作文而已。以《西昆酬唱集》中的咏物诗为例，唱和最多的诗作往往都大量用事，如《清风十韵》（七人唱和）、《戊申七夕五绝》（二十五首）、《鹤》（五人唱和，五首）、

---

① 王夫之：《姜斋诗话》，人民文学出版社1961年版，第165页。他说："至盛唐以后，始有即物达情之作。'自是寝园春荐后，非关御苑鸟衔残'，贴切樱桃，而句皆有意，所谓'正在阿堵中'也。'黄莺弄不足，含入未央宫'，断不可移咏梅、桃、李、杏，而超然玄远，如九转还丹，仙胎自孕矣。宋人于此茫然，愈工愈拙，非但'认桃无绿叶，道杏有青枝'为可讪笑已也。嗣是，作者益趋匠画，里耳喧传，非俗不赏。袁凯以《白燕》得名，而'月明汉水初无影，雪满梁园尚未归'，按字求之，总成窒碍。高季迪《梅花》，非无雅韵，世所传诵者，偏在'雪满山中'、'月明林下'之句。徐文长、袁中郎皆以此衒巧。要之，文心不属，何巧之有哉！杜陵《白小》诸篇，蹉跎自寻别路，虽风韵足，而如黄大痴写景，苍莽不群。作者去彼取此，不犹善乎？禅家有'三量'，唯'现量'发光，为依佛性；'比量'稍有不审，便入'非量'；况直从'非量'中施朱而赤，施粉而白，勺水洗之，无盐之色败露无余，明眼人岂为所欺耶？"

② 李商隐撰，刘学锴、余恕诚集解：《李商隐诗歌集解》，第1820页。

《泪》（三人唱和，六首）、《梨》（四人唱和，四首）、《荷花》（四人唱和，十一首）等诗作，几乎通篇用事。在《鹤》诗的唱和中，诗人们几乎用尽了当时有关鹤的所有故事来组织诗篇，^① 如惊露、卫懿公好鹤、浮丘公作《相鹤经》、青田双鹤等，这些故事大多为时人熟知，人们经常借以描写和展示鹤的基本特征和品格。

诗人在咏物诗中大量用事，究其原因，主要有五：首先，囿于题材，诗人如若全用写实文字描述所咏对象，会极大降低诗歌的表达张力和艺术格调。尤其是在前人已经留下不少同题写实诗作之后，援引故事、赋予诗歌以新的意义就成为必须。故事所具有的历史文化信息，也可以克服诗人纯粹描写事物神态品格的局限。其次，一些和所咏事物相关的比较著名的故事，已经深深地烙印于诗人之心，他们创作时，往往会自然而然地联想到它们，如古代吟咏蝴蝶的诗作通常都会使用庄周梦蝶之事。再次，用事有助于诗人托物抒情，避免诗歌的直露和浅显。复次，当诗人对所咏对象确实没有真情实感，又不得不完成诗作之时，用事可以帮助诗人完成诗歌。最后，大量用事入诗，不仅能炫耀才学，还能通过诗韵格律来方便蒙学。

二 咏物用事的原则

咏物诗的对象是"物"，诗人在刻画事物的风貌形神之时，还应给读者提供想象驰骋的空间。正如张镃（1153—1221）在《仕学规范》中所说：

> 咏物诗不待明说尽，只仿佛形容便见妙处，如鲁直《酴醾》诗云："露湿何郎试汤饼，日烘荀令炷炉香。"东坡诗云："作诗必此诗，定知非诗人。"此或一道也。鲁直作咏物诗，曲当其理，如《猩猩笔》诗云："平生几两屐，身后五车书。"其必此诗哉！^②

---

① 刘筠等：《鹤》，杨亿编，王仲荦校注：《西昆酬唱集》卷上，中华书局 1980 年版，第 64—69 页。

② 张镃：《仕学规范》卷三十九，影文渊阁四库全书册 875，第 196 页。

张镃认为咏物要做到"不待明说尽",即不能"全盘托出式"描摹所咏对象的特征和品性,要尽力达到"只仿佛形容便见妙处"的境界,合理用事是重要途径。诗人通过故事使客观"物"和人事产生语义关联,带给读者丰富的联想。如黄庭坚的诗句,并不是局限于描摹猩猩毛笔的形态,而是以故事将猩猩的遭遇描述出来,使读者联想到阮孚蓄鞋、惠施载书等历史故事,给人以耳目一新的审美享受,显得"超脱而精切"①。相比之下,人们对骆宾王《咏萤》诗仅仅搬用与萤有关之事便颇有微词。事实上,骆宾王的咏物诗,往往紧扣描摹对象,缺乏自由挥洒的气度和想象力,如《咏水》、《咏雪》、《尘灰》等诗俱是援引与水、雪和尘灰有关的故事堆砌而成,自然不能像黄庭坚诗歌那样给人带来丰富的联想。

上述事例实际上关涉诗歌用事"切"与"不切"的问题,也涉及宋人开始大量讨论的"著题"问题。② "切"题是咏物诗最为基本的要求,只有"切"才能突出所咏之"物"的特征,如咏燕和咏鸭所用的故事决不能相混,必须符合所咏对象的形神。但是诗歌用事如若太切合题目,亦即太为著题,与所咏对象过于沾粘,也会导致诗风板滞,读者感受不到驰骋想象的愉悦。冯复京就曾看到两者之间的对立矛盾,云:"咏物诗,粘着题面则太板笨,离去本色则太迂浮。"③

那么,诗人在咏物诗的用事中怎样把握切和不切之间的关系呢?胡应麟云:"咏物著题,亦自无嫌于切,第单欲其切,易易耳。不切而切,切而不觉其切,此一关前人不轻拈破也。"④ 此类说法在清代也较为流行,不少人都持是说,如王士禛《带经堂诗话》、张谦宜《茧斋诗话》等都曾就此有过探讨。王士禛云:"咏物之作,须如禅家所谓不粘不脱、不即不离,乃为上乘。"⑤ 张谦宜也指出:

　　咏物贴切固佳,亦须超脱变化。宋人《猩猩毛笔》诗云:"平生几两屐,身后五车书。"《芭蕉》诗:"叶如斜界纸,心似倒抽书。"

---

① 王士禛:《带经堂诗话》卷十二,人民文学出版社 1963 年版,第 308 页。

② 有关著题的讨论,苏轼等人有讨论。

③ 冯复京:《说诗补遗》,吴文治主编:《明诗话全编》,第 7173 页。

④ 胡应麟:《诗薮》内编卷五,第 100 页。

⑤ 王士禛:《带经堂诗话》卷十二,第 305 页。

非不恰肖，但刻画大细，全无象外追神本领，终落小家。证诸杜陵咏物，方信予言不谬。①

明清诗学家多认为咏物诗作用事要做到"切"与"不切"的巧妙调和。"切"是为了刻画事物形神的必要前提，而"不切"则是诗歌"言志"、克服单薄浅陋所必需。

我们可以用马佐尼的话作为对上述诗学观点的总结：

> 作为一种摹仿的艺术，诗的目的在于再现一个形象；作为一种消遣，诗的目的在于娱乐；作为一种应受社会功能制约的消遣，诗的目的在于教益。现在我觉得可以补充一句：作为一种理性的功能，诗的目的在于产生惊奇感觉。②

虽然马佐尼的"诗"是指从希腊以来，以《神曲》为代表的西方诗歌，但以此来衡量中国古代的"咏物诗"，却也再贴切不过。咏物诗一方面"摹仿"事物的形象，另一方面要抒情言志，为读者带来审美愉悦。所以，讨论"切"与"不切"辩证关系的诗学家，已经深入地触及了咏物诗的本质和审美功能，其论述具有极高的理论价值。

作为咏物诗最为常用的艺术手法，用事对咏物诗歌的风格形成和历史走向都产生了影响。古代诗论家比较关注咏物诗作中的用事，他们为此提出的最为基本的要求就是要处理好用事的"切"与"不切"之间的关系，并作了许多精妙的探索，基本认为既要做到通过用事形象生动地描摹事物，又要委婉细腻地传达诗人情志，反对创作那种仅仅排列故事的诗歌。这些论述，如果再深入探究，就会接触咏物诗的艺术本质问题。

第二节　赠答之诗，用事交际

与咏物诗相较，赠答诗也是中国传统诗歌园圃中颇为重要的题材，它

---

① 张谦宜：《茧斋诗谈》卷一，郭绍虞编：《清诗话续编》，第 805 页。

② 马佐尼：《〈神曲〉的辩护》卷三，转引自《西方美学家论美和美感》，商务印书馆 1980 年版，第 74 页。

历史悠久、数量庞大，艺术成就较高。萧统编《文选》就设有"赠答"一类，所选诗歌数量最大，包括赠、答、酬、呈四类。以后，赠答诗常见于中国古代的诗歌选本、文人别集等，从苏、李赠答到古诗 19 首中的"行行重行行"，至王维的《送元二使安西》、杜甫的《赠卫八处士》等，大量脍炙人口的名篇佳什，辗转传唱，至今仍魅力无限。赠答诗在创作量较大的诗人诗集中所占比例极高，如现今留存于世的杜甫 1400 余首诗，几乎一半都是赠酬、送人诗作，苏轼也有大量赠送、酬唱等诗作，数量也几乎占据了全集一半以上的篇幅。综观古代的赠答诗作，用事是最为重要的艺术手段，而有关用事的艺术探索，也是古代诗论家热衷谈论的话题，研究赠答诗的用事及相关理论，可以把握其艺术传统、概括其艺术特色、理解其命意内涵，也有助于深入理解中国古代诗论的某些重要命题。

一 赠酬交际：用事的目的

赠答诗是中国古典诗歌"交际性"的集中体现。方回对"寄赠"诗歌的定义清楚揭示出此类题材诗歌的交际性，他说："远而有寄，面而有赠，有寄赠则有酬答，不专取诙，取诗律之精而已。"① 事实上，诗歌作为交际手段，是中国古代独特的文学、文化现象。据今天所保留的诗歌来看，中国古典诗歌，绝大部分诗作都具交际背景，有时甚至以诗当信。② 周裕锴将具有交际功能的诗歌概括为五类：外交献酬、宴会制作、朋友赠答、诗社唱和、馆阁酬唱等。③ 其中，朋友赠答是五类诗作中最为常用的题材，下文将以此为核心进行考察。我们还可将"投人"等类型诗歌视为"赠答诗"，因为两者在内容上也往往有赠答特性，且在用事特征上颇为相似。正因为交际性，对于诗歌的阅读接受而言，有着分类限定，所赠对象是最直接的阅读者，然后才是泛化的读者。赠答诗用事不仅受到用事传统的影响，还为其交际功能所制约。作为一种社会活动，诗人创作赠答诗时，须考虑自己与受赠人的身份特征及前后语境，避免使用一些可能有

① 方回：《瀛奎律髓》卷四十二，第 1a 页。
② 费衮：《梁溪漫志》卷七，影文渊阁四库全书册 864，第 737 页。
③ 周裕锴：《诗可以群：略谈元祐体诗歌的交际性》，《社会科学研究》2001 年第 5 期，第 130 页。

违社交礼仪的故事。

从初唐开始，赠答诗就多用故事。今存初唐四杰的赠答诗，几乎都有用事，甚者一篇用数事，如《全唐诗》卷五十收录杨炯《送临津房少府》等以"送"命题的诗歌凡八首，篇篇用事，其中《送李庶子致仕还洛》一诗至少用了四事。^① 逮于宋代，赠答诗用事同样非常普遍，如苏轼、黄庭坚等人的诗作。古代诗学家通过对诗人创作实践的分析，总结出赠答诗的用事法则，它们制约着诗人的用事，也指导着读者的阅读方向。

方回的《瀛奎律髓》"寄赠"一类列有五言律诗38首，其中除了永嘉四灵和江湖诗人外，基本都有用事；七言律诗58首，亦如此。用事是唐宋时代赠答诗的重要艺术手法。刘长卿（约714—约790）的五律《酬包谏议见寄之什》尾联"高文不可和，空丑学相如"与张籍五律《赠任懒》尾联"汉庭无得意，谁拟荐相如"，同用司马相如故事，均将受赠者比拟为学富才高的司马相如。刘禹锡的七律《酬淮南牛相公述旧见贶》，颔联"初见相如成赋日，寻为丞相扫门人"亦用司马相如来比拟受赠之人文才出众。三位唐人均于赠答诗中用司马相如事，用司马相如来比拟对方文才出众，表现出一定的写作程式。

赠答具有明确的指向性和目的性，诗人在用事时应充分考虑赠答对象的身份、赠诗的唱和等因素，避免读者对所用故事产生负面的理解和联想。杨万里曾就此告诫诗人：

> 投人诗文，有语忌者，不可不知。人有上文潞公诗，用寿考字。公曰："五日考终命，和我死也说了。"程子山自中书舍人谪为赣州安远令，士子上生日诗，用岳降事。子山曰："降做县令了，更去甚处。"周茂振贺刘季高由谪籍放自便启云："十年去国，惊我马之虺隤；一日还家，喜是翁之矍铄。"季高曰："是翁却将对我马。"此类多矣。至如绍兴间，张叔夜之子常先，为江西常平使者，有小官上

---

① 杨炯：《送李庶子致仕还洛》，《全唐诗》卷五十，第615页。全诗如此："此地倾城日，由来供帐华。亭逢李广骑，门接邵平瓜。原野烟氛匝，关河游望赊。白云断岩岫，绿草覆江沙。诏赐扶阳宅，人荣御史车。灞池一相送，流涕向烟霞。"

启,其自序处云:"叔夜粗疏,次山漫浪。"常先大怒曰:"我爷何曾粗疏。"虽常先不学可笑,然小官亦当问上官家讳。吉州推官李椿尝于一上官举状,而上官家讳有复名而一字椿者,初许荐而后不与诸。余族弟炎正字济翁,作一启以解之云:"讳名不讳姓,虽存羊枣之遗文;言在不言征,亦有杏坛之故事。"上官遂举之。济翁年五十二乃登第,初任宁远簿,甚为京丞相所知,有启上丞相云:"秋惊一叶,感蒲柳之先知;春到千花,叹桑柘之后长。"丞相遂下待除掌故之令。①

杨万里认为诗人创作赠投诗歌,应针对不同的人或具体场景来用事。如周茂振贺刘季高之诗,工整而有深意,可刘季高却认为他将自己和"马"相对,心中颇为不快。在赠投他人诗歌时,诗人一定要反复琢磨,避免令对方产生负面的阅读感受。

用事是赠答诗极为重要的艺术手法,受赠答诗交际性质所决定,诗人用事时必须做到故事语境和现实语境之间的合理类比,更要考虑故事和受赠人的身份相合以及交际应酬的场景。

二 身份对等:赠人用事法

由于赠答诗的交际本质,诗人用事往往指向受赠者,故事所包含的暗示身份的意义,必须和受赠者对等。概括而言,诗人创作赠答诗,通常会使用那些和所赠对象相关的故事,其中主要包括两类:与所赠对象姓氏相同之人的故事;与对方官职、专长等相当之人的故事。

"赠答诗多用同姓事"的传统,唐诗中并不多见,宋诗中则大量出现。如李商隐虽然创作了大量赠答诗,用同姓事者却较少。② 而在苏轼、黄庭坚等人诗集中则多有用同姓故事的赠答诗,如苏轼用同姓故事的代表

① 杨万里:《诚斋诗话》,《历代诗话》,第157页。
② 《李商隐诗歌集解》中收录题目为"赠某某人"者共18首,其中没有用同姓事者,多用和受赠身份有关的故事。李商隐的其他交往赠答诗,也几乎没有用同姓事者。唐时赠答用同姓事的传统似乎还没有完全形成,但用相同身份事的传统业已成型。

作是《赠张子野》诗，该诗通篇用张姓之事。① 明人邓廷桢在《双砚斋笔记》中更是大量列举了苏轼切姓之诗，颇能反映出苏氏乐此不疲，故移录如次：

东坡诗喜切人姓，皆信手征引，不露黏合之迹。今摘录于左：《金门寺中见李西台与二钱唱和四绝句》第一首云：已应知雪似杨花（钱昭度诗）。第二首云：欲问君王乞符竹，但忧无蟹有监州（钱昆）。《张子野年八十五尚闻买妾》云：诗人老去莺莺在（张生），公子归来燕燕忙（《汉书·外戚传》）。柱下相君犹有齿（张苍），江南刺史已无肠（张又新）。平生谬作安昌客，略遣彭宣到后堂（张禹）。《柳氏二外甥求笔迹》第一首云：君家自有元和脚。第二首云：欲见诚悬笔谏时（皆柳公权）。《与毛令方尉游西菩提寺》云：尚书清节衣冠后（毛玠），处士风流水石间（方干）。《至济南李公择以诗相迎次韵》云：自笑餐毡典属国（苏武），来看换酒谪仙人（李白）。《和孔君亮》云：只恐掉头难久住（孔巢父），应须倾盖便深论（孔子）。固知严胜风流在，又见长身十世孙（孔戣、孔戡）。《送郑户曹》云：公业有田常乏食（郑太），广文好客竟无毡（郑虔）。《台头寺送宋希元》云：三年不顾东邻女（宋玉）。《太守徐君猷通守孟亨之皆不饮酒以诗戏之》云：孟嘉嗜酒桓温笑，徐邈狂言孟德疑。公独未知其趣尔（嘉），臣今时复一中之（邈）。风流自有高人识（嘉），通介宁随薄俗移（邈）。二子有灵应抚掌，吾孙还有独醒时。《李委吹笛》云：下界何人也吹笛，可怜时复犯龟兹（李暮）。《蔡景繁官舍小阁》云：戏嘲王叟短辕车（蔡谟），肯为徐郎书纸尾（蔡廓）。《次韵王震》云：雾豹当时始一斑（王献之）。竹木高会许时攀（王戎）。《次韵胡完夫》云：万事会须咨伯始（胡广）。《送张天觉河东提刑》云：脱帽风流余长史（张伯英），埋轮家世本留侯（张纲）。《送李方叔云》：平生谩说古战场（李华），

---

① 苏轼：《苏轼诗集》，第523—524页。诗题为《张子野年八十五，尚闻买妾，述古令作诗》，全诗文字如次："锦里先生自笑狂，莫欺九尺鬓眉苍。诗人老去莺莺在，公子归来燕燕忙。柱下相君犹有齿，江南刺史已无肠。平生谬作安昌客，略遣彭宣到后堂。"诗中颔联用了张生和张放之事；颈联用了张苍和张又新之事；尾联用了张禹故事。

过眼终迷日五色（李程）。《寄蔡子华》云：莫从唐举问封侯（蔡泽），但遣麻姑更爬背（蔡经）。《谢曹子方惠新茶》云：陈植文章斗石高（曹子建），景宗诗句复称豪（曹景宗）。《送黄师是赴两浙宪》云：宁非叔度家（黄宪），岂出次公门（黄霸）。《赠王觌》云：何人生得宁馨子（王衍），今夜相逢掣笔郎（王献之）。莫怪围棋忘瓜葛（王长豫），已能作赋继《灵光》（王延寿）。《次韵韶守狄大夫见赠》云：森森画戟拥朱轮，坐咏梁公觉有神（狄仁杰）。白傅闲游空诵句，拾遗穷老敢论亲（杜甫有《寄狄博济诗》）。《次韵韶倅李通直》云：欲从抱朴传家学（李抱朴）。《张竟辰永康所居万卷堂》：濠梁空复五车多，圯上从来一编足（张良）。①

通过邓氏所列诗歌，不难见出苏轼喜用此法。此外，北宋后期、南宋初期的苏轼门人、江西诗人等，都比较喜欢使用此法，其诗作中比比皆是，甚至连诗僧惠洪《石门文字禅》中也充斥着大量此类诗作。

在宋代，"赠答诗多用同姓事"也备受诗学家关注。如《观林诗话》云：

> 赠答诗多用同姓事。如东坡《赠郑户曹》云："公业有田常乏食，广文好客竟无毡。"又赠蔡子革云："莫寻唐举问封侯，但遣麻姑为爬背。"涪翁和东坡诗云："人间化鹤三千岁，海上看羊十九年。"陈无己赠何郎中云："已度城阴先得句，不应从俗未忘荤。"惟徐师川赠张仁云："诗如云态度，人似柳风流。"尤为工也。又半山与刘发诗云："何妨过我论奇字，亦复令公见异书。"则又用彼我两姓事。②

----

① 邓廷桢：《双砚斋笔记》卷六，中华书局 1987 年版，第 393—397 页。

② 吴聿：《观林诗话》，丁福保编：《历代诗话续编》，第 129 页。苏轼诗歌的注释见《苏轼诗集》（中华书局 1982 年版），第 791、1665 页。黄庭坚：《次韵宋懋宗三月十四日到西池都人盛观翰林公出邀》的注释见《黄庭坚诗集注》（中华书局 2003 年版），第 338 页。陈师道：《寄亳州何郎中二首》之一，注见《后山诗注补笺》，第 303 页。王安石：《过刘全美所居》，注见李壁《王荆文公诗笺注》卷四十三，第 575 页。徐俯的诗歌，"云态度"用张俞故事，"柳风流"用张绪故事。

吴聿列举六例以说明"赠答诗多用同姓事"的传统，其中徐师川"诗如云态度，人似柳风流"句，更是以其巧妙暗用同姓事扬名于宋。① 另外，吴聿也注意到了诗人有时还"用彼我两姓事"，即使用两个与自己和受赠人同姓的故事，如王安石《过刘全美所居》"亦复令公见异书"乃用王充故事以切己姓。② 可见，宋人用同姓故事的技巧极其娴熟。

这样的用事风气被后来部分诗学家视为宋诗的一个风格，如清初赵翼就说：

> 宋人诗，与人赠答，多有切人之姓，驱使典故，为本地风光者。如东坡与徐君猷、孟亭之同饮，则以徐、孟二家故事，裁对成联；送郑户曹，则以郑太、郑虔故事，裁对成联；又戏张子野娶妾，专用张家事点缀萦拂，最有省去。自是，秦少游赠坡诗："节旄零落毡吞雪（苏武），辩舌纵横印佩金（苏秦）。"山谷赠坡诗："人间化鹤三千岁（苏耽），海上看羊十九年（苏武）。"皆以切合为能事；然以苏武比坡黄州之谪，尚可映带，苏秦、苏耽。何为者耶？山谷又有《题郭明甫西斋》云："东京望重两并州（郭伋、郭丹），遂有汾阳整缀旒（郭子仪），翁伯入关倾意气（郭解），林宗异世想风流（郭泰）。"此皆不过述其家世，于其人何与耶？③

在赵翼看来，用事切姓是宋代赠答诗常见的艺术手法，但诗人也不可为了切姓而罔顾事典内容的切合。毕竟，前文已经指出，用事中，后者较为关键。上述苏轼、秦少游的赠诗就犯了这个毛病而受到赵翼的批评。

直至清代，"赠答诗多用同姓事"的传统仍然受到诗人的尊崇，如王

---

① 曾季狸：《艇斋诗话》，丁福保编：《历代诗话续编》，第 302 页。曾季狸云："诗人用人姓事，无如东湖。与张元干诗云：'诗如云态度，人似柳风流'，皆用张姓事，暗用之不觉，尤为佳也。"

② 王安石撰，李壁笺注：《王荆文公诗笺注》，第 575 页。

③ 赵翼：《瓯北诗话》卷十二，第 176 页。所云秦少游诗句，当为孙莘老所作，见《锦绣万花谷》所引。

士禛就曾收到友人所赠通篇用王氏之事的长律，且"组织甚工"①。赵翼《陔余丛考》卷二十三谈到"诗词专用本家本人事"的现象，也提到了查慎行通篇用刘姓故事的诗歌。②

诗人创作同姓事的赠答诗，有时直接将具有隐喻意义的故事主人公的姓氏嵌入诗句；有时则隐去姓和名，通过故事内容来暗示说明，诗人偏好采用此法，用事于无痕，增加诗歌的含蓄深沉之美，使读者在阅读诗歌的过程中感受到联想的愉悦，避免"点鬼簿"式的直白，上述诗例均属该类。

当然，理论上，诗人赠答还可用同名事。古代诗文有用同名事者，如费衮《梁溪漫志》所载：

> 王履道左丞在京师，见何人家亭上题字，笔势洒落，不着姓而其名则安中也。王惊问何人所书，守者曰："此何安中，亦河朔人也。"王以与己名同，恐人莫之辨，戏书一诗于其后，云："蜀客更名缘好尚，汉臣书姓为同官。孟公自合名惊座，子夏尤宜辨小冠。益号文章缘两李，翮书制诰有诸韩。二玄各自分南北，付与时人子细看。"终篇皆用同名事云。③

王安中因为看到与自己同名的题字，唯恐世人将它与己混淆，便用同名故事创作了一首诗歌题于后，其间虽有游戏成分，也可见古人对同名现象的关注。需要注意的是，这种用法在诗人实际的诗歌创作中比较少见，赠诗中更为罕见，其中一个重要原因就是古人称呼对方之时，为了表示尊重，往往不直呼其名，所以不太可能会出现同名之事。这就是用事受到赠人诗歌交际性约束的具体表现。

---

① 王士禛：《带经堂诗话》卷一，第34页。王士禛说："古人赠答，有通篇用事，切其人姓氏者，虽非诗家所贵，亦不易也。忆昔毗陵邹吁士、吴兴沈凤于有赠余长律及长短句，皆通篇用王氏事，组织甚工，惜不能记忆矣。"

② 赵翼：《陔余丛考》卷二十三，第476页。

③ 费衮：《梁溪漫志》，影文渊阁四库全书册864，第742页。又汪师韩《诗学纂闻》也曾记载了古代诗文用人名的事，说："以人名入诗文，或姓或名，有只称一字者。"（丁福保编：《清诗话》，第466—467页）

"赠答诗多用同姓事"的传统，表面上是赠答诗用事的技巧，实乃中国古代宗法制度的反映。在此文化背景下，人们倾心于追溯自己的血缘，关注家族传承中的著名人物，在族谱中记录下大量先贤的光荣故事。诗人使用同姓故事，有时也表达着对受赠人家族的尊重，可见，在诗歌的具体创作背后，包蕴着更为复杂的社会文化现象。

"赠答诗多用同姓事"的传统还和古代的姓氏书紧密相连，甚至可能是大量出现姓氏类书的原因之一。据《隋书·经籍志》等可知，有关姓氏的类书在中国古代有着悠久的编纂历史。从尤袤《遂初堂书目》可见，唐代就有不少姓氏类书。① 这类书籍在古代，数量庞大，杨士奇（1365—1444）编《文渊阁书目》就收录了《混一姓氏志》、《氏族言行类稿》、《氏族大全》（两种）、《姓氏瑶华》、《姓氏急就》、《册氏族类稿》等书。② 这些类书的功能，另一方面是为满足人们追溯血缘的需要，另一方面也有为文人作文用事提供方便之用。四库馆臣对此曾有所揭示，云："（佚名《氏族大全》）大抵在撷取新颖，以供缀文之用。"③ 又云："（王应麟《姓氏急救篇》）可为小学之资。"④

不仅如此，"诗人用事多用同姓"事，还可以提醒人们进行校勘和考古。陈寅恪先生《柳如是别传》就根据清代前期诗人赠答多用同姓故事的创作规律，从清初诗人诗作中苦苦寻找，最后揭示出柳如是曾经有多个姓名的事实。⑤

赠答诗还有另一种相对"用同姓事"更为简易和普遍的技法，即使用和所赠对象身份相当之人的故事。"用同姓事"，对诗人而言具有双重约束：姓同、事同，而用同身份人的故事则少去了这诸多的束缚，具有更多的材料供其驱遣，有助于诗人取舍抉择。"身份"包括专长、官职、职业、出生地、年龄、社会地位等广义的范畴。如黄庭坚赠眉山史应之诗多用屠家事，其原因就在于史氏的行为举止颇近屠夫之流，其诗曰："先生

① 尤袤：《遂初堂书目》，丛书集成初编本，第 13 页。
② 杨士奇：《文渊阁书目》卷十二，丛书集成初编本，第 156—157 页。
③ 永瑢等：《四库全书总目提要》，第 1153 页。
④ 同上书，第 1152 页。
⑤ 卞孝萱在《现代国学大师学记》（中华书局 2006 年版）中对此有所揭示。

早擅屠龙学，袖有新硎不试刀。岁晚亦无鸡可割，庖蛙煎鳝荐松醪。"①

事实上，诗歌的创作技法是一把双刃剑，它脱胎于诗人的创作实践，既能助益诗人的具体创作，也会限制其创造力，尤其是诗人过于关注而胶着于此，就会忘记诗作的本质所在。赠答诗如若过度拘泥于用同姓事、同身份人之事的技法，"甚以投赠饯送，系以姓名，配以官秩"②，最终会使赠诗流于平庸陈俗，甚至有谄媚追捧之嫌，故有不少人视其为俗气的艺术手法，如延君寿曾深感于此而说：

> 赠答诗切姓最俗，此亦为俗手而言，若古人之精切有味，刚刚安顿得好，则又不为嫌矣。王荆公《上元喜呈贡父》云："车马纷纷白昼同，万家灯火暖春风。别开阊阖壶外天，特起蓬莱陆海中。尽取繁华供侠少，只分牢落与衰翁。不知太乙游何处，定把青藜独照公。"前四句了不异人，第五句忽然束一笔，六句著到刘身上，刚刚起起末二句。侠少看灯，衰翁读书，两两相形，妙不可言。而笔气之灵动竖整，又最起发后学。③

可见到了清代，人们已经开始反思或反感赠答诗总用同姓事的做法。不过，就整个古代赠答诗的创作来看，此类艺术手法并没有中断过，甚至清人自己也是大量使用。

通过考察，我们认为诗人在赠答诗中惯用与受赠人同姓事、同身份事，尤以后者居多。古代诗学家主张在采用这些技法之时，应避免点鬼簿、记事录式堆积材料，尽量做到切与不切的辩证统一。但凡具有创造力的诗人往往都懂得巧用、正用诗歌技法，避免流俗。虽然前文已经指出，用事应该做到"切"，但是咏物诗和赠答诗对此的要求却略有不同。一般来说，由于交际功能，人们要求赠答诗用事或切姓，或切身份，通过故事

---

① 祝诚：《莲堂诗话》卷上，丛书集成初编本，第19—20页。祝诚说："宋史应之，眉山人，落魄无检，喜作鄙语，人以屠剑目之。故黄山谷赠以诗，多用屠家事，曰：'先生早擅屠龙学，袖有新硎不试刀。岁晚亦无鸡可割，庖蛙煎鳝荐松醪。'盖应之授馆于人，为童子师，故引前辈诗'来朝为送先生饭，一夜沿溪捉鳝鱼'与唐人郭受诗'松醪酒熟旁看醉'等语以戏之。"

② 冯复京：《说诗补遗》，吴文治主编：《明诗话全编》，第7179页。

③ 延君寿：《老生常谈》，郭绍虞编：《清诗话续编》，第1846页。

表达赠受之间的关系，而人们在谈论咏物诗的时候，往往要求诗人做到"不切而切"，既能传达咏赞对象的形神，还能够给读者留有较大的审美空间。由此我们不难看出，不同题材对用事原则的具体规定和要求也相异。

第三节　用事：律诗的句法章法要素

中国古典诗歌的体裁经历了漫长的演化过程，从诸如《弹歌》之类的二言诗开始，产生了诸多的体式。到了唐代，人们将经常创作的诗歌体裁大致概括为古体诗和近体诗（或称今体诗），或古体诗和律诗。① 近体诗从唐代开始逐渐成为中国古代诗人最常用的诗歌体裁。近体诗和古体诗是一对时间上相对的概念，如高棅《唐诗品汇总叙》曾云："有唐三百年，诗众体备矣。故有往体、近体；长短篇、五七言律句绝句等制。"② 时至今日，我们仍在沿用这一比较矛盾的概念。近体诗主要包含律诗和小律诗——绝句。③ 关于律诗具体源于何时，有何特征，前人论述颇为详尽，兹不赘述。④

由于近体诗的兴起，中国古典诗学开始转型，存在着"近体诗学"的分支，但目前学界对此关注不够。随着诗人和诗论家对诗歌艺术技巧的自觉，他们开始热衷于讨论近体诗的创作体例、规律，努力建构新的诗歌审美标准，在此过程中，近体诗的用事之法也渐入诗论家的视野。古代诗学家已经看到不同体裁的诗歌对用事有不同要求，袁枚就不止一次说用事"有宜近体者，有宜古体者，有近古体俱宜者，有近古体俱不宜者"⑤。不过，人们讨论最多还是用事与律诗的对偶句法及章法布局之间的关系。因

---

① 唐人应该已经区分"今体"和"古体"，如齐己《览延栖上人卷》说："今体雕镂妙，古风研考精。何人忘律韵，为子辨诗声。"唐宋时代人们也将近体视为"律体"，如宋代李璧笺注《王荆文公诗笺注》将王安石的诗分为两大类：古诗和律诗。

② 高棅：《唐诗品汇》，上海古籍出版社影印明汪宗民校订本1982年版，第8b页。

③ 如白居易就曾经作过《江上吟元八绝句》："大江深处月明时，一夜吟君小律诗。应有水仙潜出听，翻将唱作步虚词。"其中的"小律诗"，即指绝句。

④ 参见储斌杰《中国古代文体概论》，北京大学出版社1990年版，第182页。

⑤ 袁枚：《随园诗话》卷七，第123页。

为唐、宋短篇古体诗一般较少用事,长篇古体诗和律诗虽惯于用事,但尤以律诗为最,① 中国古典诗学中论述诗歌用事的文字主要针对律诗而发。如吴讷《文章辨体序说》认为杜甫律诗的"命辞用事"十分成功,为人们学习律诗提供了良好的榜样。② 流风所及,清代冯班甚至说:"律诗始于沈宋,尔时文体不以用事为嫌疑。"③ 可见,在中国古典诗歌中,律诗用事较为普遍,用事评价也成为评价的重要内容。

一 用事句法,对偶工切

对偶是中国古典文学中,最具民族特色的语言形式和艺术手法之一,是中国古典文学音乐美的重要表现,也是诸如四六文和律诗最基本的体式要求。故有人说:"文辞妍丽,良由对嘱之能;笔札雄通,实安施之巧。若言不对,语必徒申;韵而不切,烦词枉费。"④ 又有人云:"作诗不对,本是吼文,不名为诗。"⑤ 对偶,是唐代开始诗人最为常用的艺术手段。

对偶句法既讲究声律的和谐对照,也要求意义的对举统一,古代诗学家很早就对此进行了积极的探索。今天所能见到部分唐代诗格著作中,谈论对偶句法的文字并不乏见,如日释遍照金刚《文镜秘府论》东卷在综合"沈(沈约)、陆(陆厥)、王(王昌龄)、元(元竞)"等人"诗格式"的基础上,专谈诗文对偶,并列出当时文人墨客可能用到的对偶形式"二十九"类。

用事是对偶句法的艺术手段,对偶的句法形式往往通过"事对"来实现,如若"上引事","下须引事以对之","若上句用事,下句不用事",则"名为缺偶"⑥。为方便诗人采撷丽藻,从唐代开始,人们就在类书中罗列相关"事对",如《初学记》在"词条"、"叙事"后专列"事

---

① 如高棅《唐诗品汇》共收录五言律诗 1178 首,七言律诗 499 首,五言排律 621 首(上海古籍出版社影明汪宗民校订本 1982 年版)。
② 吴讷:《文章辨体序》,人民文学出版社 1962 年版,第 56 页。
③ 吴乔:《围炉诗话》卷一,丁福保编:《清诗话》,第 495 页。
④ 遍照金刚:《文镜秘府论》,第 95 页。
⑤ 王昌龄:《诗格》,张伯伟:《全唐五代诗格汇考》,第 171 页。此语乃王昌龄《诗格》转引自梁朝湘东王《诗评》。
⑥ 王昌龄:《诗格》,张伯伟:《全唐五代诗格汇考》,第 171 页。此语后被遍照金刚《文镜秘府论》转述(遍照金刚《文镜秘府论》南卷,第 140 页)。

对"条目。① 甚至有些书只列"事对",如清代刘文蔚《诗学含英》就在
"纸"之后胪列二字至五字事对三十一对,其目的自然是为诗人作诗和记
忆事类开启方便之门。②

诚如徐师曾《诗体明辩》所言:"律诗者,梁陈以下声律、对偶之诗
也。"③ 由于对偶句法是律诗的突出特征,故后世谈论诗歌对偶者,往往
针对律诗而言。随着对偶成为律诗的基本体式和句法,用事也成为律诗最
为常见的艺术手法。

一般而言,律诗对偶句中往往一联两个或者四个故事相对,这在律诗
创作中基本上是惯例。所以每当有比较奇特的对偶出现时,诗学家就会露
出惊讶的神情,如黄彻云:

> 律诗有一对通用一事者:"更寻佳树传,莫忘角弓诗。"乃左传
> 韩宣子聘鲁,尝赋角弓及誉嘉树,鲁人请封植,以无忘角弓。介甫:
> "久诵郭璞言多验,老比颜含意更疏。"乃景纯为颜含筮,含曰:年
> 在天,位在人;修己而天不与,命也;守道不回,性也;自有性命,
> 无劳著龟。④

黄彻面对突然出现一联通用一事的诗句时的惊异之情,恰恰说明了对偶用
事的常态或者传统并非如此。

由于对仗的要求,对偶中故事的来源文献、时间、性质应具有同一
性,用宋人的话来说则是应遵守相关的法度,甚至要做到"经对经,史
对史,释氏事对释氏事,道家事对道家事"⑤。王安石就曾因为善用事对、
善制对偶句而得到宋人的广泛赞誉,称"王荆公晚年诗律尤精严,造语

---

① 徐坚等编:《初学记》,中华书局本 1961 年版,第 516—517 页。

② 刘文蔚:《诗学含英》,香港银河出版社影清乾隆三十七年（1772）刻本 2001 年版,第
113 页。

③ 徐师曾:《诗体明辩》,《古今图书集成》,中华书局、巴蜀书社影印本 1985 年版,第
77698b 页。

④ 黄彻:《䂨溪诗话》卷四,丁福保编:《历代诗话续编》,第 363 页。

⑤ 曾季狸:《艇斋诗话》,丁福保编:《历代诗话续编》,第 310 页。

用字,间不容发"①,又,

> 荆公诗用法甚严,尤精于对偶。尝云用汉人语止可以汉人语对,
> 若参以异代语,便不相类。如"一水护田将绿绕,两山排闼送青来"
> 之类,皆汉人语也。此惟公用之,不觉拘窘卑凡。如"周颙宅在阿
> 兰若,娄约身随窣堵波",皆以梵语对梵语,亦此意。②

王安石的诗句之所以被叶梦得大加赞扬,其原因在于所用故事具有多重同一性:第一,时代一致,如第一联俱用汉代故事;第二,文献出处一致,其第二联俱为梵语故事。这反映了诗人高超的艺术技法和对故事的驾驭能力。王安石本人也为此而沾沾自喜,据《石林诗话》记载:

> 尝有人向公称"自喜田园安五柳,但嫌尸祝扰庚桑"之句,以
> 为的对。公笑曰:"伊但知柳对桑为的,然庚亦自是数。"盖以十干
> 数之也。③

这些都表明时人都比较推许王氏的对偶技法,更反映了时人对于律诗对偶艺术的醉心。

事实上,宋代如王安石般严守对偶用事法度的诗人并不乏见,诸如黄庭坚、陈师道等都是其中的代表。他们戴上诗歌对偶,在有限的空间中,跳出惊艳的舞蹈,展现了杰出的创新能力和驾驭故事的高超技巧,赢得了读者的瞩目和喝彩。人们对此也作了经验总结,如王楙在《野客丛书》中说:"前辈用事,贵出处相等,传注中用事必以传注中对。"④ 他以王安石的诗句"一水护田将绿绕,两山排闼送青来"和谢迈的诗句"挼挲蕉叶展新绿,从便桃花舒小红"为例来论证对偶用事的严格要求。⑤ 不仅如此,王楙还据此批评了前人注解黄庭坚"爁矮金壶肯持送,挼莎残鞠更

---

① 叶梦得:《石林诗话》,何文焕编:《历代诗话》,第406页。
② 同上书,第422页。
③ 《石林诗话》,第422—423页。
④ 王楙:《野客丛书》卷二十四,中华书局1987年版,第273—274页。
⑤ 同上书,第273—274页。

传栖"诗句中"孅矮"不知出《春官》附《音注》下的错失。他所揭示的规律，后来被吴景旭的《历代诗话》转引，并点评道："盖宋人用事，贵出处相等。传注中用事，必以传注中对之故也。"① 不难见出，后人对宋人律诗中对偶用事精巧绝伦的推崇，同时也反映了人们对这一规律的长期认同。

另一方面，一些宋人认为律诗对偶不能过于严格，如葛立方《韵语阳秋》曾记载："近时论诗者，皆谓对偶不切，则失之粗；太切，则失之俗。"② 后者即人们所反对的"合掌"③。葛立方认为："律诗中间对偶，两句意甚远而中实潜贯者，最为高作。"④ 如陈师道就惯于在律诗中用流水对来满足上述要求。流水对用事如果要讲究"工对"，则为诗人提出了更为艰难的挑战。不过，宋人却能够自觉做到上述要求，对于诗歌用事艺术而言，无疑是一个巨大的进步，值得我们进一步的探究（笔者将另文讨论）。

用事与对偶句法的关系，被宋人精确化和严格化，这表明彼时学问扎实、充满自信的诗学风气。当然，过于严守法度则会使优点转化为弊病，因此，某些诗人试图超越这样的规定，故意在对偶句中使用非对等的故事。

二 用事章法，虚实相生

律诗使用故事，不仅是对偶句式的客观要求，也是其组织成篇的重要手段。范梈《木天禁语》曾云："（篇法）有以字论者，有以意论者，有以故事论者，有以血脉论者。"⑤ 在某种程度上，律诗篇法有时便以故事论，尤其是创作排律之时，诗人必须借助用事，否则断不能成篇。倘若诗人不懂得在律诗中善用事，就会导致"出格"。

此外，古代诗学家发现，相比篇法，用事与律诗章法的关系更为紧

---

① 吴景旭：《历代诗话》卷五十九，中华书局1958年版，第896页。
② 葛立方：《韵语阳秋》卷一，何文焕编：《历代诗话》，第486页。
③ 如胡应麟说："作诗最忌合掌，近体尤忌，而齐、梁人往往犯之。"（《诗薮》内编卷四，第64页）
④ 葛立方：《韵语阳秋》卷一，何文焕编：《历代诗话》，第489页。
⑤ 范梈：《木天禁语》，张健：《元代诗法校考》，第142页。

密，这也是他们讨论用事的热门话题。元代诗学家曾明确指出这一点，其中谈论最多的当是杨载的《诗法家数》，其中云：

> 破题　或对景兴起，或比起，或引事起，或就题起。要突兀高远，如狂风卷浪，势欲滔天。
>
> 颔联　或写意，或书事、用事、引证。此联要接破题，要如骊龙之珠，抱而不脱。
>
> 颈联　或写意、写景、书事、引证，与前联之意相应相避。要变化，如疾雷，破山观者惊愕。
>
> 结句　或就题结，或开一步，或缴前联之意，或用事，或放一句作散场。要如剡溪之棹，自去自回，诗已尽而意无穷。①

在杨载看来，只有律诗才会用事，绝句和古诗一般不会使用故事，而且他还认为用事一般应出现在律诗的颔联和尾联。与此稍稍不同的是，在结合题材来谈论的时候，杨载认为送别和咏物律诗的用事应该出现在颈联中。② 他指出：

> 凡送别，多托酒以写一时之景以兴怀，寓相勉之辞以致意。首联取意起，二联合说人事之盛，合叙别，或议论，或写景。三联或说景，带思慕之情，或言所去地理山川景物人事之盛或用事贴意。末联或勉其早归，或说何时再会，或嘱咐，或期望。大抵结句要有归警，意味渊永为佳。③

---

① 旧题杨载《诗法家数》，张健：《元代诗法校考》，第 17—18 页。又见于明宋孟清《诗学体要类编》（续修四库全书 1695 册，第 213 页）、朱权《西江诗法》，吴文治主编：《明诗话全编》，第 576 页。又梁桥《冰川诗式》亦有转引（第 222 页）。除却《诗学体要类编》云颈联当"或写意、或写景、或书事、或用事引证，与颔联相应相比"外，文字或文意相同。可见其影响较为深远。

② 杨载在《诗法家数》中列出了九种题材的律诗创作建议，其中在咏物、赠行和赞美三类中明确提到了用事，认为：咏物诗用事当出现在第三联；赠行诗当出现在第三联；赞美诗应出现在第二联或第三联。

③ 朱权：《西江诗法》，吴文治主编：《明诗话全编》，第 579 页。

要一联咏状写生，忌极雕巧。首联合直说题目，明白物之出处。二联合咏物之体。三联合说物之用，或议论，或用事体贴，或说人事。结句就题外生意，或就本意结之。①

杨载认为这两类律诗的中间四联，尤其第三联需要用事。这反映了元人对送别、咏物等题材诗歌的章法安排的基本看法。虽然杨氏提出的创作手法确实有点拘泥，却也表明在他之前或当时诗人可能大致都遵守这样的创作规则。杨氏的这段文字还被佚名《名公雅伦》、谢天瑞《诗法》等书称引。② 由此可见，这个观念，在元明时代颇为盛行。

此外，用事多见于律诗颔联和颈联的规律在方回的《瀛奎律髓》中可得到印证。方回在该书中选取唐宋律诗三千来首并加以评论，其中凡因用事而得到他较高评价的诗作，用事几乎都出现于颈联和颔联，而非首联和尾联。以下是方回对律诗三、四句（颔联）用事的评价：

卷数	卷名	题目	诗人	评论
三	怀古	《赤壁怀古》	崔涂	三、四善用事，好
六	宦情	《侨居二首》	宋祁	前篇三、四善用事。宋公少年高科，平生宦达，乃有此穷作，士大夫有先困而后亨者！少公又诗云："长安举头近，溢浦窜身危。"后篇三四工
十一	夏日	《麦熟市米价减邻里病者亦皆愈欣然有赋》		三、四善用事；五有感，六自然
十八	茶	《建茶呈使君学士》	李虚己	八句皆佳。三、四昆体也，凡昆体必于一物之上人故事、人名、年代及金玉锦绣等以实之

① 朱权：《西江诗法》，吴文治主编：《明诗话全编》，第579页。
② 佚名：《名公雅伦》，谢天瑞《诗法》卷三，续修四库全书册1695，第356页。《名公雅伦》的文字是："咏物之诗要托物以伸意，要二句咏状写生，忌讳极雕巧。第一联须合直说题目，明白物之出处方是；第二联合咏物之体；第三联合说物之用，或说意、或议论、或说人事、或用事、或将外物体证；第四联就题外生意，或就本意结之。"

续表

卷数	卷名	题目	诗人	评论
二十四	送别	《同乐天送河南冯尹学士》	刘禹锡	自馆阁出为河南尹,故三、四用事,如此之精
二十四	送别	《送曹子方赴福建运判》	曾几	曹辅子方亦诗豪也。与文潜考试,有同文倡和。此诗三、四用其姓事,尤切
二十七	着题	《落花》	余靖	三、四殊不减二宋,亦似昆体。余襄公靖,盖直臣名士,诗当加敬
三十二	忠愤	《闻王道济陷　北庭》	曾几	三、四善用事,五六有无穷之痛焉
四十七	释梵	《封禅寺居》	罗隐	题是《封禅寺》,昭谏身居乱世,故起句曰:"盛礼何由睹",奇哉句也!三、四好,岂可全不用事,善用事者不冗

以下是方回对律诗五、六句(颈联)用事的评价:

卷数	卷名	诗歌	作者	评论
二	朝省	《六月十七日召对自辰及申方归本院》	梅尧臣	三、四真有仙家之意,五、六用事变陈为新,末句诋东方朔尤有味
三	怀古	《武侯庙古柏》	李商隐	五、六善用事。玉垒金刀之偶,尤工。末句俟考
十一	夏日	《夏日即事四首》之一	陈师道	五、六用人名,而不觉其冗
十三	冬日	《冬晴闲步东邨由故塘还舍》	陆游	五、六善用事。"蟹椴"一句新,乡人植竹以取蟹,谓之蟹椴
十五	暮夜	《吴正仲见访回日暮,必未晚膳因以解嘲》	梅尧臣	五、六用事妙,不觉其为用事也。以题有暮晚字附诸此
十七	晴雨	《连雨》	赵蕃	此用《孟子》、《左氏》二语为三、四句,似不齐整,亦有道理。五、六用事不俗
二十	梅花	《岸梅》	崔鲁	五、六善用事。"雕梁画早梅",阴铿诗。乐府有《落梅曲》。"黄鹤楼中吹玉笛,江城五月落梅花",李白诗

卷数	卷名	诗歌	作者	评论
二十	梅花	《次韵李秬梅花》	晁补之	苏门诸公以鲁直、少游、无咎文、潜为四学士；并陈无己、李方叔文集传世号六君子，文名下无虚士，读其诗则知之。三、四佳，五、六似近昆体，以用事故也。尾句婉而妙，谓清溪照影虽若可恨，然移此影落富贵家酒杯中。亦似未肯也
二十四	送别	《送王子遵赴衡阳丞》	赵蕃	醉尉、聋丞事融化神妙。五、六尤善用事
二十四	送别	《送三姊之鄂州》	张耒	此即文潜之姊甥克一，能文。故有五、六一联，用事极佳
二十四	送别	《送亲戚钱尉入国》	丁黼	此诗三四佳，五、六善用事。《苏武传》：苏武中郎将及假吏常惠等
二十四	送别	《送张二十参军赴蜀州因呈杨五侍御》	杜甫	三四只言地形。五用骢马事以指杨，六用髯参军事以指张。尾句有托庇之欲。亦一体也
二十四	送别	《送王伯奋守筠阳》	楼钥	《攻媿集》第九卷。此诗后有《别王恭叔》诗，《别长女濟》诗、《远侍双亲官道院》、《为同尽室饯西桥》又云："老我年来百念轻，文姬助我以琴鸣。"盖攻媿长女濟嫁王恭叔，随侍其父赴筠守也。攻媿此诗三四切于其州，五、六用王氏二事以见伯奋之爱子、已之爱壻，皆工
二十五	拗字	《汴岸置酒赠黄十七》	黄庭坚	此见《山谷外集》，亦吴体，学老杜者。注脚四句，可参看。必从吾宗起句，则五六初平叔度黄姓事为切；若止用百丈暮卷起句，则吾党田翁一联亦可也

续表

卷数	卷名	诗歌	作者	评论
四十七	释梵	《题云际寺上方》	卢纶	五、六善于言禅，用启字、程字贴门与地，而不见其迹
四十九	伤悼	《挽陈师复寺丞》	刘克庄	三四稳，五六用事巧

　　方回对颔联、颈联用事的关注，既反映了诗论家对这个特征的理论自觉，更暗示了诗人的创作癖好。因此，我们不难理解方回评杜甫《大雪》一诗"中四句不用事，只虚模写，亦工"时的敏感和意外了！[①] 在这种用事传统的影响之下，读者阅读时持有某种期待视野，往往希望作者在中间两联用事。此外，依据上表，十六首诗歌在颈联用事，而只有九首诗歌在颔联用事，说明诗人更喜欢在颈联用事，也暗示了方回的阅读期待，多对这一联用事展开评点。这和上文所言杨载对几类题材诗歌章法的建议一致，即用事当出现在第三联。

　　古代诗论家谈论用事与律诗章法的关系时，还常常谈到虚实问题，即律诗的中间两联应该只有一联用事。据前文可知，最早提出的是南宋末年周弼，元代方回等人都有祖述。方回认为律诗的颔联和颈联通常交错用事。如《瀛奎律髓》卷二十七方回评黄庭坚《食瓜有感》一诗时说："前联赋物，后联用事；却别出一意，引一事缴，可为法。"[②] 本来该卷所选诗歌为"著题类"，此处他却将目光聚焦在于诗歌章法，总结出律诗中前联赋诗、后联用事的艺术手法。又如方回评价苏轼《海南人不作寒食，而以上巳上冢。余携一瓢酒，寻诸生，皆出矣。独老符秀才在，因与饮，至醉。符盖儋人之安贫守静者也》一诗时说："此诗首尾四句言景，中四

---

　　① 方回：《瀛奎律髓》卷二十一，第10b页。杜诗全文如次："大雪江南见未曾，今年方始是严凝。巧穿帘罅如相觅，重压林梢欲不胜。毡幄掷卢忘夜睡，金羁立马怯晨兴。此生自笑功名晚，空想黄河彻底冰。"（中华书局2003年版《黄庭坚诗集注》收录谢启昆编《黄庭坚诗集注补遗》卷四，第1691页）

　　② 方回：《瀛奎律髓》卷二十七，第9a页。诗句全文如下："暑轩无物洗烦蒸，百果凡材得我憎。藓井筼浸苍玉，金盘碧筋荐寒冰。田中谁问不纳履，坐上适来何处蝇。此理一杯分付与，我思明哲在东陵。"

句用事。又未若移易中间四句两用事、两言景为佳也。"① 可见，方回更期待诗人在颔联和颈联交替用事，而不是颔联和颈联同时用事，应搭配景物，做到有景有事。这样的诗作章法，虚实相济，自然耐读，也能意象丰润，让读者获得多重审美愉悦。

及至明代，人们对律诗章法的虚实问题做了更为详尽的论述，如周叙（1392—1452）在《诗学梯航》中云：

> 律诗有分四实者（元人周伯弸编《唐诗四体家法》有此下四体。四实者，谓中两联皆景物实事也），四虚者（谓中两联皆情思虚意也），前实后虚者（颔联用事实，颈联用情思也），前虚后实者（谓颔联用情思，颈联用事实也）。纷葩繁藻，绮绣迭陈，与之所至，体亦具之。②

周氏认为用事多出现于律诗的颔联和颈联，并且常与情景相融合，形成虚实相生的章法，为诗歌带来绮绣般多样而美丽的光彩。如此，对于律诗创作而言，用事与抒情写景具有同等重要的地位，皆能构成"意境"。清代沈德潜也认为"中二联不宜纯乎写景"，而应"以虚实对、流水对为上；即征实一联，亦宜各换意境"，因为"略无变换，古人所轻"③。

一般而言，古代诗学家在谈论律诗章法的时候，往往都会考虑到用事在律诗中间两联的分布情况。他们认为，中间两联既不能都用故事，也不能全写景抒情，两者须交错分布，做到虚实相生，避免板滞。上文周叙"诗歌中写情抒情是虚，而用事为实"的观点，在后世诗学家中影响颇大。从那以后，人们多谈论律诗的虚实问题，直至清代，诸如方东树《昭昧詹言》等都曾强调律诗的中间两联要做到虚实相生。

我们也要看到，后来诗学家对此也有另外的表述，如明代有人就说："大抵用景物则实，用人事则虚，一诗之中全用景物则过实而窒，全用人

---

① 方回：《瀛奎律髓》卷二十七，第14页。
② 周叙：《诗学梯航》，吴文治主编：《明诗话全编》，第971页。
③ 沈德潜：《说诗晬语》，叶燮等：《原诗·一瓢诗话·说诗晬语》，第213—214页。

事则过虚而软，故作诗之法，必要虚实均匀，语意和畅而后为尽善矣。"①
不过，不管他们的观点怎样相异，也有共同之处，即律诗的中间两联，必
须突破单一的写作手法，表达丰富的内容，用事也多单独出现于某一联而
非两联俱用。

综上所述，用事是律诗章法的一个重要因素，且大多出现在中间两
联。通过方回等人的分析，我们可看到，故事在律诗颈联中出现频率最
高，人们将用事视为律诗创作中虚实相生的重要手段。此外，古代诗学家
对用事与律诗的句法、章法之间的关系的讨论，表明律诗用事在某种程度
上获得了一定的理论尊重，故未来的中国古代文学理论应该建立一种立体
的、多体裁的文学理论。

三 小结

"体"即题材和体裁，对诗歌用事有着制约作用：特定的题材，
如咏物诗、赠答诗，对用事有着相应的要求；特定的体裁，将驱使诗
人选择恰到好处的用事之法，它不仅是形成对偶句的句法要素，更是
律诗组织成篇的重要手段。脱离了一定的"体"的文学理论，不仅有
脱离具体创作实际的空洞之嫌，也不太可能会得出精准的结论。然
而，长期以来，我们似乎过多地将"体"看成一种"知识"，借此可
了解中国古代曾经存在过某些文学样式以及古人划分文章的标准。这
诚然十分重要，让我们知道文学的园地有多大，可以种哪些作物，作
物都有些什么特性，但我们还需要从这些知识中进行发掘和考古，以
便能真正看到文学运作的机制，并进而形成一种方法论，讨论它所代
表的规约文学写作和创作的实际存在。以此眼光来看，当前的文学理
论研究，大多往往单纯研究修辞手法、艺术技法，忽略了联系文学
"体"式对用事等文学观念作具体深入的分析，② 因而也缺少对某些诗
学命题的探索，甚至还会错过对某些重大或关键问题的求索。例如，自

---

① 王会昌：《诗话类编》卷三，四库存目丛书集部册 419，第 70 页。

② 据笔者所见，迄今所见的中国诗学研究的专著中，只有罗根泽的《中国文学批评史》充
分关注到体裁与文学理论之间的互动关系。见马强才《罗根泽文存·导言》，江苏人民出版社
2012 年版。

近体诗兴起之后，面对古体诗的传统，"近体诗学"如何通过具体的艺术手法等诗学技术来实现突破，并逐步确立自己独立的理论领地，都还有较大的讨论空间。

第六章

知识:沟通作者和读者的桥梁

艾布拉姆斯（Meyer H. Abrams）曾指出，任何艺术品都应该具有四个要素：艺术作品、艺术家、欣赏者和世界。① 诗歌也具有四个要素：作品、作者、读者和世界。作者将自己的心志编码到作品中，等待读者的阅读与阐释。传统的西方诗学比较注重对作者创作的研究，然而"文学作品的历史生命没有其接收者的积极参与是不可思议的"②，正是因为读者的阅读活动，作品的意义才最终得以实现。因此，作者、作品和读者，在文学传播过程中都各自承担着自己的任务。

作为中国古典诗歌的艺术手法——用事，也集中体现了这一点，需要作者和读者积极参与到作品的实现过程中。对于诗人而言，首先，要掌握足够的故事素材，储存于胸中以随时待命，诗人往往勤于搜集各种故事，甚至还编纂小册子，以备写诗运用。其次，在掌握了大量素材之后，诗人还必须熟悉并超越用事传统，注重用事技巧，方能将其应用到诗歌之中。

读者则必须具有足够的知识积累才能识别故事、赏鉴诗歌，才疏学浅之人，实难体悟到用事诗歌的艺术魅力。因此，读者要争取做一名费什（Stanly E. Fish）所提出的"知识读者（informed reader）"③。相对于一般

---

① M. H. 艾布拉姆斯：《镜与灯》，郦稚牛、张照进、童庆生等译，北京大学出版社2004年版，第5页。

② 汉斯·罗伯特·尧斯（H. R. Jauss）：《作为向文学科学挑战的文学史》，王卫新译，《读者反映批评》，文化艺术出版社1989年版，第142页。

③ 费什（Fish）：《文学在读者：感情文体学》，聂振雄译，《读者反应批评》，文化艺术出版社1989年版，第120页（费什对知识读者所做的具体解释，可以参阅该文，兹不赘引）。

读者，注释者更有资格成为知识读者或者理想读者（ideal reader），因为他们有着精深的文学史知识、丰富的阅读经验。但这也并不意味着他们就能完全阐释诗歌中的用事，他们除了应具备知识积累的硬件，还必须拥有阐释技巧的软件，两者结合才能完全破解诗人在用事中所编写的密码。

积累"知识"素材、熟悉阐释技巧、掌握用事传统，对于诗人和读者而言同等重要。知识积累是用事"意义"实现的基础，更是沟通作者和读者的桥梁，本章将着力讨论围绕知识而展开的用事观念，以探索知识人身份对用事观念的影响。

第一节 积学储宝：诗人的首要任务

无论诗人拥有多么超群的天资禀赋，胸中若无万卷书，何来素材供其驱遣，又何谈满足前几章所讨论过的用事规约，而做到用事游刃而有余。故而古代诗学家对此多有关注，其探讨主要集中在三方面：第一，诗人应该积累知识；第二，诗人不能完全靠类书积累知识；第三，诗人在具备了丰厚的知识积累之后，应合理使用故事，不能在诗中卖弄学问。

一 博搜精采

诗人和知识的关系，是中国古典诗学中古老而常见的话题。汉代扬雄就曾直接而明确地谈论文学创作与知识学习之间的关系，他认为司马相如的赋文之所以写得出神入化，是因为他"能读千赋，则能为之。谚云：'伏习象神，巧者不过习者之门。'"[①] 扬雄认为要创作某种文学体裁，必须大量学习该类体裁的优秀之作，即熟悉和接受经典所构筑的文学传统。

---

① 扬雄：《答桓谭书》，严可均：《全上古三代秦汉三国六朝文》卷五十二，中华书局1958年版，第411页。唐马总《意林》卷三载桓谭《新论》云："扬子云工于赋，王君大习兵器。余欲从二子学。子云曰：'能读千赋则善赋。'君大曰：'能观千剑则晓剑。'谚曰：'伏习象神巧者，不过习者之门。'"《北堂书钞》一百二引桓子《新论》云："余少好文，见扬子云赋，欲从学，子云曰：'能读千赋则善之矣。'"《艺文类聚》五十六引桓子《新论》云："余素好文，见子云工为赋，欲从之学。子云曰：'能读千赋，则善为之矣。'"

　　具体而言,知识和诗人的关系,约略有三:第一,诗人可以通过阅读书本而获得极为丰富的文学知识,体认古典文学传统;第二,诗人通过广泛涉猎前辈之作,可以直接感悟诗歌的艺术美,培养自己对艺术的感受能力,甚至可能会在潜移默化间领悟诗人的写作技巧,并化为己用;第三,诗人可以通过学习书本知识获得大量故事,积累丰富的素材,然后用来组织诗歌,这是知识积累对于诗歌创作最为直接有效的功用。上述三方面互为关联,不能截然拆分。

　　但凡以善用事而著称于世的诗人,都拥有丰富的知识和高妙的艺术技巧。随着文学创作渐趋繁盛,人们尝试着对用事和知识积累之间的关系,即积累素材的必要性进行分析、总结,这意味着他们开始认识到艺术技巧的重要性,更反映了文学实践和理论从自然走向自觉的总体趋势。

　　较早谈论用事和知识积累的关系者,当是以刘勰等为代表的六朝诗学家。在《文心雕龙·事类》中,刘勰认为"文章由学",作者应通过学习来提高创作能力,文学作品是作者"才"与"学"融合的结晶。虽然"才为盟主",但"学为辅佐",两者不可有所偏狭。他推崇扬雄虽然天"才"超群卓立,然"自奏不学,及观书石室,乃成鸿采",批评张华"学问肤浅,所见不博",表里不能发挥。在他看来,前代典籍是"群言之奥区"、"才思之神皋",作者应广泛涉猎、勤苦攻读,然后才能随意取舍,纵意渔猎,避免"迍邅于事义"。当然,即便学问满腹,也要掌握艺术技巧,做到"综学在博,取事贵约,校练务精,捃理须核",方能创制辞采华章。

　　其后,唐人也多重视积累学问知识以便于文学创作。唐人的类书编纂,目的之一就是为方便诗人使用典故,如欧阳询在叙述其编纂《艺文类聚》的缘起时就讲道:"俾夫览者易为功,作者资其用,可以折衷古今,宪章坟典。"① 其他的不少类书的编纂都有这个目的,所以闻一多认为这些书籍都是唐太宗提倡文学的表现。② 这些言论和实践,表明唐人已经意识到积累材料和用事的关系。不过,目前缺乏直接的资料证明他们曾

――――――――――――

　　① 欧阳询:《艺文类聚》,第27页。
　　② 闻一多:《类书与诗》,《唐诗杂论》,上海古籍出版社1998年版,第3页。

直接谈论积累故事素材和诗歌用事的关系。①

宋人开始大量谈论用事和知识积累之间的关系，要求诗人必须博览群籍以积累材料，如苏轼在《答张嘉父》中指出："当且博观而约取，如富人之筑大第，储其材用既足而后成之，然后为得也。"② 如此言论，几乎是宋人的老生常谈。又如唐庚说："凡作诗，平居须收拾诗材以备用。退之作《范阳卢殷墓铭》云：于书无所不读，然止用资以为诗，是也。"③甚至有人明确将用事和学问联系起来，如叶梦得曾赞赏刘季孙"家藏书数千卷"而"善用事"，将诗人藏书丰富和用事巧妙放置一处，暗示诗人要创作出用事精妙的诗作，就必须学富五车。④ 他们认为诗人应该广泛阅读、积累知识，获取素材，错镜前人的成功经验。总之，宋人多同意诗人须博览群书，方能积累足够的素材以供驱遣。在宋代"以才学为诗"的风气之下，文人乐于矜才斗学，由此更凸显了知识积累对于诗歌创作的功效。

与宋人差异较大的是，明人多反对将诗歌创作素材和学问相联系，如都穆就赞赏严羽"诗有别材非关学"之说乃"得之"⑤。于是，许多诗学家将明诗不重才学、空疏浅薄之风归罪于严羽，如朱彝尊在《斋中读书十二首》之十一中就曾指斥道："诗篇虽小技，其源本经史。必也万卷储，始足供驱使。别材非关学，严叟不晓事。"⑥ 明人有此取向，自然也和时代学风有关，大量诗论家受阳明心学浸染，崇尚"知心尽性"，并不提倡借助学习和阅读来提高诗学技能，故而明代学风空疏，可谓历来

---

① 葛兆光认为："中国古代诗人大多是熟读经史子书的文士，而且还常常有意蒐集典故来预作诗材，那个日本和尚遍照金刚在大唐留学时就发现了这个诀窍，《文镜秘府论》南卷《论文意》中就说：'凡作诗之人，皆自抄古今诗语精妙之处，名曰"随身卷子"，以防苦思。'"（葛兆光：《汉字的魔方》，第153页）《文镜秘府论》原文还有一句，云："作文兴若不来，即须看随身卷子，以发兴也。"（遍照金刚：《文镜秘府论》，第132页）似乎是说抄录古今经典作品，以通过阅读而引发诗兴，并非抄录古今典故以备使用。其实这是一种重要的创作心理，古人也有言及者，如陆机的《文赋》就曾说在获得灵感的时候需要"咏世德之骏烈，诵先人之清芬；游文章之林府，嘉丽藻之彬彬"。

② 苏轼：《苏轼文集》，中华书局1986年版，第1564页。

③ 唐庚：《唐子西语录》，何文焕编：《历代诗话》，第447页。

④ 叶梦得：《石林诗话》卷中，何文焕编：《历代诗话》，第417页。

⑤ 都穆：《南濠诗话》，丁福保编：《历代诗话续编》，第1363页。

⑥ 朱彝尊：《曝书亭集》卷二十一，四部丛刊本，第6a页。

共识。

　　到了清代，学风有所变化，奥博之学成为风尚，自然也会对用事的接受产生影响。清人之中，方东树对于知识积累和用事关系的论述最为深入。在他眼中，知识积累不仅可供诗人写作时随意取舍，而且更为重要的是，可避免蹈袭陈辞:

　　　　叙在法，存乎学;写在才气，存乎才;议在胸襟识见，存乎识。一诗必兼才、学、识三者。起棱在神气，存乎能解太史公之文，汁浆存乎读书多，材料富。①

方东树认为读书是积累材料的必要途径，"腹笥寒俭，才力雌弱，无与此道也"②，他还指出广泛阅览，也是用事做到"精"、"切"的必要前提，认为诗人胸中若网罗万卷，可避免用事蹈袭，随便取舍而用不着和前人争用一事。有清一代，诗学家多持和方东树一样的观点，如叶燮、赵翼等重视才识的诗学家都主张诗人要重视博览群书。

　　除此之外，古代词学家和曲学家也给予相当多的关注，同样认为作者要重视积累素材，王骥德曾经指出:

　　　　词虽小道哉，然非多读书以博其见闻，发其旨趣，终非大雅。须自《国风》、《离骚》、古乐府及汉魏、六朝、三唐诸诗，下迨《花间》、《草堂》诸词，金元杂剧，又至古今诸部类书，俱博搜精采，蓄之胸中，于抽毫时掇取其神情标韵，写之律吕，令声乐自非常满脑中流出，自然纵横该洽。③

王骥德认为，词人也必须积累足够的知识，以供临时驱遣，王实甫等人成功的原因就在于他们是"读书人"，他说:"胜国诸贤及实甫、则诚辈，

---

　　① 方东树:《昭昧詹言》卷一，第235页。
　　② 同上书，第421页。
　　③ 王骥德著，陈多、叶长海注释:《曲律》，第116—117页。

皆读书人，其下笔有许多典故、许多好语衬副，所以其制作千古不磨。"①
同时，他指出诗人应充分消化吸收所积累的知识，让它们完美地融合到诗
歌中，否则便有"卖弄学问，堆垛陈腐"之弊。

且不管上述争论如何，就创作实际来看，诗人必须不断学习，既可以
直接体认作品的思想精髓和艺术法则，又能从中积学储宝，广搜素材，然
后以巧妙的艺术手法穿针引线，方能在文学创作中神思千里、意授于笔。
换句话说，诗人必须博览群书方能积累足够的素材以供驱遣，否则搜肠刮
肚也找不到故事，又何谈随意取舍调用而做到用事"如盐著水"。

二 检阅类书

当诗歌用事蔚然成风，当用事成为某些诗作之必需，当它逐渐成为品
评诗人才学高低的标准，供诗人记忆故事、积累素材的重要工具——类书
便应运而生。诗人只要检索类书就可获取故事素材，即便如李商隐这样的
诗家在创作时也会"简阅书史，鳞次堆积左右"②。类书，尤其是诸如
《初学记》、《白氏六帖》等小型者，是诗人快速记忆故事的工具书。翻阅
类书来获取素材是古代诗人创作中极为普遍的现象，文人案头几乎必有类
书坐镇。那么类书的编纂与诗文写作之间到底有着怎样的关系呢？

中国类书编纂的历史悠久，大约从曹丕组织编写《皇览》，直至清末
民初，编纂类书从未中止，可见人们对这类书籍的巨大需求。其中，既有
官方组织编纂修订的鸿篇巨制，如北宋时代的"四大类书"，也有私人或
诗人自己操刀制作的随身小册，如白居易的《白氏六帖》、王应麟的《小
学绀珠》等，更有书坊用来射利贸易的各种丛钞。③

由于类书将各种知识分门别类编排，便于读者检阅，所以它成为人们
学习知识的重要途径。即使如南宋王应麟编写的《小学绀珠》这类最初

---

① 王骥德著，陈多、叶长海注释：《曲律》，第117页。
② 吴坰：《五总志》，丛书集成初编本，第12页。吴氏云："唐李商隐为文，多简阅书史，
鳞次堆积左右，时谓'獭祭鱼'。"
③ 《白氏六帖》又名《白氏经史事类》，三十卷（见《新唐书》卷五十九《艺文志》）。然
而自古至今人们对白居易编纂《白氏六帖》的出发点多有争议，或云为科举考试服务，或云编
纂一般的类书而已（具体可以参见辛文房著，傅璇琮等校笺：《唐才子传校笺》卷六《白居易》
传后的注文，第三册，第19—20页）。他们的主要出发点就是为文人创作时用事提供便利。

非常有名的蒙学读物，也可帮助人们记忆和查阅知识。当然，如此大规模编纂类书的出发点，除了供皇帝阅览、作为童蒙课本之外，更主要的目的是为文士创作诗文之时采择辞藻、选取典故大开方便之门。① 宋代刘本在《初学记》序言中也说："开卷而上下千数百年之事皆在其目前。可用以骈四偶六协律谐吕为今人之文，以载古人之道，真学者之初基也。"② 他强调小型类书知识搜罗全面，包容万象，能用以创作骈文律诗，故真切地希望学者"摭此以成文，因文以贯道"。③ 沈士龙在《岁华记丽》明刻本的序言中更指出类书与唐代骈骊文学的兴盛有着紧密的联系，看到"自骈骊之体盛，文士往往采集语对以资窘腹"，就连一代文士如沈约、庾肩吾等人，都热衷编纂"《珠丛》、《采璧》诸书"。自六朝以降，骈偶至唐而"益工"，"《初学》等书便专取事对"，目的自然是为文人创作"骈偶"提供素材。于是，他以历史的后见之明，认为"《岁时》一部便有专帙"，恰好反映了"当时崇尚"使用故事以为骈偶。④ 此外，还有部分类书专供人们吟咏诗歌使用，如清代刘文蔚所辑《诗学含英》等，作者在序言中云：

> 余以为穷理固难，而读书亦自不易。学者不能如姚大章之颖异、车武子之精勤，枵腹白战，不偏于枯瘠则流于轻馁。欲其用字必有来历，押韵必有出处，亦戛戛乎难之。昔李义山为晚唐名士，凡有所作，必汇集群书以助吟咏，时人讥其獭祭。天下不尽为九经库、五总龟；此类书之所由，不可少也。盖类书之作，权舆六季，而盛于隋唐。其间采摭群书，包络天地，囊括古今，上而朝庙宫阙，下而城邑山川，亦逮动植飞潜之属，无不毕具。第卷帙繁多，寒士既力不能购，亦舟车之所不便于携带也。⑤

---

① 当前概说古代类书的著作很多，既简明扼要又较为严谨者当推刘叶秋《类书简说》（上海古籍出版社 1980 年版）和胡道静《中国古代的类书》（中华书局 1982 年初版，2005 年再版）。

② 刘本：《初学记序》，徐坚等编：《初学记》，第 2 页。

③ 同上。

④ 韩鄂：《岁华纪丽》，丛书集成初编本，第 3 页。

⑤ 刘文蔚辑：《诗学含英》，香港银河出版社影清刻本 2001 年版，第 3 页。

作者编纂此书的目的是：克服价格高昂和部头庞大为诗人带来的不便，为他们提供直接可检阅的工具书，希望诗人由此而能有"助吟咏"。可见，编书者的市场预期就是针对人们的诗文创作。整个清代这一类的著作相当多，最大者如《佩文韵府》之类，最流行者如《广事类赋》等，这表明人们对类书此类功用的推崇和需要。

类书虽然具有上述诸多便利之处，但也因其显而易见的弊端而为文士们所诟病。类书是分类汇编各种材料以供查阅的工具书，诗文、辞藻、人物、典故、天文、地理、典章、制度、飞禽、走兽、草木、虫鱼以及其他诸多事物，几乎无所不包。类书，虽取录经书，却并非经传注疏，虽列故事，却并非历史，虽采子书，却纷繁芜杂难成一家之言，虽选诗文，却并非各家作品的总集。由于类书分类罗列的体例，大多不能展现事典、语典所在的语境，诗人往往只知其词而不知其源，只知其典而不知其用，即使花费精力悉心记忆，也未必能灵活使用，甚至有时还会导致误用。诗人决不能仅仅依靠学习和背诵类书中的词条来获取知识，因为往往只是记住了一些抽象的符号而已。此外，由于受制于类书的词条，诗人也极难写出具有真情实感的诗作。

鉴于类书有上述诸多弊病，有人提出在诗文创作中应该抛弃类书，如明代邵经邦（？—1558）就认为："陶诗《读山海经》，非咏《山海经》也。古人几案间，无一俗子书。"因此，他批判当时"时套如《诗学大成》、《翰墨全书》、《事文类聚》等"，鼓励读书之人能"断然舍去"①。邵经邦反对诗人翻检类书的动机，和他的诗学主张密切相关。在他看来，诗歌要"畅发我胸中"所思所感，不能局限于"旧题、旧事、旧话"②。清代方世举也提倡"不蓄类书，不蓄韵府"，他认为虽然诗人必博学多闻、学富五车，但依靠类书和韵书决非终南捷径，毕竟"博学不是獭祭，獭祭终有痕迹"③。

"孰不有古，南山峨峨"，人毕竟不能穷尽所有的典籍。故而欧阳询说："夫九流百氏，为说不同；延阁石渠，架藏繁积。周流极源，颇难寻

---

① 邵经邦：《艺苑玄机》，吴文治主编：《明诗话全编》，第2949页。
② 同上书，第2946页。
③ 方世举：《兰丛诗话》，郭绍虞编：《清诗话续编》，第775页。

究;披条索贯,日用宏多。卒欲摘其精华、采其指要,事同游海,义等观天。"① 要积累足够的知识,拥有较宽的视域,需要观览搜罗庞杂的类书。然而,受制于身份、印刷技术和财力,并非每位诗人都可轻易阅读到大量书籍,尤其是那些秘本珍籍,普通人更鲜有机会接触,研习类书则可以克服这一点。因此,借助类书以较为便捷的方式在短期内获得丰富的知识,有时也不失为一种退而求其次的好办法。当然,为了解决"用类书而不为类书所使"的难题,诗学家极力倡导诗人穷研词意,在深入理解事典的基础上,融会贯通,并将其应用到诗歌中。类书深刻地影响了诗人的用事习惯和创作实践,需要我们深入探究。

三　约而用之

宋人王直方曾云:"万卷人谁不读,下笔未必有神。"② 诗人掌握足够素材的同时,还须懂得创作的艺术法则,更须锻炼磨砺,才可熟能生巧。如何恰到好处地运用所学,是诗论家关心的问题。

刘勰率先指出"取事贵约",即诗中用事的时候,要做到简约、精当,不能大量排列故事。③ 后来唐人也有论述,皎然在《诗式》中说"虽用经史,而离书生"④,认为诗歌需要用事,但不能太"书生"气,忌多迂腐之气而少清新之味。

降及赵宋,诗学家对诗人的知识积累和用事的关系进行了理论探索。宋人多饱读诗书,对自己的学问功底较为自信,上文王直方所言就是代表,但他们也看到了接踵而至的问题,即并不是所有学富五车的人都能创作出脍炙人口的佳作。如何让学问深厚转化为"下笔有神",就成了宋人长期探讨的话题。他们认识到在诗歌中大量堆砌故事,将可能导致诗意呆滞,缺少传统诗学所反复强调的自然、流动之美,更有甚者,将因此而忘记诗歌的"言志"本质,将诗歌变成排列故事的类书。因此,宋人要求诗人博观而约取,切忌在诗歌中滥用和排列故事。姜夔更明确指出:"学

---

① 欧阳询:《艺文类聚》,第 27 页。

② 李颀:《古今诗话》,郭绍虞编:《宋诗话辑佚》,第 297 页。

③ 范文澜《文心雕龙注》引黄叔琳的话说:"徒博而校练不精,其取事捃理不能约覈,无当也。"(刘勰著,范文澜注《文心雕龙注》,第 621 页)

④ 皎然:《诗式》,张伯伟:《全唐五代诗格汇考》,第 225 页。

有余而约以用之，善用事者也。"① 姜夔所谓的"约"，与刘勰之意相类，均指诗人在用事的时候不能一股脑儿将自己胸中所有同题故事都排列出来，而要根据诗意选择最恰当的故事，做到简约精当。姜夔之语在后代被广泛征引和反复论述，历明至清，如魏庆之《诗人玉屑》、② 梁桥《冰川诗式》、③ 费经虞《雅伦》④ 等皆有引述。

及至明代，胡震亨甚至说："吟家虽忌疏学，然如诗料平时收拾太多，不能割爱，往往病堆垛，更不如寡学人作诗有情韵也。"⑤ 如果学问倒于诗作而造成诗歌无味无色，反而不如无学之人。陆时雍在《诗镜总论》中也指出："诗不患无材，而患材之扬。"⑥ 如果因为诗人过于注重诗材，而造成诗篇只见诗材而不见情志，"诗材"就成为一种负累。

到了清代，王士禛也通过转引姜夔的观点表达自己的看法，同样强调"僻事实用，熟事虚用。学有余而约以用之，善用事者也；意有余而约以尽之，善措辞者也"⑦。反对滥用故事，不可枚举。

一般而言，诗人滥用故事，主要的心理动机大约是炫耀学问。古代诗学家对此做了严正批评，叶燮就曾批评"有意逞博"者，云：

> 多读古人书，多见古人，犹主人启事户，客自到门，自然宾主水乳，究不知谁主谁宾，此是真读书人，真作手。若有意逞博，搦管时翻书抽帙，搜求新事新字句，以此炫长，此贫儿称贷营生，终非己物，徒见耳。⑧

善读书之人，自能融会贯通，"用事而不为事使"。用事以逞博炫长，恰好是读书未消化的表现，拙劣尤甚。叶燮的话可能受到了邓云霄等人的影

---

① 姜夔：《白石道人诗说》，何文焕编：《历代诗话》，第681页。

② 魏庆之：《诗人玉屑》卷一，第10页。

③ 梁桥：《冰川诗式》卷九，四库存目丛书集部册417，齐鲁书社1997年版，第255b页。

④ 费经虞编：《雅伦》卷十五，四库存目丛书集册420，第232a—b页。

⑤ 胡震亨：《唐音癸签》卷四，第30页。

⑥ 陆时雍：《诗镜总论》，丁福保编：《历代诗话续编》，第1413页。

⑦ 王士禛：《带经堂诗话》，第76页。

⑧ 叶燮：《原诗》，叶燮等：《原诗·一瓢诗话·说诗晬语》，第68—69页。

响，故其表述多有耦合之处。叶燮并不反对诗人用事，也不反对诗人储蓄素材，甚至主张诗人要具备"才"、"胆"、"识"，其中"才"的核心含义就是知识积累。

王士禛也批评人们将学问运用于诗歌的做法。据郎廷槐编《师友诗传录》，有人曾向王氏请教作诗之法，说"作诗，学力与性情，必兼具而后愉快"，并"以为学力深，始能见性情。若不多读书，多贯穿，而遽言性情，则开后学油腔滑调，信口成章之恶习矣"，问者以为"近世风气颓波"，希望王氏能对此有所批评，即"一言以为砥柱"，王士禛的回答如下:

> 司空表圣云:"不著一字，尽得风流。"此性情之说也;扬子云云:"读千赋则能赋。"此学问之说也。二者相辅相行，不可偏废。若无性情而侈言学问，则昔人有讥点鬼簿、獭祭鱼者矣。学力深，始见性情，此一语是造微破的之论。①

王氏赞同来问者所谓学历深厚方能"见性情"的观点，但是他认为诗人学习和积累知识，必须以抒发"性情"为旨归，否则就会被人讥笑为"点鬼簿"和"獭祭鱼"。王士禛的论述，较好地调和了"学问之说"和"性情之说"，为诗人积累知识后如何用事作了比较好的理论总结。

由此，我们也能看到，有关学问与诗作的争论，其实质都指向维护诗歌的情志本质，不管诗人才学是否深厚，关键在于能否运用诗篇来言志抒情，以表达自己特有的性灵。正如前文所指出，古代诗学家都强调诗歌"言志"的本体地位，一切的艺术技巧最终都必须为诗歌创作服务。当诗人拥有了海量的知识和素材之后，绝对不能忘记自己的使命是以诗传达情志。如若不能做到"约而用之"，则诗歌就会演变成刻板严整的知识方阵，更何谈感荡人心。诗歌要表达诗人的真情实感，它并不能由"大规

---

① 郎廷槐编:《师友诗传录》，丁福保编:《清诗话》，第125页。

模征集词藻”而成。①

"性情"与"才学"并非水火不容，诗学家几乎都认为诗人具有足够的知识积累，方能将其灵活应用于诗歌创作；他们既看到类书是诗人学习和记忆故事最为便捷的方式，又谆谆告诫应避免对类书词条生搬硬套；在诗人具有足够的知识积累后，诗学家又建议诗人必须要约束使用，避免造成雕琢和獭祭的悲剧，以及落入"读书人下笔，断不满纸经史"的平庸。② 不管诗人多么学富五车，如何博古通今，作诗之时，他只是一位诗人，必须遵从诗歌的本质，而不能当成炫耀才学的工具。

第二节　知识积累：读者的重要任务

诗人积累了大量故事材料，并不失时机地运用于诗歌，编入自己的心志密码，等待读者的阅读。此时，读者将面临一项挑战，他需要足够的知识去应对诗人所用的故事。因此，积累足够的知识也是衡量用事诗作的读者合格与否的标准。作为特殊读者的注释者，更是需要积累足够的知识，甚至要比读者拥有更为渊博精深的知识，才能精准解读诗人的用事，破译用事之中所蕴含的心灵密码。对此，古代诗论家都作了哪些探索呢？

一　成为合格读者

诚如葛兆光所言，诗人和读者围绕故事所发生的交流，其实是两个知识视野的交流。③ 如果诗人和读者所拥有的知识交集不够，读者就不能很好地寻绎故事的来源和意义，更不用说能破解诗人藏在故事里的隐晦密码，也不能领略诗歌的艺术魅力。为此，古代诗学家期望读者尽可能广泛涉猎经、史、子、集四部之书，具备和诗人同等甚至超越诗人的知识积累，努力成为合格读者。

---

① 闻一多先生曾评价初唐诗的特色是"大规模征集词藻"（闻一多：《唐诗杂论》，上海古籍出版社1998年版，第7页）。

② 乔亿：《剑溪诗说》卷上，郭绍虞编：《清诗话续编》，第1099页。

③ 葛兆光：《汉字的魔方》，第151页。葛兆光指出："典故作为诗歌中的一种特殊词汇，它用在诗里是通畅还是晦涩、平易还是艰深，并不在于其他，而仅仅取决于作者与读者的文化对应关系。"

虽然在浩繁的古代诗学著作中,人们将更多注意力集中于诗人的责任,但也有少数诗学家从读者接受的角度思考,发现读者知识水平的重要性。对此,黄庭坚有段十分著名的议论,他在《答洪驹父书》中说:"老杜作诗,退之作文,无一字无来处。盖后人读书少,故谓韩杜自作此语耳。"① 又如许顗在《彦周诗话》中记叙了一个有趣的故事,说是他十七岁时,随着身为"江东漕"的父亲旅游至金陵,碰到李之仪和高秀实两位"父执",遂同游"蒋山"。游览定林时,"说元微之诗,引事皆有出处,屈曲隐奥,高秀实皆能言之,仆不觉自失"。正是因为自己读书少而不能参与谈论解释元稹之诗,刺激他感叹说:"古人读书多,出语皆有来处,前辈亦读书多,能知之也。"② 许顗通过发生在自己身上的生动事例,指出古代诗人知识积累深厚,其诗歌往往字字有来处,而那些知识浅陋的读者,决难索解诗文原意,更何谈体悟赏鉴。

概言之,读者也应具备足够的知识储备,方能诠释诗意,敲开诗歌之门,理解作者意欲传达的情志。古代很多诗学家都在寻找这类"知而好者"③ 型理想读者,因为他具备足够的知识并且能和诗人的视野产生重合,从而走进诗人的心灵。④ 对此,毕沅在《杜诗镜铨序》中有较为详尽的论述。毕氏说杜甫"原本忠孝,根柢经史,沉酣于百家六艺之书,穷天地民物古今之变,历山川兵火治乱兴衰之迹,一官废黜,万里饥驱",而且还将"平生感愤愁苦之说,一一托之歌诗,以涵咏其性情,发挥其才智",这给后人的阅读,设置了极大的障碍,"后人未读公所读之书,未历公所历公之境,徒事管窥蠡测,穿凿附会,刺刺不休,自矜援引浩博,真同痴人说梦,于古人以意逆志之意毫无当也"⑤。在毕沅看来,读

---

① 黄庭坚:《答洪驹父书三首》(之二),《豫章黄先生文集》卷十九,四部丛刊本,第23b页。

② 许顗:《彦周诗话》,何文焕编:《历代诗话》,第388—389页。

③ 欧阳修:《唐薛稷书》,《欧阳文忠公文集》卷一百三十八,四部丛刊本,第13b页。

④ "视域融合"是伽达默尔提出的重要概念,他在《真理与方法》中指出:"理解其实总是这样一些被误认为是独自存在的视域的融合过程。"他揭示出读者和作者之间的交流就是一次穿越时空的交际。不过,本书并没有完全按照伽达默尔的概念使用这一术语,更倾向将其视为一个庸俗的解释,即理解文本的读者和作品作者之间的交集(伽达默尔著,洪汉鼎译:《真理与方法》,上海人民出版社1999年版,第393页)。

⑤ 杨伦:《杜诗镜铨》,上海古籍出版社1998年版,第1页。

者如若不具备和诗人相当的知识视野、相似的知识结构和相通的人生阅历，将不能正确释读诗歌，阻碍读者和诗人之间的信息交流，所以他认为一个合格的杜诗阅读者应该首先翻看杜甫曾阅读过的著作，才能真正做到以意逆志、知人论世。

毕沅的观点，即强调读者与作者之间的知识对等，在古代诗学界中具有极强的代表性。古代诗学家对读者知识水平的要求，体现了他们对用事解读过程的清晰认识，对读者知识积累的内在要求以读者所面对的阅读对象为准。换句话说，为了成为合格读者，诗人的学识修养便演变成他们追求的目标，这也是中国古典诗歌阐释中的一个重要特征。

二 注释者的责任

在古代诗学著作中，人们谈论更多的是批评家和注释家——特殊读者的任务。他们注解诗歌，不仅可以帮助人们扫清阅读障碍，还有可能揭示诗意；他们既是作品价值的发现者，更是作品艺术成就的欣赏者，钱澄之曾经指出注释的重要性，说"古今无著书人，只有注耳"，作者消逝而注释流行，原因在于：

> 书莫古于易，然易亦更相注也。河图洛书一百点，所注何物，此后三百八十种画，皆注之注耳。何有于系辞，又何有于六经始言注脚哉！大慧称妙总道人云郭象注庄子，乃庄子注郭象也。此语似有不足于象，其实象不足以当此语。若象果能使庄子注我，此即于千古第一注书法也。①

钱澄之的话可能有点夸大其词，却也客观地指出了"注释"在经籍和文学作品传播中的巨大贡献，即探究作品意旨，发掘作品价值。他的观点和西方20世纪的阐释学有着惊人的相似，这表明了古代诗学家对注释训诂之学理论的先知先觉。

注释者承担着对作品阐释批评、发掘整理的重担，他们必须对文集或诗集中的任何一个问题都有所研究和解读。这种双重身份使他们成为超越

---

① 钱澄之：《三家评注李长吉歌诗》，上海古籍出版社1998年版，第20页。

合格读者的理想型读者。由于用事是古典诗歌常见的修辞手法和表达方式，注释者解读诗歌的首要任务便是对诗文用事进行认知辨析。对此，陆昆曾的看法是"诗既引用故实，有故实不明，本句之意即不出者，又宜先引故实后解诗意"，于是"集中凡引证处，皆诠解处与注释不同，非自乱其例也"①。他认为对用事的注解是古代注释诗歌者的首要任务，注释者通过阐述诗中引用的故事，然后揭示诗意，帮助普通读者理解和欣赏其诗作。任渊就曾经借助注释才读懂后山之诗："读后山诗，大似参曹洞禅，切忌死语。非冥搜旁引，莫窥其用意深处，此诗注所以作也。"②

因为注释者所背负的特殊职能，他们必须具备极其丰富的知识积累以识别和解释故事，并根据故事准确释读诗意。于是，知识积累也成为注释者最首要的任务。正如鲁超在《杜诗阐序》中所说"（注释者）学殖不富则援据不赅"③。丰富的知识、深厚的学养，是注释家必须孜孜以求的，否则就会影响注释的可信度。

事实上，优秀的注释者也常常以此来要求自己，且看赵夔谈论自己注释苏轼诗歌的切身感受：

> 东坡先生读书数千万卷，学术文章之妙，若太山北斗，百世尊仰，未易可窥测藩篱，况堂奥乎。然仆自幼岁诵其诗文，手不暂释。其初如涉大海，浩无津涯，孰辨淄渑泾渭而鱼龙异状，莫识其名，既穷山海变怪然后了然无有疑者。崇宁年间，仆年志于学，逮今三十年，一句一字推究来历，必欲见其用事之处。经、史、子、传、僻书小说、图经碑刻、古今诗集、本朝故事，无所不览。又于道、释二藏经文，亦尝遍观抄节。及询访耆旧老成，间其一时见闻之事，有得既已多矣。④

---

① 陆昆曾：《李义山诗解》，续修四库全书册1701，第28b页。
② 陈师道著，任渊注，冒广生补笺：《后山诗注补笺》，第1页。
③ 鲁超：《杜诗阐序》，卢元昌：《杜诗阐》，四库存目丛书集部册7影康熙年间刻本，第525页。
④ 赵夔：《东坡诗集注》，见《苏轼诗集》（第八册）"附录二"，中华书局1982年版，第2831页。

赵夔虽然很早就立志注释苏轼诗集，却深知自己知识积累不足而迟迟未付诸实践，因为他清楚地知道苏轼学识渊博、无有涯际，所以时刻准备，全副武装，严阵以待，暗下恒心，勤修内功。作为注释者，他意识到自己和诗歌作者的知识，应该具备一定的交集，甚至还针对苏轼的知识视野，为自己的阅读划定了具体范围。为了尽量和苏轼做到视野融合，他发愤学习当时的四部经典和稗官野史，接着阅读了道教和佛教经书，最后他还访问了一些可能了解苏轼生平事迹之人。由此可见，赵夔为了注释用事繁多的苏轼诗歌，所费心血甚多！

赵夔等人的经验表明，注释者在注释诗歌的过程中，首先遇到的拦路虎是诗歌中所用的故事，注解故事成为注释诗歌的首要任务。在注解那些纷繁复杂的故事之时，他们自身的阅读量受到了极大的挑战。一名合格的注释者必须拥有足够的知识，他们准备知识的范围、层次通常都以诗人为模范，从而更好地索解诗人的心智，这正体现了"知人论世"的中国古代传统阐释观念。

三　追求作者的知识世界

诚如周裕锴所指出："宋人相信，只有具备和诗人大致相等的知识储备，获得与本文共同的语言，破译密码，才能真正地完成与文本的对话。"[1] 其实这也基本上是中国古代注释家的认识，如清代张远叙述其撰写《杜诗会粹》心得时曾说自己"除经史词赋外，凡诸子百家，稗官野乘，覆瓯片纸，罔不旁搜弘览"，原因在于"少陵固已收拾无余"[2]。张氏如此兢兢业业，最大的愿望就是要尽量赶超杜甫的学识。

当他们好不容易将自己的知识坐标建立起来后，却往往会患上自卑的心病。无论他们怎样努力提高学问修养，在面对诗文文本之时，还是会经常感叹自己学识尚浅，不足以释读诗歌。我们可以从冯应榴的话中略见一斑：

> 余弱冠以前于苏文忠公诗，全未涉猎也。释褐南归，舟中略讽诵

---

① 周裕锴：《中国古代阐释学研究》，第 249 页。
② 杜甫著，张远笺：《杜诗会粹》，康熙刻本，第 1a—b 页。

殖,亦未究心也。迫后宦途驰逐二十余年,无暇从事研求。中间使
蜀,曾一谒眉山故里,肃然起敬,而于诗未能深为玩味也。丁未初
夏,公退余闲,偶取王、施、查三本之注,各披阅一过,见其体例互
异,卷帙不同,无以取便读者,爰为合而订之,意不过择精要、删复
出焉耳。及寻绎再四,乃知所注各有舛讹,因援证群书,并得诸旧注
本参稽辨补,朝夕不辍者,凡七年而粗就。虽学植浅薄,万万不及前
人,而心志之专,力所能到者,无不尽焉;所不能到者,歉然
而已。①

冯应榴是乾隆时期学养深厚的朴学学者,学问功底非同一般,可他仍坚称
自己学识浅薄,有些注释未能称意,即使耗费六七年投入其中,都不能注
释出诗集中的所有故事。面对自己的注释对象,冯应榴表现出了自卑与
遗憾。

这样的心理状态,在古代注释家中比较普遍,他们大多在注释前显得
十分谨慎,反复掂量自己的学识和能力。在决定注释之后,他们还必须做
好知识储备。古代很多注释者在谈到自己的注释心得时,都会谈到自己如
何泛览群书,出入儒、释、道三家经典,稗官野——异端邪说等,这并非
仅仅是为了凸显注释本的阐释价值而说的夸张之语,它往往也是事实。

我们可以看看陆游曾经在《施司谏注东坡诗序》中谈到注释诗歌之
不易。他看到蜀地任渊所注宋祁、黄庭坚和陈师道三家诗,"颇称详赡",
但是面对"援据宏博,指趣深远"的"东坡先生之诗","渊独不敢为之
说",由此可见注释苏诗的难度有多高。这让他想起自己曾与"范公至能
会于蜀,因相与论东坡诗",范氏"慨然"建议"足下当作一书,发明东
坡之意,以遗学者",陆游的反应是"谢不能",范氏以为他是谦虚,"他
日又言之",于是陆游"举二、三事以质之":

　　(陆游)曰:"'五亩渐成终老计,九重新扫旧巢痕'、'遥知叔
孙子,已致鲁诸生'。当若为解?"至能曰:"东坡窜黄州,自度不复
收用。故曰'新扫旧巢痕',建中初,复召元祐诸人,故曰'已致鲁

---

① 冯应榴:《苏文忠诗合注》,上海古籍出版社 2001 年版,第 1 页。

诸生’，恐不过如此。"某曰："此某之所以不敢承命也。昔祖宗以三馆养士，储将相材，及官制行，罢三馆。而东坡盖尝直史馆，然自谪为散官，削去史馆之职久矣，至是史馆亦废，故云‘新扫旧巢痕’。其用事之严如此。而‘凤巢西隔九重门’，则又李义山诗也。建中初，韩、曾二相得政，尽收用元祐人，其不召者亦辅大藩。惟东坡兄弟犹领官祠。此句盖寓所谓不能致者二人，意深语缓，尤未易窥测。至如‘车中有布乎’，指当时用事者，则犹近而易见。‘白首沉下吏，绿衣有公言’，乃以侍妾朝云尝叹黄师是仕不进，故此句之意，戏言其上僭。则非得于故老，殆不可知。必皆能知此，然后无憾。"至能亦太息曰："如此，诚难矣！"①

陆游举苏轼之诗与范氏往还商议，最终让范氏明白苏诗广征博引、曲折隐讳，注释苏诗"诚难"，陆游不敢注释苏诗的原因就在于他深知自己的学识还不足以胜任注解工作。在他看来，注释苏轼诗歌将面临极大的困难，有两条尤甚：一是苏轼诗歌用事宏富，故事来源极其广泛；二是即使能识别苏诗故事，也很难索解诗人所要表达的意旨。前者要求注释者具备相当深厚的知识积累，后者则要求注释者细致深入地了解苏轼的生平和思想，做到知人论世。

在苏轼诗歌面前扼腕叹息、心有余而力不足者不止陆游，还包括曾经注释了三家诗歌的任渊。作为苏轼的家乡人，任渊渴望注释苏轼的作品，可是最终还是放弃了。陆游猜测他放弃的原因正是觉得自己的知识积累不够。对于注解苏诗，王十朋也有相似的看法：

> 训注之学，古今所难，自非集众人之长，殆未易得其全体。况东坡先生之英才绝识，卓冠一世，平生斟酌经传，贯穿子史，下至小说、杂记、佛经、道书、古诗、方言，莫不毕究，故虽天地之造化，古今之兴替，风俗之消长，与夫山川、草木、禽兽、鳞介、昆虫之属，亦皆调其机而贯其妙，积而为胸中之文，不啻如长江大河，汪洋宏肆，变化万状，则凡波澜于一吟一咏之间者，讵可以一二人之学而

---

① 陆游：《施司谏注东坡诗序》，《苏轼诗集》附录，第2831—2832页。

窥其涯涘哉！予旧得公诗八注、十注，而事之载者十未能五，故常有窥豹之叹。近于暇日搜索诸家之释，裒而一之，删繁剔冗，所存者几百人，庶几于公之诗有光。①

王十朋虽然是为了给自己的注释抬高身价，却也道出了注释家的劬劳与个中滋味。他认为之所以前人注释苏诗用事仅过其半，正由于苏轼学识广博，注释者往往不能与之比肩。

其实，客观来看，注释者和诗人的知识结构又怎会完全相同对等呢？他们之间必然存在知识真空地带，增加了注释的难度，引发注释者的自卑心理。这种自卑心理一方面促使他们努力修炼"内功"，另一方面却也过度夸大了诗人的知识视野，甚至导致注释中的牵强附会。事实上，注释者和诗人面对同一文本时，他们的地位并不对等。

面对注释的对象，注释者表现出对自己知识积累不够的自卑心理，这是中国古代阐释学的一个重要特色。诚如周裕锴所揭示的那样，人们在能够识别或解读古人所用的故事时，往往会表现出一种欢喜之情。② 人们甚至将辨认故事的能力，视为评价注释家学识水平的指针。

第三节　寻找合理的阐释

即便注释者学富五车，也并不意味着就能顺利注释诗人用事，他还必须熟悉用事传统，掌握诗人的生平所历，力图做到"知人论世"。然而，注释诗歌用事是如此之难，即便注释者认为已成竹在胸，仍然有可能步入误区。

一　阐释用事的困难

阐释之难，原因很多，撮而言之，主要包括如下三方面：

第一，跨越读者和诗人之间的距离。古代诗学家认为最理想的阅读范式，是读者与诗人融合无间、"千古一心"，他们坚信读者和作者可

---

① 王十朋：《增刊校正百家注东坡先生诗序》，《集注分类东坡先生诗》，四部丛刊本。
② 周裕锴：《中国古代阐释学研究》，第 250 页。

以通过文本而交流，进而产生共鸣。当然，古代诗学家也清醒地看到读者和作者毕竟是两个独立个体，他们不可能拥有相同的社会文化环境、思想意识、心志情感和知识积累，因此所谓的理想型读者——知音，可谓"千古其一"。① 当然，即便如此之难，古代注释家为了注释诗作仍然会非常严肃地进行准备，甚至经年累月、手不释卷。他们所孜孜追求的正是：尽其所能，做到和诗人的知识视野相似或取得与之最大的交集。

第二，优秀的诗人在写作时通常都会要求自己用事于无痕，这给读者的识别和解读造成了巨大障碍。前文已经指出，古人用事往往推崇暗用，尽量避免为读者提供直接的信息，有时甚至令读者难以分辨诗歌是否用事。黄庭坚就曾亲身遭遇，他说：

> 退之诗曰："唤起窗前曙，催归日未西。无心花里鸟，更与尽情啼。"余儿时每哦此诗，了不解其意。自出陕，吾年五十八岁。时春晓，偶忆此诗，方悟唤起、催归二禽名也。催归，子规也；唤起，声如络丝，圆转清亮，偏于春晓鸣，江南谓之春唤。②

由于韩愈的诗句用事不为人觉，黄庭坚在 58 岁前都没有发现其中有所用事。当他知道其中的故事之后，才对真正的诗意恍然大悟。由此不难看出，识别用事何等艰难和重要。

第三，读者在识别了诗歌事典之后，还必须能索解故事的历史和当下含义，熟悉前人对故事的使用情况和用事传统，了解诗人的创作本事。但是，随着时代推移，世移事异，有些历史事实可能被时间风化而无从索引，这就为注解用事设置了第三道阻碍。即便离苏轼所处时代不远的陆游都对注苏诗畏难，认为很多诗作本事"非得于故老，殆不可知。必皆能知此，然后无憾"③。陆游清楚看到，了解诗人生平对于阐释诗人用事的

---

① 刘勰著，范文澜注：《文心雕龙注》，第 713 页。
② 阮阅：《诗话总龟》前集卷十九，第 216 页。
③ 陆游：《施司谏注东坡诗序》，《苏轼诗集》附录，第 2831—2832 页。

重要性,清代赵翼也感到"注苏诗,不难于征典故,而难于考时事"①。

由此可知,注释者不仅要准确辨别作者是否用事、寻找用事来源,还要对故事在诗歌本文中的作用和意义给出合理解释,对其能力的要求远甚于一般读者。注释者一方面必须熟悉古代文献,具备极其丰富的知识积累,还要有极高的文学修养,对诗歌创作的传统和规律了然于心,才可能对诗意作出恰当的阐释。

二 阐释用事的失误

正因为阐释诗歌用事困难重重,人们常常会陷入不足读解与过度读解的误区。不足读解,即读者不能识别用事出处,辜负了作者的苦心和文本的艺术魅力。它主要包括两类:一是未能发现或注出故事来源;二是错误注解诗人所用的故事。

黄庭坚认为,若不曾读破万卷书就不能理解杜甫诗歌。因此,注释者在注释一些长于用事的诗人之作时,习惯搜肠刮肚、挖空心思寻找诗中事典。即便如此,还是有不少用事不能得到注解,如李绂跋赵殿成《王右丞集笺》时就指出:赵殿成的功劳在于他注释出前人未曾寻解出的佛教僻事,说:"王右丞唐人,又素学佛,乃僻事必注。而佛语则以为素所不习。其驳正旧所,不下百十条。"② 在注本题跋中指出前人注释之失,虽是约定俗成、自高身价的表述体例,但也在一定程度上表明不能完全注释出诗人用事的现象比较普遍,因此才有"千家注杜"的现象。除后世注本往往对前人未曾注出的故事多加考辨或为错误注释纠谬,大量的诗话、笔记也给予了较多的关注。

不足读解,不仅导致阅读者无法读解诗歌,可能还会造成更为严重的失误——误校,如杨慎《升庵诗话》云:

> 古人诗句,不知其用意、用事,妄改一字,便不佳。孟蜀牛峤《杨柳枝词》:"吴王宫里色偏深,一簇烟条万缕金。不分钱唐苏小小,引郎松下结同心。"按古乐府《小小歌》有云:"妾乘油壁车,

① 赵翼:《瓯北诗话》卷五,人民文学出版社1963年版,第67页。
② 王维撰,赵殿成注释:《王右丞集笺注》,上海古籍出版社排印本1998年版,第565页。

郎乘青骢马。何处结同心，西陵松柏下。"牛诗用此意咏柳而贬松，唐人所谓尊题格也。后人改"松下"作"枝下"，语意索然矣。①

牛峤在诗中很少提供有关故事的明白信息，甚至有意隐藏用事痕迹，读者如不能识别用事之处，同样也可以流畅地对诗歌进行某种程度的解读。然而，当杨升庵指出牛峤《杨柳枝词》用古乐府《小小歌》事之后，诗意就发生了微妙的变化（当然，这首诗歌是否用事，确实还有待进一步商榷）。杨升庵利用诗中所用之事指出前人校勘之误，形象生动地说明了如果校勘者没有认出诗人用事，不仅辜负了诗人的苦心，更为严重的是可能出现误校。这类事例在古今注本中时有发生，由于不知道用事而误校或失校的现象，实际上很难避免。此外，古人通过判断用事来校勘诗文的方法还被广泛地借鉴到词、曲的校勘中，对我们今天的古籍整理也大有裨益。

此外，古代注释家还有一个原则，即必须注释出故事来源的最早文献出处。这并非每一位注释家都能做到，如赵殿成的《王右丞集笺注》就有此阙失，四库馆臣曾批评说：

> 笺注往往捃拾类书，不能深究出典。即以开卷而论，"阊阖"字见《楚词》，而引《三辅黄图》；"八荒"字见《淮南子》，而引章怀太子《后汉书注》；"胡床"字见《世说新语》桓伊戴渊事，而引张端义《贵耳集》；"朱门"字亦见《世说新语》支遁语，而引程大昌《演繁露》；"双鹄"字自用古诗"愿为双黄鹄语"，而引谢维新《合璧事类》；"绝迹"字见《庄子》，而引曹植《与杨修书》；皆未免举末遗本。②

从四库馆臣颇为遗憾的语气可知，在他们看来，赵殿成注本的失误不小，原因是他没能注释出故事最原始的出处。有趣的是，他们认为赵氏之所以犯过失的原因就在于他过于依赖类书，没有仔细深究用事出处。类书虽然

---

① 杨慎：《升庵诗话》卷六，丁福保编：《历代诗话续编》，第749页。
② 永瑢等：《四库全书总目提要》，第1282b页。

具有百科全书的性质，是注释家的重要参考工具书，但是也必须高度警惕类书本身的失误，特别是要警惕那些没能标出最原始出处的词条，须仔细辨别之后方可采用。

那么，四库馆臣为何如此重视这类注释过失呢？因为在追溯故事演变的历程中，必然会对诗人用事的动机有所触及，如能确定诗人所用故事出处，自能更加精准地注释诗人编码于故事中的秘密。注释者如若未能深究故事出处，则既不能保证它是原始出处，也不能保证其释义的准确。

除不足解读之外，还有另一种与之相反的误区，即过度解读。所谓"过度解读"，简单说来就是注解文字超出了作者初衷。正因为注释者不能保证完全识别和注释出诗人的用事，所以在注释之前，他们往往都会勤学苦练，使自己具有扎实的知识积累，在注释之时，对于诗歌中的每一个字都保持高度紧张，试图发现诗人用事的所有蛛丝马迹。然而，注释者有时又不免"杯弓蛇影"、"飞鸟惊弦"，将一些不是用事的文字看成了用事，赋予诗歌以外加的意义，破坏诗歌本身的美感。毕竟，中国古代典籍浩如烟海，很容易在文本之间找到一些相似或相同之处。关于杜甫诗歌的注释就是典型之例。

黄庭坚曾说杜甫的诗歌、韩愈的文章无一字无来处，当然这并不意味着他就认同钱注杜诗穿凿附会，"彼喜穿凿者弃其大旨，取其发兴于所遇林泉人物草木鱼虫，以为物物皆有所托，如世间商度隐语者，则子美之诗委地矣"[①]。不少宋代注释者没有看到黄庭坚的后面的观点，而是对"无一字无来处"产生了迷信，甚至奉此为指南。注释杜诗者大多十分关注其诗歌用事，穿凿附会的现象比比皆是，前人对此已有所批评：

> 大抵自诗史之说兴，而注杜者多附会史事之论；自杜诗无一字无来处之说兴，而注杜者遂又多征引典实之作。杜诗反映了当时的现实，以史证诗，当然无可非议，但强加附会，则失之凿，甚至捏造史实，则更近于妄。杜甫"读书破万卷"，没有杜甫之学当然也不易理解杜甫之诗，但字字求解，都要找出来处，甚至搜罗僻典而与诗义无

---

① 黄庭坚：《豫章黄先生文集》卷十七，四部丛刊本，第23页。

关，则将以眩博，也适形其陋而已。所以浦起龙谓"杜之祸，一烈
于宋人之注，再烈于今人之解"，也不是无因的。①

郭绍虞总结了古代中国注释杜诗的两类弊病：附会本事和附会故事。他指
出，注释者因为迷信杜诗无一字无来处，在注释时往往挖空心思寻找故事
的来源，导致草木皆兵，无端为杜甫找出了杜甫自己也可能没有意识到的
用事。郭绍虞的观点受到了清代诸如毕沅等人的影响，后者在清代注本的
序跋中不乏此论，且对象不仅仅是针对注释杜诗者，牵强附会是注释家极
容易犯的错误。

　　"过度读解"，除指诗歌用事穿凿附会之外，还包括撦实之弊。宋荦
在张溍《读书堂杜工部诗集文集注解》的序言中就谈到这个问题，说：

　　　　大抵诸家注杜有二病：曰撦实之病；曰凿空之病。撦实者谓子美
　　读书万卷，用字皆有据依，子、传、稗、史务为泛滥，至无可援证，
　　或伪撰故事以实之。②

在宋荦看来，历来注释杜诗用事的过度阐释，还包括伪造故事出处的极端
做法。

　　宋荦对伪撰故实的批评，可能是针对宋代出现的伪苏注而言。③ 伪
《老杜事实》最大的罪过就在于它伪托苏轼为杜诗寻找了 3000 多条伪造
的事实，胡仔怀疑说"然三千余事，余尝细考之史传小说，殊不略见一
事，宁尽出于异书邪？"④ 该书虽然可能是书商为牟利而作，却也在某种
程度上反映了宋人对杜甫诗歌无一字无来处的迷信。除了注杜，今天所保
留的宋人注本也存在这种现象，如题郑元佐《新注朱淑贞〈断肠集〉》中
就有大量编造出的诗句出处，特别是其中提到的"古词"，大多找不到出

　　① 郭绍虞：《杜诗镜铨前言》，杨伦：《杜诗镜铨》，上海古籍出版社 1998 年版，第 1 页。
　　② 杜甫撰，张溍注解：《读书堂杜工部诗集文集注解》，四库存目丛书集部册 5 影康熙三十
七年张氏读书堂刻本，齐鲁书社 1997 年版，第 511 页。
　　③ 程千帆的《杜诗伪书考》对此有较为细致的考辨（程千帆：《古诗考索》，上海古籍出
版社 1984 年版，第 351—357 页）。
　　④ 胡仔：《苕溪渔隐丛话》前集卷十一，第 74—75 页。

处，当是伪造。① 在古代注释家和诗学家看来，"撦实"是一种危险的阐
释，其可信程度也会受到质疑，伪苏注就因此受到自宋人到清人的持续
批判。

　　类似伪苏注的现象并非凤毛麟角，宋人注释中多有此风气，如王夫之
就指出：

　　　　"落日照大旗，马鸣风萧萧"，岂以"萧萧马鸣，悠悠旆旌"为
　　出处耶？用意别则悲愉之景原不相贷，出语时偶然凑合耳。必求出
　　处，宋人之陋也。②

王夫之对宋人注释附会故事、"必求出处"的做法提出了严正批评，认为
相当鄙"陋"。

　　有时，这些附会的注解还有可能干扰诗歌意境审美。且看围绕杜甫
《阁夜》一诗而展开的争论，其诗如下：

　　　　岁暮阴阳催短景，天涯霜雪霁寒宵。五更鼓角声悲壮，三峡星河
　　影动摇。野哭千家闻战伐，夷歌几处起渔樵。卧龙跃马终黄土，人事
　　音书漫寂寥。③

据仇兆鳌考证，此诗当是杜甫于大历元年在夔州，夜登西阁而作，文字和
《全唐诗》稍有出入。④ 上四句写"阁夜景象"，下四句写"阁夜情事"⑤。
目前围绕此诗的最大争议是颔联是否用事。宋代蔡宽夫和周紫芝认为这首
诗用了《史记》和《魏书》事，仇兆鳌也认为"星河影动摇"是用《史

---

　　① 朱淑贞撰，郑元佐注：《断肠集》，续修四库全书册1316影明刻递修本，上海古籍出版社2002年版。
　　② 王夫之：《姜斋诗话》卷二，谢榛：《四溟诗话·姜斋诗话》，第159页。
　　③ 杜甫撰、仇兆鳌集注：《杜诗详注》，第1561页。
　　④ 彭定求等编：《全唐诗》卷二百二十九文字如次：岁暮阴阳催短景，天涯霜雪霁寒宵。五更鼓角声悲壮，三峡星河影动摇。野哭几家闻战伐，夷歌数数处起渔樵。卧龙跃马终黄土，人事依依漫寂寥。
　　⑤ 杜甫撰、仇兆鳌集注：《杜诗详注》，第1561页。

记·天官书》中的故事，暗示兵乱兴起之义；但另一些人则认为此句并未用事。且不管上述分歧，若将这两句诗视为不用事而纯粹写景，也未尝不可，而且还独具魅力。相反，如果在阅读的时候我们想起了该诗的用事，则又造成了诗歌和读者的距离，终究显得隔了一层，不能见出诗人创作时的触景生情。清代施闰章曾就此议论云：

> 注杜诗者，谓杜语必有出处。然添却故事，减却诗好处。如"五更鼓角声悲壮，三峡星河影动摇"，盖言峡流倾注，上撼星河，语有兴象。竹坡乃引《天官书》："天一、枪、棓、矛、盾动摇，角大，兵起。"谓语中暗见用兵之意，顿觉索然。且上句明言鼓角矣，何复暗用为哉？"子规夜啼山竹裂，王母昼下云旗翻"，正以白昼仙灵下降，为要眇神奇之语。李君实援张邦基《墨庄漫录》，乃言王母鸟名，尾甚长，飞则尾张如两旗。信如此说，视作西王母解者孰胜？咀调自见，不在徒逞博洽。杜诗蒙冤如此者甚众也。①

确实如施闰章所言，蔡宽夫等人的解释会将诗歌的兴味消磨殆尽。尽管杜甫的《阁夜》诗是否用事，可能已成千古公案，但是却告诉我们：后世注释者在注释时应防止因为附会故事而破坏诗歌的艺术魅力，尤其不能用故事的隐晦曲折妄解直接写景抒情的天然清真。

事实上，古代阐释学或者注释学都有一个重要的指向，即指向诗人本身而不是文本，注释者的最终任务是要超越文本，回到诗人的情志和人格。对用事的注释也体现了这个特点，注释者最终的目的不是为了注释用事的出处，而是要寻绎故事的含义，并由此阐发作者的心志。如若不能根据故事阐释诗意就会遭致类似这样的批评："专事考覈典故，不顾措语指脉络，使读者如逢市舶，山海珍奇，非无异彩，而竟不识其举用何故。"②这一点，也是诗文注释避免尽量少犯疏失的灵丹妙药，如此会摒弃对于故事出处的执著迷信，而是关注诗人的匠心独运和言志寄托，并以此来确定诗人是否用事和所用何事。

---

① 施闰章：《蠖斋诗话》，丁福保编：《清诗话》，第397页。
② 佚名：《杜诗言志》，《续修四库全书》本，第414页。

　　正因为要指向诗人的知识结构和写作本事,注释者在注释或阐释诗人用事的时候,既要加强自身的学殖,避免不足读解,又要警惕犯下过度读解——穿凿、擫实之弊。这两类错误并不容易克服,古往今来,坐此失误者代不乏人。我们认为,注释者对诗文用事的注释,必须做到两点:第一,要根据用事的实际情况进行注解,注意"保卫作者"①,重构作者的世界,毕竟在"言志"说的影响下,任何阅读都指向诗人的情志;第二,要注意故事的源流,注意诗人用事过程中对故事所赋予的含义以及由此形成的用事传统。当然,读者和作者不可能等同,而且读者并不是全能的上帝,他不可能全部准确无误地解读出诗人使用的故事,也不能做到和诗人原意一致。读者和诗人毕竟都是两个创造性主体,诗人创造性地使用故事,读者也会创造性地阅读作品。这也恰恰是诗歌带给读者无限美感的一个原因,可惜古人并未看到这一点,他们所要求解的是诗人的心志。另外,需要补充说明的是,论述诗歌用事读解理论的文字多见于对注释学的探讨中,"千家注杜"就保留了大量谈论诗歌用事读解方面的遗产,有待我们进一步解读。

三　小结

　　作为古典诗歌的重要艺术手法,用事已深远地影响了诗歌创作和阅读,诗人和读者都不能回避对于用事的尊重,积累知识成为他们最为重要的任务。诗人只有广泛阅读,积累丰厚的材料,才能灵活用事。读者只有积累足够的知识,方能和诗人形成视野的融合,克服种种阐释难题,合理解读诗人的用事之作。对于那些特殊的读者——注释者而言,任务比较艰巨,不过其首要任务仍然是积累知识和了解用事的基本传统,然后才能克服注释诗文的困难,恰当地注释出诗文用事。然而古代诗学家也提出,诗歌的创作和阅读都不能仅仅围绕用事展开。如李重华就说:"作诗专尚隶

---

　　①　"保卫作者"是赫施所提出的一个重要的阐释学命题,大意是说阐释须以"作者"为标准,寻找作者的意图。虽然这一理论有它的缺陷,但是在阐释传统诗学影响下的中国古典诗格,确实也是一个值得参考的命题(赫施:《阐释的有效性》,王才勇译,生活·读书·新知三联书店 1991 年版,第 14、235 页)。(E. D. Hirsch, *Validity in Interpretation*, New Haven and London: Yale University Press, 1976, p. 242)

事，看诗专重出典，慎勿以知诗许之。"① 他的言论为那些写诗和读诗只是重视用事的人敲响了警钟，毕竟诗歌的本质和目的都不是用事；读者也不是为了阅读诗人的用事而阅读诗歌，所以只是关注用事的诗人和读者都不合格。诗学家要求读者和作者，绕过用事所设立的障碍，回到关注诗歌的言志本质，这也恰恰是古典诗学对诗人和读者的最根本的要求，要想解读诗作，最基本的条件不是积累足够的知识，而是要寻绎诗人之心，成为诗人千古其一的"知音"。

---

① 李重华：《贞一斋诗话》，丁福保编：《清诗话》，第934页。

第七章

用事:文学史叙事的一个视点

任何叙述都是话语活动,受深层语法结构的引导。从钟嵘开始,以某类技艺的高下为标准来叙述文学演变,逐步成为中国古典诗学话语的部分内容,散见于大量诗学著作。用事能为中国古代诗论家提供一个文学史叙述的观察视角。人们可以通过它,来检察个人、流派和时代的艺术成就。用事承担了诗学家所赋予的检阅艺术审美理想执行情况的任务,是中国古代诗学家文学史叙述的重要视角,他们可以通过用事来区分或比较不同的诗人流派和时代风格,寻找中国古代诗学最深层的话语来源。考察古代借由用事而展开的叙述,对于研究中国古代文学史而言,具有重要意义,因为人们常以用事优劣,来评价唐、宋诗歌与部分诗人诗作。自南宋后期,开始唐、宋之争。① 这两类诗歌被诗学批评家赋予了不同的风格特征,代表了相异的审美取向。严羽曾说"近代诸公""以文字为诗,以才学为诗,以议论为诗"②,在某种程度上抓住了宋诗区别于唐诗的异质特征,故后世论诗家对此多有推崇,视其为区分唐诗和宋诗的风格标尺。与此同时,人们开始视唐诗为正音,宋诗为变体。

及至元明,人们将其绝对化。明人多尊唐抑宋,产生了大量唐诗选

---

① 齐治平对唐宋诗之争作了很好的概括,读者可以参阅(齐治平:《唐宋诗之争概述》,岳麓书社 1983 年版)。

② 严羽著,郭绍虞校释:《沧浪诗话校释》,第 26 页。

本，而宋诗选本却寥寥无几。① 当然，宋诗在文人的心中并非全无一席之地，宋濂（1310—1381）、瞿佑（1341—1427）、都穆（1459—1525）等人充分肯定宋诗，如都穆云："昔人谓诗盛于唐，而坏于宋，近亦有谓元诗过于宋者，陋者见乎！"② 后来，公安派（袁宗道、袁宏道、袁中道等）以及竟陵派（钟惺、谭元春等）都曾试图为宋诗翻案，如袁宏道曾主张创新而反对因袭，认为唐、宋"自有诗"，进而指出："今之君子，乃欲概天下而唐之，又且以不唐病宋。"③ 袁宏道对尊唐复古主义的做法大加批判，认为凡是独立成家者都值得学习，肯定了宋代几位大诗人的艺术成就。然而，虽然有上述几位诗学家的提倡，整个明代诗学还是以尊唐为主。

到了清代，宋诗的艺术价值在诗学家的评述中得以凸显。清初"谈诗者竞尚宋元"④，尊崇宋诗之风盛行。其后，亦有不少人重视并模仿学习宋诗。⑤ 然而事实上，纵观有清一代诗坛，还是未能完全摆脱宋诗为"变体"的成见，人们仍然多以唐诗作为诗歌的美学标准。清人广泛采用孙洙（1711—1778）《唐诗三百首》（成书于乾隆二十九年，1764）、刘文蔚《唐诗合选》等以蒙学，就是这一观念的集中体现。

古代诗论家比较唐宋诗歌的不同审美特征和诗歌风格，主要以各类艺术手法为标准，用事便是他们区别唐诗和宋诗的重要因素。就诗坛的主流

---

① 从元代杨仲弘的《唐音》开始，人们一直没有停下追逐唐诗风采的脚步，明代产生了高棅《唐诗品汇》、李攀龙《唐诗选——钟惺、谭元春《唐诗归》等著名唐诗选本，也有诸如胡震亨《唐音统签》之类的大型唐代诗歌总集。宋诗只有瞿佑《鼓吹续编》、李蓘《宋艺圃集》（成书于隆庆元年，1567）等少数几本，其影响无法与上述唐诗选本匹敌，诸如杨慎编《宋诗选》等书今已亡佚。明代甚至有人云"宋无诗"（李梦阳：《空同集》卷四十七《潜虬山人记》，影文渊阁四库全书册 1262，第 446 页；何景明：《何大复集》卷三十八《杂言》，影文渊阁四库全书册 1267，第 352a 页）。

② 都穆：《南濠诗话》，丁福保：《历代诗话续编》，第 1344 页。

③ 袁宏道撰，钱伯城笺校：《袁宏道集笺校》卷二十一，上海古籍出版社 1981 年版，第 753 页。

④ 永瑢等：《四库全书总目提要》卷一百七十三，第 1522a 页。

⑤ 清代前期陆续出现了乾隆十五年御定的《御选唐宋诗醇》、吴之振编《宋诗钞》、陈焯编《宋元诗会》、曹庭栋编《宋百家诗存》等宋诗总集。宋诗在此时得到广泛关注，特别是苏轼、陆游、王安石、陈师道等人的诗作更是为人所推崇，晚清陈衍等人对宋诗比较喜爱。

观念而言，他们一般认为唐人善于用事，而宋人则相反，故宋诗成就低于唐诗。如明人郝敬就说："或谓宋人诗使事。唐人非不使事，使事而人不觉。"① 他认为唐人用事于无痕，正是其技巧胜于宋诗之处。又如谢肇淛赞赏王安石所谓"诗家病使事太多，盖取其与题合者类之，如此，乃是编事，虽工何益？"因为"可谓中宋人膏肓之病矣"，进而评价宋代苏、黄，认为他们"虽笔底纵横，未免坐此，即荆公亦徒弟能言之耳，时时堕入个中也，韩杜误之也"②。谢肇淛指出宋人用事不善，甚至以"编事"为诗，故"宋人诗远不及唐"③。可见，用事是郝敬、谢肇淛评价唐宋诗歌优劣的重要标准。

诸如此类的说法，不仅大量充斥于明清诗学著作，在域外批评家的著作中也屡见不鲜，如朝鲜李晬光（1563—1628）曾云："唐人作诗，专主意兴，故用事不多。宋人作诗，专尚用事，而意兴则少。"④又如朝鲜金昌协说："唐人之诗，主于性情兴寄，而不事故实议论。"⑤ 总之，在中国古典诗学的文学史的叙述中，用事是一个决不可忽视的标的。

用事除了用以区分诗歌的时代风格之外，也可作为人们评价诗人艺术成就的参考要素，古代诗论家就曾经以此来评价杜甫、李商隐、苏轼和黄庭坚四人的艺术成就，并在这些讨论中逐步建立起用事理论。这四人，基本上代表了唐宋两代诗作用事的极端。杜甫从宋代开始就被誉为千古用事的楷模；李商隐的诗歌却从宋代开始渐渐成为用生僻之事的代表，二人代表了唐诗用事的两个极端，即成功的代表和用僻事的典型。

宋人诗歌用事非常普遍，以西昆派和江西诗派的诗作为甚。苏、黄二人是宋人用事的代表，其作品数量巨大、技巧丰富、征引面广，可谓独步

---

① 郝敬：《艺圃伧谈》，吴文治主编：《明诗话全编》，第5939页。

② 谢肇淛：《小草斋诗话》，吴文治主编：《明诗话全编》，第6678页。

③ 同上书，第6677—6678页。

④ 李晬光：《芝峰类说》，邝健行等编：《韩国诗话中论中国诗资料选粹》，中华书局2002年版，第55页。

⑤ 金昌协：《农岩杂识》，邝健行等编：《韩国诗话中论中国诗资料选粹》，中华书局2002年版，第157页。

古今，惠洪曾评价说："用事琢句，妙在言其用而不言其名耳。此法惟荆公、东坡、山谷三老知之。"① 就苏诗而言，除少数人对其诗歌用事错误稍有微辞、时有纠正外，多数人都比较推崇。与之相反，从南宋开始，黄庭坚的诗歌用事受到越来越多人的批评，甚至部分明清诗学家将黄诗视为用事不善的典型。有关他们的评论，不仅反映了古代诗学用事论的基本取向，也折射着时代文风的变化。为此，本章我们将集中考察古代诗论对这四人诗歌的用事评价，以揭示用事在古代诗论家的文学史叙述中的意义。

第一节　杜甫：用事集大成者

由前文所述可见，杜甫可谓唐代最为后代评论家所关注的诗人，甚至通过评价杜诗建立了某些用事理论。

一　杜诗集大成

无论从何种意义上来说，杜甫都堪称千古诗人的楷模，他的诗歌在内容和艺术形式上，为后世诗人提供了诸多借鉴，也是古代诗论家心目中的诗歌艺术之集大成者。② 元稹在杜甫的墓志铭中云："至于子美，盖所谓上薄风骚、下该沈宋、古傍苏李、气夺曹刘、掩颜谢之孤高、杂徐庾之流丽，尽得古今之体势，而兼人人之所独专矣。使仲尼考锻其旨要，尚不知贵，其多乎哉！苟以为能所不能，无可无不可，则诗人已来，未有如子美者。"③ 此段文字，成为后世评价杜甫的基调。

从宋代开始，人们认为杜诗是古今集大成者，苏轼曾说："诗至于杜甫、文至于韩愈、书至于颜真卿、画至于吴道子，而古今之变，天下之能

---

① 惠洪：《冷斋夜话》卷四，张伯伟编校：《稀见本宋人诗话四种》，第43页。

② 程千帆、莫砺锋、张宏生的《杜诗集大成说》对杜甫"集大成"说的含义及杜甫取得如此艺术成就的原因作了深入分析，本文不再赘述（《被开拓的诗世界》，第1—23页）。

③ 元稹：《元氏长庆集》卷五十六，《唐故工部员外郎杜君墓系铭并序》，四部丛刊本，第3b页。

事毕矣。"① 秦观也认为杜甫"集众家之所长",是"集诗文之大成"者。② 其后,诸如李纲、胡仔等人采纳了此说。③

宋人对杜诗的推崇尤其体现在他们对杜诗用事的评价上,如张戒云:"诗以用事为博,始于颜光禄,而极于杜子美。"④ 又如陈模云:

> 山谷诗大率用《庄子》事。后山用事,语、句、意亦多重复。"读书破万卷,下笔若有神",此杜工部之所以不可及也。东坡用事霈然,所谓如入武库,戈矛森 森 ,但不可免造语有易处,故不能及工部。⑤

陈模认为黄庭坚、陈师道和苏轼的诗歌用事均不及杜甫,黄庭坚和陈师道都缺乏杜甫那样广博的知识积累,黄庭坚过度依赖使用《庄子》中的故事,而陈师道则往往有重复用事的现象;苏轼虽然学问并不低于杜甫,但用事时却多任意改动原文,难与杜甫匹敌。

杜甫堪称千古用事的楷模,杜诗更是集大成的代表,这样的评价基调在宋代及后世几乎没有多大改变,如明代单宇评价杜诗云:"少陵卓然上继三百十一篇之后。"他还说杜甫是有诗人以来"一人而已"⑥。到了清代,潘德舆(1785—1839)等人也持同样论调。⑦ 而且,据潘氏《养一斋李杜诗话》,我们可以看到明清持如此论调者为数不少。薛雪更感叹:

---

① 苏轼:《书吴道子画后》,《苏轼文集》卷二十三,第 2210 页。

② 《苏轼文集》卷二十三,需要指出的是,在宋代也有人提到这是苏轼的观点,如陈师道《后山诗话》就曾指出苏轼曾评论杜诗云:"子美之诗,退之之文,鲁公之书,皆集大成者也。学诗当以子美为师,有规矩故可学。"见胡仔《苕溪渔隐丛话》前集卷十八,第 121 页。这则材料还见于《后山诗话》,文字稍有不同:"杜诗、韩文、颜书、左史,皆集大成者也。"(何文焕编:《历代诗话》,第 304 页)

③ 胡仔:《苕溪渔隐丛话》后集,第 1 页。

④ 张戒:《岁寒堂诗话笺注》,第 16 页。

⑤ 陈模撰,郑必俊校注:《〈怀古录〉校注》卷中,中华书局 1993 年版,第 56 页。该书校注标点和分段多有错讹。笔者对此段标点符号已略作修改。加方框中字乃校注本原文。

⑥ 单宇:《读杜诗愚得》,四库存目丛书集部册 4,齐鲁书社 1997 年版,第 1b—2a 页。

⑦ 潘德舆:《养一斋李杜诗话》,张忠纲:《杜甫诗话六种校注》,齐鲁书社 2005 年版,第 308 页。

"杜浣花炼字蕴籍,用事天然,若不经意,粗心读之,了不可得,所以独超千古。余子皆如烧青接绿矣。"① 这样的观点,在古代诗学家中比比皆是。总之,人们对杜诗的推崇由宋至明清而不衰,对他用事的推崇亦是如此。

二 读书破万卷

杜甫之所以具有如此崇高的地位,与他勤奋刻苦、博学多闻密不可分。在古代诗学家眼中,杜甫是一位胸罗万象、学富五车的诗人,他在广泛继承前人诗歌艺术传统的基础上,向前推进了一大步,其中包括用事艺术。② 宋人常以"读书破万卷,下笔如有神"③ 来评价杜甫及杜诗。最早以此评杜甫者当是王安石,他在回答杜诗缘何妙绝古今之时说:"老杜固尝言之,'读书破万卷,下笔如有神'。"④ 此后,人们多用这两句诗评论杜甫,如周紫芝说:"杜少陵用胸中万卷之书,作妙绝古今之句。"⑤ 又施德操写诗称赞杜甫云:"子美学古胸,万卷郁含蓄。"⑥

宋代之后,人们亦多如此评价杜甫,如明代俞弁、田艺蘅等人的相关

---

① 薛雪:《 瓢诗话》,丁福保编:《清诗话》,第 696 页。

② 程千帆、莫砺锋等在《被开拓的诗世界》中对此有深入的论述,可以参阅(《被开拓的诗世界》)。

③ "读书破万卷,下笔如有神"出自杜甫《奉赠韦左丞丈二十二韵》,杜甫以此说明自己满腹经纶、壮志齐天。除上文所引诗歌外,杜甫还曾多次用之(分别见于杜甫撰、仇兆鳌集注:《杜诗详注》卷二十,第 1813 页;卷二十一,第 1830、1836 页)。此外,读书"万卷"是唐前人们用来赞扬学识渊博者的常用语汇,如《魏书》载李谧言:"丈夫拥书万卷,何假南面百城。"(魏收:《魏书》卷九十《李谧传》,中华书局 1974 年版,第 1938 页)唐代其他诗人也常用此事,如岑参在《北庭贻宗学士道别》中写道:"读书破万卷,何事来从戎。"(岑参:《北庭贻宗学士道别》,《全唐诗》卷一百九十八,第 2033 页)他们使用这个故事的含义和手法都与杜甫相似。杜甫的诗句,原本与诗学问题并无干系,后世断章取义,将这句诗和文学理论联系起来,以此谈论知识积累和诗歌创作之间的关系。

④ 孙宗鉴:《东皋杂录》,胡仔:《苕溪渔隐丛话》后集卷五,第 32—33 页。

⑤ 周紫芝:《太仓稊米集》卷六十七《书岑参诗集后》,影文渊阁四库全书册 1141,第 484—485 页。

⑥ 施德操:《北窗炙輠录》卷下,影文渊阁四库全书册 1039,第 383b 页。

言论。① 清代如方东树等人也说他读尽万卷书。②

诗论家看到杜甫深厚的学问功底和用事水平高低之间的关系。宋代王琪曾感叹道:"子美博闻稽古,其用事非老儒博士,罕知其自出。"③ 明代安磐《颐山诗话》也说:"少陵'读书破万卷,下笔如有神',未尝不用事,而浑然不觉。乃为高品也。"④ 对此论述较为清晰者是明人郝敬,他说:"杜甫自云:'读书破万卷,下笔如有神。'读书多,见闻富,笔底自宽绰。唐诗莫如杜甫,而使事莫如杜甫。"⑤ 郝敬(1558—1639)以杜甫为榜样,建议人们广泛阅读,可提高自己的用事水准。清代方东树也建议人们要像杜甫那样"破万卷",方能令故事为我所驱遣。⑥ 在此思想的影响下,不少人对杜诗中的一些文字做了牵强附会的解释,如何琇《樵香小记》就认为杜甫《佳人》诗中的"转烛"二字出自《佛说贫穷老公经》,并由此感叹道:"此老固无所不读!"⑦ 杜甫是否引自《佛说贫穷老公经》,还值得斟酌,因为佛经、道经中多有此说。

此外,这样的观念还影响着人们对于杜诗的阐释。从宋代开始,人们多要求注释者必须"读书破万卷",以做到和杜甫的知识程度对等,"不行一万里,不读万卷书,不可看老杜诗。"⑧ 后世,人们多祖述其说。

事实上,唐代大诗人往往也是饱学之士,可是为什么人们偏偏以"读书破万卷,下笔如有神"来评价杜甫呢?我们认为,其原因主要有三:第一,杜诗存留量大,有一千四百多首,题材极其丰富,几乎涵盖了生活的各个方面。此外,杜诗既有早年的慷慨激昂,也有晚年的沉郁顿挫,既有写景咏物的清新闲淡,也有感慨时事的沉郁艰辛,给人以风格多变、才华横溢的印象。第二,杜甫诗歌善于在涵括前人诗歌艺术的基础上进行创新,广采前人养料,语句多有出处,在诗作中大量用事,没有广博

---

① 俞弁:《山樵暇语》,吴文治主编:《明诗话全编》,第 2441 页;田艺蘅:《诗谈二编》,吴文治主编:《明诗话全编》,第 3966 页。

② 方东树:《昭昧詹言》,第 212 页。

③ 王琪:《杜工部集·后记》,续修四库全书册 1306 影宋刻本,第 224 页。

④ 安磐:《颐山诗话》,吴文治主编:《明诗话全编》,第 2121 页。

⑤ 郝敬:《艺圃伧谈》卷二,吴文治主编:《明诗话全编》,第 5919 页。

⑥ 方东树:《昭昧詹言》,第 212 页。

⑦ 何琇:《樵香小记》,丛书集成初编本,第 21 页。

⑧ 王直方:《王直方诗话》,阮阅:《诗话总龟》(前集)卷二,第 19 页。

的学识实难做到。其中大量用事诗作，是表现其胸罗万象、学问深厚的最直接的方面。第三，后世对杜诗的过度阐释，引导人们认为杜诗字字有来处，造成人们对杜甫"读书破万卷，下笔如有神"观点的持续性接受。

正如前文所指出，古代诗学家很早就开始谈论读书和用事的关系。但是自宋代开始，人们谈论此问题时往往通过结合杜甫事例来说明和论证。这表明杰出作家的经典作品往往通过批评家的阐释，逐步取得经典地位，从而深入影响人们的阅读和创作，影响古代诗学理论的形成。

三　字字有来历

杜甫知识积累渊博的重要体现是杜诗大量化用前人诗文、使用故事。古代诗学家多认为杜甫诗歌中包含了许多故事，甚至典故林立。较早评价杜甫诗歌用事的是王得臣，他在《增注杜工部诗集序》中说"非特意语天出，尤工于用字，故卓然为一代冠，而历世千百，脍炙人口。予每读其文，窃苦其难晓"，并说"其引物连类，掎摭前事，往往而是"①。王氏以注释家的眼光看待杜诗，认为杜诗文字往往有来历。他是较早开始关注杜诗用事的人，其观点影响了后世阅读者。

宋人普遍认为杜诗字字有来历，宋代第一个如此论述杜诗的人可能是孙觉（1028—1090）。据赵彦材记载，孙觉曾说："杜子美诗无两字无来处。"②后来王楙也说："前辈谓：'老杜诗无两字无来历。'"清代的赵翼，则明确提出孙觉首倡"无一字无来处"说，云："刘梦得论诗，谓无来历字前辈未尝用，孙莘老亦谓杜诗无一字无来历。山谷拈以示人，盖隐以自道。"③

不过，也有许多人主张黄庭坚首倡杜诗"无一字无来处"④。后来王楙在《野客丛书》中祖述了他的话："山谷亦云：'老杜诗、退之文，无

---

① 王得臣：《增注杜工部诗集序》，杜甫撰、仇兆鳌集注：《杜诗详注》，第 2244 页。
② 林希逸：《竹溪鬳斋十一稿》（续集）卷三十，影文渊阁四库全书册 1185，第 867b 页。
③ 赵翼：《瓯北诗话》卷十一，郭绍虞编：《清诗话续编》，第 1331 页。
④ 黄庭坚：《答洪驹父书三首》（之二），《豫章黄先生文集》卷十九，四部丛刊本，第 23b 页。他的原话如下："自作语最难，老杜作诗，退之作文，无一字无来处，盖后人读书少，故谓韩杜自作此语耳。古之能为文章者，真能陶冶万物，虽取古人之陈言入于翰墨，如灵丹一粒，点铁成金也。"

一字无来处。'信哉!"① 虽然该观点的专利权已成公案，但后世多祖述黄庭坚的议论，成为宋代，乃至整个中国古代社会批评杜诗的一个基本观念。

黄庭坚的观点可分为两个层次进行观照：第一，杜甫知识广博，作诗"无一字无来处"②，看到了杜诗和前代文学传统的关系；第二，杜甫诗歌虽然"无一字无来处"，但因为他重视诗歌技法的不断翻新，同样能"点铁成金"，创制佳篇，看到了创造性运用文学遗产的能力。黄庭坚对杜诗"无一字无来处"的评价是为了凸显杜甫诗歌技巧的创新性。然而，后世往往忽略了黄庭坚此语的真正旨归，他们对杜诗"无一字无来处"说不断申发，甚至有人认为杜诗就是前人语句的拼贴之作。这种被夸大和扭曲的"无一字无来处"说，深刻地影响了注杜诗者，如清人张远于《杜诗荟粹·序》中曾感叹："世称杜律韩碑，无一字无来历。注者、读者，所以为难。"③ 他们绞尽脑汁、搜肠刮肚，尽量为杜诗中的每一个字都寻找出处。有时，他们广征博引的学问式注释反而导致对诗文文意的穿凿附会，"援据繁复而无千家诸注伪撰故实之陋"④ 的仇兆鳌（1638—1713后）《杜诗详注》就有多处不顾文意搜寻典故之例。比如《兵车行》"尘埃不见咸阳桥"，仇注曰："《楚辞》：'蒙世俗之尘埃。'"⑤ 杜甫的《兵车行》主要描绘了唐王朝出兵之时，人们在咸阳桥头奔走相送，黄尘满天的情形，而《楚辞》此句乃指屈原品行高洁，不愿与世俗同流合污之意。仇兆鳌仅凭字面相似，而不顾诗句中的确切含义，硬为其扣上用事之名。诸如此类，不胜枚举。

宇文所安对此有所批评，他强调杜诗从一些"惯例"中解放出来，其创新性无与伦比，所以"无一字无来处"的"滥调"，对于杜甫与传统

---

① 王楙：《野客丛书》，中华书局 1987 年版，第 212 页。

② 杜诗"无一字无来处"之说的版权尚有争论。一说此乃黄庭坚首倡；一说语出孙觉（1028—1090），据赵彦材的记载，孙觉曾云："杜子美诗无两字无来处。"（林希逸《竹溪鬳斋十一稿》（续集）卷 30，文渊阁四库全书册 1185，第 867b 页）清代赵翼也云："刘梦得论诗，谓无来历字前辈未尝用，孙莘老亦谓杜诗无一字无来历。山谷拈以示人，盖隐以自道。"（赵翼：《瓯北诗话》卷十一，第 168 页）

③ 张远：《杜诗荟粹》，四库存目丛书集部册 6 影康熙刻本，第 271 页。

④ 永瑢等：《四库全书总目提要》卷一百四十九，第 1282 页。

⑤ 杜甫撰、仇兆鳌集注：《杜诗详注》，第 123 页。

的关系而言，"不仅在表面层次上是错误的，在较深层次上也是错误的"。他继续解释道："杜甫对较早文学的掌握远远超过在他之前的任何诗人，但他真正地'运用'了传统，充分体现了运用一词的控制和掌握含义。传统文学和惯例极少支配他的创作。"① 宇文所安既看到杜甫对于前代文学传统和文化资源的掌控和超越前人的运用能力，也注意到"无一字无来处"之说对于解读杜诗的危险性。然而，他忽视了黄庭坚"无一字无来处"说的真正旨归和部分人的误读之间的区别，而且不少人并没有因黄庭坚的话而否定杜甫创造性运用的能力，而是肯定他满腹学问和超凌传统束缚，否则何来"集大成"之说。

四　用事之楷模

在古代诗论家看来，由于杜甫胸罗万象，所以其用事艺术独步古今，"杜用事错综，固极笔力，然体自正大，语尤坦明。晚唐、宋初，用事如作迷；苏如积薪，陈如守株，黄如缘木"②。他的用事技巧超越了所有的诗人，不仅是千古诗人用事的楷模，其诗作用事体现出来的审美理想更是后世应遵从的标准，"用事之工，起于太冲《咏史》。唐初王、杨、沈、宋，渐入精严。至老杜，苞孕汪洋，错综变化，而美善备矣"③，杜诗用事范围广博、用事技巧高妙，堪称后世学习典范。

王世贞曾用杜诗来论证诗歌可以用事的合法性，云："杜子美出而百家稗官，都作雅音，马渤牛溲，咸成郁致。于是，诗之变极矣。"④ 他还认为，用事的关键在于："顾所以用之何如耳。"⑤ 而古代诗论家在论述某些用事原则时，也总以杜诗用事作为标准。如诗歌用事应"如盐著水"，就是诗学家在分析杜甫《阁夜》诗时总结而成的审美理想，蔡宽夫在论述"不为事使"时也以杜诗为榜样。

诗论家还认为杜诗用事的一些具体方法也是后人学习的范本，却不能为初学者多掌握，如明人刘世伟指出：

---

① 宇文所安：《盛唐诗》，贾晋华译，生活·读书·新知三联书店2004年版，第211页。
② 同上。
③ 胡应麟：《诗薮》，第64页。
④ 王世懋：《艺圃撷余》，何文焕编：《历代诗话》，第774—775页。
⑤ 同上。

　　律诗有以人对事物者,杜诗"西望瑶池降王母,东来紫气满函关。""织女机丝虚夜月,石鲸鳞甲动秋风。"是也。盖函关暗用老子故事,以对王母,且东西字与太丁对,故虚实错综方是妙手,而织女、石鲸俱指昆明池所有石刻,相对尤为的确,然初学法此必至汗漫无纪,其失事对者,毋借于此。①

杜诗对偶以人名对事物,并非的对,可刘世伟却对此大加赞扬,并警告后学,此法只有杜甫才会,不要轻易学习,从侧面凸显杜甫的用事本领。与他相类,很多人以为杜诗的用事方法最多,是后世学习的对象,如胡震亨提出杜甫能够用事而不用"本字",为人们提供了"使事之法"②。前文已经指出,部分古代诗学家认为更改故事"本字"的做法,往往是误用故事的一种表现,但此处胡震亨却认为诗人只要做到像杜甫那样,同样可以更改故事"本字",因此他认为后世学诗之人,须"参究"杜诗。不难看出,人们对杜诗何等尊崇!

　　以上事例说明杜甫是后世的用事楷模,提供了诸多可资借鉴的技巧和成功典范。杜甫在中国古代诗歌史上,享有极其崇高的地位,其用事艺术也是最高的典范。人们认为他能做到诗歌界的万世师表,其原因就在于他"读书破万卷",具体表现就是杜诗"无一字无来处"。在诗学家看来,杜甫的勤学苦练成就了他的用事艺术。结合前文所述有关杜甫诗作用事的文字,我们不难断言,对杜甫诗作艺术的揭示和评价,成为中国唐代以后诗学的重要内容,甚至也是此段诗学的重要构成要素。

第二节　李商隐:用僻事的代表

　　在中国文学史的叙述中,李商隐是一位颇受争议的唐代诗人,同样体现在人们对其诗歌用事的批评上。从宋代开始,人们总结出李商隐诗歌的重要特征:惯于用事。据现有文献,宋代范温较早关注李商隐诗歌用事,

---

① 刘世伟:《过庭诗话》,四库存目丛书集部册 417 影明嘉靖刻本,第 119 页。
② 胡震亨:《唐音癸签》卷四,第 30 页。

并将其用事方法概括为"意用事"和"语用事"两类。① 胡仔《苕溪渔隐丛话》前集至少保存了14条讨论其诗歌用事的材料,仅次于杜甫。这些材料从多个角度对李诗用事进行讨论,包括考证出处、辨明正误、赞扬其用事技巧、总结方法、贬斥其用事等。赞扬与批评之声兼有,是李商隐诗歌接受史的基本特征。

及至明代,人们对李商隐诗歌用事的热情稍有冷却,在"文必两汉,诗必盛唐"复古之风的影响下,明人较少关注李商隐的诗歌用事。② 即便是少数人对其用事做了评论,也仍存有不小分歧:一部分人批判其用事僻涩和填砌等弊端;一部分人则赞扬他用事精巧。此外,有时人们只是在进行考证的时候提到李商隐的诗歌用事,如杨慎、胡应麟、周珽等人对李商隐诗歌中用"灰钉"等事的考证,较少专论。

降及有清,由于注本的出现,人们基本上能够读解李商隐诗歌中的用事,诸如吴乔等诗论家将批评的重心转移到对李商隐诗歌意旨的阐释之上。此时人们仍然看到"李商隐诗好积故实"③。不过值得重视的是,清初的诗论家对他喜用僻事的态度发生了转变。

虽然各个时代文学风气相异,影响着人们对于李商隐诗作的阅读接受和期待视野,但人们基本上都认为用事是李商隐诗歌的重要特征,李商隐为此也招来了人们的激烈批评,认为他的诗歌用事有两大病症:一者"獭祭鱼";一者僻涩。这些批评,印证着前文所述的古代诗学用事论的基本价值取向。

一 优点:意深与尖新

诚如元好问所言,"诗家总爱西昆好"④,古代不乏对李商隐诗歌比较

---

① 范温:《潜溪诗眼》,《苕溪渔隐丛话》前集卷十,第64页。范温说:"又有意用事,有语用事。李义山'海外徒闻更九州',其意则用杨妃在蓬莱山,其语则用《邹子》云:'九州之外,更有九州。'如此,然后深稳健丽。"

② 据《李商隐资料汇编》所收录的明代论及李商隐诗歌中,用事文字大约25条,且大多出自明后期诗学家的批评。明人提及李商隐诗歌中用事的次数和比例都远远低于宋人,折射出明代接受李商隐诗歌的一个侧面(刘学锴、余恕诚、黄世中编:《李商隐资料汇编》,中华书局2001年版)。

③ 孙涛:《全唐诗话续编》卷上,丁福保编:《清诗话》,第638页。

④ 元好问:《遗山先生文集》卷十一,四部丛刊本,第4b页。

喜爱之人，从北宋的西昆诗人①到近代陈曾寿（1877—1949）等，都是李商隐诗歌的忠实崇奉者和模仿者。② 从宋代开始，人们对他的诗歌艺术成就给予了较高评价，王安石就认为李商隐是唐代最善于学习杜少陵的人，甚至有些诗作即使是杜甫亦不能超越。蔡居厚也曾记载："王荆公晚年亦喜称义山诗，以为唐人知学老杜而得其藩篱者，唯义山一人而已。"③ 清代吴乔也曾高度评论李商隐诗歌的艺术成就，说："唐人能自辟宇宙者，惟李、杜、昌黎、义山。"④

在李商隐的诗歌艺术中，人们最为关注的还是用事。北宋初期，杨亿等人对李商隐诗歌的用事艺术醉心不已，最早明确称赞李商隐诗歌用事者当属许顗，他批评惠洪"诗至李义山，为文章一厄"的极端言论，认为李商隐的诗歌甚有可取之处。⑤ 此后，宋代赞赏李商隐诗歌用事者，不绝如缕。他们有的称赞李商隐诗歌用事具有深意，称他"咏物似琐屑，用事似僻，而意则甚远，世但见其诗喜说妇人，而不知为世鉴戒"⑥。有的赞赏李商隐诗歌用事有所创新，不落俗套，如黄彻指出李商隐"用事出人意表，尤有余味"⑦。黄彻对李商隐的整体认识是"好积故实"，然而他并不完全否定李商隐诗歌中的用事，甚至欣赏他在用事方面的创新。又有人赞赏他的诗歌用事技巧出众，如严有翼赞赏李商隐善于

---

①　西昆体，得名于杨亿等人的《西昆酬唱集》。据明嘉靖玩珠堂刻本，这部唱和诗歌总集中的诗歌，始于宋真宗景德二年（1005）之秋，终于大中祥符元年（1008）秋，合计二百五十首（另外多有言二百四十七首者）。书中共有十七位诗人，其中以杨亿、刘筠、钱惟演三人的诗作最多，共有二百二十首。其他诗人还包括：李宗谔、陈越、李维、刘隲、丁谓（966—1037）、刁衎、任随、张咏、钱惟济、舒雅、晁迥、崔遵度、薛映、刘秉等人。

②　汪辟疆：《近代诗派与地域》，《汪辟疆说近代诗》，上海古籍出版社2001年版，第28页。

③　蔡居厚：《蔡宽夫诗话》，郭绍虞编：《宋诗话辑佚》，第399页（又见于《苕溪渔隐丛话》前集卷二十二，第146页）。

④　吴乔：《西昆发微》，丛书集成初编本，第1页。

⑤　许顗：《彦周诗话》，何文焕编：《历代诗话》，第388页。

⑥　张戒：《岁寒堂诗话校笺》，第74页。诚如陈应鸾所言，张戒对李商隐《南朝》诗的理解可能有误，该诗并非讥讽湘东王萧绎篡权之事，而是讽刺南朝恃金陵天险地利而不思进取，最终却保不住半壁江山。

⑦　黄彻：《䂬溪诗话》卷一，丁福保编：《历代诗话续编》，第348页。

反用事;① 南宋后期的刘克庄等人也认为"义山善用事"②。

降及明代，在复古主义浪潮的席卷之下，诗坛回响着"文必两汉，诗必盛唐"的声音。即便胡应麟等人认为李商隐诗歌用事有"填塞故实"之失，有时也不得不承认其中不乏"用事之善者"③。事实上，这大致代表了明人对李商隐诗歌用事的基本态度。

泊于清代，人们通常将李商隐视作唐代善于学习杜甫的诗人，如钱谦益就认为李商隐"可以鼓吹少陵"④。宋长白指出："李义山、陆渭南皆祖述少陵者，李之蕴藉，陆之排奡，皆能寓变化于规矩之中。李去其靡，陆汰其粗，其于大历、元和也何有！"⑤ 虽然在清代的文学史书写中，李商隐的地位甚高，但实际上，人们仍然对他的用事仍抱有警惕心，他们既赞扬李商隐诗歌中用事技巧高妙的诗作，也批评其用事不善者，而且后者所占的比例较大。如纪昀在《玉溪生诗说》中对《武侯庙古柏》、《牡丹》、《哭刘司户蕡》、《送丰都李尉》等诗用事赞赏有加，也对《风》、《人日即事》等诗的用事作出了批评。在清代，对李商隐诗歌用事作出全盘肯定的是袁枚，他说：

> 人有满腔书卷，无处张皇，当为考据之学，自成一家。其次，则骈体文，尽可铺排，何必借诗为卖弄？自《三百篇》至今日，凡诗之传者，都是性灵，不关堆垛。惟李义山诗，稍多典故，然皆用才情驱使，不专填砌也。⑥

袁枚对李诗用事的赞赏，可谓空前，认为李诗并非排列故事的獭祭，而是以才情驱使，其间自有"性灵"。其后，管世铭（1738—1798）也指出

---

① 严有翼：《艺苑雌黄》，郭绍虞编：《宋诗话辑佚》，第566—567页。这段文字又见于胡仔《苕溪渔隐丛话》后集卷十九、魏庆之《诗人玉屑》卷七、蔡正孙《诗林广记》前集卷六和吴景旭《历代诗话》卷五十二等书。

② 刘克庄：《后村诗话》续集卷二，中华书局1983年版，第108页。

③ 胡应麟：《诗薮》内编卷四，第65页。

④ 钱谦益：《注李商隐诗集序》，《牧斋有学集》卷十五，四部丛刊本，第5页。

⑤ 宋长白：《柳亭诗话》卷二十八，四库存目丛书集部册421影康熙刊本，第605b页。

⑥ 袁枚：《随园诗话》卷五，第78页。

"李义山用意深微，使事稳惬，直欲于前贤之外，另辟一奇"①，所以不同于前人用事，具有创新性。

　　总之，虽然不少中国古代诗论家对李商隐部分诗作的用事艺术较为欣赏，但绝少有完全肯定者。这反映了中国古典诗歌的用事传统——反对在诗歌中大量排列故事。毕竟，用事只是诗歌的一种表达手段，诗人不能完全依靠它来创作诗歌。所以，人们对李商隐的诗歌用事可谓爱恨交织。虽然李商隐诗歌"獭祭鱼"与惯用僻事的特征常常令读者的阅读受挫，但是他高妙怪异的用事方式又常常令读者为之惊叹。李商隐的诗歌用事具有较强的创新性，摆脱或者改变了之前的传统用事方法。上文管世铭的赞扬，就揭示了这一点。概而言之，李商隐诗歌用事的创新和开拓，主要体现在以下几方面:

　　首先，李商隐的用事技巧具有创新性，往往能对故事作出新的运用，"学识素高，超越寻常拘挛之见，不规矩然蹈袭前人陈迹"，故而常常在诗歌用事中反其意而用之。

　　其次，李商隐在诗歌用事素材方面对用事传统多有突破。元好问在评论王郁的诗歌时说:"笔头仙语与鬼语，只有温李无他人。"② 李商隐、温庭筠等人诗歌往往多用神仙、鬼怪方面的故事。

　　前文已经揭示，古代诗人在创作之时通常尽量避免使用佛教、道教和稗官小说中的故事，而多使用人们比较常见的、具有正统意识的书籍中的故事。李商隐多使用道教、佛教，神仙、鬼怪方面的故事，其中有些甚至是前人较少提及或出处难觅，如王昌、莫愁之事等，造成用事尖新的特色。古代诗学家对此也多有议论，元代袁桷 (1267—1327) 指出:

　　　　李商隐诗号为中堂警丽之作，其源出于杜拾遗。晚自不及，故别为一体。玩其句律，未尝不规规然近之也。拾遗爱君忧国，一寓于诗，而深讥矫正，不敢以谈笑道。若商隐则直为讪侮，非若为鲁讳者。使后数百年其诗祸之作当不止流窜岭海而已也。桷往岁尝病其用事僻昧。间阅《齐谐》、《外传》诸书，签于其侧，冶容褊心，遂复

---

　　① 管世铭:《读雪山房唐诗序例·五绝凡例》，粟香室丛书本，第26页。
　　② 元好问:《元遗山诗集·黄金行》，四部丛刊本，第6a页。

中止。①

他认为李诗用事，和杜甫等人的创作传统并不一致，使用了一些稗官野乘中的故事。

后来清人毛先舒也说："义山七绝，使事尖新，设色浓至，亦是能手。"② 清代黄子云概括得好，认为李商隐"专搜汉、魏秘书，括其事之冷寂而罕见者"③。总之，李商隐诗歌用事较为"尖新"的特点几乎是从金、元一直到清代的诗学批评家所公认的事实。

二　缺点：獭祭与深僻

在中国古代诗学话语中，对李商隐的批评不少，甚至还有进而攻击其人格者。从宋代开始，李商隐的诗歌用事就受到大量批评。在人们对他的诗歌提出的诸多指控中，用事生僻、堆垛太甚，是主要的诉讼项。

李商隐喜好在诗歌中排列故事，人们称之为"獭祭鱼"。李商隐曾经在自己的诗中写道："未曾容獭祭，只是纵猪都。"④ 古代诗论家多用"獭祭鱼"概括他的诗歌用事特色，颇有"以子之矛攻子之盾"的嘲讽意味。"獭祭鱼"一词，出自《礼记·月令》，其中孟春之月的物候是："东风解冻，蛰虫始振，鱼上冰，獭祭鱼，鸿雁来。"⑤ 郑玄注解"獭祭鱼"为："此时鱼肥美，獭将食之，先以祭也。"郑玄以儒家礼义的思维和眼光来看待自然世界，认为獭将所获之鱼摆放在河边祭祀上天，以感谢它的恩赐。《全唐诗》中使用"獭祭"故事的诗作只有两首，可见这个典故较为生僻。宋人较早使用"獭祭"一词的是文同（1018—1079），他在《李坚甫净居杂题·棋室》诗中写道："缣缃罗几格，无限有奇书。想在中间坐，浑如獭祭鱼。"⑥ 以獭祭鱼比喻读书的情态。从此，蔚然成风，宋时多有效仿者以"獭祭鱼"比拟诗人排列故事的行为。

① 袁桷：《清容居士集》卷四十八，四部丛刊本，第9a页。
② 毛先舒：《诗辨坻》，郭绍虞编：《清诗话续编》，第57页。
③ 黄子云：《野鸿诗的》，丁福保编：《清诗话》，第875页。
④ 李商隐撰，刘学锴、余恕诚集解：《李商隐诗歌集解》，第790页。
⑤ 《礼记正义》，十三经注疏本，第1355页。
⑥ 文同：《丹渊集》卷十七，四部丛刊本，第12b页。

作为中国古典诗学的批评术语,"獭祭鱼"主要指诗人在创作诗歌时,翻检典籍,在诗中大量排列故事,忽略了诗歌的言志本质,致使整首诗歌成为故事的展览架,缺乏自然浑融的韵味。据吴坰《五总志》,唐人已用"獭祭鱼"批评李商隐。① 及至宋代,人们多将其用于评价李商隐的诗歌用事。李彭诗云"物色真成行画图,十年对面不供书。才悭更着李商隐,无复重讥獭祭鱼"②,明确将"獭祭"视为李商隐作诗的习惯。黄彻《碧溪诗话》也指出李商隐诗有"好积故实"之弊。③ 从一个"积"字,可见黄彻对李商隐的批评态度。这段文字在宋代被广泛征引,④ 李商隐诗歌堆垛故事或"獭祭鱼"已成公论。到了元代辛文房写《唐才子传》的时候也认为李商隐"每属缀,多检阅书册,左右鳞次,号'獭祭鱼'。而旨能感人,人谓其横绝前后"⑤。

及至明清,仍不乏此论。明代彭汝让曾感叹:"昔人谓李商隐为獭祭鱼,杨大年为衲被,果然。"⑥ 王夫之也说:"人讥西昆体为獭祭鱼",表明其时人们多持上述观念。⑦ 朱彝尊(1629—1709)在评点《南朝》(玄武湖中)一诗时指出:"罗列故事,无他命意,此义山独创之格。"⑧ 而在屈复(1668—1745)的心中,李商隐诗歌的"獭祭"之缺,从古至今几乎成为公论,他说:"玉溪生诗,王荆公谓为善学少陵。西昆师之。或者嫌其香奁轻薄,獭祭之诮,其来甚远。"⑨ 其他诸如黄子云、王鸣盛(1722—1797)、李调元(1734—1802)等人也将"獭祭鱼"视作李商隐诗的缺陷。⑩ 王士禛更以诗总结云:"獭祭曾经博奥殚,一篇《锦瑟》解

① 吴坰:《五总志》,丛书集成初编本,第12页。吴坰说:"唐李商隐为文,多检阅书史,鳞次堆积左右,时谓獭祭鱼。"

② 李彭:《日涉园集》卷十,影文渊阁四库全书册1122,第704页。

③ 黄彻:《碧溪诗话》卷十,丁福保编:《历代诗话续编》,第399页。

④ 如《诗话总龟》后集卷二十二、《诗人玉屑》卷七和《诗林广记》后集卷三等书就征引。

⑤ 辛文房:《唐才子传校笺》(第三册),第277页。

⑥ 彭汝让:《木几冗谈》,丛书集成初编本,第3页。

⑦ 王夫之:《姜斋诗话》,《四溟诗话·姜斋诗话》,第158页。

⑧ 朱彝尊评点:《李义山诗集》,转引自《李商隐资料汇编》,第319页。

⑨ 屈复:《玉溪生诗意》,乾隆四年芝古堂刊本,第1页。

⑩ 黄子云:《野鸿诗的》,丁福保编:《清诗话》,第854页。李调元:《雨村诗话》卷下,郭绍虞编:《清诗话续编》,第1531页。

人难。千年毛郑功臣在，犹有弥天释道源。"①《四库全书总目提要》亦以此概括李商隐诗歌的风格。② 对李商隐诗歌獭祭之失的批评在清代可谓达到极致。

除了"獭祭鱼"，李商隐诗歌还被认为有"僻涩"之缺。李商隐惯于在诗作中使用生僻故事，读解起来颇为不易。这虽然一定程度上增加了诗歌迷离彷徨之美，却也往往令读者感到茫然而无从索解，诸如《锦瑟》之类的无题诗作，迄今仍无定解。于是，古代诗学家多指责李商隐诗作用事生僻而不足资取。

较早明确指出这一点的是蔡居厚，说："（义山）诗合处信有过人，若其用事深僻，语工而意不及，自是其短。世人反以为奇而效之，故昆体之弊重其失，义山本不至是云。"③ 蔡宽夫虽然认为李商隐的诗歌具有很高艺术地位，甚至有些诗篇可以和杜诗媲美，但是其中却有一个缺点：用事深僻。宋代最尖锐地批评李商隐诗歌用事生僻、晦涩之人当属惠洪，他在《冷斋夜话》中直言："诗到李义山，谓之文章一厄。以其用事僻涩，时称西昆体。"④ 虽然惠洪的指责，现在看来有点过苛，却也表明时人对李商隐用事"僻涩"的厌恶之情何其强烈。蔡宽夫和惠洪的观点，在宋代《诗人玉屑》、《苕溪渔隐丛话》等书广泛征引，产生了一定影响。

及至金元，李纯甫（1177—1223）指出："李义山喜用僻事，下奇字，晚唐人多效之，好西昆体，殊无雅典浑厚之气，反詈杜少陵为村夫

---

① 王士禛：《戏仿元遗山论诗绝句》，郭绍虞等编：《万首论诗绝句》，人民文学出版社1991年版，第233页。也有批评王士禛者，如翁方钢就认为："渔洋此诗，先以'獭祭'之'博奥'，则似藻丽为主，又归于琴川僧之注，则于虚实皆无所据。"（翁方钢：《石州诗话》卷八，赵执信、翁方钢：《谈龙录·石州诗话》，人民文学出版社1981年版，第243页）

② 永瑢等：《四库全书总目提要》卷一百五十一，第1297页。提要云："《李义山诗注》三卷、《附录》一卷（通行本），国朝朱鹤龄撰。鹤龄有《尚书埤传》，已著录。李商隐诗旧有刘克、张文亮二家注本，后俱不传。故元好问《论诗绝句》有'诗家总爱西昆好，只恨无人作郑笺'之语。（案：西昆体乃宋杨亿等摹拟商隐之诗，好问竟以商隐为西昆，殊为谬误。谨附订于此。）明末释道源始为作注。王士禛《论诗绝句》所谓'獭祭曾惊博奥殚，一篇《锦瑟》解人难。千秋毛郑功臣在，尚有弥天释道安'者，即为道源是注作也。然其书征引虽繁，实冗杂寡要，多不得古人之意。鹤龄删取其什一，补辑其什九，以成此注。后来注商隐集者，如程梦星、姚培谦、冯浩诸家，大抵以鹤龄为蓝本，而补正其阙误。"

③ 蔡居厚：《蔡宽夫诗话》，胡仔：《苕溪渔隐丛话》前集卷二十二，第146页。

④ 惠洪：《冷斋夜话》卷四，张伯伟编校：《稀见本宋人诗话四种》，第38页。

子，此可笑者二也。"① 虽然李纯甫错将杨亿等人视杜甫为村夫子的说法看成是晚唐人所言，但他态度鲜明地批评了李商隐诗歌"喜用僻事"之弊。

降及有明，人们同样多认为李商隐诗歌有用事"深僻"的缺憾。高棅（1350—1423）在《唐诗品汇总叙》中指出："开、成以后，则有杜牧之之豪纵，温飞卿之绮靡，李义山之隐僻，许用晦之偶对。"② 作为明代最为重要的唐诗选本之一，该论点影响较大。稍后，李东阳在评价白居易时也说：

> 质而不俚，是诗家难事。乐府歌辞所载木兰词，前首最近古。唐诗张文昌善用俚语，刘梦得竹枝亦入妙。至白乐天令老妪解之，遂失之浅俗。其意岂不以李义山辈为涩僻而反之？而弊一至是，岂古人之作端使然哉？③

李东阳字里行间都表明他对李商隐用事"涩僻"的厌恶。后来，胡应麟则讽刺李商隐"晚唐若李商隐深僻可笑"④。再接着，许学夷还指出李商隐"用事诡僻，多出于元和"⑤。

清人亦有以"僻"来批评李商隐用事生僻、深涩者，如黄生云："义山用事晦僻，正诗家之大病。"⑥ 赵翼也认为："西昆体行，益务数典，然未免伤于僻涩。"⑦ 田雯（1636—1704）还说"每怪义山用事隐僻"云云，⑧ 可见李商隐诗歌始终还是被人看成用事生僻的典范。然而，相较前人，此时诗学界对李商隐诗歌用事生僻的评价也产生了微妙的变化，部分清代诗论家将李商隐诗歌用事较多、涉及面广、含义晦涩的特色概括为

---

① 元好问编：《中州集》卷二《刘汲小传》，影文渊阁四库全书册 1365，第 52b 页。
② 高棅：《唐诗品汇》，上海古籍出版社影印明汪宗尼校订本 1982 年版，第 9a 页。
③ 李东阳：《麓堂诗话》，丁福保：《历代诗话续编》，第 1375 页。
④ 胡应麟：《诗薮》续编卷二，第 356 页。
⑤ 许学夷：《诗源辨体》卷三十，人民文学出版社 1987 年版，第 287 页。
⑥ 贺裳：《载酒园诗话》卷一，郭绍虞编：《清诗话续编》，第 228 页。
⑦ 赵翼：《瓯北诗话》卷十二，第 176 页。
⑧ 田雯：《丹壑诗序》，《古欢堂杂著》卷二十四，郭绍虞编：《清诗话续编》，第 700 页。

"奥博",而非"僻涩"。明末清初的钱谦益（1582—1664）最早使用该术语来批评李商隐的诗歌用事,他在《注李义山诗集序》中云:"石林长老源公禅诵余晷,博涉外典,苦爱李义山诗。以其使事奥博,属辞诡谲,捃摭群籍,疏通诠释。"① 李商隐的注释者朱鹤龄（1601—1683）在《笺注李义山诗集》"凡例"中用"奥僻"一词评价李诗:

> 所引之事,必求其书;所引之书,必求其祖。事之奥僻者详之,习见者简之,所传互异者则备载之,意义之沉晦者疏明之,不可解者则阙之。②

无论是钱谦益所说的"奥博"还是朱鹤龄形容的"奥僻",均指李商隐诗歌用事出处广博而意旨不明。这在一定程度上反映了他们对李商隐诗歌的"深"不再如宋人那样关注,而是更加重视其知识视野的广阔。此后,人们多用"奥博"来评价李商隐诗歌的用事,如田雯评价说:"义山之诗,博奥极矣,捃摭群书,抉搜隐怪。"③ 我们认为此时李商隐诗歌笺注本的大量出现是造成评价改变的重要原因之一,因为它扫清了读者阅读的诸多障碍,减轻了人们对李诗生僻晦涩的厌恶。另外,清人学问扎实、追求博雅,也是一个重要原因,因为知识功底加厚,人们对于李商隐用事的索解,变得稍稍轻松,其诗歌含义不再"深"、"涩",甚至认为只要有知识积累,就可寻绎诗意。

当然,李商隐诗歌用事所面临的批评绝非只有上述两点,他还被指出有用事非宜等过失。不过,其流弊远不及上述两类,受到的批评也不及它们强烈和集中。

从北宋到清末,人们真切地把握李商隐诗歌的基本特征,指斥李诗用事的两大弊病:"獭祭鱼"和用事"深僻"。如此长的时间里,人们不间断地对李商隐的这两个缺点进行批评,彰显出古代诗学家的一贯主张,即坚决反对排列故事和使用生僻事,用事的这些基本原则,被贯穿到古代诗

---

① 钱谦益:《注李义山诗集序》,《有学集》卷十五,第5页。
② 朱鹤龄:《笺注李义山诗集凡例》,乾隆十五年光霁堂刻本。
③ 田雯:《丹壑诗序》,《古欢堂杂著》卷二十四,郭绍虞编:《清诗话续编》,第700页。

论家的文学史叙述话语之中。由此,我们可以看到,某些用事观念并没有随着时代环境的改变而改变,这正是用事传统的体现。在人们对李商隐的批评中,我们尤其应该重视在清代发生的转变,即多用"奥博"这个较为中性的词汇来替代其前人常用的"僻涩",这反映了清人学识的深刻变化,也反映了诗歌注本的大量出现在诗学发展史中的意义。

第三节 苏轼:天才有疏误

苏轼一登上历史舞台,即因逼人才气而受到了当时文坛领袖欧阳修的瞩目,朝中大臣张方平等人的推崇。① 在他有生之年,无论是门人陈师道、李之仪等人,还是政治对手王安石等都对其诗文、学术推崇备至、赞不绝口。甚至有人将他视为神,附会以种种离奇的传说。

作为宋代最为杰出的文学家,苏轼对宋代及其以后的文化发展影响颇大。他学识渊博,淹贯四部;天资过人,睿智豁达;刻苦努力,创作丰富。他留下来的诗歌、散文和随笔,多是垂范后世的经典,其诗歌题材广泛,思想性强,艺术成就高,自古至今为人所广泛传诵。所以,有人认为他对于中国人文化品格的形成具有十分重要的作用,甚至可称中国人的"灵魂工程师"②。

从宋代开始,人们对苏轼诗歌给予了极高的评价,即使是提倡"诗必盛唐"的明代复古论者,也有不少人对苏轼诗文颇为心悦。苏诗善于体物言情、抒情议论,是严羽所谓"以才学为诗"、"以议论为诗"的代表。用事在苏轼诗歌中比比皆是,全篇皆有者,亦为数不少。早在宋代,黄彻等人就指出了这一点。③ 明人李东阳就曾指出:"好用事,甚者句句

---

① 张方平:《论苏内翰》,《乐全集》卷二十六,《北京图书馆藏古籍珍本丛刊》册89影宋刻本,第89a页。张方平称赞他:"文学实天下之奇才。"

② 王水照、朱刚:《苏轼评传》,南京大学出版社2004年版,第2页。

③ 黄彻:《䂬溪诗话》卷十,丁福保编:《历代诗话续编》,第399页。论苏轼全篇用事:"坡集有全篇用事者,如《贺人生子》,自'郁葱佳气夜充闾,喜见徐卿第二雏'至'我亦从来识英物,试教啼看定何如'、《戏张子野买妾》自'锦里先生自笑狂,身长九尺鬓眉苍'至'平生谬作安昌客,略遣彭宣到后堂',句句用事,曷尝不流便哉!"

以事衬贴,如《贺陈章生子》、《张子野买妾》、《戏徐孟不饮》之诗是也。"①

从宋代开始,人们就对苏诗用事较为欣赏。与之同时,古代诗论家看到苏诗用事也有失于检点而导致误用的现象,批评之声,也不绝如缕。这些讨论一方面辨正了苏轼用事的失误,另一方面却也将笼罩在苏轼头顶的神奇光环打破,这些都成为苏诗接受史的基本内容。其中,清人贺裳的观点可为代表:"坡公之美不胜言,其病亦不胜摘,大率俊迈而少渊渟,瑰奇而失详慎,故多粗豪处、滑稽处、草率处,又多以文为诗,皆诗之病。然其才自是古今独绝。"② 人们对苏诗用事不当的讨论,数量多,历时久,是中国古代诗学的一个重要现象。这些辩论之下的心理动机,颇为有趣,目前几无人对此有所求索。另外,由于时代风气的嬗变,人们在批评苏轼诗作用事之时,也略有侧重,或者他们眼中的苏诗用事呈现了不同于他人的色彩。

一 宋人:辨正用事错讹

宋人对苏轼诗歌用事的考察主要分为三方面:总结用事特色、赞赏用事艺术、考辨用事错讹。

辨正苏诗用事,是宋代诗学的重要内容。较早谈及苏诗用事的人是赵令畤(1051—1134)、何薳等人。赵令畤考证了苏诗用事的出处。③ 从此,考证苏诗用事出处的文字,层出不穷,成为人们关注苏诗用事的一种特殊表现。赵令畤后,邵博(?—1158)在《邵氏闻见后录》讨论了苏诗《梅花》、《过歧亭陈季常》、《送子由出疆》、《和徐积》、《谢黄师是送酒》、《和李邦直》、《豆粥》、《和刘景文听琵琶》、《会猎》、《海市》等诗的用事出处。④ 严有翼《艺苑雌黄》也对苏轼《董储郎中尝知眉州与先人游过安丘访其故居见其子希甫留诗屋壁》、《雪诗》等诗的用事出处作了考证。⑤ 还有黄彻对苏轼《汲江煎茶》等诗中的用事做了考证,曾季狸

① 安磐:《颐山诗话》,吴文治主编:《明诗话全编》,第2121页。
② 贺裳:《载酒园诗话》卷一,郭绍虞编:《清诗话续编》,第214页。
③ 赵令畤:《侯鲭录》卷一,中华书局2002年版,第50页。
④ 邵博:《邵氏闻见后录》卷十六,中华书局1983年版,第126—127页。
⑤ 严有翼:《艺苑雌黄》,郭绍虞编:《宋诗话辑佚》,第572—573页。

对苏轼《和陶饮酒二十首》之二十的用事出处做了考证。① 洪迈对《和田仲宣见赠》等诗中的故事出处作了考证。②

诗论家归纳总结了苏诗用事的特征。宋人多认为苏轼用事出处广博，学识深厚，喜用佛、道故事，如朱翌说苏轼《答吕梁仲屯田》等诗中"人生如寄"出自《高僧传》。③ 其实这个故事是否出自佛教经典还有待商榷，因为在《高僧传》之前，诸如古诗十九首等文献已经谈到了人生如寄之事。有趣的是，人们却径直认为苏轼使用了《高僧传》中的话。他们还指出苏轼诗歌多用稗官野史中的故事，如张邦基（活动于 1112—1148）指出："或为子瞻诗多用小说中事。"④ 宋人甚至认为苏轼使用了人们没有见过的书籍，如曾季狸提出苏轼在临安时所作的诗歌使用了一部名为《山中故事》的书。⑤

宋人多对苏轼用事的高超技巧颇为欣赏，认为他用事精切，赵令畤是较早赞赏苏诗用事的人，他结合具体的用事诗例，对苏轼诗歌用事做了如下评价：

> 东坡作诗，妙于使事。如"剩欲去为汤饼客，却愁错写弄麞书。""弄麞"乃李林甫事，"汤饼客"出刘禹锡赠张盥诗，云："忆尔悬孤日，余为坐上宾。举筯食汤饼，祝辞天麒麟。"若以为明皇王后事，则不见坐食汤饼之意。公在黄州，邀一隐士相见，但视传舍，不言而去。坡曰："岂非以身世为传舍乎？"因赠诗云："士廉岂识桃椎妙，妄意称量未必然。"盖用朱桃椎事，高士廉备礼请见，与之语，不答，瞠目而去。士廉再拜曰："祭酒其使我以无事治蜀耶？"乃简条目，州遂大治。东坡取隐士相见不

---

① 曾季狸：《艇斋诗话》，丁福保编：《历代诗话续编》，第 326 页。其文字如次："东坡和陶云：'一挥三十纸，持去听坐人。'盖用《南史》萧子显事。"该诗见于《苏轼诗集》卷三十五，然文字是："一挥三十幅"，似乎更佳（第 1891 页）。

② 洪迈：《容斋随笔》卷十二，上海古籍出版社 1996 年版，第 158 页。

③ 朱翌：《猗觉寮杂记》卷上，丛书集成初编本，第 6 页。

④ 张邦基：《墨庄漫录》卷五，张邦基等：《墨庄漫录·过庭录·可书》，中华书局 2002 年版，第 156 页。

⑤ 曾季狸：《艇斋诗话》，丁福保编：《历代诗话续编》，第 308 页。

言之意为诗，真切当也。①

　　赵令畤举出两首苏诗以证明苏轼用事巧妙，第一首是《贺陈述古弟章生子》，第二首是《张先生》。第一首诗，苏轼用刘禹锡故事以喻道贺者——苏轼自己；第二首诗，苏轼用益州人朱桃椎见长史高士廉之事，说明张先生瞠目不言，较为贴切诗题。朱弁曾推许苏诗"用事精切"，甚至"虽老杜、白乐天集中未尝见也"②，认为苏轼用事超越杜甫和白居易，赞扬之情溢于言表。后来，赞扬苏轼用事精当者大有其人，如吴聿对苏轼《孔长源挽词二首》之二、《赠郑户曹》、《赠蔡子华》等诗的推崇。最有代表性的当是吕本中，他说："老杜歌行与长韵律诗，后人莫及；而苏、黄用韵、下字、用故事处，亦古所未到。"③ 在宋人心中，用事是苏、黄诗歌的重要特色，是区别于其他诗人的标志。

　　虽然，何薳转引秦少游的话说苏轼"每有赋咏及著撰，所用故实，虽目前烂熟事，必令秦与叔党诸人检视而后出"④，申明苏轼作诗用事认真严谨，生怕有误用之失，然而，也有不少宋人指出苏轼有用事疏误之处。最早指出苏轼用事失误的是陈师道，他说：

　　　　眉山长公守徐，尝与客登项氏戏马台，赋诗云："路失玉钩芳草合，林亡白鹤野泉清。"广陵亦有戏马台，其下有路号玉钩斜。唐高宗东封，有鹤下焉，乃诏诸州为老氏筑官，名以白鹤。公盖误用，而后所取信，故不得不辩也。⑤

陈师道指出了苏轼误用白鹤之事，袁文《瓮牖闲评》卷三、叶大庆《考

　　① 赵令畤：《侯鲭录》，中华书局 2002 年版，第 221 页。第一首所引文字乃见于《苏轼诗集》卷十一，文字如"甚欲去为汤饼客，惟愁错写弄麞书"（第 521 页），从诗意来看，《苏轼诗集》本似乎更佳。

　　② 朱弁：《风月堂诗话》，《冷斋夜话·风月堂诗话·环溪诗话》，第 104—105 页。

　　③ 吕本中：《童蒙诗训》，阮阅：《诗话总龟》后集卷三十一，第 194 页。

　　④ 何薳：《春渚纪闻》卷六，中华书局 1983 年版，第 88 页。

　　⑤ 陈师道：《后山诗话》，何文焕编：《历代诗话》，第 313 页。

古质疑》卷五等都曾对此再考辨。①

　　稍后李颀《古今诗话》也指出苏轼用事失误。②《古今诗话》的指摘，在后来论述苏轼用事失误的典籍中，反复被征引，如南宋陈善《扪虱新话》卷八就引用了这则故事。③叶梦得也指出苏诗《追和戊寅岁上元》"石建方欣洗褕厕，姜庞不解叹蛸蛚"一联用事有误。黄彻《碧溪诗话》也有多则谈论苏轼用事的文字，有考证者，有赞扬者，亦有辨正其失误者。④

　　宋代批评苏诗用事失误最多者可能是严有翼和叶大庆。惜乎《艺苑雌黄》今天只能见到辑佚本，并不能确切知道他对苏轼的批评程度如何，而只能通过间接的方式推测，如袁枚说:

　　　　宋严有翼诋东坡诗误以葱为韭、以长桑君为仓公、以摸金校尉为摸金中郎。所有典故，被其掊摘，几无完肤。然七百年来，人知有东坡，不知有严有翼。⑤

袁枚的话表明清代部分苏诗爱好者对严有翼的抵触情绪，印证了严有翼对苏诗用事的批评。其实批评严有翼对苏轼用事的批评，从宋代洪迈（1123—1202）等人就开始了。⑥郭绍虞编《宋诗话辑佚》本《艺苑雌黄》所保留的批评文字并不多，如次:

　　　　《前汉·龚遂传》有令民种一百本薤、五十本葱之说。坡《和段逢时》诗云:"细思种薤五十本，大剩取禾三百廛。"则误以一百本

---

①　分别见袁文、叶大庆《瓮牖闲评·考古质疑》，中华书局2007年版，第56、233页。
②　吴景旭:《历代诗话》卷五十八:"《古今诗话》曰:'东坡用事多有误，《虢国夫人夜游图》诗:"当时亦笑潘丽华，不知门外韩擒虎。"陈后主张贵妃名丽华，俱见收。而东昏侯有潘淑妃，初不名丽华。'"（中华书局上海编辑所1957年版，第873页）该诗见《苏轼诗集》卷二十七，第1462页。
③　陈善:《扪虱新话》下编卷一，丛书集成初编本，第50页。
④　黄彻:《碧溪诗话》卷九，丁福保:《历代诗话续编》，第390页。
⑤　袁枚:《随园诗话》卷五，第86页。
⑥　洪迈:《容斋随笔》（四笔）卷十六，第805页。洪迈对严有翼的批评做了较为全面的反驳，文字较长，兹不援引。

为五十本。陈孔璋《为袁绍檄豫州文》言曹操之罪云："特置发丘中郎，摸金校尉，所过隳突，无骸不露。"《游圣女山》诗云："纵令司马能谇石，奈有中郎解摸金。"则误以校尉为中郎矣。《卢氏杂说》："郑余庆召亲朋呼左右曰：'处分厨家烂蒸去毛，莫拗折项。'诸人以谓蒸鹅鸭，良久就食每人前粟米饭一盂，烂蒸葫芦一枚。"《赠陈季常》诗曰："不见卢怀慎，蒸壶似蒸鸭。"则又以郑余庆为卢怀慎。《雪》诗押檐字一联云："败屦尚存东郭指，飞花又舞谪仙檐。""东郭指"正用雪事，出《史记·滑稽传》；"谪仙檐"盖取李太白诗所谓"飞花送酒舞前檐"者，即无雪事矣。《赠王子直诗》云："水底笙歌蛙两部，山中奴隶橘千头。"谁不爱其语之工，然《南史》："孔德彰门庭之内，草莱不剪，中有蛙鸣。或问之曰：'欲为陈蕃乎？'曰：'我以此当两部鼓吹，何必效蕃。'"即无笙歌之说。《次韵滕元发寄诗》云："坐看青丘吞泽芥，自惭黄潦荐溪苹。"按《子虚赋》云："秋田乎青丘，彷徨乎海外吞，云梦者八九，于其胸中曾不蒂芥。""蒂芥"，刺鲠也，非草芥之芥。《西湖诗》亦有"青丘已吞云梦芥"之说，皆非也。[1]

严有翼对苏诗用事失误的批评，是否动机不纯而带着政治立场，碍于他的生平我们知之甚少，所以不能判断，但对苏轼用事失误的指摘却是确凿之事。

叶大庆在《考古质疑》中用了较长篇幅列出苏轼诗文 12 处用事失误，并逐一考辨，确实有点骇人听闻。末了他引用赵彦材的话说："'撼树之徒，遂轻议先生为错，殊不知先生胸次多书，下笔痛快，不复检本订之，岂比世间切切若獭祭鱼者哉！'大庆谓：杜征南、颜秘书为丘明、孟坚忠臣，次公之言正此类尔。后生晚学，影响见闻，乃欲以是借口，岂知以东坡则可，他人则不可，当如鲁男子之学柳下惠可也。"[2] 他并没有完全否定苏轼的学术地位和诗歌艺术成就，其中赵彦材的话也值得重视，因

---

① 严有翼：《艺苑雌黄》，郭绍虞编：《宋诗话辑佚》，第 572—573 页。

② 叶大庆：《考古质疑》卷五，袁文、叶大庆：《瓮牖闲评·考古质疑》，中华书局 2007 年版，第 231—234 页。

为它几乎成为后世看待苏轼用事失误时的基本观念。

在宋代,指出苏轼误用故事的文字还有不少,虽然有些辨正可能包含了一定的政治情绪,但也反映了人们对苏诗用事的基本评价,也是一个重要的文化现象。当然,此类指摘并非完全正确,所以宋代还有对其进行再辨正者。如吴曾就曾指出《和梅户曹会猎铁沟》、《虢国夫人夜游图》二诗中的用事并没有错讹,从而纠正了《缃素杂记》等书的指摘。① 又如王楙曾在《野客丛书》卷二十三中对苏轼《和梅户曹会猎铁沟》等诗作了再辨正,指出前人之误解。②

综上所述,虽然不乏对苏轼诗歌用事失误的纠谬,但整体上人们对苏轼用事持褒扬的态度。宋人对苏轼诗歌的纠谬,有时包含了更为深刻的文化意义,即通过指正名人而获得最快的声誉,同时也反映了宋代学术文化发达,其中就有不少"学术笔记"参与了对苏诗错用事的讨论。

二 明人:指摘用事非宜

明前期,人们多对苏轼诗文较为重视。诸如宋濂(1310—1381)、高启(1336—1374)、方孝儒(1357—1402)、吴宽(1435—1504)、李东阳(1447—1516)等人都对苏轼的学术文章比较推崇,如李东阳就说:"苏子瞻才甚高,子由称之曰:'自有文章,未有如子瞻者。'其辞虽夸,然论其才气,实未有过之者也。"③ 到了弘治(孝宗,1488—1505)、正德(武宗,1506—1521)年间,以李梦阳(1472—1529)和何景明(1483—1521)等人为首,掀起了诗文复古运动。④ 在这场复古运动中,除杨慎外,很少谈及苏轼的诗歌,更少讨论他的用事艺术。及至李攀龙(1514—1575)、王世贞等后继复古主义者活动的年代,人们仍然很少谈论苏轼及其诗歌,从王世贞的描述中可见一斑,云:

---

① 吴曾:《能改斋漫录》卷十四,丛书集成初编本。
② 王楙:《野客丛书》卷二十三,中华书局 1987 年版,第 262—263 页。
③ 李东阳:《麓堂诗话》,丁福保编:《历代诗话续编》,第 1389 页。
④ 现在的文学批评史和文学史,多用"前、后七子"来称呼这些复古主义者,不过诚如陈国球所指出的,此种称法可能未为稳妥(陈国球:《明代复古派唐诗论研究》,北京大学出版社2007 年版,第 8—18 页)。

苏长公之诗，在当时天下争趣之，若诸侯王之求封于西楚，一转
首而不能无异议；至其后则若垓下之战，正统离而不再属。今虽有好
之者，亦不敢公言于人，其厄亦甚矣。余晚而颇不以为然。彼见夫盛
唐之诗，格极高、调极美而不能多有，不足以酬万物而尽变，故独于
少陵氏而有合焉。①

由此可见，一定的文学思潮对某个作家作品的接受具有很大的影响力。王
世贞本人对苏轼诗歌比较感兴趣，"读子瞻文，见才美矣，然似不读书
者。读子瞻诗，见学矣，然似绝无才者"②，他还对苏轼诗歌用事有所评
价，认为苏轼"多用事实"③。与晚年王世贞交游的胡应麟也对苏轼诗歌
表示赞赏，然对苏轼诗歌用事谬误颇有微辞，"苏长公用事多误，由才高
意爽，不屑屑检册子也"④。及至明后期，由于复古思潮稍稍退温，公安、
竟陵等人又开始重视苏轼诗文，似乎更关心苏轼散文，少有言及苏诗用
事者。

总之，明代虽有李东阳、杨慎、王世贞和胡应麟等人推崇苏轼才学，
但整体上对苏轼及其诗歌用事关注不够。正如乔亿所概括："明代诗人尊
唐攘宋，无道韩、苏、白、陆体者。国朝则祖宋祧唐，虽文章宿老，宋气
不除。"⑤ 由此也不难看出，清人和明人面对苏诗的迥异态度。加之明代
理学大行，人们多从朱熹之说，往往对苏轼颇有微辞，甚者如方鹏，对苏
轼加以人身攻击⑥，诚可一哂。

明代诗论家则对苏诗用事非宜多有谈及，最为有趣的是刘绩指出苏轼
用"黄四娘"事非宜。他在《霏雪录》中说：

东坡作诗多信笔而成，略不经思，故无流例，此一病也。如

① 王世贞：《读书后》卷四《书苏诗后》，影文渊阁四库全书册1578，第48页。
② 王世贞：《艺苑卮言》卷四，丁福保编：《历代诗话续编》，第1018页。
③ 同上书，第1021页。
④ 胡应麟：《华阳博议》卷下，《少室山房笔丛》卷三十九，中华书局1958年版，第530页。
⑤ 乔亿：《剑溪诗说》卷下，丁福保编：《清诗话》，第1106页。
⑥ 方鹏：《责备余谈》卷下，丛书集成初编本，第52页。

"正月二十六日与客散步野人家。杂花盛开，扣门求观，主人林氏媪出应。白发青裙，少寡，独居三十年矣。感叹之余，作诗记之"，此坡自序如此，盖嘉其志也。至诗卒章云："主人白发青裙袂，子美诗中黄四娘。"彼黄四娘者何人哉而以比林！语似不伦。又赵伯成于坡为乡人，赵有丽人，《次韵春雪》之作云："知道文君约青锁，梁园赋客肯言才。"以故人之姬侍，乃用挑文君事，为未安。又自注云："聊答来句，义取妇人而已。"罪过！罪过！①

刘绩认为苏轼在诗中用黄四娘事未妥，黄四娘不能和林媪相提并论。从苏轼诗句可以看到，林媪乃一贞节老妇，东坡正想夸奖她这一点。可是在刘绩的眼中，黄四娘并非贞节女子，略带风尘气息。从刘绩的话，我们不难嗅出几分理学气息。他的批评显示出明人看待黄四娘身份的一类观点，即当时不少人将黄四娘视为风尘女子，如元代朱经在《青楼集》的序言中说："优伶则贱，艺乐则靡焉。文墨之间，每传好事。其湮没无闻者，亦已多矣。黄四娘托老杜而名存，独何幸也。览是集者尚感士之不遇时。"②朱氏直接将黄四娘和优伶相提并论，认为她幸运地依靠了杜甫的诗歌而留名千古，而《青楼集》中的优伶之辈也会像她那样依靠作者的书籍而青史有名。杨慎也将黄四娘与杭州名妓吴二娘相提并论，③直接将其视为风尘女子。

我们认为刘绩对苏轼的指摘并不正确，因为杜甫在诗中并未言及黄四娘的身份到底如何。在苏轼的心目中，她只是一个普通的妇人。这表明时代观念的转变对于诗歌用事批评的影响，所以我们在批评和注释用事的时候，一定要看到诗歌用事的传统，了解故事的多重含义。

① 刘绩：《霏雪录》，吴文治主编：《明诗话全编》，第609页。案：苏轼《正月二十六日偶与数客野步嘉佑僧舍东南野人家杂花盛开扣门求观主人林氏媪出应白发青裙少寡独居三十年矣感叹之余作诗记之》云："缥带缃枝出绛房，绿阴青子送春忙。涓涓泣露紫含笑，焰焰烧空红佛桑。落日孤烟知客恨，短篱破屋为谁香。主人白发青裙袂，子美诗中黄四娘。"（《苏轼诗集》，第2100页）
② 朱经：《青楼集序》，余怀：《青楼集》，《郋园先生全书》本，第1b页。
③ 杨慎：《升庵诗话》，丁福保编：《历代诗话续编》，第715页。大约从南宋开始，人们已经开始怀疑黄四娘的身份，如王楙《野客丛书》（王楙：《野客丛书》卷六，中华书局1987年版，第69页）等。

明代还有何孟春（1474—1536）指出苏轼用事非宜，他说：

> 东坡以玉带赠宝觉，宝觉酬以旧衲，坡作诗谢之曰："病骨难看玉带围，钝根仍落前锋机。欲教乞食歌姬院，故与云山旧衲衣。"被衲持钵，就诸姬乞食，江南韩熙载事也。坡公虽用自戏，然非君子所宜。①

何孟春以"正人君子"的标准来衡量苏轼用事非宜，颇有刻舟求剑之嫌，没有看到时代风气的变化，理学气浓厚，仍以儒家的伦理纲常评判诗人用事。

与何孟春大致同时的安磐（约1516在世）也说：

> 东坡谪居齐安，妓有李宜，常侍宴集。他妓俱得坡诗，惟宜以语讷不得。坡去齐安，宜哀请甚力。坡有诗曰："东坡居士文名久，何事无言及李宜。恰似西川杜工部，海棠虽好不吟诗。"坡老于是失言矣。子美海棠诗者，以母讳海棠者，安可引用以与一妓哉！②

安磐的话同样不乏理学气息，以儒家的伦理纲常来指摘苏轼用事非宜。

总而言之，整个明代，人们对苏轼诗歌并不十分推崇，鲜有人明确声称对苏轼用事的喜爱。较为有趣的是，由于宋明理学的渗透，有人以理学的伦理纲常的眼光来考量苏轼用事，从而指出他用事非宜，诸如刘绩、何孟春和安磐等人都有此特点，这是明人批评苏轼用事的重要特色。

三　清人：称赞用事奥博

从明末开始，人们对苏轼诗文越来越喜爱，清代260年的时间里，热爱苏轼诗文之人不可胜数，一个重要表现是此时人们花了大量精力来注释苏轼诗文，尤以查慎行（1650—1727）、冯应榴（1740—1800）和王文诰（1764—？）等人用力最勤，他们的注释为推动苏轼之学作出了贡献，也

---

① 何孟春：《余冬诗话》卷下，丛书集成初编本，第18页。
② 安磐：《颐山诗话》，吴文治主编：《明诗话全编》，第2101页。

调动了人们的阅读兴趣。

清人关注苏轼诗歌用事，不少人因此称赞苏轼学问渊深、用事奥博，如邵长蘅（1637—1704）在《注苏例言》中说："诗家援据该博，使事奥衍，少陵之后，仅见东坡。盖其学富而才大，自经史四库，旁及山经、地志，释典道藏，方言小说，以至嬉笑怒骂，里媪灶妇之常谈，一入诗中，遂成典故。"① 可谓清人注苏者的共识。又，叶燮（1627—1703）评论苏轼时说"苏诗常一句中用两事三事，非骈博也，力大故无所不举"②，认为苏轼意非骈博而用事实博。前文已言及，清初人们多用"博"这一术语来概括李商隐的诗歌风格，人们同样以此评价苏诗，这更说明清初诗论家对于用事较多的诗人的态度较之前代不同，反映了他们学识的增强。

清代也不乏赞赏苏诗用事艺术者，如叶矫然认为苏轼诗歌"有来历，有根据，用僻事而一一可考，惟坡公可以继之。坡公之诗未易读。彼其傀儡古人，调和众味，命意使事，迥出意表"③。他赞赏苏轼诗歌用事来源广泛且有根有据。当然，他也看到了苏诗用事的弊端，说："子瞻七言律好用典实，自是博洽之累。"④ 叶燮也对苏轼赞美有加，认为苏轼是古代不多的几位才人之一，云：

> 苏轼包罗万象，鄙谚小说，无不可用。譬之铜铁铅锡，一经融铸，皆成精金，庸夫俗子，安能窥其涯涘？并有未见苏诗一斑，公然肆其讥弹，亦可哀也！韩诗用旧事，而间以己意，易以新字者。苏诗常一句用两事三事者，非骈博也，力大故无所不举。然此皆本于杜，细览杜诗，知非韩、苏创为之也。必谓一句止许用一事者，此井底之蛙，未见韩苏，并未见杜者也。⑤

相对于叶矫然，叶燮似乎更为激进，虽看到苏轼诗歌中大量排列故事的事

① 邵长蘅：《施注苏诗·例言》，苏轼撰，施元之注：《施注苏诗》，康熙三十八年商丘宋氏刻本。
② 叶燮：《原诗》，第51页。
③ 叶矫然：《龙性堂诗话》，郭绍虞编：《清诗话续编》，第939页。
④ 同上书，第980页。
⑤ 叶燮：《原诗》，丁福保编：《清诗话》，第596—597页。

实，却认为由于苏轼才力雄厚，驾驭得很好，自有其艺术魅力，由此他反驳那些批评苏轼诗歌用事的人。王士禛对苏轼也比较倾心，认为"宋人诗至欧、梅、苏、黄、王介甫而波澜始大"①。他对苏轼的诗歌颇为欣赏，说："子瞻贯析百家及山经、海志、释家、道流、搜冥、集异诸书，纵笔驱遣，无不如意。"② 他对苏诗广泛使用故事现象比较关注，看到了苏诗用事出处广泛的特点。

嗣后赵翼对苏诗也是赞赏有加，其《瓯北诗话》卷五几乎全部谈论苏诗，这在清代诗话中并不多见。前文已经提到，他认为苏轼学识渊通，能够随时调用故事，故其用事迥异于那些临时翻检典籍之人。他对苏诗用事比较欣赏，认为他用事巧妙，说："昌黎、放翁使典亦多正用，而东坡则驱使书卷入议论中，穿穴翻簸，无一板用者。"③ 不仅如此，在《瓯北诗话》中，赵翼还对部分苏诗的用事作了深入分析，指出其艺术魅力。清中后期的方东树对苏轼等宋人比较感兴趣，较为推崇苏、黄，曾经说："玩李、杜、韩、苏所读之书，博瞻精熟，故其使事取字，密切赡给，如数家珍。"④ 不过他还是看到了苏轼用事存在的问题，"才大学富，用事奔凑，亦开俗人流易滑轻之病"⑤。他对苏轼源于王维而多用事佛家典故做法也有所批评。

在清代也有不少人对苏轼用事作出批评，如施闰章（1618—1683）说："坡公谓浩然诗韵高才短，嫌其少料。评孟良是，虽其高才，似不费力，然已失其自然之趣矣。"⑥ 与之同时的王夫之则认为苏诗有獭祭的特点。王夫之虽然看到了苏轼在中国诗歌史上的地位，也看到了他的才气，但是对苏轼还是多有批评，甚至认为他"胸次局促，乱节狂兴"，王夫之发挥"兴观群怨"说，主张诗歌写景抒情，他说"含情耳能达，会景而生心，体物而得神，则自有灵通之句，参化工之妙"⑦，批评苏诗用事

---

① 王士禛：《带经堂诗话》卷一，第43页。
② 同上书，第43页。
③ 赵翼：《瓯北诗话》卷五，第63页。
④ 方东树：《昭昧詹言》卷一，第46页。
⑤ 同上书，第444页。
⑥ 施闰章：《蠖斋诗话》，丁福保编：《清诗话》，第378页。
⑦ 王夫之：《姜斋诗话》卷二，《四溟诗话·姜斋诗话》，第155页。

"人讥西昆为'獭祭鱼';苏子瞻、黄鲁直亦獭耳。彼所祭者肥油江豚,此所祭者,吹沙跳浪之鲨鲨也。除却书本子,则更无诗"①。

此外,张谦宜(1639—1710)《绁斋诗说》、宋长白《柳亭诗话》、贺裳《载酒园诗话》等考证了苏诗的用事出处。宋长白认为苏诗用事有"单用一姓"的现象,并认为此乃苏轼学习骆宾王《军中诗》。②

纵观清人对苏诗用事的批评,我们可以看到,大多诗学家看到了苏诗用事的艺术成就,对其用事能够涵容各类知识,恰当地使用佛教、道教典故给予了较高评价,推崇其才学。他们同时也看到了苏诗用事的缺憾,主要是:用事轻率至有误用者;多用佛教、道教等生僻之事;有些诗歌有排列故事之嫌。

综上所述,从宋代开始,人们就认为苏轼学识渊博,其用事往往无所不包,喜大量使用佛教故事和运用稗官野史,人们对苏轼诗歌用事多有赞赏者,但其目光基本聚焦于用事的广博,并没有对其用事艺术和手法进行仔细的考察。也就是从宋代开始,人们认为苏轼多有误用故事的现象,大量诗话、笔记类著作都曾对此讨论和考辨。一些诗学家通过苏轼用事失误,看到了用事错误为人所难免,从而对误用故事者持有一种宽容的态度。宋代诗论家考辨苏轼用事、明代诗论家指摘苏轼用事非宜、清代诗论家对其用事的理性认识,反映了时代风气对于用事批评的左右。

第四节　黄庭坚:受誉于宋代

黄庭坚在宋代诗坛独树一帜,乃江西诗派"三宗"之一,③谢枋得(1226—1289)曾誉之为"本朝诗祖"④。宋人往往将他与苏轼并论,有时更位列于苏轼之前。⑤黄庭坚在继承杜甫等人艺术经验的基础上,反对剿袭,强调创新,如《冲雨向万载道中得逍遥观遂戏题》诗竟全用同部首

① 王夫之:《姜斋诗话》卷二,《四溟诗话·姜斋诗话》,第158页。
② 宋长白:《柳亭诗话》,续修四库全书册1700影康熙刻本。
③ 方回:《瀛奎律髓》卷二十六,第5a页。
④ 谢枋得:《叠山集》,影文渊阁四库全书册1184,第865b页。
⑤ 如李东阳《麓堂诗话》说:"昔人论诗,谓'韩不如柳,苏不如黄'。"(丁福保编:《历代诗话续编》,第1386页)

字组成，令人叹为观止。他还努力突破诗歌的题材类型，曾创作大量的饮茶诗，创作《演雅》、《咏腊梅》等前所未有的新题材诗歌。吕本中（1084—1145）曾肯定黄庭坚诗歌的创新性，云："极风雅之变，尽比兴之体，包括众作，本以新意者，唯豫章一人。"①

黄庭坚对诗歌用事情有独钟，并力图突破传统、追求新奇。他博览群书，涉猎面广，常用前人未用之事，力主"点石成金"，特别重视用事技巧的翻新，魏泰最早对此发表评论。张戒也认为苏、黄用事堪称极致，"苏黄用事押韵之工，至矣尽矣"②。纵观古人对黄庭坚诗歌用事的论述，宋人对其兴趣较浓，多有赞赏之语。明代诗学家对此基本不言及。到了清代中后期的少数诗学家，诸如纪昀、赵翼、方东树等人对黄庭坚诗歌用事比较关注，但仍然多有批评其诗歌用事拙劣者。黄庭坚诗歌的用事何以在文学接受史上遭受如此一波三折的命运？确实是一个耐人寻味的现象。

一　赞赏：贴切出新

宋人对黄庭坚诗歌用事的赞赏不绝如缕，大致可分为三方面：其一，赞扬黄氏用事浩博；其二，认为其用事"精"、"切"；其三，认为其用事具有创新精神。张邦基曾通过考证《追和东坡题李亮功归来图》诗中"鱼千里"出自《关尹子》，而认为黄庭坚用事"该博"③，值得人们学习：

> 山谷作《钓亭》诗有云："影落华亭千尺月，梦通岐下六州王。"上句盖用华亭船子和尚诗云："千尺丝纶直下垂，一波才动万波随。夜静水寒鱼不食，满船空载月明归。"下句盖用文王梦吕望事。然"六州王"事见《毛诗·汉广》，云："文王之道，被于南国。"疏云："言南国，则一州也。于时，三分天下有其二，故雍、梁、荆、豫、徐、扬之人，咸被其德而从之。"云云。山谷用事深远，其工如

---

① 吕本中：《童蒙诗训》，郭绍虞编：《宋诗话辑佚》，第604页。
② 张戒：《岁寒堂诗话校笺》，第16页。
③ 张邦基：《墨庄漫录》卷三，张邦基等：《墨庄漫录·过庭录·可书》，第101页。

此，可为法也。①

此外，胡仔赞美黄庭坚《题伯时天育骠骑图》一诗用事精切，② 认为《种竹》、《接花》二诗虽排列故事，却无"点鬼簿"之失。③ 吴坰也认为黄庭坚诗中"虽无季子六国印，要读田郎万卷书"句，以"今事对古事"，突破了传统的对偶形式，显示了极强的创新性。④ 惠洪更高度赞扬王安石、苏轼、黄庭坚"造语之工"，尽古今之变，是用事"言其用而不言其名"之人。⑤

宋人对黄庭坚诗歌用事的赞赏，尤其体现在对《酴醿》和《咏猩猩毛笔》等诗歌的评价中，由此可见宋人的审美价值取向。黄庭坚的《酴醿》诗云：

> 肌肤冰雪熏沉水，百草千花莫比芳。露湿何郎试汤饼，日烘荀令炷炉香。风流彻骨成春酒，梦寐宜人入枕囊。输与能诗王主簿，瑶台影里据胡床。⑥

该诗第三句以何晏的故事来说明酴醿色泽之白；第二句用刘季和的故事来写酴醿的香味，咏物"不切而切"，令人耳目一新。所以，它受到了人们普遍赞赏：

> 作咏物诗，不待分明说尽，只仿佛形容，便见妙处。如鲁直《酴醿》诗云："露湿何郎试汤饼，日烘荀令炷炉香。"⑦

吕本中指出黄庭坚并不像前人那样将思维仅仅局限于花，或者遵从前人用

---

① 张邦基：《墨庄漫录》卷三，张邦基等：《墨庄漫录·过庭录·可书》，第109页。
② 胡仔：《苕溪渔隐丛话》后集卷二十六，第195页。
③ 同上书，卷三十一，第232—233页。
④ 吴坰：《五总志》，丛书集成本，第4页。诗见黄庭坚《山谷内集诗注》，第529页。
⑤ 惠洪：《冷斋夜话》卷五，张伯伟编校：《稀见本宋人诗话四种》，第49页。
⑥ 黄庭坚：《山谷外集诗注》卷十二《观王主簿家酴醿》，第1200—1201页。
⑦ 吕本中：《吕氏童蒙训》，《苕溪渔隐丛话》前集卷四十七，第325页。

美人与花相比的老套传统，而是用两个男性名人的故事来暗示酴醾的色与香。

宋人对黄庭坚诗歌所体现的用事创新性比较关注。惠洪较早谈到这个话题，云：

> 前辈作花诗，多用美女比其状。如曰："若教解语应倾国，任是无情也动人。"陈俗哉！山谷作《酴醾诗》曰："露湿何郎试汤饼，日烘荀令炷炉香。"乃用美丈夫比之，特若出类。而吾叔渊材作《海棠》诗又不然，曰："雨过温泉浴妃子，露浓汤饼试何郎。"意尤工也。①

在《天厨禁脔》中，惠洪将《酴醾》诗列为用事的标本，认为该诗用美丈夫比花，工巧而新颖，颇具创新性。② 他的观点在宋代引起了不小反响，不少著作引用了惠洪这段文字，如阮阅《诗话总龟》、胡仔《苕溪渔隐丛话》等。这段文字还被曾慥收录《类说》卷四十八，其中"吾叔"被换成了"彭渊材"③。从上述几位所处时代距离惠洪并不久远的作者的引用情况来看，他们都认为当是惠洪首创。④ 除此之外，杨万里也曾对此做过评述，云：

> 白乐天《女道士》诗云："姑山半峰雪，瑶水一枝莲。"此以花比美妇人也。东坡《海棠》云："朱唇得酒晕生脸，翠袖卷纱红映肉。"此以美妇人比花也。山谷《酴醾》云："露湿何郎试汤饼，日烘荀令炷炉香。"此以美丈夫比花也，山谷此诗出奇，古人所未有。

---

① 惠洪：《冷斋夜话》卷四，张伯伟编校：《稀见本宋人诗话四种》，第38页。

② 同上，第118页。

③ 曾慥：《类说》卷四十八，文学古籍刊行社影天启本1955年版，第3176页。案：曾氏转引自《墨客挥犀》。

④ 朱翌指出黄庭坚用美丈夫比花并非首创，他在《猗觉寮杂记》云："诗人论鲁直《酴醾》云：'露湿何郎试汤饼，日烘荀令炷炉香。'不以妇人比花，乃用美丈夫事。不知鲁直此格，亦有来历。李义山《早梅》云：'谢郎衣袖多翻雪，荀令熏炉更换香。'亦以美丈夫比花。"（朱翌：《猗觉寮杂记》卷上，丛书集成初编本，第27页）他的说法在宋代也产生了一定影响。

然亦是用荷花似六郎之意。①

杨万里列举白居易、苏轼等用美妇比花，反衬黄庭坚诗歌用事的创新性。

宋末元初的方回同样对黄庭坚用美丈夫比花的用事创新表示赞赏，云："前辈谓花诗多譬以美妇人，此乃以美丈夫为比，自山谷始。五六即前五言之意宜并观之，为此等诗，格律绝高，万钧九鼎不可移也。"② 然而，清代纪昀对方回的评价却有所批评，他说："荀令不以美闻，特点染香字耳。诗殊浅近，评太过。"纪晓岚明确指出"荀令"并非美丈夫，击中上述评论的要害。黄庭坚确实是以荀令的"香"来作比酴醾之味。这显示出宋人批评中的惯性，过于注重其创新性而忽略了其真正含义。

除此之外，宋人对黄庭坚的《咏猩猩毛笔》诗也颇为赞赏，诗云："爱酒醉魂在，能言机事疏。平生几两屐，身后五车书。物色看王会，勋劳在石渠。拔毛能济世，端为谢杨朱。"③ 该诗八句，用了七个故事，表面上类似李峤咏物诗排列故事之法，实际上却达到了咏物诗用事"不切而切"的艺术境界。他不再仅仅将眼光聚焦于毛笔，不再将写形作为目标，而是敞开心胸，联想到一些看似与毛笔不太相关的人事，将其运用于诗，为读者营造巨大的思考空间。该诗在宋代成了人们谈论用事的重要话题，人们通过这首诗认识到只要使用得当，即使句句用事亦可写就一首好诗。较早谈论此诗用事的人是许彦周，他说：

> 凡作诗若正尔填实，谓之"点鬼簿"，亦谓之"堆垛死尸"。能如《猩猩毛笔》诗曰："平生几两屐？身后五车书。"又如："管城子无食肉相，孔方兄有绝交书。"精妙明密，不可加矣。当以此语反三隅也。④

---

① 杨万里：《诚斋诗话》，丁福保编：《历代诗话续编》，第 148 页。

② 方回：《瀛奎律髓》卷二十七，第 8b 页。

③ 黄庭坚：《山谷内集注》卷三，第 149—150 页。

④ 许顗：《彦周诗话》，何文焕编：《历代诗话》，第 379 页。这一段话被江少虞的《事实类苑》卷四十所引，文字无有出入。不过，后来的胡仔《苕溪渔隐丛话》前集卷四十八、魏庆之《诗人玉屑》卷七、何汶《竹庄诗话》卷十、蔡正孙《诗林广记》后集卷五、吴景旭《历代诗话》卷五十九，都云出自《类苑》云云。故，其版权俟考。

许颉认为黄庭坚《咏猩猩毛笔》诗用事巧妙，决不能目之为"点鬼簿"。杨万里对这首诗用事用字也赞赏有加。① 杨万里还说：

> 诗家用古人语，而不用其意，最为妙法。如山谷《猩猩毛笔》是也。猩猩喜着屐，故用阮孚事；其毛作笔用之抄书，故用惠施事。二事皆借人以咏物，初非猩猩毛笔事也。②

杨万里认为该诗用事做到了"用古人语而不用其意"，手法高妙。这首诗在宋代十分风行，有人说："猩猩毛笔，惟山谷诗绝冠，名士无不讽咏。"③ 到了宋末元初，方回编《瀛奎律髓》亦收录该诗，并对这首诗的用事赞赏不已，他说：

> 用事所出，详见任渊注本。此诗所以妙者，平生、身后、几两屐、五车书，自是四个出处，于猩猩毛笔何干涉？乃善能融化斡排至此。末句用拔毛事。后之学诗者，不知此机诀，不能入三昧也。④

方回认为黄庭坚将完全不相干的故事排列到一起，给诗歌带来巨大的互文性含义。

虽然宋人对黄庭坚诗歌用事多有关注，但自金元开始，赞赏之声减少，批评之声渐盛，金人王若虚认为："山谷之诗，有奇而无妙，有斩绝而无横放，铺张学问以为富，点化陈腐以为新，而浑然天成，如肺肝中流出者，不足也。"⑤ 明代胡应麟认为苏、黄之诗，有事理之障。清人对黄诗用事直接赞赏者寥若晨星，其中方东树对黄庭坚的用事技巧有所赞赏，说："黄诗秘密：在隶事下字之妙，拈来不测。"⑥ 方东树看到了黄庭坚在

---

① 杨万里：《诚斋诗话》，丁福保编：《历代诗话续编》，第 140 页。
② 同上书，第 141 页。
③ 陈槱：《负暄野录》卷下，丛书集成初编本，第 13 页。
④ 方回：《瀛奎律髓》卷二十七，第 3a 页。
⑤ 王若虚：《滹南诗话》卷，丁福保编：《历代诗话续编》，第 518—519 页。
⑥ 方东树：《昭昧詹言》卷十，第 229 页。

宋代诗坛的重要性，认为其用事颇具创新性。

二　批评：好奇贪多

宋人既赞赏黄庭坚诗歌用事的创造性，也对黄诗用事的某些缺点给予批评，主要集中在两方面：其一，好用生僻奇特的故事；其二，喜欢堆积故事，时有误用。更有甚者认为黄庭坚有时过于强调诗歌用事，忽视对诗歌言志本质的追求。最早对黄庭坚诗歌用事提出批评的人是魏泰，他说：

> 黄庭坚喜作诗得名，好用南朝人语，专求古人未使之事，又一二奇字，缀茸而成诗，自以为工，其实所见之僻也。故句虽新奇而气乏浑厚，吾尝作诗题其篇后，略云："端求古人遗，琢抉手不停。方其拾玑羽，往往失鹏鲸。"盖谓是也。①

魏泰认为黄庭坚喜用南朝人语、偏好使用他人未曾用过的故事，虽然新奇却缺乏浑厚。魏泰的指责虽含有一定政治偏见，却也在某种程度上把握了黄诗的某些缺点，如黄庭坚《醇道得蛤蜊复索舜泉已酌尽官醅不堪不敢送》②等诗就因大量用事而导致诗意晦涩，缺乏流畅气韵。此外，魏泰的指责，也暗示了黄诗过于注重用事技巧而忽略对诗歌本质追求的特点。

后来，吴萃批评黄庭坚诗时云：

> 诗所以吟咏情性，乃闲中之一适，非欲以求名也。予诗自知其浅，然却是自作生活，未尝寄人篱下。若有以艰深之辞文之，人未必以为浅也。黄鲁直诗非不清奇，不知自立者翕然宗之，如多用释氏语，卒推堕于渊濆之中，本非其长处也。而乃字字剽窃，万首一律，不从事于其本，而影响于其末，读之令人厌。③

---

① 魏泰：《临汉隐居诗话》，何文焕编：《历代诗话》，第 327 页。
② 黄庭坚：《黄庭坚诗集注》，中华书局 2003 年版，第 51 页。
③ 吴萃：《视听钞》，《说郛一百卷》卷二十，上海古籍出版社《说郛三种》影涵芬楼本 1988 年版，第 365a 页。

吴氏深受钟嵘"吟咏性情"说的影响，反对在诗歌中过分讲究技巧而忽视追求诗歌的言志本质，他认为黄庭坚的诗歌大量选用释家故事，即有此缺憾。

此外，人们对黄庭坚诗歌中的用事失误也多有批评，朱熹曾指出："山谷使事多错本旨。"① 又，叶梦得云："鲁直：'啜羹不如放麑，乐羊终愧巴西。'本是'西巴'，见《韩非子》。盖贪于得韵，亦不暇省尔。"他还直接指出黄庭坚有趁韵之嫌。

降及清代，同样多有批判黄庭坚诗歌用事者。贺裳认为黄庭坚诗"病在好奇，又喜使事"②。他认为黄庭坚诗中最好质素的恰是那些诗风"清空平易"者。纪昀在评点《瀛奎律髓》时对黄庭坚的诗歌用事提出批评，如评点《和师厚接花》时说："腐陋至极。二冯痛诋江西，此种实有以召之，虚谷以为善用事，僻谬甚矣。"③ 评《弈棋呈任公渐》为"用事尤拙"④；评《食瓜有感》云："后半篇堆砌故实，食古不化。"⑤ 赵翼也批评黄庭坚诗歌"书卷繁富"，因为注重"无一字无来处"，"往往意为词累，而性情反为所掩"⑥。稍后，方东树认为"山谷隶事间，不免有强拉硬入"⑦，并批评他"贪使事使字，每令气脉缓隔"⑧。

人们对于黄庭坚的批评同样也体现在对《酴醿》和《猩猩毛笔》的点评上。王若虚认为：

> 《猩毛笔》云"身后五车书"，按：《庄子》，惠施多方，其书五车，非所读之书，即所著之书也，遂借为作笔写字，此以自赞耳。而吕居仁称其善咏物，而曲当其理，不亦异乎？只平生几两屐，细味之

① 黎靖德编：《朱子语类》卷一百三十，中华书局1986年版，第3120页。
② 贺裳：《载酒园诗话》卷一，第432页。他在卷五中也说："鲁直好奇，兼喜使事，实阴效杨、钱，而外变其音节，故多矫揉倔佶，而少自然之趣。然气清味冽，胸中自有权衡，故佳篇尚多。"
③ 方回：《瀛奎律髓》卷二十七，第3b页。
④ 同上书，第8b页。
⑤ 同上书，第9a页。
⑥ 赵翼：《瓯北诗话》卷十一，第168页。
⑦ 方东树：《昭昧詹言》卷八，第214页。
⑧ 同上书，卷十，第229页。

亦疏，而拔毛济世事，尤牵强可笑。以予观之，此乃俗子谜也，何足
为诗哉？①

王若虚认为该诗用事牵强、如作诗谜，但事实上他忽视了黄诗用阮孚好屐
等事的巧妙暗示功能。刘祁《归潜志》也对王若虚有所附和，他说：

> 王翰林从之（王若虚）尝论黄鲁直诗穿凿、太好异，云："'能
> 令汉家重九鼎，桐江波上一丝风。'若道汉家二百年自严陵钓竿上来
> 且道得，然关风甚事？"又云："'猩猩毛笔平生几，辆展身后五车
> 书。'此两事如何合得？且一猩猩毛笔安能写五车书邪？"余尝以语
> 雷丈希颜，曰："不然，一猩猩之毛如何只作笔一管？"②

刘祁对王若虚的观点较为赞赏，认为黄庭坚的诗歌用事有穿凿和求新奇的
缺点，其中包括《猩猩毛笔》。然而，他所述雷希颜的话，十分牵强可
笑，须知"赋诗必此诗，定非知诗人！"③

人们对《酴醾》一诗也不再像宋人那样推崇，其中以贺裳的观点最
具代表性，几乎综合了前人对该诗的微词，他说：

> 山谷《酴醾》诗："露湿何郎试汤饼，日烘荀令炷炉香。"杨诚
> 斋云："此以美丈夫比花也。"余以所言未尽。上言其白，下言其香
> 耳。又云："此诗出奇，古人未有。"余以此亦余、宋落花一类，总
> 出玉溪，固非独创。④

他认为《酴醾》一诗用美丈夫比花，并非首创，而是渊源于李商隐；也
不是以美丈夫比花，而是言其香；最后他认为该诗只是一般的咏物诗，几
乎完全否定了其用事的出新。

---

① 王若虚：《滹南诗话》卷三，丁福保编：《历代诗话续编》，第 512 页。
② 刘祁：《归潜志》卷九，知不足斋丛书本，第 10 页。
③ 苏轼：《书鄢陵王主簿所画折枝二首》（其一），《苏轼诗集》，第 1525 页。
④ 贺裳：《载酒园诗话》卷一，第 226—227 页。

综上所述，我们可以看到古代诗学家对黄庭坚诗歌用事的接受，受到时代诗学主流的影响甚巨。在宋代，人们追求诗歌出新，追求以"才学为诗"，所以对黄庭坚诗歌用事比较感兴趣。而到了明代，由于崇尚唐诗的复古主义思想的影响，人们对黄诗多不感兴趣，也鲜有人对他的诗歌用事进行评论。到了清代，由于不少人尊宋，所以喜欢黄诗的又大有其人，此时同样不乏批评其诗歌不善于用事之人。这些不仅表现了时代风气对文学批评的影响，也暗示出黄庭坚诗作在某种程度上并不符合传统诗歌的审美理想和传统，其中最直接的表现是人们对于《酴醾》和《猩猩毛笔》用事创新出奇的态度转变。宋人几乎都认为二诗用事出新，可清代不少人却认为两首诗歌的用事颇为一般，甚至有过于求新的弊端。

三 小结

作为文学史叙事的一个重要方面，用事观念深刻影响了人们对于作家、作品的评价，这为文学史叙事提供了一种可能，即以某种修辞手段或艺术方法作为叙事的核心，如此建构起来的文学史，将具有不一样的风景。然而，我们当前的文学史叙事和文艺学研究，大多忽略了以用事为核心的古代叙述话语，以及其中所反映的用事观念和诗歌审美取向。当然，随着历史的发展和文学观念的转变，文学史叙事也会随之发生迁演，如人们对黄庭坚诗歌的接受就是典型案例。由于时代风气的变化，有些诗人的诗歌接受情况都曾出现戏剧性的转变。当然，我们也要看到，虽然杜甫、李商隐、苏轼和黄庭坚诗歌的接受史，会受到时代风气的干扰，但是其中仍有一个不变的东西，这就是古代诗歌用事观念最为坚实的部分。他们通过对诗人诗作的评论，表达自己对于某些问题的见解。由此可见，中国古代诗学的重要传统，就是文学批评。有关用事的大部分观念，都见于诗论家对于具体诗人或诗作的评论之中，他们以此逐步建立自己的观点。

结　语

　　古代诗学家论述用事，为我们留下了极其丰富的理论资源。这些文字，不仅散见于各式各样的诗话、诗格、诗法、文法、词话、笔记、杂著等典籍，也分布于大量别集、总集之内的诗、文、记序、题跋，以及文学作品选本、注本、评点本的注解、点评文字中，具有现存数量大、讨论历史久、文献分布广泛等特征。它们不仅是中国古典诗学的重要内容，也是中国古代传统文化的有机组成部分，包含了古代诗学家对于诗歌艺术的深切思考与真知灼见。

　　这些论述，绝大多数缺少系统的理论阐明，很难全部收罗殆净，然而只要收集到绝大部分，再经细心甄别归类和勾连比对，就会发现无数的只言片语如同拼图碎片，经由整理，可逐渐拼出一幅壮观的图像。这幅图像，甚至可能是中国古代诗学全幅图像的组成部分。截至目前，中国古典诗学的研究领域虽产生了诸多重要成果，但人们对古典诗歌用事及用事观的研究还较为欠缺，他们要么将目光放到诗歌与社会的关系上，要么聚焦于文学哲学，较为忽视对诗歌基本艺术技巧以及围绕它们而产生的诗学观念的研究，从而错失解密中国古典诗学之机，甚至有可能导致悠久成熟的诗歌用事传统的断裂和消失。

　　文学理论是创作的反映，古代诗学家的用事观念，正是古典诗歌创作实际的反映，最终也将反作用于诗人的创作。然而，学界目前的文学理论批评，无论是方法还是基本思路，多借自西方，缺少对古典诗歌艺术历史的尊重。每一文化背景所产生的诗学理论，都有它自己的适用范围，过于依赖西方诗学批评中国古典诗歌，往往会显得捉襟见肘，有时甚至还有驴唇不对马嘴的弊端。更何况，就笔者所见，西方文明语境中的文论话语，并未有对诗歌用事进行深入研究的理论可供我们借鉴，恰好相反，先贤们留下的丰富宝藏，正是我们寻找批评中国古典诗歌用事的钥匙，甚至也可以启迪西方诗学探讨此类问题的借镜资源。

只要充分考虑古典诗学用事观念所处的社会文化环境，就能感觉到古代诗人在用事时所面对的种种用事传统扑面而至，我们清晰地感受到诗人面临选择遵从与背叛传统时的两难境地。尤其是从长时段来看，诗论家在谈论用事之时，总会将具体的诗艺与诗学的基本问题，即诗歌本质论相联系。概括而言，中国古典诗学用事观大致有七个方面的内容值得重视：第一，用事的定义、起源和方法分类；第二，用事的价值以及在中国诗学系统中的基本地位；第三，用事的基本准则；第四，诗人应选择什么样的故事以及对于故事的分类；第五，题材和体裁对用事的要求和选取；第六，用事与创作和阅读的关系，尤其是知识储备对于用事诗作创作和阅读的重要意义；第七，用事和中国古典文学史叙述之间的关系。这几个方面的论述，形成有机的整体，对它们展开整理和研究，在一定程度上，可弥补目前学界系统研究用事观念方面的缺失。

文学传统，是由各个层次的话语单元所形成的整体，并制约着各个层次话语单元的言说。古代诗歌用事观念，折射了中国古典诗学传统的某些基本命题。例如诗学家往往以用事是否有利于诗歌"言志"和"吟咏情性"本质功能的实现来衡定用事的地位，这恰好反映了中国古典诗学"言志"传统的主体性地位。尤其是有关用事准则的论述，不仅遵从古代诗学"自然天真"的审美情趣，而且以一种指向诗学本质为关怀的论证方式，阐述诗歌用事应该达到的理想境界。事实上，"如盐著水"、"不为事使"等都是中国古典诗学艺术技巧审美观念的组成部分，是中国古典诗歌审美理想的具体化。又如，古代诗学家谈论咏物诗用事原则，要求诗人做到"不切而切"，从根本上反映了中国古典诗学对于诗歌艺术境界的审美期待，以及中国古代诗学甚至思想的某些思维特征，强调正与反之间的调和恰切。正如关于用事与否的调和论者的观点，既是具体实际可行的处理手段，更体现了传统诗学中庸的审美观念——不立两边、不走极端，既不能完全抒情写景，也不能单纯逞才弄巧。古代诗学家还对评价用事的标准进行了探讨，其中"如盐著水"、"不为事使"两项，表现了古代诗人和诗学家对艺术技巧的膜拜，也体现了艺术技巧最终都必须为诗歌本体论服务的传统观念。我们甚至还发现，接受美学的概念虽然来自于西方，但中国古典诗学中并不匮乏类似的诗学观点。中国古代诗学家关于用事读者接受的论述便是最好的例证，尤其是宋代和清代的注释者对于读者功能的揭发，可谓超前。在古代诗学家眼中，合格的注释者必须拥有足够的知识，而且读者知识的范围、层次通常都以诗人为模范。可见，读者和作者在面对同一文本时，事实上其地位并不平等。此外，古代诗学家注意到注释容易走进的两大误区：不足读解和过度读解。这些诗学遗产都向我们证明着这样的事实：中国古典诗学的理论有着自身的存在体系，内容丰富，需要我们提炼和挖掘。

中国古典诗学用事观念折射出中国传统文化的诸多思想和观念，具有鲜明的民族性表征。例如，有关用事价值的判断，以诗歌"言志"本质说为旨归，实乃先秦经典的教化学说在文艺领域的扩散。又如，古代诗学家所提出的"如盐著水"、"不为事使"的用事标准，有着古代佛教文化，尤其是禅宗思想的深刻烙印，包括作为用事创新方法的"翻案"和使用鄙俚故事法，都带有禅宗思想的影子。禅宗对于"佛法大意"的灵活追求，启发着诗论家以此思路论述用事对于诗歌本质的功用。又，咏物诗用事和中国古代大量类书编纂紧密相连，闻一多就曾试图揭示初唐诗与类书的互动关系，赠答诗用事又和宗法制度下的姓名文化紧密相关。从具体的艺术手段实践，到诗学话语论述，再到整个中国文学哲学，最后到民族文化特色，古代诗学的用事论可以折射各个层次的规律和规约。我们可以毫不夸张地说，忽视对中国古典诗歌用事观念的研究，将意味着传统的丢失、民族性的抹杀和艺术经验的遗落。

有鉴于中国古典诗歌用事观念的价值和特性，本书做了三方面具体的尝试性工作：

第一，由于古代诗学的独特话语模式，有关用事的话语，往往语焉不详、模糊含混，需要清晰的辨正，特别是需要运用现代学术术语进行分析和阐释。本书尝试辨析历史上与用事相关的几个主要概念，细致考察了它们的内涵、用语的流变，结合语汇产生或盛行的背景进行分析，尽可能发掘语汇演变过程中所包孕的历史文化信息。

第二，在目前学界各学科各自为营的现状下，用事往往被"隔离"考察，如修辞学领域的学者大多将用事作为纯粹的艺术技巧来研究，忽视技巧与审美理想之间的关联，在他们的研究中，用事往往只是抽象存在的语言符号，较少涉及其中蕴含的诗学和文化信息；古典文学、文论领域的学者，则较为注重从文艺美学的角度来分析艺术技巧，缺乏对用事的定义、功能等较为技术层面的内容进行深入考察。本书力图打破学科之间的界限，构筑立体的古代诗学用事观念，我们发现，古代诗学家的论述既涉及其钢筋水泥——对用事概念和方法的界定，也涉及其建筑结构和内部装饰，并用它来评判诗作。

第三，本书在广泛收集、整理相关文献的基础上，力图建构中国古典诗学的用事观念。在古代诗学家看似琐碎的论述背后隐藏着至今未被学界重视和发掘的诸多问题。如古代诗学家以用事这种修辞手段或艺术方法为视角的文学史叙事，对我们今天的文学批评史建构有着重要的意义。人们对黄庭坚诗歌用事的批评和接受就是典型案例，它不仅为我们再现了不同时代的人对艺术技巧的态度，更体现了时代风潮和社会文化的变迁。

经过爬梳，本书较为全面地整理了中国古典诗歌用事观念，初步构建起古代诗学用事观念的体系，揭示出中国古典诗歌用事的一些基本规律和重要传统，为欣赏理解用事诗歌的独特艺术魅力提供了理论支持。不难看出，用事论在中国古典诗学和美学，占有重要地位，不容忽视。

目前，我们的中国文学批评史与中国文学史的书写，往往被人为地割裂开来，通过本书的考察，我们可以看到，理性论述与创作实践的有机结合，当是中国诗学的基本特色之一。大量有关用事观念的论述，散见于各种资料之中，基本没有专人论述和专著出现，而创作实践却默默传承和践履着各种用事观念。因此，本书侧重对于杜甫、李商隐、苏轼和黄庭坚等人诗歌用事展开考察，目的就是想指出，他们对于故事的使用，在某种程度上，既在坚持和遵守用事观念，也在建构着中国古代用事观念。这启发我们，在研究中国古代诗学的时候，不能忽视文学创作实践中坚守的观念，需要在历时和共时的维度上，发掘某些隐性的共同特征，而不仅仅是看诗论家都说了什么。

在检视这些林林总总的用事观念之后，我们还可将思索进一步向前推进。就用事观念的发展来看，无论是数量，还是深入程度，我们都可以看到，宋代在整个中国古代诗学论述传统中，具有举足轻重的地位，许多理论关注正始于此时，或成熟于此时。这一方面是宋代诗歌创作生机勃勃的带动；另一方面也是宋人勤于总结所致，他们对于用事的总结和探索，很多构成了中国古代用事观念的基本理论资源。此外，就诗歌文体演化的轨迹而言，宋人继承唐代开创的近体诗传统，继续将其应用于日常的文人生活中，带动了用事观念讨论的兴起。如果狭义地考察"诗学"，即诗歌的理论，就需要加入宋代在用事理论上的发展。而当我们面对几千年的诗学话语，就不得不关注中国古代诗学在宋代的转型——转向近体诗学，很多论述都围绕近体诗及其功能而展开。进一步而言，我们甚至可以将整个中国古代的诗学，依据讨论的内容和对象，假设性地分为三个形态：言志诗学，对应四言诗，强调诗作的教化功能；性情诗学，对应五言诗，强调诗作书写个人性灵；近体诗学，对应于近体诗歌，强调诗作的交际酬答功能。这三类文体所对应的诗学，虽然前后继承且不中断，却具有不同的理论取向和价值判断，因而理论话语的口吻也会有所不同，如"言志诗学"阶段，人们重视从社会与个人关系的角度来谈论诗作内容，要求诗人具有一定社会担当，至"性情诗学"阶段，诗论颇为关心诗作的风格、气度与个人形象之间的关系，"近体诗学"兴起，则多谈论具体的诗艺技巧，注重诗歌传达的含义，关心诗作流传中的逸闻趣事。有关用事的探讨，发轫于第二个诗学阶段，很多问题皆未展开，到了近体诗兴起，才较多讨论，逐步深入。这正好表明了诗学形态的变化，带来言说内容的暗中转变。当然，这些问题已超越本书题目范围，有待进一步展开。

附 录 一

杜甫《阁夜》诗与古代诗学的用事理论

《阁夜》可能并不算是杜甫诗集中最好或最重要的篇什,却长期受到人们关注,其中一个重要原因就在于人们对其诗句"五更鼓角声悲壮,三峡星河影动摇"用事的讨论。① 自蔡絛在《西清诗话》、周紫芝在《竹坡诗话》中指出这两句诗有所用事并建立起用事的标准以来,人们对此的谈论就乐此不疲。围绕这个问题,诗论家谈到了用事的许多方面,甚至在长期的讨论中,建立起了用事理论来指导诗人的创作实践,由此,我们可看到杜诗学影响中国古代诗学的一个侧面,然迄今为止学界对此鲜有论及。

一

古代论及《阁夜》中的诗句"五更鼓角声悲壮,三峡星河影动摇"使用故事,主要有两种观点:一者认为这两句诗用了《祢衡传》和《汉武故事》中的故事,较早谈到这个问题的是蔡絛;一者认为这两句诗还用了《史记·天官书》中的故事,较早提出这个观点的是周紫芝。

蔡絛的《西清诗话》,今有明抄本,另有复旦大学图书馆藏清抄本。

---

① 原诗见于杜甫撰、仇兆鳌集注:《杜诗详注》卷十七,第1561页。当然明代胡应麟也指出,本诗是杜甫七言律诗中与《紫宸退朝》、《九日登高》、《送韩十四》、《香积寺》、《玉台观》、《登楼》、《蓝田崔庄》和《秋兴八篇》等共为"气象雄盖宇宙,法律细入毫芒,自是千秋鼻祖"者(胡应麟:《诗薮》内编卷五,第93页)。

书中论及上述两句诗用事的文字如下：

> 杜少陵云："作诗用事，要如禅家语：水中著盐，饮水乃知盐味。"此说，诗家秘密藏也。如"五更鼓角声悲壮，三峡星河影动摇。"人徒见凌轹造化之工，不知乃用事也。《祢衡传》："挝渔阳掺，声悲壮。"《汉武故事》："星辰影动摇，东方朔谓民劳之应。"则善用事者，如系风捕影，岂有迹耶！此理迫不容声，余乃显言之，已落第二矣。①

这段文字在宋代比较出名，因为它曾多次被征引转述。

周紫芝在《竹坡老人诗话》中也谈到了上述两句诗的用事，但是他所指出的故事出处和蔡絛所言不一，他说：

> 凡诗人作语，要令事在语中而人不知。余读太史公《天官书》："天一、枪、棓、矛、盾动摇，角大，兵起。"杜少陵诗云："五更鼓角声悲壮，三峡星河影动摇。"盖暗用迁语，而语中乃有用兵之意。诗至于此，可以为工也。②

周紫芝认为，杜甫这两句诗中的第二句用了《史记·天官书》中的典故。有趣的是，周紫芝关注的是《史记》中的典故，即"影动摇"可能暗示"兵起"，而蔡氏则认为当用《汉武故事》中的典故，暗示"民劳"。限于篇幅，此处不再赘述。

虽然上述两种观点对诗句用事出处的看法不一，但是他们都认为杜甫此处用事非常精彩：蔡絛认为这反映杜甫用事"如盐著水"、没有痕迹，并且主张诗人用事"当"如此；而周紫芝认为这表明了用事的一个境界——"事在语中而人不知"。

---

① 蔡絛：《西清诗话》卷上，张伯伟编校：《稀见本宋人诗话四种》，第187页。（笔者对张先生的标点略有更改）

② 周紫芝：《竹坡诗话》卷三，何文焕编：《历代诗话》，第346页。本段文字又见于《西圃诗说》（《清诗话续编》，第765页）。

二

需要重视的是，蔡絛和周紫芝谈论《阁夜》诗的重心不在于考证其中两句诗用事的出处，而是从中总结出用事的基本准则："如盐著水"和"事在语中而人不知"。古代注释杜诗的人，几乎都忽略了这个事实，但是诗学家们却对此相当敏感。

"水中盐味"乃禅家常用譬喻，佛经中比较常见，《阿毗达磨顺正理论》云："如不能见水中盐色，及不能见壁等障色。"① 但是中土使用较多的有关盐和水的譬喻也许是源于傅大士的《心王铭》，据《景德传灯录》卷三十谓义乌双林傅大士有句云：

> 观心空王，玄妙难测：无名无相，大有神力；能灭千灾，成就万德。体性虽空，能施法则。观之无形，呼之有声。为大法将，心戒传经。水中盐味，色里胶青。决定是有，不见其形。心王亦尔。②

后来，禅林多用傅大士此说。

《西清诗话》所提倡的用事当如"盐著水中"，就是让故事融合于诗歌，甚至让人看不出诗人在使用故事。周氏所言"事在语中而人不知"自然也是这个意思，所以他们两人所提出的用事批评的标准大致同义，可用"如盐著水"概括。

后人使用的一个比较常用的概念：用事不露痕迹，即用事而不让人们轻易看出，甚至让人看不出是用了故事，也和"如盐著水"基本同义。我们可以通过置换诗学家所使用的例子来证明这一点：

> 《西清诗话》称少陵用事无迹，如系风捕影，因言"五更鼓角声

---

① 尊者众贤造，玄奘译：《阿毗达磨顺正理论》卷四，《大正藏》第 29 册毗昙部第四，第 351b 页。

② 释道元、杨亿：《景德传灯录》卷三十，《大正藏》第 51 册史部第三，第 456c 页。又见元释念常《佛祖历代通载》卷九，《大正藏》第 49 册史传部第一，第 550b 页。

悲壮"，乃祢衡挝《渔阳操》，其声悲壮事；"三峡星河影动摇"，乃
用汉武帝时星辰动摇，东方朔谓民劳之应事。余意解则妙矣，然少陵
当日正是古今贯串于胸中，触手逢源，譬如秫和曲蘖而成醴，尝者更
辨其孰为黍味，孰为麦味耳。①

这里不能被读者轻易识别的原因，绝对不是因为读者的知识积累或所处文
化氛围不同，而是故事和诗句高度融合，使诗句具有多重含义和多种解读
的可能。用事"无痕"的主张亦是古典诗学的重要观念，如：

> 用事患不得肯綮，得肯綮，则一篇之中八句皆用、一句之中二字
> 串用，亦何不可！婉转清空，了无痕迹，纵横变幻，莫测端倪，此全
> 在神运笔融，犹斫轮甘苦，心手自知，难以言述。②
> 用事不可着迹，只使影子可也。虽死事亦当活用。③
> 作诗用故实，以不露痕迹为高，昔人所谓使事如不使也。④

从上述所引三条材料我们可以管窥明清的用事观念，也可看出他们的观点
和蔡、周的观点相通，甚至可以说是受到了蔡、周的影响。

三

也许蔡絛和周紫芝都没有想到，后人会对他们提出的问题那么重视，
宋代以后许多诗话和诗法类著作都曾提到他们所言及的问题。后世诗学家
似乎更为关注他们所提出的用事标准，即用事当如"盐著水中"和"事
在语中不人知"，而不是杜甫诗句到底用了什么样的故事。当然，后世注
释杜甫的专家，仍聚焦于诗句用事的考证，如仇兆鳌的《杜诗详注》就
只是关注了诗句用事的出处，而不是探讨用事标准。⑤

---

① 贺裳：《载酒园诗话》卷一，郭绍虞编：《清诗话续编》，第 210 页。
② 胡应麟：《诗薮》内编卷四，第 65 页。
③ 胡震亨：《唐音癸签》卷四，第 29 页。
④ 顾嗣立：《寒厅诗话》，丁福保编：《清诗话》，第 85 页。
⑤ 杜甫撰、仇兆鳌集注：《杜诗详注》，第 1562 页。

在元代诗法著作中，这一原则也得到重视，如《诗家一指》就说道：

> 凡引古证今，当如己出，无为彼夺，缘妄失真，其如窅然色之胶青，空然水之盐味，形趣泯合，神造自如。①

虽然对于本书的真伪目前还存有争议，但它确实反映了至迟在明初期，人们对"如盐著水"用事标准的推崇。

递及明代，很多诗法总类书都收录了这条标准，如费经纶《雅伦》就说道："或云：'用事要如禅家语水中著盐，饮水乃知盐味，方妙！'"②不仅如此，这一标准还被移用到曲学和词学领域，如明代曲学家王骥德指出：

> 又有一等用事在句中，令人不觉，如禅家所谓撮盐水中，饮水乃知盐味，方是妙手。③

虽然王骥德在此处所言是"曲"的用事，但是我们可以看见他对这个标准的推崇。

降及清代，人们继续坚持这一标准。清代的不少诗法类著作也谈到了这一标准，如叶钧辑《诗法指南》就引用了《古今诗话》中论说用事要如盐著水的文字。④需要指出的是，正如上文已经指出的，后世引用《西清诗话》的文字主要有两种分歧，除了有人引用《古今诗话》中的文字外，亦有人引用《苕溪鱼隐丛话》和《诗人玉屑》者，如乔亿等人：

> 少陵曰："作诗用事，要如释语'水中著盐，饮水乃知盐味。'"⑤

这里，乔亿还是认为这个标准是杜甫所言，可见他可能是据《苕溪鱼隐

---

① 佚名或题范德机：《诗家一指》，张健：《元代诗法校考》，第281页。
② 费经纶编纂：《雅伦》卷十五，四库存目丛书集部第420册，第232a页。
③ 王骥德著，陈多、叶长海注：《曲律》卷三，第131页。
④ 叶钧辑：《诗法指南》卷六，续修四库全书第1702册影乾隆二十三年刻本，第478a页。
⑤ 乔亿：《剑溪诗说》卷上，郭绍虞编：《清诗话续编》，第1099页。

丛话》和《诗人玉屑》引用。类似的引用和说法在清代很普遍，薛雪也说道：

> "作诗用事，要如释语：水中著盐，饮水乃知。"杜少陵以锦栏传人，人自不能承当。①

值得肯定的是，薛雪在这里对所引文字作了浓缩和精炼。

综上所述，我们可以看到，自宋人根据杜诗提出了用事当"如盐著水"的命题之后，在很长一段时间里，人们都把它作为古典诗歌用事的基本标准，以此评判他人用事。因此，用事"如盐著水"逐渐成为古代诗学中的重要概念，影响了中国古代诗学的用事观。

小　结

遗憾的是，就像整个古代诗学的其他理论范畴，在标准提出后，古人没有明确地对"如盐著水"进行继续探索，寻求其审美理想的具体实现途径。不过，他们通过不断引用杜甫等人的诗句来暗示其概念的含义，或者用诗句作为范式，让人从中揣摩，这也是中国古代诗学的主要表述方式。不过，用事"如盐著水"理论传统的形成过程，很形象地展示了杜甫批评学对中国古代诗学的影响过程。就像"诗史"、"无一字无来处"等杜甫诗歌的批评术语，被反复使用，诗学家逐渐从中提炼出诗学理论，用以指导后世的诗歌创作，形成古代诗学的重要理论。由此可见，杜甫诗歌批评对中国古代诗学的建构，起到了举足轻重的作用。

---

① 薛雪：《一瓢诗话》，第135页。

附录二

胡应麟的"用事"观及其在
古代诗学中的价值

胡应麟（1551—1602），明代著名诗学家和文学批评家，其诗学主张和文学批评往往多有发明，对后世文学批评和诗学发展影响颇大。他对用事的论述，是其颇有发明的诗学观点之一。据笔者所见，他可能是古代诗歌用事进行系统理论阐释的第一人；在他之前，很多人并不是十分主张诗歌用事，甚至有人主张诗歌不用事。所以，胡应麟的观点具有里程碑的意义。此外，胡应麟的用事观念反映了古代诗学家对于用事的观念，具有标本价值，但攻古典文艺学和古汉语修辞学的研究者对此没有给予充分的重视和认识。

一

"中国古代诗人，只有用典的多寡精粗之不同，而罕有全然不用典者"①，所以，古代诗学家对诗歌用事比较关注。不过，他们中的很多人在"诗言志"说的影响下，认为诗歌不一定非要用事，不用事同样可以写出艺术成就卓越的诗歌，强调诗歌应该尽量避免用事而直接抒发诗人的情怀，用事会造成诗歌抒情的曲折与隐讳。这些理论家并没有将用事或者不用事同诗歌艺术手法联系起来考虑，而是落实到诗歌的"言志"功能上来讨论诗歌应该少用事或不用事。如钟嵘在《诗品》中指出：

① 周裕锴：《宋代诗学通论》，第524页。

夫属词比事，乃为通谈。若乃经国文符，应资博古。撰德驳奏，宜穷往烈。至乎吟咏情性，亦何贵于用事？①

钟嵘是中国古代最早明确反对诗歌用事的人，其声音长久回响于后世。由此可见，古人多么根深蒂固地坚持和遵循"诗言志"的传统，认为诗歌就是用来抒情的，而不是用来实现诸如叙事之类的途径。所以，诗歌用来叙事等西方诗学观念在中国古代没有生存的土壤。在此理论的熏陶和渲染之下，中国古代叙事诗歌也不是为了纯粹的叙事，而是承载了较大比重的"言志"任务，诗歌理论最终也都指向言志抒情。

钟嵘之后的批评家几乎大多主张诗歌尽量不用事，甚至反对用事，如皎然云："不用事第一；作用事第二；直用事第三；有事无事第四；有事无事，情格俱下第五。"② 他们的观点有一定的合理性，对于那些滥用故事的诗人来说确是金玉良言。且看如下三句诗：

> 萧萧挼黍声中日，漠漠春锄影外天。（王安石）
> 三杯软饱后，一枕黑甜余。（苏轼）
> 游山双不借，取水一军持。（陆游）③

这三句诗都用了十分生僻的故事，若非知识渊博的读者，多半会被其中的典故迷惑而无法理解，更不用说欣赏诗歌的美。可是，上述三句诗中典故所指的事物则又十分简单："挼黍"指的是黄鹂，"春锄"指的是白鹭；"软饱"指的是酒，"黑甜"指的是昼寝；"不借"指的是草履，"军持"指的是净瓶。邓云霄在《冷邸小言》中对这三首诗歌给予了激烈的批判，

---

① 钟嵘：《诗品》，何文焕编：《历代诗话》，第4页。
② 皎然：《诗式》，何文焕编：《历代诗话》，第29页。
③ 分别为王安石《题王昂霄水亭》、苏轼《发广州》和陆游《巢山》之诗句，分别见于《苕溪渔隐丛话》卷三十六、四部丛刊本《增刊校正陈状元集注分类东坡先生诗》卷一（第21b页）和四部丛刊本《陆放翁诗别集》（第7b页）。另，四部丛刊本中陆游诗句文字稍有出入："穿林双不借，取水一军持。"

认为这些皆为"宋人"口吻。① 宋人的用事癖好有时给他们的诗歌创作带来消极影响，所以批评宋人因为用事而破坏诗歌艺术美的不乏其人，明、清很多诗学家都持相似的观点。较早对宋人诗歌用事提出批判的是严羽，大声疾呼"夫诗有别材，非关书也；诗有别趣，非关理也"②，并奉劝："不必太著题，不必多使事。"③ 这股潮流一直没有中断，之后朱弁继续批评道："诗人胜语，咸得于自然，非资博古。若'思君如流水'、'高台多悲风'、'清晨登陇首'、'明月照积雪'之类，皆一时所见。"④ 这股批评宋人滥用故事的潮流容易流向反对用事，直至清代仍有诗学家坚持这种观点，如徐增云：

> 诗言志。古人善诗者，皆不喜以故事填塞；若填塞则词重而体不灵、气不逸，必俗物也。本地风光，用之不尽，或有故事赴于笔下，即用之不见痕迹，乃是作者。⑤

总之，古代诗学家遵循"诗言志"的传统，认为不用事可以创作出优秀的诗歌，而用事往往会降低诗歌的抒情功能，破坏其浑融、自然之美。

然而，他们在反对宋人用事之时，忽视了诗歌有时也需要用事的现实，事实上，古代最主流的用事观念是主张诗歌可以用事，也可以不用，关键是诗人如何用。他们将用事和诗歌的艺术技巧联系起来考虑，并不绝对摒弃用事。用事也可以成为抒情的媒介，而且由于一些特殊原因，诗歌有时需用事，比如说当诗歌的抒情需要隐讳和曲折时就需要用事。此外，用事还能使诗歌具有某些特别的审美品格，如可以使诗歌显得雅致脱俗等。所以，在胡应麟之前，也有许多诗学家主张诗歌可以用事，认为无论诗歌用事与否都有可能产生优秀的诗歌，关键是诗人怎样用事。比较有代表性且较早提出这样观点的是欧阳修，他指出：

---

① 邓云霄：《冷邸小言》，四库存目丛书集部册417，第396a—b页。
② 严羽著，郭绍虞校释：《沧浪诗话校释》，第688页。
③ 同上书，第694页。
④ 朱弁：《风月堂诗话》，《冷斋诗话·风月堂诗话·环溪诗话》，第99页。
⑤ 徐增：《而庵诗话》，丁福保编：《清诗话》，第429页。

　　杨大年与钱刘数公唱和，自西昆集出，时人争效之，诗体一变，而先生老辈患其多用故事，至于语僻难晓，殊不知自是学者之弊。如子仪《新蝉》云："风来玉宇乌先转，露下金茎鹤未知。"虽用故事，何害为佳句也。又如"峭帆横渡官桥柳，叠鼓惊飞海岸鸥。"其不用故事，又岂不佳乎？盖其雄文博学，笔力有余，故无施而不可，非如前世号诗人者，区区于风云草木之类为许洞所困者也。①

欧阳修这个观念被后世诗学家广泛遵从，可是他们并没有为诗歌可以用事提供理论论述，这要等到胡应麟来完成。

二

　　虽然《文心雕龙·事类》篇是中国古代第一次系统探讨诗文用事的文献，但它偏重论述文章用事，并没有深入探讨诗歌用事。胡应麟是第一个系统论述诗歌需要用事的人，他主要从以下三方面论证了用事的必要性：
　　第一，用事是诗歌的三个重要表现手段。在《诗薮》中，胡应麟指出：

　　　　诗自模景述情外，则有用事而已。用事非诗正体，然景物有限，格调易穷，一律千篇，只供厌饫。②

胡应麟同样继承了传统观念，认为写景、抒情是诗歌的正体，而不是用事，他将情、景抬到了很高的地位。早在六朝时期，诗学家就讨论过诗歌情、景问题。约从赵宋末开始，诗学家又开始注重探讨诗歌的"情、景"问题，认为它们是诗歌的重要表达内容，胡应麟与他同时期的谢榛的观点相似，谢榛在《四溟诗话》中指出：

①　欧阳修：《六一诗话》，何文焕编：《历代诗话》，第270页。
②　胡应麟：《诗薮》，第64页。

> 作诗本乎情景，孤不自成，两不相背。凡登高致思，则神交古
> 人，穷乎遐迩，系乎忧乐，此相因偶然，著形于绝迹，振响于无声
> 也。夫情景有异同，模写有难易，诗有二要，莫切于斯者。观则同于
> 外，感则异于内，当自用其力，使内外如一，出入此心而无间也。景
> 乃诗之媒，情乃诗之胚：合而为诗，以数言而统万形，元气浑成，其
> 浩无涯矣。同而不流于俗，异而不失其正，岂徒丽藻炫人而已。然才
> 亦有异同：同者得其貌，异者得其骨。人但能同其同，而莫能异其
> 异。吾见异其同者，代不数人尔。①

有明一代，乃至清代，诗学家都比较重视情景问题，观点大致相似。但
是，这些诗学家们只是看到了"情、景"是诗歌的重要表达内容，而没
有看到"故事"同样是诗歌重要的"可能"组成部分，缺少对诗歌"用
事"的关注。

胡应麟突破前人，主张诗歌用事，并进行了理论分析。他认为，虽然
"情、景"是诗歌表达的正体，可是情、景有限，容易千篇一律；为了让
诗歌具有新颖感，用事成为必需。悠久的历史能提供五彩缤纷和异常丰富
的"故事"与"成语"，定能为各种情感找到对应的表达方式，所以用事
能够成为诗歌创作的重要手段。胡应麟已经窥探到，用事是诗歌自我更新
的方式，这一点前人也没有明确指出过。

胡应麟认为用事与"情、景"同等重要，三者都是诗歌的重要表达
方式，服务于诗歌的意境。②

第二，用事可表现诗人的才力。胡应麟指出："欲观人笔力材诣，全
在阿堵中。"③ 大略而言，用事主要从三个方面体现诗人的才气。首先，
诗人用事需要渊博的知识积累，出入经、史、子、集，囤积大量素材，随
时准备用于诗歌之中。从用事就能看出诗人的知识积累程度。其次，诗人

---

① 谢榛：《四溟诗话》，人民文学出版社 1961 年版，第 69 页。
② 关于这三者与诗歌意境的关系，陈庆辉的《中国诗学》有论述。他将诗歌的意境分为：
情、景、事三个方面，不过陈先生并不是针对《诗薮》而言。参见陈庆辉《中国诗学》，第 63—
81 页。
③ 胡应麟：《诗薮》，第 64 页。

还要对储存的知识深入思考，否则搬出来只会是死的部件，不能和诗歌内容铆合为一体。最后，有了知识还不一定就能用好事，必须对故事进行合理的运用，这就需要诗人作诗的能力。

所以在文化事业相对发达之时，文人之间的"逞才使气"往往会通过诗文创作或言辞机锋等途径来实现，用事好否当然能表现其才学。且看下例：

> 政和戊戌三月雪，昭德诸昆皆赋诗，以《晋书·五行志》著为大异，颇难于落笔。独晁冲之叔用用王维雪图事，云："从此断疑摩诘画，雪中自和有芭蕉。"人称其工。①

晁冲之能够面对同一题目而灵活用事，表现了他的才力高人一筹。此外，各朝代的文人间可能也会因为面临同一个故事而展开竞争：

> 诗有用同一事而变化不同，愈出愈妙，如："悬知曲不误，无事畏周郎。"又云："周郎不回顾，今日管弦调。"又云："欲得周郎顾，时时误拂弦。"此不类三折肱为良医乎？②

诗人用事时，往往会考虑前人是否已用，如果用过，就须做到翻新，否则只能视为抄袭。上述三首诗同用"周郎解曲"故事，但每位诗人在用的时候都对这个故事做了改动。第一句是庾信《和赵王看伎诗》中的诗句；第二句是唐人法宣《和赵王观妓》中的诗句；最后一句是唐人李端《听筝》中的一句。三句诗所要描写的内容大致相似，但李端却将歌妓的聪颖灵敏之内心生动地刻画出来了，优于前人，表现出了非凡才力。虽然是在前人基础上的进步，他却在和前人的较劲过程中得胜。

第三，一定的诗歌体裁也必须使用故事。这个观点是其用事观念中最出彩的地方，他说：

---

① 朱弁：《风月堂诗话》，第108页。
② 邓云霄：《冷邸小言》，四库存目丛书集部册417，第397b页。

且古体小言，姑置可也，大篇长律，非此何以成章。①

胡应麟第一次明确说明某些诗歌体裁需要用事，如长律；也认为某些体裁可以不用，如绝句和一些古体小诗。这里，他对诗歌体裁与用事关系的洞察，值得肯定。虽然有些诗歌，如一些古诗，可以不用事而叙述、描写事物，从而组织成篇；但是像排律之类就不可能全靠写景、抒情来完成。因为排律往往需要工对，全是写景抒情容易造成诗歌单调板滞，用事则能打破时空提供更多素材。此外，用事与抒情并非决然对立，上文钟嵘所举的成功诗例，全是"即景抒情的，都不用典"，② 将用事和写景抒情完全对立，所以他的观点不免失之偏颇。

当然，诗歌还有更多理由需要用事，如唱和之作通常不能完全写景抒情，《西昆酬唱集》中诗歌大量用事就证明了这一点；又如咏物诗也不能完全写景抒情。遗憾的是，胡应麟没有指出这些。不过，他能够指出用事的三大理由，而且可能是第一次提出，其发明之功，实为显著。

三

胡应麟指出了用事的地位和原因之后，还对诗歌具体怎样用事进行了批评和研究。概括来看，主要包含如下三方面内容：

第一，主张用事，反对滥用故事，且认为用事具有一定的标准。他说：

用事患不得肯綮，得肯綮，则一篇之中八句皆用，一句之中二字串用，亦何不可！婉转清空，了无痕迹，纵横变换，莫测端倪，此全在神运笔融，犹斩轮甘苦，心手自知，难以言述。③

在他以前很多人都持有这样的观点，此处不再赘述。胡应麟还指出：

---

① 胡应麟：《诗薮》，第64页。
② 周振甫：《诗词例话》，中国青年出版社1979年版，第280页。
③ 胡应麟：《诗薮》，第65页。

　　禅家戒事理二障，余戏谓宋人诗，病正坐此。苏、黄好用事，而为事使，事障也；程、邵好谈理，而为理缚，理障也。①

这里胡应麟以禅宗思想来批评诗歌中滥用故事的现象，事障是指宋人在创作诗歌时，由于过度关注故事的使用而忽视了诗歌本身表情达意的任务和本质，步入迷途。

　　第二，从上述观念出发，胡应麟认为杜甫是用事高手，对后世诗人有着典范意义。我们知道，古代诗学家多认为杜诗用事精妙，特别是黄庭坚推许老杜诗歌"无一字无来处"，更是奠定了后人对老杜用事的信奉；虽然亦有人指出老杜用事间有粗拙之处，但他们的声音还是比较微弱。胡应麟也赞同主流观念，他说：

　　"荒庭垂橘柚，古屋画龙蛇"，"锡飞常近鹤，杯渡不惊鸥"，杜用事入化处。然不作用事看，则古庙之荒凉，画壁之飞动，亦更无人可著语。此老杜千古绝技，未易追也。②

胡应麟推崇杜诗用事为"千古绝技"，于是他从杜诗用事着手，提炼用事之法：

　　杜用事门目甚多，姑举人名一类，如："清新庾开府，俊逸鲍参军"，正用者也；"聪明过管辂，尺牍倒陈遵"，反用者也；"谢氏登山屐，陶公漉酒巾，"明用者也；"伏柱闻周史，乘槎似汉臣"，暗用者也；"举天悲富骆，近代惜卢王"，并用者也；"高岑殊缓步，沈鲍得同行"，单用者也；"汲黯匡君切，廉颇出将频"，分用者也；"共传收庾信，不比得陈琳"，串用者也。至"对棋陪谢傅，把剑觅徐君"，"侍臣双宋玉，战策两穰苴"，"飘零神女雨，断续楚王风"，"晋室丹阳尹，公孙白帝城"，锻炼精奇，含蓄深远，迥出前代。③

-----

① 胡应麟：《诗薮》，第 39 页。
② 同上书，第 64 页。
③ 同上书，第 65 页。

胡应麟总结出正用、反用、明用、暗用、并用、单用、分用、串用等八类用事方式。这八类又可分为四大类别，每一类两两矛盾对立。这里，他结合例子给出的用事类型，对于研究用事的学者而言，具有极高的参考价值。

第三，在总结杜甫等人用事成功经验的基础上，他对一些著名诗人的用事提出了批评：

> 杜用事错综，固极笔力，然体自正大，语尤坦明。晚唐、宋初，用事如作谜；苏如积薪，陈如守株，黄如缘木。①

"作谜"意为用歇后等格创作的诗歌，通常缺乏情感的自然抒发，类似文字游戏。胡应麟还具体批判了江西诗派二"宗"。又：

> 用事之工，起于左太冲《咏史》。唐初王、杨、沈、宋渐入精严。至老杜苞孕汪洋，错综变化而美善备矣。用事之僻，始见商隐诸篇。宋初杨李钱刘，愈流绮刻。至苏黄，堆叠诙谐，粗疏诡谲，而陵夷极矣。②

这里不仅反映了古人对用事源流的认识，而且还指出了用事较为工切的诗人群体。不过，他对后世滥用故事的现象也进行了批评，指出李商隐用事生僻的瑕疵。最后，他认为苏、黄的用事达到"极致"，言语间不无指责之意。他的批评有一定的合理性。苏、黄诗集比较难读的一个重要原因就是他们使用了大量故事，这些故事往往比较生僻，给阅读带来了巨大障碍。不过胡应麟对他们的指责略显偏激，苏、黄也有大量艺术成就较高的用事诗篇。

胡应麟认为宋元人用事，不及盛唐诗人，以用事来批评特定时代的诗歌。他说：

---

① 胡应麟：《诗薮》，第65页。
② 同上书，第64页。

崔颢黄鹤楼，李白凤凰台，但略点题面，未尝题黄鹤、凤凰也。杜赠李但云庾开府、鲍参军、阴子坚，未尝远引李陵，近攀李峤也。二谢题戏马台，则并题面不拈，但写所见之景。故古人之作，往往神韵超然，绝去斧凿。宋、元虽好用事，亦间有一二，未若近世之拘。①

除了上述材料中的论述，胡应麟还提到晚唐诗歌用事多"巧切而工悦俗"。胡应麟虽认为宋元不及唐诗的用事水平，但"近世"（明代）诗人则更不知道如何用事，不及宋元诗人。可见，在胡应麟的潜意识里，诗歌发展呈下降的趋势。

胡应麟在批评诗人用事的时候，也并不绝对化，如：

义山用事之善者，如题柏"大树思冯一，甘棠忆召公"，亦可观。至玉垒、金刀，便入昆调。一篇之内，法戒俱存。世欲束晚唐高阁，患顶门欠只眼耳，要皆吾益友也。②

综上，胡应麟虽然坚决主张诗歌可以用事，而且需要用事，但是他也批评诗歌滥用事。他用这样的观念批评后世诗人的用事，指出诗人用事的失误；甚至他还以用事的风格考察一定时代的诗歌，批评了宋、元、明三朝诗人的不良用事之风。

综上所述，受"诗言志"说的影响，古人大多一方面欣赏诗歌中巧妙用事；另一方面反对只关注用事而不倾心于抒情言志，主张诗歌用事合理有度，不能因为用事而忽视诗歌的抒情言志功能，破坏其自然浑融之美。胡应麟也遵从这样的传统，一方面主张用事，并为古典诗歌用事提供理论支持，颇有发明之功；另一方面又认为用事要有规矩，不能滥用故事。

---

① 胡应麟：《诗薮》，第122页。
② 同上书，第65页。

附 录 三

宋代词学用事论:与诗学用事观念同辙

"江山代有人才出"、"一代有一代之文学",相对唐诗,宋人最有特色的文学样式当是词。词虽导源于唐,但真正将它发扬光大,并推向极致的则是宋人,他们创作了大量脍炙人口的名篇佳什,堪称中国文化宝库中的耀眼明珠。宋人重视探讨词学理论,不少词学命题肇始于此时。[①] 就现有资料而言,宋人对词作用事的关注与探讨,滥觞于李清照,后有方灼、张炎等人推进。他们所论为何?这些论述与宋代诗学用事观念有何同异?是否展现了宋代词学用事理论的独特之处?截至目前,词学界除了邱世友《词论史稿》[②] 对李清照、张炎的词作用事论作了一些研究外,鲜有系统梳理宋代词论中的用事观念者,上述问题也未得到解决。为此,本文特勾勒宋代词学用事理论的发展脉络,探索它与诗学用事理论的关系。

一

随着文人雅士成为词的创作主体,用事等极具文人色彩的艺术手法也进入词作之中。目前,词学界对用事的出现多有关注,如评价黄庭坚词作的特色之一就是"尚故实而多疵病"。其他诸如苏轼等人,也多有用事词

---

① 诚如朱崇才《词话史》所言(朱崇才:《词话史》,中华书局 2006 年版,第 7—17 页),晚唐五代是中国词学理论(朱先生用广义的"词话"来概括)的开始时代,然而诸多词学命题却是在宋代才真正开展,对词作用事的探讨就肇始于此时。

② 邱世友:《词论史略稿》,人民文学出版社 2002 年版。

作,更不乏艺术成就高超卓著者。及至南宋,辛弃疾、吴文英等人词作之中,用事更是较为常见的艺术手法。

　　随着用事手法的采用,两宋之际,人们开始关注词作用事的问题。就现有文献而言,李清照是中国古代较早对词作用事进行理论探索的人。虽然围绕其《词论》目前还有不少争议,然而她对中国古代词论发展史的贡献,则是有目共睹,而她对词作用事的探讨,更是颇具发明之功。由于其文集已经亡佚,她的有关言论,最早见于胡仔的《苕溪渔隐丛话》,今天多被称之为"词论",收录进多种中国古代文学理论选本。李清照论述用事的文字如下:

　　　　乃知别是一家,知之者少。后晏叔原、贺方回、秦少游、黄鲁直出,始能知之。又晏苦无铺叙、贺苦少典重、秦即专主情致而少故实,譬如贫家美女,虽极妍丽丰逸,而终乏富贵态。黄即尚故实而多疵病,譬如良玉有瑕,价自减半矣。①

这段文字是中国古代词学理论中较早对词作用事展开批评的文献,其价值不容小觑。

　　李清照指出词作"别是一家",相较诗文,具有其独特的审美情趣。她认为晏几道、贺铸、秦观等人的词作,"妍丽丰逸",却较少使用故事,② 所以有一种贫窘之态,缺少富贵殷实的气质;黄庭坚的词作虽然喜欢使用故事,却也有白璧微瑕之憾。通过分析前人词作,李清照看到词作用事的必要与弊端:一方面,她认为词作用事可以增加其"富贵"品格,彰显词人的学识积累;另一方面,用事过多,将破坏词作应有的本色。换句话说,李清照并不反对词作用事,甚至认为词作应该用事,以克服完全抒写"情致"之不足,增加丰赡之美。只是,李清照始终坚持"词别是一家",强调词作与诗文的差别,倾向于认为词作用事与诗歌用事应有所

----

　　① 胡仔:《苕溪渔隐丛话》后集卷三十三,第254页。案:笔者对这段文字重新标点。

　　② 在古代诗学语汇中,有事实、古事、古实、故事与故实等说,其含义基本一致。然而故事与用事用得最为普遍,本文为了行文方便,俱用"用事"一词以指代诗文使用前代典故的艺术手法。

区分，词作用事应突出其独特性，不能像黄庭坚那样以诗歌的创作技法来创作词作，以致造成"瑕疵"。

李清照的这段论述，正与北宋后期诗学用事观念保持同调。钟嵘在《诗品》中，认为诗作"吟咏情性"，不贵用事①，但是用事可以"表学问"，是非"天才"诗人必备的手段②。到了欧阳修，则认为诗歌用事与否皆可，关键是在于诗人如何创作安排。③ 晚一辈的刘攽也有和欧阳修大致相似的观点，同样认为用事与否并不重要，关键在于能否做到精当。④ 李清照认为词作的用事艺术手法是一把双刃剑，虽可为词作带来文雅风韵，却也同时会有脱离词体源自歌曲的本色之态，昭示两宋之际的词人，对用事尚存疑虑。

二

宋代对词作用事进行理论探究和总结的还有张炎与沈义父。张炎《词源》是中国古代第一部比较全面地探究词学理论的专著，该书有三则文字涉及词作用事。第一则云：

> 词用事最难，要体认著题，融化不涩。如东坡永遇乐云："燕子楼空，佳人何在，空锁楼中燕。"用张建封事。白石疏影云："犹记深宫旧事，那人正睡里，飞近蛾绿。"用寿阳事。又云："昭君不惯胡沙远，但暗忆江南江北。想珮环月下归来，化作此花幽独。"用少陵诗。此皆用事，不为事所使。⑤

---

① 钟嵘：《诗品》，何文焕编：《历代诗话》，第 4 页。

② 同上书，第 65 页。

③ 欧阳修云："杨大年与钱刘数公唱和，自西昆集出，时人争效之，诗体一变，而先生老辈患其多用故事，至于语僻难晓，殊不知自是学者之弊。如子仪《新蝉》云：'风来玉宇乌先转，露下金茎鹤未知。'虽用故事，何害为佳句也。又如'峭帆横渡官桥柳，叠鼓惊飞海岸鸥'，其不用故事，又岂不佳乎？盖其雄文博学，笔力有余，故无施而不可，非如前世号诗人者，区区于风云草木之类为许洞所困者也。"（欧阳修：《六一诗话》，何文焕编：《历代诗话》，第 270 页）。

④ 刘攽：《中山诗话》，何文焕编：《历代诗话》，第 284 页。

⑤ 张炎：《词源》，唐圭璋编：《词话丛编》，第 261 页。

张炎强调词作用事"要体认著题，融化不涩"，并认为这是词难以达到的境界。所谓"著题"，就是所用故事必须与词作命意切合，而不能仅仅将一系列故事串联一起而忽视其中的内在联系。诗词的目的是言志抒情，所用之事如若不能紧扣题目，会显得支离破碎，给读者的索解造成巨大障碍。"融化"，即用事无痕，故事和词句紧密相融，不能显现出作者有意用事，甚至要让读者忘记用事的存在。若过于重视用事而忽视了对内在意蕴的追求，将限制读者的联想而破坏词作的格调。张炎还提出了用事的一个总则"不为事所使"，强调诗人面对故事时，以才力随心所欲地驱遣故事。这个原则由宋代蔡宽夫在《蔡宽夫诗话》中首倡，后成为中国古代诗歌用事观念的基本要求之一。张炎借用于词，表明此时有关诗词用事具有相似的审美理想和用事原则。他认为，元好问"深于用事，精于炼句"，与辛弃疾相类，能够以故事写"情态"，"风流蕴藉"、"立意高远"①，可为作词者的楷模，"不为事使"的核心指向就在于，作词者用事是为了更好地表达心志，否则就是为事所使，忘记实现诗歌的本质功用。

　　沈义父对张炎提出的词作用事原则作了回应，但也有自己的独特认识。首先，他认为词作用事不能太晦涩，吴文英词作用事的过失正坐于此，即"用事下语太晦处，人不可晓"②。其次，他认为词作用人名最好不点出人名，他说：

　　　　词中用事使人姓名，须委曲得不用出最好。清真词多用人名对使，亦不可学也。如《宴清都》云："庾信愁多，江淹恨极。"《西平乐》云："东陵晦迹，彭泽归来。"《大酺》云："兰成憔悴，卫玠清赢。"《过秦楼》云："才诚江淹，情伤荀倩。"之类是也。③

沈义父批评周邦彦词中用事不隐人姓名，"庾信愁多"之类，缺少含蓄蕴藉之味。用事目的是以最简明的文字，暗示故事与今事互通，产生互文效

---

①　张炎：《词源》，唐圭璋编：《词话丛编》，第 267 页。
②　沈义父：《乐府指迷》，唐圭璋编：《词话丛编》，第 279 页。
③　同上书，第 282—283 页。

果，带动读者在寻绎故事的时候，检验自己的学识，产生阅读的愉悦感，而用人名的用事方法则让故事变得醒目，剥夺读者思索解码符号的过程，降低读者求解诗意的审美快感。

通过对张炎和沈义父对词作用事原则的梳理，我们可以看到，诗、词用事具有相当大的共通性，而当时的词论家的用事观念，几乎都来自诗歌用事观念。

三

随着填词活动日渐盛行，题材会进一步拓展，于是词论中也开始重视"体"与"艺"之间的关联。张炎首次探讨了咏物词的用事。他的《词源》，涉及几类题材的写作问题，但唯独咏物词提到"用事"，表明他主张咏物题材词作需要用事。事实上，宋代咏物词作常常用事。张炎认为：

> 诗难于咏物，词为尤难。体认稍真，则拘而不畅，模写差远，则晦而不明。要须收纵联密，用事合题。一段意思，全在结句，斯为绝妙。①

按照传统诗学"深于比兴"的观念，咏物诗确实比较难写，较为成功的咏物诗，相对于其他抒情题材略少。否则，只是描摹事物，而缺少深致。张炎认为，咏物词比诗更难，用事须合题，若太切，会拘束且不流畅，若不切，则会显得晦涩难懂、不合题旨。

后来，吴梅对张炎的见解有所批驳，他说：

> 案伯时此说，仅就运典而言之，尚非赋物之极则，且其弊必至探索隐僻，满纸谰言，岂词家之正法哉。未有寄托，则辞无泛设，而作者之意自见诸言外，朝市身世之荣枯，且于是占之焉。②

---

① 沈义父：《乐府指迷》，唐圭璋编：《词话丛编》，第261页。
② 吴梅：《词学通论》，上海商务印书馆1934年版，第5页。

吴梅主张咏物词"最要在寄托"，即"借物言志"，他认为张炎提倡词作用事，会导致满纸堆砌典故。其实关键的问题是应该追索为什么张炎会认为词作用事难于诗。

沈义父的《乐府指迷》也谈到咏物词的用事，对咏物词用事作了理论总结，他说：

> 如咏物，须时时提调，觉不可晓，须用一两件事印证方可。如清真咏梨花《水龙吟》，第三节第四句，引用"樊川"、"灵关"事。又"深闭门"及"一枝带雨"事。觉后段太宽，又用"玉容"事，方表得梨花。若全篇只说花之白，则是凡白花皆可用，如何见得是梨花。①

沈义父认为，用事在咏物词中的一个功能就是印证，这超越了前人论述诗歌用事功能的"比"，即不再将用事的语意生成机制仅仅视为故事与今事的同类比较，而是具有引据证明之用。周邦彦这首词，描绘春日里艳阳高照，绿草茵茵，梨花亭亭玉立。为了凸显梨花之白，借用故事来暗示：上片用了樊川、灵关两地梨花盛开以致掩盖其他花色的掌故，而下片用潘妃为了保持脸容洁白而"却酒"之事。又，为证明暮春时分盛开，连用"传火"、"长门"等前人诗语；为写出梨花的风致，下片运用唐明皇梨园故事；为凸显梨花的艳丽，用杨贵妃来比对。周氏搬用多处故事来印证，所以得到沈氏的赏识。

宋代词学对特色题材的用事原则进行探讨的还有魏庆之《诗人玉屑》卷二十一所引《中兴词话》，提出了寿词用事的特殊要求，云：

> 寿词最难得佳者：太泛则疏，太著则拘。惟稼轩庆洪内翰七十云："更十岁太公方出将，又十岁武公方入相。"马古洲庆傅侍郎生

---

① 沈义父：《乐府指迷》，唐圭璋编：《词话丛编》，第 279 页。周邦彦全词如次："素肌应怯余寒，艳阳占立青芜地。樊川照日，灵关遮路，残红敛避。传火楼台，妒花风雨，长门深闭。亚帘栊半湿，一枝在手，偏勾引、黄昏泪。别有风前月底。布繁英、满园歌吹。朱铅退尽，潘妃却酒，昭君乍起。雪浪翻空，粉裳缟夜，不成春意。恨玉容不见，琼英谩好，与何人比。"

日云："天子方将申说命，云孙又合为霖雨。"上联工夫在"方"字，下联以"云孙"对"天子"，自然中的。事意俱佳，未易及也。①

这则材料指出寿词难作，原因在于如果集中书写祝寿之语则会拘泥直露，如果过于游离则又脱离祝寿的本旨。看来，寿词的用事与咏物诗词用事一样，需要作者处理好"切与不切"的矛盾。只要用事合理切当，自可创作出嘉什，如辛弃疾用了两个故事，即姜太公和武公的故事，十分灵活和切题，因此得到了赞赏。

张炎、沈义父和《中兴词话》的作者等，探究了一定题材对用事的独特要求如咏物词和寿词，表明这两类题材在当时词坛的流行。就《全宋词》来看，这两类题材，确乎数量较多。

四

宋代词学对词作用事的关注还表现在对词作用事的考辨上。在唐圭璋所编《词话丛编》中，方灼《碧鸡漫志》是第一部提到词作用事的词话著作，共五卷，或勾勒历史、考镜源流，或品评词作、衡量词人；或考述曲调源流、明究音乐。由于"该书是第一部系统的，具有一定理论色彩的多卷本词话专著"②，它对词作用事的考辨，也具有开风气的意义。

该书卷二"古人使王昌莫愁事"考辨了源于已经散佚的典籍中的故事，如王昌、莫愁两个前人常用却又不知所出和含义若何之事。③ 方灼认为黄载万的《更漏子》词用王昌故事很"工"，原因在于黄氏对故事非常熟悉，理解正确，并很贴切地运用于词，这是中国词学史上较早关注词作用事的文献，是后世考证词作故事的滥觞。

不仅如此，方灼通过考证王昌故事之源流，并以自己的词作为例，说明了词用事的一个原则，这个原则同宋代诗学家总结的诗歌用事原则一

① 魏庆之：《诗人玉屑》卷二十一引黄升《中兴词话》，第480页。又见黄升《中兴词话》，唐圭璋编：《词话丛编》，第213页。

② 朱崇才：《词话史》，第60页。

③ 方灼：《碧鸡漫志》，唐圭璋编：《词话丛编》，第92—93页。

致，即赠人之作往往用同姓故事，以赞颂、嘲讽、揶揄受赠人。方灼就用了"卢家少妇"的故事赠送卢姓妓女，以揶揄其风尘无定的生活。

苏轼、黄庭坚等人的诗集中，有大量用同姓故事的赠人诗作。① 之后，赠人诗歌用事用同姓故事渐成风气。诚如赵翼所言："宋人诗，与人赠答，多有切人之姓，驱使典故，为本地风光者。"② 方灼的话表明，在此诗风影响下，一些词人也开始创作赠人词作并于其中使用同姓故事，其理论正是渊源于诗学。可见，词论家在讨论词用事的时候，从一开始就借鉴了诗的用事理论。

在方灼之后，对词作用事进行考辨的还有佚名《漫叟诗话》和胡仔的《苕溪渔隐丛话》等。《漫叟诗话》有考辨王逐客词"穤襪"故事一则：

> 古乐府诗云："今世穤襪子，触热过人家。""穤襪"，《集韵》解之云"不晓事"。余素畏热，乃知人触热来人家，其谓不晓事，宜矣。尝爱王逐客作夏词送将归，不用浮瓜沈李等事，而天然有尘外凉思。其词云："百尺清泉声陆续，潇洒碧梧翠竹。面千步迴廊，重重帘幕，小枕欹寒玉。试展鲛绡看画轴，见一片，潇湘凝绿。待玉漏穿花，银河垂地，月上栏杆曲。"此语非触热者之所知也。③

《漫叟诗话》的重点不在考证词所用的故事，而是指出一个现象：时人创作诗词时，往往多用雷同的故事来表达一定的主题，如用"浮瓜沉李"等俗套故事来写夏天纳凉。

胡仔《苕溪渔隐丛话》卷五九考辨了晁冲之《梅词》用"白玉堂"之事：

---

① 唐人虽有赠人用同姓事的例子，然而并未盛行，如李商隐创作题名"赠某某人"诗作共18首，多使用与受赠者身份相关的故事，而没有使用同姓故事。苏、黄对此则颇为醉心，如苏轼《张子野年八十五，尚闻买妾，述古令作诗》八句全用张姓故事。

② 赵翼：《瓯北诗话》，第176页。

③ 魏庆之：《诗人玉屑》卷二十一引，第475—476页。又见《魏庆之词话》，《词话丛编》，第209页。

曾端伯慥所编《乐府雅词》中，有《汉宫春·梅词》，云是李汉老作，非也，乃晁冲之叔用作，政和间作此词献蔡攸，是时，朝廷方兴大晟府，蔡攸携此词呈其父云："今日于乐府中得一人。"京览其词喜之，即除大晟府丞。今载其词曰："潇洒江梅，向竹梢稀处、横两三枝。东君也不爱惜，雪压风欺。无情燕子怕春寒，轻失佳期。惟是有南来归雁，年年长见开时。清浅小溪如练，问玉堂何似？茅舍疏离。伤心故人去后，冷落新诗。微云淡月对孤芳，分付他谁。空自倚，清香未减，风流不在人知。"此词中用玉堂事，乃唐人诗云："白玉堂前一树梅，今朝忽见数枝开。儿家门户重重闭，春色因何得入来？"或云，玉堂乃翰苑之玉堂，非也。①

这条材料又被唐圭璋编入《苕溪渔隐词话》，其内容仅仅是考辨用事，而没有理论探索。

其后，对词作用事进行考辨的还有王楙（1151—1213）。他在《野客丛书》卷十"周侍郎词意"条中对周词的用事出处作了考证，并评价说："此人用事圆转，不在深泥出处，其钮合之工，出于一时自然之趣。"② 用事的目的是以精简的文字，暗示故事与今事的共性，传达诗词丰富的内蕴，故事必须与诗词命意紧紧融合，否则会显得生硬不化，从而破坏自然浑厚之美，让读者看到的只是艺术技巧。王楙提出的"用事圆转"，与诗学"用事精切"、"如盐著水"等审美标准一致。③

周密的《浩然斋词话》也对周邦彦的词作化用唐人诗句的现象作了观照，并推崇其才能：

周美成长短句，纯用唐人诗句，如"低鬟蝉影动，私语口脂

---

① 胡仔：《苕溪渔隐丛话》卷五十九，第 409 页。又见《苕溪渔隐词话》卷一，收录唐圭璋编《词话丛编》，第 166 页。

② 王楙：《野客丛书》，第 105—106 页。

③ "切"是诗歌用事的基本原则，要求"事"与"义"的高度契合。宋代诸如《中山诗话》、《王直方诗话》、《漫叟诗话》等都高度赞扬诗歌用事"切"合。"如盐著水"则是蔡絛《西清诗话》提出的用事准则，强调故事与诗意的高度融合，直至消释用事痕迹（张伯伟编校：《稀见本宋人诗话四种》，第 187 页）。

香。"此乃元白全句。贺方回尝言,吾笔端驱使李商隐、温庭筠常奔走不暇。则亦可谓能事矣。①

周密不无羡慕地记述了周邦彦善于化用唐诗入词的才能,并认为周邦彦和贺铸在词中自如驱使前人诗句,做到了"不为事使"。

　　相对于考证诗歌用事的文献资料而言,宋代考证词作用事的文字并不多。除《苕溪渔隐丛话》外,其他几位都在考辨词作故事时,都借此探究词作用事的审美趣味,提出了词作用事的准则,包括用事切合,反对游离;用事创新,反对俗套;用事圆融,反对滞涩。然而,这些观念都来自于当时的诗学皆,显示出词与诗学用事理论的同构。

五

　　随着词的逐步文人化,用事等具有文雅色彩的诗歌艺术手法,进入词体创作,从两宋之际开始,词作用事被关注。这些论述,大致集中在两个方面:考辨词作用事而兼及用事理论探讨,主要有方灼、王楙等人;直接探讨词作用事的基本原则及审美理想,有李清照、张炎与沈义父等人。他们提出的词作用事原则,主要有"著题"、"融化"、"不为事使"等,大致与当时诗学家总结出的用事原则一致,既反映了早期词学与诗学的亲缘关系,也表明诗、词用事的共通性。宋人的思索,并未局限于诗论中已有的探讨,而是贴合词体实际,注意到诗、词用事的差异,提出词作用事比诗作更难。张炎等人还对诸如赠人、咏物、贺寿等特殊题材词作用事展开探讨,反映了当时词坛创作风气的流变,即词作地位在文人创作中逐渐提高,有时用以承担部分交际功能。他们对词作用事的关注,开启了清代词论探讨用事的先河,如咏物词用事等问题,更是清代词论常见话题。只是,稍显遗憾,虽李清照、张炎等人都对词作的独特审美品格有所觉察,但实际上他们的词作用事理论却未能有更多创新,基本都是当时诗学界用事观念的延伸,并未充分发掘词作或词作用事的独特性。

---

　　①　周密:《浩然斋词话》,唐圭璋编:《词话丛编》,第234页。

附录四

清代词学用事论:走出"诗"学话语

词作用事具有悠久的历史,温庭筠可谓词作用事之滥觞,而词学对于用事进行理论探索则相对较晚,直到宋代方灼、李清照才有具体论述,涉及词作用事的基本原则、方法和体裁要求等,但就整体而言,宋代词学理论基本不离诗学界对诗歌用事的探讨。此后,明代词学如同明代的词体创作,相对于宋、清两代,其数量和质量都要逊色很多,论及用事者更是寥若晨星。检索唐圭璋编《词话丛编》,明代似乎只有陈霆和俞彦涉曾谈及词作用事的问题。陈霆主张词作用事,但要做到"圆转流丽,不为事使"①,仍是诗学家的口吻和见解。及至清代,词学和诗学都相当发达繁荣,人们投入巨大的热情讨论词作问题,内容涉及音乐、声韵、词学理论、版本校勘、词家考证等,在深度和广度都取得了骄人成就。通过清代词学家两百多年的努力,词作地位逐渐上升,超越"诗余"的自卑,最终在王国维手中完成其并肩于诗歌的自我提升与拯救,词学逐渐从"诗论"的阴影中走出并开始自立门户。此时,有不少词学家探讨了词作用事问题,留下了巨大的富矿待人开采冶炼。他们的言论,既有与诗学家论述趋同的一面,也有立足词学自身的理论取向,为整个中国古代文学的用事论,贡献出词学视野里的特殊论述。

一 咏物词与用事

与宋人相似,清代词学家同样关注词作题材与用事之间的关联,尤重

---

① 陈霆、杨慎:《渚山堂词话·词品》,人民文学出版社 1960 年版,第 16 页。

讨论咏物词中的用事。这和清人的创作密不可分,清代词家偏好咏物词,诸如朱彝尊、厉鹗等人,创作了大量质量上乘的咏物词作。

清代较早论述咏物词的也许是刘体仁,他在《七颂堂词绎》中谈到词作咏物难于诗,表明彼时人们对咏物词的关切。之后,王士禛《花草蒙拾》提到咏物词与用事的关系,主张"咏物不取形而取神,不用事而用意"①,似乎反对词中咏物用事。只是,王氏所言,已有明人俞彦论及。《词苑萃编》卷二引俞彦"咏物宜取神"条云:"咏物固不可不似,尤忌刻意太似,取形不如取神,用事不如用意。"② 王氏重新拈出,强调"用意"和"用事"的区别。他所谓的"用意",当指创作之时,以始终聚焦命意,化用前人故事,进而"夺胎换骨"。

对咏物词用事持反对意见的还有李调元等人。李氏《雨村词话》提到咏物词用事,从侧面反映了当时人们创作咏物词的时候喜欢排比故事。书中"梅花第一词"条,说"各家梅花词不下千阕,然皆互用梅花故事缀成,独晁无咎补之不持寸铁,别开生面,当为梅花第一词"③。李调元观察到咏梅词作的一个惯例或通病,即词人往往使用相关故事入词。自宋而清,咏梅词作,数量庞大,用事几成套数。但是李调元认为,这些用事的词作并不成功,反而是晁无咎没有用事的词作却堪称千古第一佳什。

谢章铤在《赌棋山庄词话》卷二中也曾谈论咏物词和用事的关系。谢氏认为,如果不是像"东坡之咏雁"、"白石之咏蟋蟀"等"别有寄托","咏物词虽不作,可也"。他对"史邦卿之咏燕、刘龙洲之咏指足"等"纵工摹绘"的咏物词,评价不高,以为"已落言诠",更对"今日"欲为"刘、史奴隶"的词人,甚为不屑。在他的眼中,这些人只会"彼演肤辞,此征僻典,夸富矜多,味同嚼蜡",当然不能创作出佳作。诗词皆是如此,以致"咏物之诗,古来汗牛充栋,然佳者亦甚寥寥,况词之

---

① 谢章铤:《赌棋山庄词话》卷一引王士禛《花草蒙识》,唐圭璋编:《词话丛编》,第3323页。

② 冯金伯:《词苑萃编》卷二引,《续修四库全书》集部册1733,上海古籍出版社2002年,第427页。

③ 李调元:《雨村词话》,唐圭璋编:《词话丛编》,第1403页。词作为《鉴角儿》,文字如次:"开时似雪。谢时似雪。花中奇绝。香非在蕊,香非在萼,骨中香彻。占溪风,留溪月。堪羞损山桃如血。直饶更疏疏淡淡,终有一般情别。"

体又微与诗异乎"，甚至"作之不已，多者百篇，少亦不下廿卅篇，此如咏梅花者，累代不能得数词。而逐臭之夫，或百咏，或五十咏，是徒使开府汗颜，逋仙冷齿矣"。古代以能做多少咏物题目而自我标榜的诗人，不在少数，谢氏认为，朱彝尊"咏猫"、侯武曾"咏笋"，都是"辄胪故实，亦载鄙谚"，只是"偶一为之"且为"才人忍俊不禁之故态"，不能长期着意为之且"称为能事"①。谢章铤反感前人咏物词中大量胪列故事的做法，甚至因噎废食，主张人们不写咏物词作。其实，他也许误解了咏物的概念，将大量罗织故事和描摹事物的词作，径直视为咏物之词。他似乎忘记了"咏物"诗词借物言志的本质，只看到当时人们创作咏物词时，多描摹事物情态、罗列相关故事。需要指出，谢章铤和李调元的观点，可能有所祖述，或来自王夫之斋《姜斋诗话》卷二中反对诗歌大量使用故事而不注重抒情言志的相关论述。②

张得瀛的观点与上述二人不同，他在《词征》中论述朱彝尊等人的"咏猫词"云：

> 朱竹垞、钱葆酚、厉樊榭均有雪狮儿猫词。吴圣征又从而扩之，刺取典实，无隙不搜。然尚有三二事未及引者，谈苑，郭忠恕逢人无贵贱，辄口称猫。元遗山游天坛杂诗注，仙猫洞，土人传燕家鸡犬升天，猫独不去。魏禧画猫记，俗传二危合画猫，鼠辄避去，盖宿与日并直危也。③

张德瀛似乎对咏物词罗列故事的做法并不反感，相反，还比较认同，因而当他发现了前人未曾用到的有关猫的故事，就会情不自禁沾沾自喜。他无视咏物词借物言志的主旨，较为重视故事运用是否搜罗穷尽，似乎没有关注词的本质特征和抒情功能。这样的观点，自然比较极端。

清代从正面论述咏物词需要用事并讨论用事原则的是彭孙遹。他在《金粟词话》中，谈到"咏物词不易工"时，强调"咏物词，极不易工，

---

① 谢章铤：《赌棋山庄词话》，唐圭璋编：《词话丛编》，第3343—3344页。
② 谢榛、王夫之：《四溟诗话·姜斋诗话》，人民文学出版社排印本1961年版，第165页。
③ 张德瀛：《词征》，唐圭璋编：《词话丛编》，第4180页。

要须字字刻画，字字天然，方为上乘"，但是他并不反对用事，认为"即间一使事，亦必脱化无迹乃妙"。正是有此认识，他对于当代名公用事的咏物词颇为赞许，说自己"近在广陵，见程邨、阮亭诸作，便为叹绝，始几几乎与白石、梅谿颉颃今古矣"①。彭孙遹明确提出咏物词往往需要用事，但是他认为用事须做到"天然"，且从"间一"二字，可以见出他认为用事要有所节制，反对全篇密集用事。诚如前揭，清代词学家论及咏物词用事，主要有两个相反相成的观点：一者反对词中大量胪列故事而使词作没有生气；一者认为词作咏物需要用事，但是需要用事天然。他们的观点，似乎都有借鉴自诗学理论的嫌疑，这也表明词学理论对诗学理论的吸收，因为他们可能认为诗词可以相通，皆能言志抒情。也许近现代吴梅的论述，可以作为上述观点的总结：

> 咏物词须别有寄托，不可直赋。自诉飘零，如东坡之咏雁；独写哀怨，如白石之咏蟋蟀，斯最善矣。至如史邦卿之咏燕、刘龙洲之咏指足，纵工摹绘，已落言诠；今之作者，即欲为刘史之隶吏亦不可得也。彼演肤词，此征僻典，夸多竞富，味同嚼蜡。况词之体格，微与诗异乎！此如咏梅花者，累代不能得数语，而鄙者或百咏，或数十咏，徒使开府汗颜，逋仙冷齿耳。且竹垞咏猫、武曾咏笋，则胪列故实，亦载鄙谚，偶一为之，亦才人忍俊不禁之故技。究之静志居秋锦山房之联踪两宋，弁冕一朝者，谓区区在此，谅亦不然，顾奈何以傅色揣称为能事乎！②

从中我们不仅可看到吴梅对清人词学渊源的继承，也可看到他总结前人观点进而超越前人的学术风格。

二　词作审美与书本气

用事能为诗作带来含蓄典雅的气度，清代词论家多主张词应具雅趣，

---

① 彭孙遹：《金粟词话》，《词话丛编》，第724页。
② 吴梅：《词学通论》，第48页。

故而并不反对词中用事，并探讨了词和书本学问之间的关系。相较而言，宋、明词论中，未见此类讨论。这表明了清代词学的深入和发展，亦显示了清人词的趣味所在。

清人明显感觉到，词作用事与书本气有着看似矛盾的联系，所以他们的观点有时也互有轩轾。较早提出这个问题的是李渔，他在《窥词管见》第八提出"词忌有书本气"，坚决主张"词之最忌者有道学气，有书本气，有禅和子气"，并说"吾观近日之词，禅和子气绝无，道学气亦少，所不能尽除者，惟书本气耳"。对于当时词坛用事泛滥之风，李渔几近深恶痛绝，在他眼中，当时词坛现状是："每见有一首长调中，用古事以百纪，填古人姓名以十纪者，即中调小令，亦未尝肯放过古事，饶过古人。"这简直就是"算博士、点鬼簿"。他给出的建议是：

> 若谓读书人作词，自然不离本色，然则唐宋明初诸才人，亦尝无书不读，而求其所读之书于词内，则又一字全无也。文贵高洁，诗尚清真，况于词乎。作词之料，不过情景二字，非对眼前写景，即据心上说情，说得情出，写得景明，即是好词。情景都是现在事，舍现在不求，而求诸千里之外，百世之上，是舍易求难，路头先左，安得复有好词。①

李渔的这段论述，发人深省。明人胡应麟已经指出情、景与故事，同是诗的三个材料。李渔似乎没有见到胡氏之论，直接说词只有情、景二料，似乎有些偏激，却也颇能见出他对词的态度。他的观点，同样可以找到受很多辈诗学家影响的痕迹，如反对道学气、书本气、禅和子气，都是综合自宋代以来诗论家的老生常谈。不过，他所用"清真"等语，乃清代中期朝廷科场衡文标准，彰显出他的词论，带有时代特色。

彭孙遹也谈到词与书本的关系，他说"词宜多读书"，理由是："词虽小道，然非多读书则不能工。观方虚谷之讥戴石屏，杨用修之论曹元宠，古人且然，何况今日。"② 彭氏主张词用事，此处则更是主张词要读

① 李渔：《窥词管见》，唐圭璋编：《词话丛编》，第553—554页。

② 彭孙遹：《金粟词话》，唐圭璋编：《词话丛编》，第724页。

书,否则会用事不工,招人讥笑。彭氏不同于李渔,而是认为故事也是词
的材料来源,他说:

> 作词必先选料,大约用古人之事,则取其新颖,而去其陈因。用
> 古人之语,则取其清隽,而去其平实。用古人之字,则取其鲜丽,而
> 去其浅俗。不可不知也。①

这里,他直接将故事当成了词之材料,而不谈情、景,可见对故事的重
视。结合上文所引两条相关论述,我们可以看到彭氏的词用事观了:主张
用事,且不能用较为平常的故事,所以他主张作词要多读书。而且,较为
有趣的是彭氏所论,似乎反映出此时人们还将用事、用语、用字区别对
待。彭氏此论,可能产生了一定影响,田同之《西圃词说》就摘抄了这
段话,文字小有出入,含义则完全一致。

其后,沈祥龙也明确主张"词须有书卷气",他说:

> 词不能堆垛书卷,以夸典博,然须有书卷之气味。胸无书卷,襟
> 怀必不高妙,意趣必不古雅,其词非俗即腐,非粗即纤。故山谷称东
> 坡卜算子词,非胸中有万卷书,孰能至此。②

这里,沈祥龙的观点和彭孙遹的观点略有出入,他并不是主张词要大量用
事、以堆砌故事为能事,而是主张词要有文人雅趣。所以他主张词人要多
读书,陶冶性灵,涤除尘俗。但是,我们也要看到,通过读书以使此人胸
襟优雅有书生气息,可能显得有点玄妙,而直接在词中用故事则会直接托
升词的文人气味。所以沈祥龙接着论述了"运用书卷"的方法:

> 运用书卷,词难于诗。稼轩永遇乐,岳倦翁尚谓其用事太实。然
> 亦有法,材富则约以用之,语陈则新以用之,事熟则生以用之,意晦
> 则显以用之,实处间以虚意,死处参以活语,如禅家转法华,弗为法

---

① 彭孙遹:《金粟词话》,唐圭璋编:《词话丛编》,第 724 页。
② 沈祥龙:《论词随笔》,唐圭璋编:《词话丛编》,第 4058 页。

华转，斯为善于运用。①

这里，沈祥龙的用书卷，其实就是用事，但是他反对用事太实，所以他提出了大量的用事原则。这些原则其实都是搬弄自诗学家论用事原则的文字，糅合到一起，由于相关诗学家的见解前文已经指出了，兹不赘述解读。

刘熙载《词概》中也谈到了词的用事必须克服书卷气，所以他引用姜夔在《白石道人诗说》的言论，主张词人须处理好学问和用事事障之间的矛盾，不能在词中排列故事，使得词意晦涩、淡薄。②

以上是清人论述词用事和书卷的关系的一些见解，从中我们不难发现他们都关注到词的文人化趋势，借此提出了自己的见解。这些见解大多来自诗学家的论述，但是论述过程中，注意落实到词学实际来考虑用事。

三　词作用事的原则

除了上述两个主题是清代词学家较为关注的问题外，词中的用事原则，也是他们关注的一个内容。其实上面两个主题中，词学家已经探讨了词用事的一些基本原则。我在这里所列出的只是单独论述词用事的原则的文字，这样的文字在《词话丛编》中并不多，略逊于上面两个主题，有清一代，论述者不多。贺裳在《皱水轩词筌》曾指出"用事须妥切"：

> 作词不待用事，用之妥切，则语始有情。刘叔安水龙吟立春怀内曰："双燕无凭，尺书难表，甚时回首。想画阑倚遍东风，闲负却、桃花呪。"此用樊夫人刘纲事，妙在与己姓暗合。③

贺裳所说的"用之妥切"，其实就是要做到"语始有情"，即必须用故事实现词作表情达意的主旨。从他所举的例子来看，他所谓的"妥切"不

---

① 沈祥龙：《论词随笔》，唐圭璋编：《词话丛编》，第4058页。
② 刘熙载：《词概》，唐圭璋编：《词话丛编》，第3705页。
③ 贺裳：《皱水轩词筌》，唐圭璋编：《词话丛编》，第701页。

仅要通过用事表情达意，还需不直接点出故事的事面，暗暗将故事化用到词作中，读者如果不知道词作用了事，同样可以进行解读。而更为核心的是，用同姓故事，增加了故事的含量，所以"若他人用之，虽亦好语，终减量矣"。这些原则和诗学的相关要求，大致差不多，同样要求用事要切合题旨，从而实现诗词的本质功能。

　　清代词学家还指出词作用事最好没有"事障"。刘熙载在《词概》之"用事贵无事障"条中，强调"词中用事，贵无事障"。"事障"这一批评术语，来自严羽的《沧浪诗话》。刘氏认为"事障"的表现主要有："晦也，肤也，多也，板也"，亦用事晦涩、肤浅、堆砌和不知变通的板滞。为了克服此类弊病，刘熙载举出姜夔的事例加以说明。他说：

　　　　姜白石词用事入妙，其要诀所在，可于其诗说见之。曰：僻事实用，熟事虚用，学有余而约以用之，善用事者也。乍叙事而闲以理言，得活法者也。①

刘熙载的这段言论，产生了一定影响，《词学集成》卷六也引用了这段文字。

　　又有沈祥龙主张词用事"贵浑成"。具体而言，他虽然讨论的是用"成语"，但仍与用故事相通。他认为"用成语，贵浑成，脱化如出诸已"，即能将前人诗文词语，自然贴切地镶嵌到己作，而且最好能使读者以为是作者自我创作。这和诗学用事观念的"如盐著水"相类，同样主张用事的事面，能完全自然和题旨融合为一。他举出三个宋人成功的之例：贺铸"旧游梦挂碧云边，人归落雁后，思发在花前"，"用薛道衡句"；欧阳修"平山栏槛倚晴空。山色有无中"，"用王摩诘句"；李清照"清露晨流，新桐初引"，用"世说新语"。这三例，如果读者不能识别为用事，同样是清晰自然，显现出"成语"的高妙手段。就此点评价，沈氏以为辛弃疾"能合经史子而用之，自其才力绝人处，他人不宜轻效"②。当然，沈祥龙使用了故事、用成语和用书卷三个略有区别的术语，显示至

---

　　①　刘熙载：《词概》，唐圭璋编：《词话丛编》，第3705页。
　　②　沈祥龙：《论词随笔》，唐圭璋编：《词话丛编》，第4059页。

清代后期，部分诗论家或词论家，仍然在话语中有意区别用事和用语这两个概念。但是我们知道，这三者具有一定的相同之处，所以将其列入有关用事的讨论中亦可。

孙麟趾所论，与上述三位谈到的用事原则，有一些不同，且颇有发明。他的《词迳》之"词忌牛鬼蛇神"条，以为"牛鬼蛇神，诗中不忌，词则大忌。运用典故须活泼"①。其实这一点就表明了诗歌和词具有很大题材差别，诗歌可以运用神话传说，但是词则不能。本文所关注的是他关于词用事原则的言论，他说词用典一定要活泼，也就说要懂得变通灵活。

同样对"用事"和"用字"进行讨论的，有沈雄的《古今词话》。该书虽然引用前人时贤论词之言记录成书，但是往往加了案语，以表达自己对前人观点的看法，其中值得注意的是沈雄列有"用语"、"用事"和"用字"三个内容板块，其中可见出清代早期，部分人未以"用典"来统和包含三者，其论用事文字如下：

> 稼轩《贺新郎》"绿树听啼鴂"一首，尽集许怨事，却与太白《拟恨赋》相似。吴彦高"春从天上来"一首，全彤琵琶故实。即如沈伯时评梦窗词，用事下语，太晦处人不易知，亦是一病。②

这里，沈雄认为词作用事不能太过晦涩，否则即是"一病"也。他的观点，与宋代张炎和沈义父的观点一致。

虽然清代词论家对用事的基本原则的论述并不多见，但是他们却较为一致地谈论了故事和词作整体的关系，强调必须让故事融入到词中，完成词实现题旨的任务，而不能因为生僻、晦涩将读者的眼光转移到故事上去，或者故事不能和主题相一致，从而导致读者的误读。其实这些是诗学家探讨较多的一个核心问题，强调用事最终目标为诗作的题旨。

---

① 孙麟趾：《词迳》，唐圭璋编：《词话丛编》，第 2554 页。
② 沈雄：《古今词话·词品》卷下，康熙二十八年澄晖堂刻本，第 9a—b 页。

四 词作用事考辨

清代词学家对用事的关注还表现在对前人词作的用事的考辨和前人用事的批评上。清代很多词论家在评述前人词作之时,往往对版本刊刻、用事考辨表现出了极大热情,所以像沈雄的《古今词话》就分了"用语"和"用事"两个小标题来辑录他人考辨前人词作用事和用语的文字。如该书引用了徐士俊考辨辛弃疾《六么令》的文字。徐氏认为辛弃疾《六么令·送玉山令陆德隆还吴中》的第四句"陆云饮羊酪"语、第六句"陆龟居甫里"事、第八句陆绩事、第十句陆贾事、第十二句陆逊事、末句陆羽事,显出作者"特以捃拾见长,而情致则短矣"①。

此外,诸如李昂霄《词综偶评》也有大量考辨词作用事的文字。该书原本辑录自他于雍正年间成书的《词综》评注。唐圭璋先生编纂《词话丛编》时,另题为《词综偶评》,其中多有考辨《词综》所收词作的用事。这部书可以堪称是清代考辨词作用事最多的著作。综观该书的考辨,我们可以看到词作用事的数量上,南宋比北宋要高出很多。因此,我们在研究清代的词学的时候,应该突破资料的局限,将眼光拓展到《词话丛编》之外的世界。

除上述诸家,清代考辨词作用事的文字,尚有多种,如李调元《雨村词话》、田同之《西圃词说》、吴蘅照《莲子居词话》、沈祥龙《论词随笔》等,皆投入了大量精力来谈论词作中的故事。这些考辨文字,为人们理解此作中的用事和理解词作,提供了一定的帮助。只是他们的考辨文字,往往流于琐碎,且理论建树不及前述,兹不一一赘举。

五 小结

清代词论家,与宋代词论家一样,所论词作的用事问题,多与诗学家所论有着相类相通之处,甚至很多观点原本借用自诗论家。只是,清代词论家立足词体,在吸收诗学养料的同时,提出了一些适合词学及时代审美

---

① 沈雄:《古今词话·词品》卷下,康熙二十八年澄晖堂刻本,第9a—b页。

风尚的用事理论。尤其是他们对咏物词用事问题的探讨，对用事和词人学问关系的探讨，都具有极其强烈的时代感，反映了当时词坛的一些风气。就长时段来看，诗学话语，与文坛风气同调。正是清代词人处于朴学发达之世，喜好创作咏物词，重视词中的文人气息，并常常在这些词作中使用故事，方才直接导致了彼时词论家对这些问题的重视，由此产生了大量讨论文字。词论家对这两个方面的论述，往往分为两种截然不同的观点，要么反对词作用事，要么支持用事，形成理论的张力，但因论述较多，显得清晰而深入，具有极强的理论价值，也超越了前代的理论家，成为清代词学理论的特色论点。

参考文献

一　中文书目（以著者汉语拼音为序；新中国成立前及台、港版标明出版社所在地；丛书本第一次出现时标明出版信息）

A

安磐：《颐山诗话》，明诗话全编本（吴文治主编，江苏古籍出版社1997年版）。

B

白政民：《黄庭坚诗歌研究》，宁夏人民出版社2001年版。

班固：《汉书》，中华书局1962年版。

保暹：《处囊诀》，陈应行：《吟窗杂录》，续修四库全书本（上海古籍出版社2002年版）。

卞孝萱《现代国学大师学记》，中华书局2006年版。

遍照金刚：《文镜秘府论》，人民文学出版社1980年版。

遍照金刚：《文镜秘府论校注》，王利器校注，中国社会科学出版社1983年版。

C

蔡居厚：《蔡宽夫诗话》，宋诗话辑佚本（郭绍虞辑，中华书局1980年版）。

蔡條：《西清诗话》，张伯伟编校：《稀见本宋人诗话四种》，江苏古籍出版社2002年版。

蔡正孙：《诗林广记》，中华书局1982年版。

曹学佺：《蜀中广记》，文渊阁四库全书本（台湾商务印书馆影印本，1986 年版）。

陈鹄：《西塘集耆旧续闻》，丛书集成初编本（中华书局 1985 年版）。

陈国球：《明代复古派唐诗论研究》，北京大学出版社 2007 年版。

陈良运：《中国诗学体系论》，中国社会科学出版社 1992 年版。

陈懋仁：《藕居士诗话》，四库存目丛书本（齐鲁书社 1997 年版）。

陈模：《〈怀古录〉校注》，郑必俊校注，中华书局 1993 年版。

陈庆辉：《中国诗学》，台北文史哲出版社 1994 年版。

陈善：《扪虱新话》，丛书集成初编本。

陈师道：《后山诗话》，历代诗话本（何文焕编，中华书局 1981 年版）。

陈师道：《后山诗注补笺》，任渊注，冒广生补笺，中华书局 1995 年版。

陈望道：《修辞学发凡》，中国文化服务社 1947 年版。

陈维崧：《四六金针》，丛书集成初编本。

陈岩肖：《庚溪诗话》，历代诗话续编本（丁福保编，中华书局 1983 年版）。

陈绎曾、石柏撰：《诗谱》，张健：《元代诗法校考》，北京大学出版社 2001 年版。

陈绎曾：《文筌》，四库全书存目丛书本。

陈橚：《负暄野录》，丛书集成初编本。

陈子昂：《陈伯玉文集》，四部丛刊本（上海商务印书馆 1936 年版）。

程千帆、莫砺锋、张宏生等：《被开拓的诗世界》，上海古籍出版社 1990 年版。

程千帆：《古诗考索》，上海古籍出版社 1984 年版。

储斌杰：《中国古代文体概论》，北京大学出版社 1990 年版。

D

戴德：《大戴礼记》，四部丛刊本。

邓云霄：《冷邸小言》，四库存目丛书本。

都穆：《南濠诗话》，历代诗话续编本。

杜甫：《读书堂杜工部诗集文集注解》，张潜注解，四库存目丛书本。

杜甫：《杜律意笺》，顾廷椝笺注，四库存目丛书本。

杜甫：《杜诗会粹》，康熙年间刻本。

杜甫：《杜诗详注》，仇兆鳌集注，中华书局排印本1979年版。

杜甫：《分门集注杜工部诗》，王洙注，续修四库全书本。

杜牧：《樊川诗集注·樊川外集》，冯集梧注，上海古籍出版社1962年版。

F

范椁：《木天禁语》，张健：《元代诗法校考》，北京大学出版社2001年版。

范晞文：《对床夜话》，历代诗话续编本。

范仲淹：《范文正公集》，四部丛刊本。

方东树：《昭昧詹言》，人民文学出版社1961年版。

方回：《桐江续集》，文渊阁四库全书本。

方回：《瀛奎律髓》，扫叶山房本。

方南堂：《辍锻录》，清诗话续编本（郭绍虞编，上海古籍出版社1983年版）。

方鹏：《责备余谈》，丛书集成初编本。

方世举：《兰丛诗话》，清诗话续编本。

方颐孙：《大学新编黼藻文章百段锦》，四库存目丛书本。

房玄龄等：《晋书》，中华书局1974年版。

费衮：《梁溪漫志》，文渊阁四库全书本。

费经虞：《雅伦》，四库存目丛书本。

冯复京：《说诗补遗》，明诗话全编本。

冯应榴：《苏文忠诗合注》，上海古籍出版社2001年版。

傅璇琮：《古典文学研究资料汇编·黄庭坚和江西诗派卷》，中华书局1978年版。

G

高棅：《唐诗品汇》，上海古籍出版社影印明汪宗民校订本，1982年。

葛立方:《韵语阳秋》,历代诗话本。

葛兆光:《汉字的魔方》,香港中华书局1989年版。

顾嗣立:《寒厅诗话》,清诗话本（丁福保编,上海古籍出版社1999年版）。

顾嗣立:《元诗选》,中华书局1987年版。

郭绍虞等编:《万首论诗绝句》,人民文学出版社1991年版。

H

韩鄂:《岁华纪丽》,丛书集成初编本。

韩非:《韩非子集解》,王先谦集解,中华书局1998年版。

韩婴:《韩诗外传集释》,许维遹集释,中华书局1980年版。

杭世骏:《订讹类编·续编》,中华书局1997年版。

郝敬:《艺圃伧谈》,明诗话全编本。

何景明:《何大复集》,文渊阁四库全书本。

何良俊:《四有斋丛说》,中华书局1959年版。

何孟春:《余冬诗话》,丛书集成初编本。

何薳:《春渚纪闻》,中华书局1983年版。

何汶:《竹庄诗话》,中华书局1984年版。

何琇:《樵香小记》,丛书集成初编本。

贺裳:《载酒园诗话》,清诗话续编本。

洪迈:《容斋随笔》,上海古籍出版社1996年版。

胡道静:《中国古代的类书》,中华书局2005年版。

胡适:《胡适文集》,人民文学出版社1998年版。

胡应麟:《少室山房笔丛》,中华书局1958年版。

胡应麟:《诗薮》,上海古籍出版社1979年版。

胡震亨:《唐音癸签》,古典文学出版社1958年版。

胡仔:《苕溪渔隐丛话》,人民文学出版社1962年版。

华文轩:《古典文学研究资料汇编·杜甫卷》,中华书局1964年版。

桓谭:《新论》,上海人民出版社1977年版。

皇甫汸:《解颐新语》,周子文编:《艺薮谈宗》,四库存目丛书本。

黄彻:《䂬溪诗话》,历代诗话续编本。

黄升：《玉林诗话》，宋诗话辑佚本。

黄庭坚：《黄庭坚诗集注》，任渊等注，中华书局 2003 年版。

黄庭坚：《豫章黄先生文集》，四部丛刊本。

黄虞稷：《千顷堂书目》，上海古籍出版社 1990 年版。

黄子云：《野鸿诗的》，清诗话本。

J

贾岛：《二南密旨》，陈应行编：《陈学士吟窗杂录》，续修四库全书本。

江盈科：《雪涛诗评》，中国诗话珍本丛书本（蔡镇楚编，北京图书馆出版社 2004 年版）。

姜夔：《白石道人诗说》，历代诗话本。

蒋士铨：《忠雅堂集校注》，邵海清校，李梦生笺，上海古籍出版社 1993 年版。

蒋寅、张伯伟主编：《中国诗学》第五辑，南京大学出版社 1997 年版。

蒋寅：《古典诗学的现代诠释》，中华书局 2003 年版。

皎然：《诗式》，历代诗话本。

金兆梓：《实用国文修辞学》，中华书局 1934 年版。

K

孔平仲：《孔氏谈丛》，丛书集成初编本。

邝健行等编：《韩国诗话中论中国诗资料选粹》，中华书局 2002 年版。

L

郎廷槐编：《师友诗传录》，清诗话本，上海古籍出版社 1999 年版。

老子：《老子今注今译》，陈鼓应注，商务印书馆 2003 年版。

李焘：《续资治通鉴长编》，中华书局 1985 年版。

李东阳：《麓堂诗话》，历代诗话续编本。

李洪宣：《缘情手鉴诗格》，吟窗杂录本。

李峤：《日藏古抄本李峤咏物诗注》，张庭芳注，胡志昂编，上海古籍出版社 1998 年版。

李梦阳：《空同集》，文渊阁四库全书本。

李彭：《日涉园集》，文渊阁四库全书本。

李颀：《古今诗话》，宋诗话辑佚本。

李商隐：《笺注李义山诗集》，朱鹤龄笺注，乾隆十五年（1750）光霁堂刻本。

李商隐：《李商隐诗歌集解》，刘学锴、余恕诚集解，中华书局 2004 年版。

李商隐：《玉溪生诗集笺注》，冯浩笺注，上海古籍出版社 1998 年版。

李延寿：《北史》，中华书局 1974 年版。

李延寿：《南史》，中华书局 1975 年版。

李重华：《贞一斋诗话》，清诗话本。

梁桥：《冰川诗式》，四库存目丛书本。

梁章钜：《退庵随笔》，清诗话续编本。

林希逸：《竹溪鬳斋十一稿》（续集），文渊阁四库全书本。

刘攽：《中山诗话》，历代诗话本。

刘昌诗：《芦蒲笔记》，中华书局 1986 年版。

刘绩：《霏雪录》，明诗话全编本。

刘克庄：《后村诗话》，中华书局 1983 年版。

刘坡公：《学诗百法》，世界书局 1928 年版。

刘祁：《归潜志》，知不足斋丛书本。

刘世伟：《过庭诗话》，四库存目丛书本。

刘文蔚：《诗学含英》，香港银河出版社影清刻本，2001 年。

刘向：《说苑疏证》，赵善诒疏证，华东师范大学出版社 1985 年版。

刘勰：《文心雕龙注》，范文澜注，人民文学出版社 1958 年版。

刘昫等：《旧唐书》，中华书局 1963 年版。

刘学锴、余恕诚、黄世中编：《李商隐资料汇编》，中华书局 2001 年版。

刘叶秋：《类书简说》，上海古籍出版社 1980 年版。

卢元昌：《杜诗阐》，四库存目丛书本。

陆昆曾：《李义山诗解》，续修四库全书本。

逯钦立：《先秦汉魏晋南北朝诗》，中华书局 1983 年版。

陆圻景：《诗辩坻》，清诗话续编本。

陆时雍：《诗镜总论》，历代诗话续编本。

陆游：《陆游集》，中华书局 1976 年版。

吕本中：《童蒙诗训》，宋诗话辑佚本。

吕本中：《紫微诗话》，历代诗话本。

罗积勇：《用典研究》，武汉大学出版社 2005 年版。

M

毛先舒：《诗辩坻》，清诗话续编本。

梅尧臣：《宛陵先生集》，四部丛刊本。

O

欧阳修：《六一诗话》，历代诗话本。

欧阳修：《欧阳文忠公文集》，四部丛刊本。

欧阳修：《欧阳修全集》，中华书局 2001 年版。

欧阳修等：《新唐书》，中华书局 1975 年版。

欧阳询：《艺文类聚》，上海古籍出版社 1982 年版。

P

潘德舆：《养一斋李杜诗话》，张忠纲：《杜甫诗话六种校注》，齐鲁书社 2005 年版。

庞垲：《诗义固说》，清诗话续编本。

裴廷裕：《东观奏记》，文渊阁四库全书本。

彭定求等编：《全唐诗》，中华书局 1960 年版。

彭汝让：《木几冗谈》，丛书集成初编本。

浦铣：《复小斋赋话》，续修四库全书本。

Q

齐己:《风骚旨格》,续修四库全书本。

齐治平:《唐宋诗之争概述》,岳麓书社 1983 年版。

钱澄之:《三家评注李长吉歌诗》,上海古籍出版社 1998 年版。

钱谦益:《有学集》,四部丛刊本。

钱泳:《履园诗话》,清诗话本。

钱钟书:《谈艺录》,中华书局 1984 年版。

乔亿:《剑溪诗说》,清诗话续编本。

秦观:《淮海集》,四部丛刊本。

邱振声:《中国古典文艺理论例释》,广西人民出版社 1981 年版。

屈复:《玉溪生诗意》,乾隆四年芝古堂刊本。

瞿佑:《归田诗话》,历代诗话续编本。

屈原等:《楚辞补注》,王逸章句,洪兴祖补注,中华书局 1983
年版。

R

阮元:《十三经注疏》,上海古籍出版社影世界书局本,1997 年。

阮阅:《诗话总龟》,人民文学出版社 1987 年版。

S

单宇:《读杜诗愚得》,四库存目丛书本。

单宇:《菊坡丛话》,四库存目丛书本。

邵博:《邵氏闻见后录》,中华书局 1983 年版。

宋长白:《柳亭诗话》,续修四库全书本。

邵经邦:《艺苑玄机》,明诗话全编本。

沈德潜:《说诗晬语》,霍松林校注,叶燮等:《原诗·一瓢诗话·说
诗晬语》,人民文学出版社 1979 年版。

施德操:《北窗炙輠录》,文渊阁四库全书本。

施闰章:《蠖斋诗话》,清诗话本。

石介:《徂徕石先生文集》,北京图书馆藏珍本丛刊本(书目文献出
版社 1992 年版)。

石韶华：《宋代咏茶诗研究》，文津出版社 1996 年版。

史绳祖：《学斋占毕》，丛书集成初编本。

释道宣：《广弘明集》，上海古籍出版社《弘明集·广弘明集》1991 年版。

释道元、杨亿：《景德传灯录》，大正藏本。

释惠洪：《冷斋夜话》，张伯伟编校：《稀见本宋人诗话四种》，江苏古籍出版社 2002 年版。

释惠洪：《石门洪觉范天厨禁脔》，张伯伟编校：《稀见本宋人诗话四种》，江苏古籍出版社 2002 年版。

释念常：《佛祖历代通载》，大正藏本。

释延寿：《宗镜录》，大正藏本。

释正觉：《宏智禅师广录》，大正藏本。

司空图：《诗品集解》，人民文学出版社 1963 年版。

司马光：《温公续诗话》，历代诗话本。

司马迁：《史记》，中华书局 1982 年版。

四川大学中文系唐宋文学教研室：《苏轼资料汇编》，中华书局 1994 年版。

宋长白：《柳亭诗话》，四库存目丛书本。

苏轼：《东坡志林》，丛书集成初编本。

苏轼：《苏轼诗集》，王文诰辑注，中华书局 1981 年版。

苏轼：《苏轼文集》，中华书局 1986 年版。

孙涛：《全唐诗话续编》，清诗话本。

T

谭全基：《修辞荟萃》，安徽大学出版社 2001 年版。

唐庚：《唐子西语录》，历代诗话本。

唐圭璋：《词话丛编》，中华书局 1986 年版。

台湾大学中国文学研究所：《宋代文学与思想》，台北学生书局 1989 年版。

田同之：《西圃诗说》，清诗话续编本。

田雯：《古欢堂集》，文渊阁四库全书本。

田雯：《古欢堂杂著》，清诗话续编本。

田艺蘅：《诗谈二编》，明诗话全编本。

W

汪辟疆：《汪辟疆说近代诗》，上海古籍出版社 2001 年版。

王安石：《临川先生集》，四部丛刊本。

王安石：《王荆文公诗笺注》，李璧笺注，中华书局上海编辑所 1958
年版。

王鏊：《震泽长语》，借月山房汇钞本。

王昌龄：《诗格》，张伯伟：《全唐五代诗格汇考》，江苏古籍出版社
2002 年版。

王昌龄：《诗中密旨》，《全唐五代诗格汇考》本。

王夫之：《姜斋诗话》，人民文学出版社 1961 年版。

王国维：《人间词话》，上海古籍出版社 1998 年版。

王会昌：《诗话类编》，四库存目丛书本。

王骥德：《曲律》，陈多、叶长海注释，湖南人民出版社 1983 年版。

王楙：《野客丛书》，中华书局 1987 年版。

王若虚：《滹南诗话》，历代诗话续编本。

王十朋：《集注分类东坡先生诗》，四部丛刊本。

王士禛：《池北偶谈》，中华书局 1982 年版。

王士禛：《带经堂诗话》，人民文学出版社 1963 年版。

王士禛：《五代诗话》，人民文学出版社 1989 年版。

王世懋：《艺圃撷余》，周子文：《艺薮谈宗》，四库全书存目丛书本。

王世贞：《读书后》，文渊阁四库全书本。

王世贞：《艺苑卮言》，历代诗话续编本。

王水照、朱刚：《苏轼评传》，南京大学出版社 2004 年版。

王维：《王右丞集笺注》，赵殿成笺注，上海古籍出版社 1998 年版。

王易：《修辞学通诠》，上海神州国光社 1930 年版。

王应麟：《小学绀珠》，中华书局影津逮秘书本，1987 年。

王直方：《王直方诗话》，宋诗话辑佚本。

王铚：《四六话》，丛书集成本初编本。

魏庆之：《诗人玉屑》，上海古籍出版社 1978 年版。

魏收：《魏书》，中华书局 1974 年版。

魏泰：《临汉隐居诗话》，历代诗话本。

魏天应：《论学绳尺》，文渊阁四库全书本。

魏文帝：《诗格》，张伯伟：《全唐五代诗格汇考》，江苏古籍出版社 2002 年版。

魏征等：《隋书》，中华书局 1973 年版。

文同：《丹渊集》，四部丛刊本。

闻一多：《唐诗杂论》，上海古籍出版社 1998 年版。

翁方纲：《石州诗话》，赵执信、翁方纲：《谈龙录·石州诗话》，人民文学出版社 1981 年版。

吴澄：《吴文正集》，文渊阁四库全书本。

吴处厚：《青箱杂记》，中华书局 1985 年版。

吴萃：《视听钞》，《说郛一百卷》，上海古籍出版社《说郛三种》影涵芬楼本，1988 年。

吴沆：《环溪诗话》，惠洪等：《冷斋夜话·风月堂诗话·环溪诗话》，中华书局 1988 年版。

吴开：《优古堂诗话》，历代诗话续编本。

吴景旭：《历代诗话》，中华书局 1958 年版。

吴坰：《五总志》，丛书集成初编本。

吴梅：《词学通论》，商务印书馆 1934 年版。

吴讷：《文章辨体序》，人民文学出版社 1962 年版。

吴骞：《拜经楼诗话》，清诗话本。

吴乔：《答万季野诗问》，清诗话本。

吴乔：《围炉诗话》，清诗话续编本。

吴调公：《李商隐研究》，上海古籍出版社 1982 年版。

吴聿：《观林诗话》，历代诗话续编本。

吴曾：《能改斋漫录》，丛书集成初编本。

X

萧统:《文选》,中华书局影胡刻本,1975年。

谢枋得:《叠山集》,文渊阁四库全书本。

谢天瑞:《诗法》,续修四库全书本。

谢肇淛:《谢肇淛诗话·文海批沙》,明诗话全编本。

谢榛:《四溟诗话·姜斋诗话》,人民文学出版社1961年版。

谢宗可:《咏物诗》,文渊阁四库全书本。

辛文房著,傅璇琮等笺:《唐才子传校笺》,中华书局1990年版。

徐度:《却扫编》,丛书集成初编本。

徐坚等编:《初学记》,中华书局本1961年版。

徐骏:《诗文轨范》,四库存目丛书本。

徐世溥:《榆溪诗话》,丛书集成初编本。

徐增:《而庵诗话》,清诗话本。

许慎:《说文解字注》,段玉裁注,浙江古籍出版社影印本1998
年版。

许学夷:《诗源辨体》,人民文学出版社1987年版。

许颉:《彦周诗话》,历代诗话本。

薛雪:《一瓢诗话》,清诗话本。

Y

延君寿:《老生常谈》,清诗话续编本。

严可均:《全上古三代秦汉三国六朝文》,中华书局影印本,1958年。

颜昆阳:《李商隐诗笺释方法论》,台北学生书局1991年版。

严有翼:《艺苑雌黄》,宋诗话辑佚本。

严羽:《沧浪诗话校释》,郭绍虞校释,人民文学出版社1961年版。

颜之推:《颜氏家训》,诸子集成本(中华书局1985年版)。

杨良弼:《作诗体要》,中国诗话珍本丛书本。

杨伦:《杜诗镜铨》,上海古籍出版社1998年版。

杨慎:《丹铅总录》,文渊阁四库全书本。

杨慎:《绝句衍义·绝句辨体·绝句附录·唐绝增奇·唐绝搜奇·五
言绝句》,续修四库全书本。

杨慎：《升庵诗话》，历代诗话续编本。

杨万里：《诚斋诗话》，历代诗话本。

杨亿：《西昆酬唱集注》，王仲荦校注，中华书局1980年版。

杨载：《诗法家数》，张健：《元代诗法校考》，北京大学出版社2001年版。

叶大庆：《考古质疑》，袁文、叶大庆：《瓮牖闲评·考古质疑》，中华书局2007年版。

叶矫然：《龙性堂诗话》，清诗话续编本。

叶钧：《诗法指南》，续修四库全书本。

叶梦得：《石林诗话》，历代诗话本。

叶燮：《原诗》，人民文学出版社1979年版。

叶寘：《爱日斋丛抄》，中华书局2010年版。

佚名：《杜诗言志》，续修四库全书本。

佚名：《锦绣万花谷》，北京图书馆藏古籍珍本丛书本。

佚名：《漫叟诗话》，宋诗话辑佚本。

佚名：《南窗纪谈》，丛书集成初编本。

佚名：《桐江诗话》，宋诗话辑佚本。

佚名或题范德机：《诗家一指》，张健：《元代诗法校考》，北京大学出版社2001年版。

易闻晓：《中国古代诗法纲要》，齐鲁书社2005年版。

永瑢等：《四库全书总目提要》，中华书局1964年版。

尤袤：《遂初堂书目》，丛书集成初编本。

游国恩等：《中国文学史》，人民文学出版社1964年版。

俞弁：《山樵暇语》，明诗话全编本。

俞弁：《逸老堂诗话》，历代诗话续编本。

余怀：《青楼集》，郋园先生全书本。

俞琰编：《咏物诗选》，上海中央书店1936年版。

庾信：《庾子山集注》，倪璠注，中华书局1980年版。

元好问：《遗山先生文集》，四部丛刊本。

元好问：《中州集》，文渊阁四库全书本。

元稹：《元氏长庆集》，四部丛刊本。

袁宏道:《袁宏道集笺校》,钱伯城笺校,上海古籍出版社 1981
年版。

袁桷:《清容居士集》,四部丛刊正编本。

袁枚:《随园诗话》,江苏广陵古籍刻印社 1998 年版。

袁枚:《续诗品》,人民文学出版社 1960 年版。

袁文、叶大庆:《瓮牖闲评·考古质疑》,中华书局 2007 年版。

Z

曾鼎:《文式》,中华再造善本本。

曾噩:《九家集注杜诗》,文渊阁四库全书本。

曾季狸:《艇斋诗话》,历代诗话续编本。

曾慥:《类说》,文学古籍刊行社影天启本,1955 年。

张邦基等:《墨庄漫录·过庭录·可书》,中华书局 2002 年版。

张表臣:《珊瑚钩诗话》,历代诗话本。

张伯伟:《全唐五代诗格汇考》,江苏古籍出版社 2002 年版。

张伯伟:《稀见本宋人诗话四种》,江苏古籍出版社 2002 年版。

张方平:《乐全集》,北京图书馆藏古籍珍本丛刊本。

张戒:《岁寒堂诗话校笺》,陈应鸾校笺,巴蜀书社 2000 年版。

张耒:《明道杂志》,丛书集成初编本,中华书局 1985 年版。

张隆溪选编:《比较文学译文集》,北京大学出版社 1982 年版。

张谦宜:《茧斋诗话》,清诗话续编本。

张首映:《西方二十世纪文论史》,北京大学出版社 1999 年版。

张远:《杜诗荟粹》,四库存目丛书本。

张镃:《仕学规范》,文渊阁四库全书本。

张鷟:《朝野佥载》,中华书局 1979 年版。

昭梿:《啸亭杂录》,中华书局 1980 年版。

赵克勤:《古汉语修辞简论》,商务印书馆 1983 年版。

赵令畤:《侯鲭录》,中华书局 2002 年版。

赵翼:《陔余丛考》,中华书局 1963 年版。

赵翼:《瓯北诗话》,人民文学出版社 1963 年版。

郑奠、谭全基:《古汉语修辞学资料汇编》,商务印书馆 1980 年版。

钟嵘：《诗品》，历代诗话本。

周必大：《二老堂诗话》，历代诗话本。

周履靖：《骚坛秘语》，丛书集成初编本。

周叙：《诗学梯航》，明诗话全编本。

周亚生：《古代诗歌修辞》，语文出版社 1995 年版。

周裕锴：《宋代诗学通论》，巴蜀书社 1997 年版。

周裕锴：《中国古代阐释学研究》，上海人民出版社 2003 年版。

周振甫：《诗词例话》，中国青年出版社 1962 年版。

周紫芝：《太仓稊米集》，文渊阁四库全书本。

周紫芝：《竹坡诗话》，历代诗话本。

朱弁：《风月堂诗话》，释惠洪等：《冷斋夜话·风月堂诗话·环溪诗话》，中华书局 1988 年版。

朱崇才：《词话史》，中华书局 2006 年版。

朱权：《西江诗法》，明诗话全编本。

朱淑贞：《新注朱淑贞〈断肠集〉》，郑元佐注，续修四库全书本。

朱熹：《朱子语类》，黎靖德编，中华书局 1986 年版。

朱翌：《猗觉寮杂记》，丛书集成初编本。

朱自清：《诗言志辨》，华东师范大学出版社 1996 年版。

祝诚：《莲堂诗话》，丛书集成初编本。

尊者众贤造，玄奘译：《阿毗达磨顺正理论》，大正藏本。

二 国外文献

Anna M. Sheilds, *Crafting a Collection*, *the Cultural Contexts and Poetic Practice of the Huajian ji*, Massachusetts and London：Harvrd University Asia Center, 2006.

克里斯·贝尔迪克：《牛津简明文学术语词典》，牛津大学出版社 1990 年版。

Chris Baldick, *Oxford Concise Dictionary of Literature Terms*, Oxford：Oxford University Press, 1990.

茱莉亚·克里斯蒂娃：《克里斯蒂娃读本》，脱瑞尔·莫伊编，布莱克维尔出版公司 1986 年版。

　　Julia Kristeva, *The Kristeva Reader*, Toril Moi ed. , Oxford：Blackwell Publisher Ltd. , 1986.

　　M. H. 艾布拉姆斯著：《镜与灯》，郦稚牛、张照进、童庆生等译，北京大学出版社 2004 年版。

　　蒂费纳·萨莫瓦约：《互文性研究》，邵炜译，天津人民出版社 2003 年版。

　　菲什：《文学在读者：感情文体学》，聂振雄译，《读者反应批评》，文化艺术出版社 1989 年版。

　　费尔迪南·德·索绪尔：《普通语言学教程》，高名凯译，商务印书馆 1980 年版。

　　高辛勇（Karl Kao）：《修辞学与文学阅读》（*Rhetoric and Reading*），北京大学出版社 1997 年版。

　　汉斯·罗伯特·尧斯：《作为向文学科学挑战的文学史》，王卫新译，《读者反映批评》，文化艺术出版社 1989 年版。

　　赫施：《阐释的有效性》，王才勇译，三联书店 1991 年版。

　　伽达默尔：《真理与方法》，洪汉鼎译，上海人民出版社 1999 年版。

　　刘若愚：《中国诗学》，赵帆声等译，河南人民出版社 1990 年版。

　　刘若愚：《中国文学理论》，杜国清译，江苏教育出版社 2006 年版。

　　刘若愚：《中国文学艺术精华》，王镇远译，黄山书社 1989 年版。

　　马如丹：《〈诗经〉，从用典到隐喻：意义之自由度》，《法国汉学》第四辑，中华书局 1999 年版。

　　马佐尼：《〈神曲〉的辩护》卷三，转引自《西方美学家论美和美感》，商务印书馆 1980 年版。

　　莫砺锋编：《神女之探寻》，上海古籍出版社 1994 年版。

　　内山精也：《传媒与真相——苏轼及其周围士大夫的文学》，朱刚等译，上海古籍出版社 2005 年版。

　　宇文所安：《初唐诗》，贾晋华译，三联书店 2004 年版。

　　宇文所安：《盛唐诗》，贾晋华译，三联书店 2004 年版。

　　宇文所安：《中国文论：英译与评论》，王柏华、陶庆梅译，上海社会科学院出版社 2003 年版。

三 单篇论文 （按著者汉语拼音为序）

陈新璋：《唐宋咏物诗略论》，《华南师范大学学报》（社会科学版）1985 年第 4 期。

葛兆光：《论典故——中国古典诗歌中一种特殊意象的分析》，《文学评论》1989 年第 5 期。

胡建次：《宋代诗话中的用事论》，《上海师范大学学报》（哲学社会科学版）2004 年第 5 期。

黄仁生：《论江盈科参与创立公安派的过程及其地位》，《复旦大学学报》（哲学社会科学版）1998 年第 5 期。

罗家湘：《"典故"探研》，《中州学刊》2005 年第 2 期。

祁志祥：《中国古代文论中的"用事"说》，《浙江社会科学》2004 年第 6 期。

文方：《论典故》，《山西师范大学学报》（哲学社会科学版）1990 年第 2 期。

杨胜宽：《用典：文学创作的一场革命》，《复旦大学学报》（哲学社学科学版）1994 年第 6 期。

姚永辉、马强才：《胡应麟的"用事"观及其在古代诗学中的价值》，《西华师范大学学报》（哲学社会版）2007 年第 5 期。

易晓闻：《用事辨略》，《修辞学习》2004 年第 2 期。

周裕锴：《禅宗偈颂与宋诗翻案法》，《四川大学学报》（哲学社会科学版）1999 年第 2 期。

周裕锴：《法眼看世界——佛禅观照方式对北宋后期艺术观念的影响》，《文学遗产》2006 年第 5 期。

周裕锴：《诗可以群：略谈元祐体诗歌的交际性》，《社会科学研究》2001 年第 5 期。

周裕锴：《以俗为雅：禅籍俗语言对宋诗的渗透与启示》，《四川大学学报》（哲学社会科学版）2000 年第 3 期。

朱宏达：《典故简论》，《杭州大学学报》（哲学社会科学版）1983 年第 3 期。

后　记

　　一本"像模像样"的学术著作，能让作者直面自己的文字和心灵的地方，或许更多是在后记之类的文字。可能真是一个人不能两次跨入同一条河流，博士毕业后，我进入清华大学国学院做博士后研究，转而研读近现代学术、思想史等，当初的某些学术兴奋点，似乎有点渐行渐远。加之想问题比较慢，所以博士论文迟迟未能加以修订面世。为了留住曾经的思考和成长轨迹，本次修改，只调整了部分字句和章节内容，基本保持博士论文的原有面貌，未能上下求索以止于至善，希望没有太辜负各位师友的厚望。

　　行将交稿，回首来路，我首先要感谢博士导师周裕锴先生的指导。硕士阶段，我的专业方向是中西比较文学，毕业时，硕导苏敏先生鼓励我学习古代文论，以便能有扎实的中国诗学根柢。进入四川大学之后，周师对我这个"门外汉"，关爱有加，授之以学问心法，领我蹒跚学步，步入古代文学和文论的研究领地。经过一年多的摸爬滚打，我确定以中国古代诗文的"用事"作为博士论文的选题。准备写作之时，能够找到的参考资料并不多，学界研究也非常少。周师鼓励我从收集材料开始，争取开辟一片新的研究领地。从搜集整理资料，归纳问题，到编制提纲，写作论述，周师都给予悉心指导。时至今日，周师耳提面命的情景，仍历历在目。

　　博士论文从选题、撰写到答辩，曾得四川大学祝尚书、马德富、刘黎明、谢谦、吕肖奂等几位先生的教益，又有幸得到陶文鹏、蒋寅、张伯伟、卢盛江和张涌豪等先生的勉励和教正。北京时，曾向傅璇琮先生、张剑老师有过一些请教，他们不仅提供机会让我参加项目，还建议我能将此文修改出版。本次修改，对上述先生的教正，有所采纳，在此一并致谢。

　　毕业后，我进入清华大学国学院做博士后研究，从刘东先生和陈来先生游。刘师博闻强识，陈师沉潜广大，让我领略到为学为人的境界。结题出站后，赴杭州师范大学国学院供职，幸得何俊、范立舟两位教授的热心帮助和无私指点，让我很快适应了工作岗位，眼光重新回到原来熟悉的一些领域。此次，杭州师范大学国学院为本书提供宝贵的出版机会，纳入"国学新知"丛书，谨致谢忱！最后，感谢出版社郭沂纹老师对刊印拙稿所付出的辛劳。本书所关心的主题之一，是中国古代诗学中，围绕作者与故事之间关系的诸多论议。个人性情与历史对象之间的关系，似乎是任何作者进行文化创造时，都不得不面对的烦扰。通过传统，一方面，我们能找到归宿感和存在感，但另一方面，却也要冒着淹没自己个性的危险，如何从传统中汲取精神养料而言说当下，彰显自身的性灵和活力，可谓任何时代的人都力图解决的问题。面对传统，我们当然不能匍匐，需要挺起脊梁来自由思想和独立吸纳。生活在一个文化传统深厚的国度，免不了要面对浩如烟海的文献典籍，更不能逃脱当下生活与传统世界发生对话的命运。这种微妙的关系，或许就是当初选题的重要原因之一吧。"才、胆、力、识"，从唐代杜佑到清代赵翼，前贤一直都有此关怀。如何能发挥才力，调动涵容自己所面对和处理的材料，也是长期困扰我的问题。文献材料，有时就像一匹健壮的千里马，浑身是劲，不容易驯控。作者需要拥有强力的臂膀，抓住缰绳，与马融合为一。如此，方才能驰骋远方，直至天涯海角，领略"味外之味"。即将搁笔，方才发觉，原有的"临云"之志，似乎在交稿之前已荡然无存。陆机曾言"始踯躅于燥吻，终流离于濡翰"，心有戚戚。就像进行了一场谈话，原先设定的每一句台词，最终并未按部就班地发展下去。援引的材料，摸索到的事例，引领我就像开弓之箭，有点不由自己控制，最终只能和自己，达成一种妥协的结果。伽达默尔曾说："一个人不能说出一切，一个人不能表达他心中所想到的一切。"难道这就是一个怪圈？或者，勉力十驾，尚未探得颔上之珠，指月取喻，未脱言筌之陷。当然，这不是我逃避责任的借口，敝帚自珍，诚惶诚恐。现呈现给读者，聊为抛砖引玉，如能得方家教正，诚为幸事！

集州马汗途

2013 年 8 月 1 日